일제말 한국

가족사소설

일제말 한국

가족사 소설

● 이상화 지음

한국학술정보㈜

차 례

제1장 **서 론 • 7**

  1. 연구의 목적 • 9

  2. 연구사와 연구방법 • 12

제2장 **가족사소설론 • 21**

  1. 가족사소설의 개념과 특징 • 23

    1) 가족사소설의 개념 • 23

    2) 가족사소설의 특징 • 29

  2. 일제 말 한국 가족사소설의 담론 • 33

제3장 **일제 말 한국가족사소설 • 51**

  1. 김남천의『대하』·『동맥』• 53

    1) 전작소설『대하』의 구상과 텍스트의 문제 • 61

    2) 신흥 부호 박성권과 개화기 세대 형걸 • 63

    3) 근대 시민 계급의식 형성과 성장의 연대기 • 73

    4) 담론의 구성과 초점화자 • 108

2. 한설야의 『탑』 • 121

    1) 『탑』 3부작의 구상과 원전의 검토 • 127

    2) 양반 박급제와 개화 세대 우길 • 137

    3) 애국계몽의식의 형성과 성장의 연대기 • 152

    4) 담론의 구성과 초점화자 • 162

3. 이기영의 『봄』 • 173

    1) 발표 경위와 텍스트의 검토 • 179

    2) 시골 양반 유선달과 개화 세대 석림 • 185

    3) 애국계몽의식의 형성과 성장의 연대기 • 196

    4) 담론의 구성과 초점화자 • 206

4. 이태준의 『사상의 월야』 • 214

    1) 연재본과 개작본의 차이 • 224

    2) 급진개화파 이감리와 개화 세대 송빈 • 229

    3) 아라사에서 현해탄으로의 연대기적 도정 • 246

    4) 담론의 구성과 초점화자 • 276

5. 김사량의 『낙조』 • 286

    1) 창작의 저변과 텍스트 • 294

    2) 친일파 집안의 가장 윤성효와 개화 세대 수일 • 296

    3) 역사의 심리화와 전망의 간접화 • 315

    4) 담론의 구성과 초점화자 • 325

제4장　　**결　론 • 333**

참고문헌 • 345

제 1 장

서 론

① 연구의 목적

가족사소설은 한 가족의 운명을 연대기적인 구성으로 그리는 장편소설로, 한국에서는 1930년대 말 1940년대 초에 일련의 소설군(群)을 형성하면서 문단의 주목을 받았으며, 현재까지도 그 생명력을 꾸준히 이어오고 있다.

가족사소설이 등장한 1930년대 말은 일제의 군국주의 정책이 한층 거세지면서 한국의 정치·사회적인 분위기가 더욱 위축되고 사상적인 사조도 침체 일로를 걷고 있던 시기였다. 파시즘의 영향이 문학계에도 파급된 결과, 당면한 사회 현실의 문제를 작품상에 정면으로 다루는 것이 금기시되었으며, 이로 인해 당시 한국 문단은 전반적으로 침체의 국면을 맞게 되었다. 때문에 당시에 대거 출현했던 장편소설들은 당대 현실의 모순을 본격적으로 다루지 못하고 세태묘사에 머물거나 통속적인 경향을 띠기 일쑤였다.

한편 평단의 여러 비평가들은 이러한 장편소설의 한계를 극복하기 위한 노력의 일환으로 다양한 '장편소설개조론'을 개진하였다.

그중 작가이자 비평가인 김남천은 장편소설개조론의 일환으로 '가족사소설'이라는 소설 형태를 제안하였다. '풍속·가족사·연대기소설'의 창작을 핵심으로 한 김남천의 이른바 '로만개조론'은 당시 여러 비평가들에 의해 제기된 장편소설개조론 가운데 유일하게 작품으로 실제화된 이론이었다. 일련의 가족사소설 창작에 일조하면서 근대 장편소설의 발전에 기여한 점은 또한 '로만개조론'의 의의이기도 하다.[1]

김남천은 '장편소설이 자본주의 사회의 전형적 문학 양식'이라는 전제하에서 리얼리즘의 관점을 고수하였다. 그의 이러한 태도는 곧 근대적 의미의 장편소설인 가족사소설을 통해 재현의 가능성을 확보함으로써 암흑기의 소설적 난관을 극복하고자 한 것이었다.

본고에서는 김남천 자신이 '로만개조론'에 의거하여 창작한 소설 『대하』를 필두로 하여, 1930년대 말 1940년대 초에 창작된 가족사소설들, 즉 이기영의 『봄』, 한설야의 『탑』, 이태준의 『사상의 월야』, 김사량의 『낙조』를 집중적으로 고찰해 보고자 한다.[2]

김남천의 '로만개조론'의 영향하에서 창작되지는 않았으나 가족사소설의 유형에 포함되는 작품으로는 염상섭의 『삼대』(1931)와 채만식의 『태평천하』(1938)가 있다.[3] 이들 작품은 모두 가족사소설의 형식적 특징을 토대로 하여 창작된 결과물이며, 일제 말 가족

---

1) 강영주, 「1930년대 평단의 소설론」, 『한국역사소설의 재인식』, 창작과비평사, 1991, 299~302면: 김동욱·이재선 편, 『한국소설사』, 현대문학, 1990, 464면: 차원현, 「1930년대 후반기 장편소설 ─ 이념의 소멸과 새로운 주체의식의 모색」, 『민족문학사강좌』하, 민족문학사엮음, 창작과비평사, 1995, 156면.
2) 김남천, 『대하』, 인문사, 1939: 이기영, 『봄』, 『인문평론』, 1940. 10.~1941. 2: 한설야, 『탑』, 『매일신보』, 1941. 3. 4.~7. 5: 김사량, 『낙조』, 『조광』 1940. 2.~1941. 1.
3) 이재선, 『한국현대소설사』, 홍성사, 1979, 375~400면.

사소설의 형성에도 일정한 영향을 주었다. 그러나 이 작품들은 가족사소설 이외에도 다양한 접근 방식으로 논의될 여지가 많다.[4] 따라서 본고에서는 일제 말 김남천의 '로만개조론'에 의거해 창작된 일련의 가족사소설만을 논의의 대상으로 삼고자 한다.

1930년대 말 1940년대 초에 등장한 가족사소설, 이른바 '가족사연대기소설'은 통속소설이 주류를 이루던 그 시기의 장편소설 가운데 유일하게 문학사적 의의를 뚜렷이 인정할 수 있는 작품들이다. 그러므로 그에 대한 논의는 근대적 의미의 장편소설에 대한 이해와 다양한 서사적 지평을 검토할 수 있는 계기가 될 수 있으리라 생각한다.

한편 국문학사에 있어서 '한 가족의 운명'이라는 것은 조선시대부터 오늘날에 이르기까지 다양한 서사적 형태로 창작되어 온 소재 가운데 하나이다. 고전문학에서는 가정소설과 가문소설의 형태로 그 맥이 이어져 왔고, 해방 후에는 안수길의 『북간도』, 박경리의 『토지』, 최명희의 『혼불』, 박완서의 『미망』 등 문학사에 뚜렷이 남을 만한 가족사소설들이 대하소설의 형태로 창작되었다.[5] 이러한 가족사소설의 끈질긴 생명력은 '가족'을 중심으로 한 봉건적 '가족주의'의 전통이 현대에까지 그 맥을 이어오는 한국 사회의 특수성[6]에서 기인한 것이라고 하겠다. 따라서 일제 말 한국 가족사

---

4) 조남현은 가족사소설이라는 전제를 바탕으로 '이념소설'이라는 시각으로 '삼대'의 구조를 해명할 필요성을 제기하고 있다. 즉, '삼대'의 주제의식을 가족사소설의 골격에 급진주의자와 사회주의자를 지원한다는 의미의 동반자 작가로서의 시각이 가미된 것에서 찾고자 하였다(조남현, 「염상섭의 '삼대'와 갈등사회학」, 『한국 소설과 갈등』, 문학과비평사, 1990, 184~185면).

5) 안수길, 『북간도』 전2권, 삼중당, 1967: 박경리, 『토지』 전16권, 지식산업사, 1979(『현대문학』, 1969~1994 연재): 최명희, 『혼불』 전10권, 한길사, 1990(1981~1995 연재): 박완서, 『미망』 전3권, 문학사상사, 1996(1985~1990 연재) 등이 있다.

6) 가족주의적인 질서화에서 사회의 구성단위는 '집'으로, 이 집은 어떠한 사회집단보다 중시되며

소설에 관한 연구는 시대 변화에 따른 한국의 봉건적 '가족주의'의 변모 양상을 고찰하는 계기로서도 그 의미가 있을 것이다.

2 연구사와 연구방법

가족사소설은 1930년대 말 한국 문단에 처음 소개될 당시 '연대기소설', '가족사소설', '가족사연대기소설' 등의 명칭으로 불렸다.[7] 오늘날 학계에서도 일제 말의 가족사소설에 대해서는 '가족사소설', '가족사 · 연대기소설', '가족소설', '가족사세태소설', '가족사 연대기 형식의 역사소설' 등 여러 가지 명칭이 사용되고 있다.

그러나 '가족의 흥망성쇠의 내력을 연대기적으로 형상화한 소설'을 '가족사소설'로 지칭하는 것이 오늘날 세계적인 추세이므로, 본고에서는 논의의 대상이 되는 1930년대 말 1940년대 초의 작품들에 대해서 '가족사소설'이라는 명칭을 사용하고자 한다.

국문학계에서 이루어진 일제 말 한국 가족사소설에 대한 초기의 논의는, 한국 현대문학사를 기술하는 과정에서 개별 작품에 대해

일개인은 이 집에서 독립하지 못하고 집안의 인간관계도 상하의 신분의 서열에 의하여 이루어진다. '가족주의'란 이와 같은 인간상이 비단 가족 내에서뿐만 아니라 가족 외의 외부 사회에까지 확대되는 사회의 조직 형태를 의미한다.

가족집단을 중심으로 하여 자기의 생명을 보존하고자 했던 한국인들은 생활의 방편이자 철학으로서 가족주의라는 독특한 사회적 성격을 형성했으며, 그것을 바탕으로 여타 한국인의 사회적 성격이 파생된다(최재석, 『한국인의 사회적 성격』, 현음사, 1994, 27~28면).

7) 김남천은 '가족사', '연대기', '가족사 · 연대기', '가족사소설', '가족사연대기소설', '연대기가족소설' 등으로 그 용어를 다양하게 사용하고 있으며, 최재서의 경우에도 '연대기소설', '가족사소설', '가족사연대기소설' 등으로 다양한 명칭을 부여하고 있다. 특히 김남천은 '가족사 연대기소설'을, 최재서는 '가족사소설'을 주로 사용하였다.

간략히 소개하거나 단편적인 논의를 가하는 정도였다. 이들 논의는 대부분 해당 작품들 중 한두 작품만을 언급하면서 문학사적 연속선상에서 가족사소설의 의의를 소박하게 논의하는 데 그치고 있다.[8]

가족사소설을 근대적 소설 장르로 인식한 최초의 논의는 이재선에 의해 이루어졌다. 이재선은 『한국현대소설사』에서 '가족소설'과 '가족사소설'을 구분하여, 양자는 '가족의 삶이나 가족의 역사를 소설화'한다는 점에서 일치하나, 가족사소설은 '가족의 계보관계 및 세대 간의 단층 그리고 붕괴와 변동의 문제가 본질적으로 수반된다'는 점에서 가족소설의 하위 형태로 설정하였다. 그리고 가족사소설의 범주와 본질적인 특징을 간략히 고찰한 뒤, 그에 의거하여 염상섭의 『삼대』, 채만식의 『태평천하』와 일제 말 가족사소설인 김남천의 『대하』를 집중적으로 논의하였다.[9]

이 연구는 한국 문학사의 내재적 발전론을 감안하면서도 서양 근대문학의 영향을 주지하여 한국 가족사소설의 범주를 설정하고 그에 입각한 본격적인 작품 분석을 시도한 최초의 논의로, 이후의 가족사소설 논의에 지대한 영향을 끼친 것으로 평가된다.[10] 그러

---

8) 백철, 『조선신문학사조사』, 백양당, 1949, 266~268면: 김우종, 『한국현대소설사』, 성문각, 1968, 280면: 김현·김윤식, 『한국문학사』, 민음사, 1973, 189면: 김윤식, 『한국근대문예비평사연구』, 일지사, 1976, 478~480면: 정한숙, 『현대한국소설론』, 고려대출판부, 1977, 21~23면.

9) 이재선은 가정소설 및 고전문학에서의 가계소설, 가문소설과의 차별성을 중시하여 가족사소설의 범주를 설정하였다. 그리고 가족사소설 혈연관계로 이루어진 기본적 가족 구성원 간의 상호 갈등과 화합 등을 다루기도 하며, 넓은 의미에서 친족관계인 세대 간의 갈등은 물론 역사와 사회의 문맥 속에서의 가족구조의 변동과 같은 가족적 생활 또는 가족의 운명을 제시하는 소설이라고 규정하였다(이재선, 『한국현대소설사』, 홍성사, 1979, 375~400면: _____, 『한국문학의 해석』, 새문사, 1981, 121~152면: _____, 「가족사소설과 집의 공간시학」, 『한국문학의 원근법』, 민음사, 1996, 104~108면: _____, 「역사소설의 성취와 반성」, 『현대 한국문학100년』, 민음사, 1999, 127~128면).

10) 이재선의 연구 성과를 기반으로 하여 한국 가족사소설이 형성된 역사적 조건과 가족사소설의 제반 조건 및 유형적 특징을 고찰하는 등의 연구가 진전되었다. 이에 관한 연구 성과는 다음과

나 한국 문학사에서 가족사소설이 집중적으로 창작된 1930년대 말 1940년대 초의 가족사소설 전체를 다루지 못하고 있어, 그 논의가 부분적인 성과에 머물고 있음이 아쉽다. 이러한 연구의 한계는 일제 말 가족사소설을 창작한 작가의 대다수가 카프문인이거나 월북 작가라는 사실에서 기인한 문제점이기도 하다. 즉 당시에는 월북작가의 작품들에 대한 연구가 금기사항으로 되어 있던 관계로, 이재선의 소설사에서는 가족사소설의 선행 형태인 염상섭의 『삼대』와 채만식의 『태평천하』에 논의가 집중된 것이라고 생각된다.

따라서 해금조치[11] 이후인 1980년대 말이 되어서야 학계에서는 김남천의 『대하』를 필두로 한 일제 말 가족사소설 전반을 논의의 대상에 포함시킬 수 있게 되었다. 이후 일제 말 가족사소설에 대한 연구는 가족사소설의 명칭과 그에 따른 접근 방식에 따라 여러 논자들에 의해 다양하게 전개되어 왔다.

조동일은 『한국문학통사』에서 김남천의 『대하』, 이기영의 『봄』, 한설야의 『탑』, 이태준의 『사상의 월야』를 '가족사세태소설'이라는 관점에서 논의하였다. 그는 이 시기의 가족사소설에서 두드러지게 나타나는 풍속세태의 묘사에 대해 '장편소설의 분량을 쉽게 메우는 체제순응의 방식'이라는 입장에서 부정적으로 평가하였다.[12] 이는 일제 말 가족사소설들이 지닌 특징들 중 '세태소설'적인 면모에만 치중한 개괄적인 평가로, 가족사소설의 이론적인 고찰과 서사적

같다. (김이숙, 「한국 가족소설 연구」, 서강대대학원 석사학위논문, 1981: 신상성, 『한국 근대소설론』, 경운출판사, 1987: 신상성, 『한국 가족사소설 연구』, 경운출판사, 1992.)

11) 1988년 7월 납북·월북·재북 문인들의 해방 전의 작품에 대해 전면적인 해금조치가 내려지면서 월북작가에 대한 연구가 본격적으로 이루어지게 되었다(김윤식·권영민 대담, 「한국 근대문학과 이데올로기-월북문인 해금 조치와 관련하여」, 『문학사상』, 1988. 9, 66면).

12) 조동일, 『한국문학통사』 5, 지식산업사, 1988, 429~434면.

인 특징에 대한 전반적인 검토를 기반으로 한 본격적인 논의라고 보기에는 미흡한 점이 있다.

가족사소설의 이론적인 토대에 관한 연구는 1930년대의 소설론, 그중에서도 특히 '장편소설개조론'에 대한 논의를 통해서 이루어졌다.[13] 이를 가족사소설과 관련하여 논한 연구는 이주형에서 비롯된다.[14] 이주형의 「1930년대 한국 장편소설 연구」는 가족사소설의 이론적 원천지인 김남천의 '로만개조론'을 비평사적 관점에서 조명하고, 일제 말 한국 가족사소설을 본격적으로 분석한 논문이다. 그의 연구는 가족사소설의 서사적 특징을 전제로 한 본격적인 작품론이라고 보기에는 미흡하다. 그러나 가족사소설이 발생한 이론적 연원과 근대적 장편소설로서의 문학사적 연속선상에 입각하여 논의함으로써, 가족사소설의 이론적 검토와 서사 형식의 고찰을 통한 풍부한 논의의 가능성을 제공하고 있다.

배기정의 「1930년대 '가족사연대기소설' 연구」는 가족사소설의 특징을 정리하고, 일제 말 한국 가족사소설을 그 서사적 전개 방식에 따라 '전체적인 삶의 제시형'과 '개인적인 삶의 추구형'으로 분류하여 작품을 분석하고 있다.[15] 이는 가족사소설의 인물과 서사적 영향관계에 입각한 분류로 각 개별 작품의 인물구성 방식에

---

13) 김윤식, 『한국근대문예비평사연구』, 일지사, 1976: 강영주, 「1930년대 평단의 소설론」, 서울대대학원 석사학위논문, 1976: 이주형, 「1930년대 한국 장편소설 연구」, 서울대대학원 박사학위논문, 1984: 최유찬, 「한국 근대 리얼리즘 연구」, 연세대대학원 박사학위논문, 1986.

14) 이주형, 「1930년대 한국 장편소설 연구」, 서울대대학원 박사학위논문, 1984: 이주형, 「한국 역사소설의 성취와 한계」, 『현대 한국 문학 100년』, 민음사, 1999, 176~178면.

15) 이 연구에서는 일제 말 가족사소설을 주인공 인물이 부각되는 경우와 주인공 인물이 부각되지 않고 가족 전체의 모든 인물이 주동이 되는 경우의 두 부류로 나누고, 김남천의 『대하』・이기영의 『봄』・한설야의 『탑』은 전자에, 김사량의 『낙조』・이태준의 『사상의 월야』는 후자에 해당한다고 보았다(배기정, 「1930년대 '가족사연대기소설' 연구」, 경북대대학원 석사학위논문, 1988).

주목하였다는 것에 의의가 있으나, 가족사소설의 제반 특징을 고려한 본격적인 작품 분석이라고 보기는 어렵다.

류종렬의 「1930년대 말 한국 가족사·연대기소설 연구」는 가족사소설의 제반 특징을 인물, 구성, 서술 방법 등으로 세분한 다음, 그 특징의 범주를 기준으로 김남천의 『대하』·한설야의 『탑』·이기영의 『봄』·이태준의 『사상의 월야』를 분석하고 있다. 이 논문에서는 해당 작품들의 특징을 '가족사소설과 연대기소설의 복합 형태'로 규정하고, '가족사·연대기소설'이라는 명칭을 사용하고 있다.[16] 특히 염상섭의 『삼대』와 채만식의 『태평천하』를 논의에서 제외시켜 가족사소설의 서사적 특징을 엄격하게 적용한 것은 주목할 만한 성과라고 생각한다. 그러나 가족사소설의 제반 특징을 기초로 설정한 범주에 귀속시켜 작품을 분석하다 보니, 개별 작품에 대한 심도 있는 논의와 전체적인 조망에 이르지 못하는 한계를 보이고 있다.

윤석달의 「한국 현대 가족사소설의 인물 유형 연구」에서는 '가족사소설'을 '가족소설'과 '역사소설'의 하위 범주로 설정한 후, 세 가지 유형으로 분류하고 있다. 즉 세대의 병치와 가족연대기가 약화된 유형으로 『삼대』·『태평천하』·『대하』를, 1대의 정착과 2대의 성장 과정이 중점적으로 부각된 유형으로 『봄』·『탑』·『사상의 월야』를, 세대의 교체와 연대기적 서사 진행으로 구성된 유형으로 『북간도』를 들고, 각 가족의 가계사적 특성과 인물 유형 및 사회사적 특성을 통해 작가의 현실인식을 규명하고 있다.[17] 이 논

---

16) 여기에서는 개념의 혼동에서 벗어나기 위해서뿐만 아니라 두 서사 형식의 복합 형태임을 명확하게 하기 위해 '가족사'와 '연대기' 사이에 '·'을 명기하고 있다(류종렬, 「1930년대 말 한국 가족사·연대기소설 연구」, 부산대대학원 박사학위논문, 1991: 류종렬, 『가족사연대기소설 연구』, 국학자료원, 2002).

문은 가족사소설의 연대기적 특징과 세대별 시간구조를 기초로 가족사소설의 서사적 발전 과정에 주목함으로써, 해당 작품들에 대한 독특한 조명을 가하고 있다. 그러나 가족사소설의 구성적 특징에 따른 유형적 분류에 치중함으로써 역시 개별 작품에 대한 분석은 부분적인 성과에 머물고 있다.

장미영의 「한국근대가족소설연구」는 '가족생활을 작품의 중심 소재로 다룬 소설'을 광의의 개념인 '가족소설'로 규정하고, '가정소설'과 '가족문제소설'의 복합 형태라는 점에서 '가족소설'이라는 명칭으로 일제 말 한국 가족사소설을 논하고 있다.[18] 즉 일제 말 한국의 가족사소설들은 서양의 가족사소설의 영향을 받아 창작된 작품이기는 하나, 가족사소설이라고 규정할 만한 서술상의 진척이 보이지 않아 엄격한 의미에서 가족사소설로 보기는 어려우므로 '가족소설'이라고 칭해야 한다는 것이다. 이는 일제 말 한국 가족사소설의 특수성을 감안한 논의라고 할 수 있겠으나, '가족소설'이 내용적 범주인 '가정소설', '가족문제소설'과 형식적 범주인 '가족사소설'을 포함하는 최상위 범주라고 보기에는 미흡하다는 점에서 맹점을 드러내고 있다.

김진구의 「1940년대 전후 가족서사의 정치적 상상력 연구」는 1940년 전후의 프로작가군에 의해 집약적으로 창작된 장편소설의 전개

---

17) 윤석달은 '가족소설'에 '연대기소설'의 요소를 접합시킨 유형으로 '가족사소설'을 규정하면서, 가족사소설의 기본적으로 연대기적 서사 형식을 취하므로 굳이 '가족사연대기소설'이라고 명명하지 않아도 된다고 주장하고 있다(윤석달, 「한국 현대 가족사소설의 인물 유형 연구」, 고려대학원 박사학위논문, 1991).

18) 장미영은 한국의 '가족소설'은 가족주의로 인해 야기되는 문제를 다루므로 '가정소설'다운 면모를 보이는 한편, '가족문제소설'같이 사회 속에서의 가정 내지 가족의 사회적 의미를 부각시키는 데 목적이 있는 소설이기에 '가정소설과 가족문제소설의 복합 형태'라고 주장한다(장미영, 「한국근대가족소설연구」, 전북대학원 박사학위논문, 1997).

양상을 가족서사의 상상력과 해석 준거에 기반을 두어 사회 정치적 의미를 규명하고자 하였다. 특히 가족사소설의 일반적 특징보다는 가족서사를 프로이트의 정신분석학에 근거한 가족로망스의 관점에서 논의하고 있다. 이는 가족사소설의 형식적 측면보다는 인물 간의 권력관계를 초점으로 한 사회 정치소설의 측면에 주목하였다는 점에서 그 성과를 찾아볼 수 있다.[19]

지금까지 살펴본 바와 같이 일제 말 한국 가족사소설에 대한 연구는 소설 유형의 설정과 논자의 접근 방식에 따라 다각적으로 논의되어 왔다.[20] 근대적인 장편소설로서의 가족사소설은 한국 문학사의 내재적 발전론과 서양의 가족사소설의 외재적 영향관계를 함께 고려해야 한다는 점에서 그 명칭을 확정하는 데 어려움이 있다. 뿐만 아니라 어떠한 명칭을 사용하느냐 하는 문제는 가족사소설의 이론을 정립하는 데에도 영향을 끼치고 있다.

또한 일제 말 한국 가족사소설을 논한 대부분의 논자들이 작품의 일부 특징에 따라 몇몇 유형을 설정하고, 해당 작품들을 유형적으로 분류하는 데 치중함으로써, 정작 개별 작품에 대한 깊이 있는 분석에는 이르지 못한 한계를 드러내고 있다.

본고에서는 이상과 같은 선행 연구의 성과와 한계를 의식하면서, 일제 말 한국 가족사소설을 다음과 같은 점에 주목하여 고찰하고

---

19) 김진구, 「1940년 전후 가족서사의 정치적 상상력 연구―김남천의 『대하』, 한설야의 『탑』, 김사량의 『낙조』를 중심으로」, 서강대학교 석사학위논문, 2004.
20) 이 외에도 비교문학적 관점, 고전문학과의 대비 등 다양한 관점으로 한국 가족사소설에 관한 논의가 이루어지고 있다.
　　서영식, 「한일 근대 가족사소설 비교연구」, 고려대대학원 박사학위논문, 1998: 윤영실, 「1930년대 후반 장편소설 연구 ― 서사구조와 정체성의 관계를 중심으로」, 서울대대학원 석사학위논문, 2000: 김선정, 「『유씨삼대록』과 『삼대』의 대비 연구」, 경남대대학원 박사학위논문, 2001.

자 한다.

우선, 제2장에서는 가족사소설의 개념과 특징을 이론적으로 규명하고, 일제 말 한국 가족사소설의 이론적 연원이라고 할 수 있는 1930년대 말의 소설론, 특히 김남천의 로만개조론과 최재서의 가족사소설론을 면밀하게 고찰하고자 한다.

제3장의 작품론에서는 기존 논자들이 일제 말 가족사소설들을 한 편 한 편 본격적으로 분석하지 않은 채 도식적인 유형화에 치중하고 있는 한계를 의식하여, 해당 작가의 개성과 작품의 예술적 성과를 염두에 두고 각 작품을 개별적으로 깊이 있게 분석해 보고자 한다.

특히 김남천이 로만개조론에서 가족사소설의 특징으로 제시한 '풍속·가족사·연대기소설'의 측면에 주목하여, 각 작품을 가족의 갈등, 사상과 시대정신, 플롯의 측면 등 다각도로 조명해 볼 것이다. 가족 갈등의 측면에서는 가족관계를 중심으로 빚어지는 '가족 간의 갈등과 세대 간 가치관의 변화'에 주목하고, 사상과 시대정신의 측면에서는 가족의 연대기를 재현하는 과정에서 우회적으로 드러나는 사회적 연대기의 면모에 주목해 보겠다. 또한 가족사와 연대기의 전개 과정에서 큰 비중을 차지하고 있는 풍속의 재현 양상을 고찰해 보고자 한다.

플롯의 측면으로는 가족사소설의 서사가 텍스트의 담론으로 구성되는 과정에 주목하여 분석해 보고자 한다. 이는 서사적 구조의 특성을 고찰하는 구조주의 서사학 이론에 의거하고 있다. 서사학 이론에서는 허구적 서사물과 그 기초적 국면을 '이야기'·'담론'·'서술'로 상정하고, 이야기가 서술 행위를 통해 담론으로 전환되는 과정에 주목하고 있다. 서술 내용을 이루는 이야기들은 허구적 화자에 의해 담론으로 전환되는데 그 과정에서 작가의 서사적 관점이 반영된다.

이와 같이 구조주의 서사학적 관점을 이론적 토대로 하여, 가족사소설 담론 형성의 초점화 요인인 가족사·연대기·풍속에 주안하면서 플롯의 형식적 특징인 연대기적 시간 구성상의 사건 배열 방식과 세대별 인물의 재현 방법 및 초점화자의 국면 등을 살펴보고, 이를 토대로 형성된 작가의 서사적 관점을 추론해 보았다.[21]

마지막으로 결론에서는 일제 말 한국 가족사소설의 문학사적 위상을 논하였다. 가족사소설은 1930년대 말 1940년대 초에 주목받은 이후 오늘날에 이르기까지 지속적으로 창작되면서 한국 근·현대소설사에서 큰 비중을 차지하고 있다. 이러한 현상은 가족주의적인 전통이 강한 한국의 사회적인 특성에서 기인한 것이라 할 수 있다.

박경리의 『토지』를 비롯한 해방 후 가족사소설이 이룩한 성취는 일제 말에 등장한 한국 가족사소설의 발전 가능성을 보여주면서 그 문학사적 위상을 다시금 확인하게 하는 계기를 제공하고 있다. 그러나 본고에서는 불가피하게 1930년대 말 1940년대 초 한국의 가족사소설로 연구 범위를 한정하였다. 본고의 논의를 확장하여 해방 후 한국 가족사소설이 보여준 장편소설로서의 성취와 그 문학사적 위상에 대해 본격적으로 논의하는 것은 후일의 과제로 남겨 두고자 한다.

---

21) 본고에서는 주로 쥬네뜨, 채트먼, 미케발의 구조주의 서사학이론을 기초로 삼았다. (S. 리몬 케넌, 『소설의 시학』, 최상규 역, 문학과지성사, 1985: 미케 발, 『서사란 무엇인가』, 한용환·강덕화 역, 문예출판사, 1999: S. 채트먼, 『이야기와 담론-영화와 소설의 서사구조』, 한용환 역, 푸른사상, 2003.)
이론에 대한 구체적인 논의는 본고 111~115면 참조.

제 2 장

가족사소설론

① 가족사소설의 개념과 특징

1) 가족사소설의 개념

가족사소설은 한 가족의 흥망성쇠의 역사를 다룬 장편소설로, 기본적으로 시간의 흐름에 따른 연대기적 구성의 형태를 취한다. 가족사소설에 나타나는 시간 구성상의 특징은 3~4세대를 통한 시간의 흐름에 따른 수직적인 질서와 동시기의 가족관계를 통해 빚어진 가족 구성원 간의 갈등과 대립을 수평적인 질서로 엮어 낸 특유의 서술 형태를 취하며, 주로 시대적 변화에 따른 가족의 쇠퇴에 초점이 모아진다는 점에 있다.

한편 가족사소설에서는 한 가족의 연대기가 가족 관습과 가치관, 가족 간의 세대의식, 가족과 공동 사회의 풍속의 변모와 아울러 전통적인 공동체의 개변 속에서 사회의 연대기와 연계하여 충실히 재현됨으로써, 한 가족을 포함한 그 사회의 역사가 우회적으로 제시된다.

이상과 같은 가족사소설의 연대기적 서술 형태와 시대 재현의 독특한 방식에 따라 가족사소설은 가족과 그 시대의 사회 풍속 그리고 민족의 역사적 발전을 아우르는 소설 장르로서의 위상을 지니게 된다. 이와 동시에 가족사소설은 미시문화사의 텍스트로 접근할 수 있는 대상이 되기도 한다.[1]

문학사적으로 볼 때 가족사소설은 고전문학의 가정소설 및 가문소설의 내재적 영향을 받은 위에, 근대 이후 수용된 서구 가족사소설의 외재적 영향이 가해져서 새롭게 형성된 근대적 의미의 장편소설이라 할 수 있다. 가족사소설의 개념과 특징을 본격적으로 논의하기 위해서는 먼저 서구에서의 가족사소설의 발전 과정과 그에 따른 개념 규정을 먼저 검토해 볼 필요가 있다.

서양의 경우, 가족사소설의 연원은 빅토리아조의 가정소설에서 유래되었다.[2] 가정소설은 근대적 의미의 소설 유형으로, 가족의 삶을 다루되 그 가정 내부의 문제가 사회적인 측면과 그다지 큰 연관관계를 지니지 않은 상태로 그리고 있다는 점이 특징이다.

그러나 그 이후의 가정소설에서는 이전에 보지 못했던 새로운

---

1) 미시문화사는 1970년대 이후 프랑스 아날학파와 이탈리아의 미시문화사의 연구 경향에서 대두된 새로운 역사 연구의 패러다임이다. 한국 문학계에서도 최근 한국 근대문학 연구가 근대문학의 정체성 수립에 매진하던 단계에서 나아가 역사적으로 고찰할 필요성이 대두되면서 풍속−문화론적 연구가 활발히 진행되고 있다.
곽차섭, 「미시사−줌렌즈로 당겨본 역사」, 『역사비평』 46, 1999. 2, 69∼80면: 김기봉, 『역사란 무엇인가』, 푸른역사, 2000, 196∼197면: 주경철, 「아날학파」, 『현대비평과 이론』 20, 2000. 12, 245면: 앙드레 뷔르기에르 외, 『가족의 역사−오래된 세계, 이질적인 선택』 1, 이학사, 2001: 임지현, 「권력의 역사학에서 시민의 역사학으로」, 『역사비평』 46, 1999. 2, 59∼63면: 조한욱, 『문화로 보면 역사가 달라진다』, 책세상, 2000, 47∼50면: 김동식, 「풍속·문화·문학사」, 『민족문학연구』 19, 2001, 86∼87면.
2) 서양 가족사소설의 연원은 에이브럼즈의 『문학용어사전』에 나오는 가정비극(domastic tragedy), 발터 킬리 『문학대사전』에 나오는 가족소설(Familienroman)·가정문학(Hausliteratur) 등에서 찾아볼 수 있다(조남현, 『한국 현대소설 유형론 연구』, 집문당, 1999, 37∼43면).

변모를 띠게 된다. 가족 내부의 문제에 대한 사회적인 조명이 부재하던 가정소설과 달리, 사회·경제적인 변모, 즉 근대 자본주의적인 변모가 소설 배경에 가미되기 시작한 것이다. 특히 3~4세대 가족 구성원의 삶이 반영되면서, 소설의 형태는 대하소설적인 경향을 띠게 되었다.[3] 이런 새로운 형태의 가정소설은 당시 토마스 만의 『붓덴부르크 일가』, 쿠퍼의 『작은 영혼의 書』, 골즈워디의 『포어싸이트·사가(The Forsyte saga)』, 리차드슨의 『리차드 마호니의 행운』, 에밀 졸라의 『루공 마카르 총서』, 뒤아멜의 『파스키에 댁의 연대기』, 마르땡 뒤 가르의 『티보가의 사람들』 등[4] 다대한 작품군을 형성하게 되면서, 세대소설[5]로 불리기도 했다.

요컨대 서구에서 근대적 의미의 가족사소설은 가족소설의 하위 유형으로, 가족의 삶을 다루되 3~4세대의 가족 구성원의 발자취를 사회적인 변화 선상에서 연대기적 순서에 의해 서술하는 소설 형태를 의미한다.

한국의 경우, 1930년대 후반기에 김남천이 장편소설개조론의 일환으로 가족사소설을 제안한 이후 현대에 이르기까지 가족사소설, 가족사세태소설, 가족사연대기소설, 가정소설, 가문소설, 가족소설 등 그 명칭이 정립되지 않은 채 혼돈된 상태에서 사용되어 왔다.

---

3) Brewster & Burrell, Modern World fiction, Litterfield, Adams & Company, 1953, pp.75~80.
4) Gero von Wilpert, op.cit., p.263.
5) 가족소설은 가족생활을 소재로 하는 소설들로 결혼소설, 부인소설 교육소설, 영혼소설, 가정소설, 현대의 사가(saga)소설, 세대소설 등이 있는데, 세대소설은 근대 이후에 나타난 가족소설의 새로운 형식으로 가족사소설을 의미한다. 여기에서 가족소설은 근대 이후의 가족소설을 포괄하는 상위 범주로 사용되고 있다(Dieter Baacke u. a., Kleines Literarisches Lexikon, 4th. ed., Berlin: Francke Verlag, 1966, p.24·p.124: Gero von Wilpert, Sachwörterbuch der Literatur, 6th. ed., Stuttgart, 1979, pp.262~263: 류종렬, 앞의 책, 20~21면 재인용).

오늘날 국문학계에서 통용되고 있는 가족사소설은 이재선의 『한국현대소설사』에서 비롯된 명칭이라 할 수 있다. 이재선은 '가족소설'과 '가족사소설'의 공통점과 차이점을 토대로 가족사소설을 가족소설의 하위 형태로 설정하고, 1930년대 이후 근대적 의미의 작품에 한정하여 그 용어를 사용하였다. 즉 가족소설과 가족사소설은 가족의 삶이나 가족의 역사를 소설화한다는 점에서 일치하나, 가족사소설은 가족 구성원 간의 상호 갈등과 세대 간의 갈등은 물론 역사와 사회의 문맥 속에서 가족구조의 변동과 가족의 운명 등을 제시하며, 가족의 계보 및 세대 간의 단층과 변동을 작품의 본질로 삼는다는 점에서 차이가 있다고 보았다.6) 이재선이 말하는 한국 가족사소설의 특징은 곧 서구 빅토리아조의 가정소설이 근대 이후 새로운 형태의 가정소설인 세대소설로 변모하게 되면서 갖게 된 소설적 특징과 유사한 것이기도 하다.

1930년대 이후의 소설 유형에 주목한 명칭으로는 '가족사세태소설'이 있다. 이는 조동일에 의해 대두된 것으로, 고전문학의 가문소설에서 근원을 찾으면서도 당대의 대표적 소설 유형인 세태소설적인 시각에 의거하여 부여한 명칭이다.7)

국문학사상 고전문학과의 연계선상에서 주목한 명칭으로는 '가정소설'8)이 있다. 가정소설은 가족사소설을 내재적 발전론의 관점에서 조명한 것으로, 가족사소설의 연원을 조선시대의 가정소설에

---

6) 이재선, 『한국현대소설사』, 375~400면: 이재선, 『한국문학의 해석』, 121~126면: 이재선, 『한국문학의 원근법』, 104~108면.
7) 조남현, 앞의 책, 88~89면.
8) 이수봉, 『한국가문소설연구』, 을유문화사, 1971, 15~19 · 29 · 483면: 최시한, 『가정소설 연구』, 민음사, 1993, 21~33면.

서 찾는다. 특히 조선시대의 가정소설·가문소설과 근대의 가족사소설의 관계를 명시하여 한국소설사의 전개 과정에서 양자를 포괄할 수 있는 명칭으로 가정소설을 제안하고 있다.[9]

국문학사상 고전문학과의 연계성에 주목한 또 다른 명칭으로는 '가문소설'이 있다. 이수봉은 조선시대 가문소설의 성립과 서구적 개념의 가문소설을 동궤에 놓고 명칭을 부여한 것이다.[10] 이들 명칭은 한국 문학사의 내적 연계성에 주목했다는 점에 장점이 있으나, 근대적 자본주의 양식으로서의 장편소설에 대한 인식은 결여된 규정이라는 점에서 명백한 한계를 지니고 있다.

가족사소설을 근대적 의미의 장편소설이라는 전제하에 설정한 명칭으로는 '가족사연대기소설'이 있다. 이는 이주형에 의해서 제시된 것으로, 그는 가족사연대기소설을 '연대기적이고 가족사적인 성격을 띠고 있으며, 대상의 총체성을 지향하는 소설'로 규정하였다. 아울러 그는 가족사연대기소설을 1930년대 말에서 1940년대 초에 나타난 새로운 장편소설의 형태로 보면서, 헤겔과 루카치를 전범으로 하는 김남천의 '장편소설' 개념에 부합한 작품들이라고 긍정적인 의의를 부여하였다.[11]

또 다른 명칭으로는 '가족소설'[12]이 있다. 서구에서는 일반적으로 가족소설이 가족사소설을 지칭하는 명칭으로 통용되고 있으나,

---

9) 최시한, 앞의 책, 21~30면.
10) 이수봉, 앞의 책, 17~19면; 이승복, 『고전소설과 가문의식』, 월인, 2000, 13~14면. 가문소설이라는 명칭은 오늘날 보편적으로 사용되고 있으나, 소설의 형식과 내용, 분량의 문제까지를 모두 포괄할 수 있는 개념으로는 부족하다(조용호, 「세대소설론」, 『한국가문소설논총』 2, 경인문화사, 1999, 364면).
11) 이주형, 「1930년대 한국 장편소설 연구」, 서울대학원 박사학위논문, 1984, 153~154면.
12) 장미영, 「한국근대가족소설연구」, 전북대대학원 박사학위논문, 1997.

이 용어를 사용할 경우 '가족의 이야기'를 다룬 소설 일반을 포괄하는 가족소설과 혼동될 우려가 있다. 또한 '가족의 역사'라는 개념을 구체적으로 함축하는 명칭으로 보기에도 미흡한 점이 있다.

지금까지 살펴본 바와 같이 가족사소설은 가족사소설·가족사세태소설·가족사연대기소설·가정소설·가족소설 등 다양한 명칭으로 불리어 왔다. 본고에서는 가족사소설의 주요한 특징인 연대기적 서술 방식을 감안하여, '가족의 역사를 다룬 소설'을 포괄할 수 있는 '가족사소설'13)을 명칭으로 선택하였다. 가족사소설의 서사적 특징인 연대기적 서술 형태에 주목한 명칭으로는 '가족사연대기소설'14)이 있으나, '가족사소설'의 '사(史)'에 이미 역사의 서술 방식인 '연대기적 서술'의 의미가 내포되어 있으므로 반복 서술할 필요가 없다고 생각했기 때문이다.

---

13) 이와 관련된 논의로는 이혜경의 논문이 있다.
　　이혜경은 '가족'의 모티프로 가족사소설을 설정하면서, 「'가족'의 모티프는 가족사회학의 변화에 따라 다양한 양상으로 발전하여 왔으나, 새로운 '가족사소설'의 정의는 다양한 가족의 구조나 의미 변화 속에 새롭게 창작된 가족사소설을 아우를 수 있어야 한다」는 문제의식을 제기하였다. 그러나 가족사소설로 명칭을 규정한 근거를 구체적으로 제시하지는 못하였다(이혜경, 「현대 한국문학의 가족사소설」, 『건양대인문논총』3, 1999. 2: 이혜경, 「현대한국가족사소설 연구」, 충남대대학원 박사학위논문, 1999).

14) 이에 관련된 가장 선구적인 연구로는 이주형의 논문이 있다.
　　이주형은 1930년대 장편소설개조론의 일환으로 제안된 김남천의 '로만개조론'에 입각한 소설적 특징에 의거하여 명칭의 근거를 제시하고 있다. 가족사소설은 "1930년대 말에서 1940년대 초에 나타난 새로운 장편소설의 형태로, '연대기'적이고 '가족사'적인 성격을 띠고 있으며, 대상의 총체성을 지향하는 소설"이므로 서술적 특징에 주목하여 명칭을 가족사연대기소설로 확정하고 있다. 특히 연대기적 성격에 대한 규명은 가족사소설을 역사소설의 범주에도 포괄시켜 고찰할 수 있는 것으로 이론을 진전시킨다(이주형, 「1930년대 한국 장편소설 연구」, 앞의 책, 153~154면: 이주형, 「한국 역사소설의 성취와 한계」, 앞의 책, 176~184면: 배기정, 「1930년대 '가족사연대기소설' 연구」, 경북대대학원 박사학위논문, 1998: 류종렬, 「1930년대 말 한국가족사·연대기소설 연구」, 부산대대학원 박사학위논문, 1991).

2) 가족사소설의 특징

가족사소설의 특징과 이와 관련된 가치평가를 준거로 규정한 가족사소설의 개념을 전제로 할 때 더욱 일관성 있게 논의될 수 있을 것이다. 따라서 앞서 언급한 가족사소설의 개념을 전제로, 근대적인 장편소설로서의 가족사소설의 특징을 살펴보도록 하겠다.[15]

가족사소설의 가장 기본적인 특징은 '가족'을 테마로 삼고 있다는 점이다. 이는 다른 소설 장르와 구별되는 가족사소설의 특징으로, 시대적 변화에 따른 가족세도의 변화에 초점이 놓인다. '가족'을 테마로 하는 가족사소설에는 주로 사회의 급진적인 변화로 인한 가족 내부의 세대 간 갈등과 가족의 쇠퇴가 반영된다. 특히 가족 내부의 갈등이 가족의 가치 및 공동 사회의 의식 변모와 연계되어 있는 점은 주목되는 특징이다.[16] 즉 가족사소설은 사회적인 변동이 심한 시기를 반영하기에 적합한 소설 유형으로, 시대적 변모에 따라 변하는 가족과 가족제도의 가치 그리고 생명력의 의미를 되살리고자 하는 의도를 담고 있다.[17]

---

15) 가족사소설의 이론을 본격적으로 정립한 현대의 학자로는 이링 루(Yi-ling Ru)가 있다. 이링 루는 가족사소설을 '가족소설(Family Novel)'로 지칭하고 있으나 본고에서는 가족사소설로 명명하였다(Yi-ling Ru, The Family Novel, Peter Lang Publishing Inc. New York, 1992).

16) 가족 구성원 간의 갈등과 대립이 가족사소설의 중요한 요소가 되는 것은 사실이지만 가족 내의 개인보다는 가족이라는 사회집단의 동태를 중시하며, 더욱이 누대에 걸친 가족의 역사를 추적한다는 변별적 특징을 갖는다. 그러므로 기본적으로 연대기소설의 형태를 취한다. 따라서 가족의 범주는 인간 현실의 역사적, 사회적 차원을 돋보이게 하는 장치일 따름이다. 또한 가계의 선형적 전개를 존중하는 서술 방법은 작중인물들의 개체적, 사회적 경험을 거시적으로 조망하면서 역사적 형식을 부여하는 효과를 발휘한다(한용환, 『소설학사전』, 고려원, 1992, 13~14면).

17) 이는 대부분 세대 간의 갈등, 즉 아버지와 아들의 갈등을 통해서 나타난다. 또한 중심 가족에 대응하거나 유사한 제2의 가족(second family)을 통해 중심 가족을 돋보이게 하는 방식을 통해서도 그려진다(위의 책, 28 · 32~33면).

여기에서 좀 더 구체적으로 살펴볼 것은 시대적 변모에 따른 가
족사소설의 구성 방식이다. 가족사소설의 시간적 구성은 연대기적
시간 배열에 의거하고 있다. 즉 연대기적인 긴 구성을 전제로 한
가족사소설의 시간적 구성은, 시간 순서에 의한 수직적 구조와 동
시기의 수평적 구조가 교차되면서 형성되고 있다.[18] 이러한 가족
사의 연대기적 서술 방식을 통해 사회적인 제반사와 가족사가 근
접하게 연관되면서 구체적인 사실성을 확보하게 된다. 즉 가족사소
설의 연대기적 구성은 가족사소설이 한 가족의 역사를 반영하는
것에서 그치는 것이 아니라, 가족의 역사를 통한 사회의 연대기를
간접적으로 제시하면서 사회소설로서의 가능성과 사실적인 묘사를
확보하게 되는 것이다.[19] 이와 관련하여 가족사소설에서의 가족의
관습은 중요한 위치를 차지한다.

　가족사소설에서는 가족의 관습, 즉 풍속의 묘사가 중요한 특징으
로 부각된다. 가족의 관습은 공동체의 개변 과정에서 가족과 가족
구성원의 사회적 특징을 반영하며, 공동 사회의 정신적 기초를 정
의하는 데 있어서 중요한 계기점을 마련한다.[20] 결혼식과 장례식

---

18) 수직적 구조 속에서 3~4세대의 진전 과정이 연대기적 시간 순서에 의해 발전하며, 같은 시
　　기에 가족 구성원 내부의 갈등은 수평적 구조로 묘사된다(위의 책, 36~37면).
19) 이링 루는 가족사소설을 사실주의적인 관점에서 파악하고 있다. 그가 사용하는 사실주의적
　　관점은 폭넓은 개념으로서, "작품 내에 실재적인 표현을 충실히 하는 것이며, 사실처럼 보이
　　는 것과 동의어로서의 사실주의이며, 한편으로는 인간 역사 내에서 일어나는 것으로서의 사
　　실주의이다." 이러한 그의 관점은 가족사소설을 문예운동의 차원이 아니라 세계문학사상 중
　　요한 시점에서 발생한 보편적이고 일반적인 소설 형태로 보는 시각이라고 할 수 있다.
　　가족사소설의 사실적인 요소는 연대기적 서술 구성에서 기인된 것이며, 자전적인 원천과 세
　　밀한 성격묘사를 통해서도 나타난다. 특히 가족사소설이 자전적인 특징을 지니고 있는 경우
　　작가 자신의 원천적 소재, 정서, 그들 주변의 인물과 함께 하는 가족과 민족의 정서를 융합하
　　여 작품의 사실성에 긍정적인 기여를 하게 된다(위의 책, 5~6 · 8~10면).
20) 가족사소설의 작가는 개인적이면서도 총체적인 것의 정수를 정확하게 묘사하는 것을 중시하
　　게 된다(위의 책, 12~13면).

등 가족의 관습이 사회적 연대기와의 연관 속에서 작품 내에 수용되는 측면은, 가족사소설이 공동 사회의 문화적 전통과 역사의식의 관점을 지향하고 있음을 의미하는 것이다. 이는 가족사소설이 한 사회의 생활 방식과 가치관 그리고 문화의 이데올로기를 되돌아보기 위한 하나의 통로로, 역사적인 가치를 지니고 있음을 의미한다.

가족사소설의 특징으로 가장 부각되는 면모는 '가족의 역사'가 '연대기적 형식'으로 구현되고 있다는 측면이다. 그러면 가족사의 '연대기'적 특성에서 기인된 역사소설과의 상관성 및 풍속묘사의 의미에 대해 좀 더 구체적으로 살펴보도록 하겠다.

'연대기(年代記)'란 '시간적 연대순에 따라 주요한 사실(史實)을 기록한 것'[21]으로 역사 서술의 기본 방식을 내포하는 개념이기도 하다. 가족사소설의 이러한 서술 방식은 역사적인 시각으로 시대를 조명할 가능성을 의미하는 것으로, 가족사소설과 역사소설 간의 공통점과 연계 가능성을 검토할 필요성이 제기되는 부분이라 하겠다.

서구의 경우, 역사소설을 통념상 '과거의 역사를 소재로 한 소설'이라 정의하고, '현재로부터 대체로 두 세대, 즉 40년 내지 60년 이상의 과거사를 소재로 한 소설'로 규정하고 있다. 그리고 논자에 따라서는 현재 및 그 직전 세대는 작가나 독자들이 대부분 체험한 세대이기 때문에 이를 배경으로 한 작품은 '최근소설'이라 하여, 역사소설과는 별개의 소설 유형으로 준별하여 사용하기도 한다.[22] 그런데 가족사소설이 '가족의 역사를 다루되 특히 3~4세대 이상의 가족의 발자취를 더듬는 소설'[23]이라고 정의한다면, 가족사

---

21) 이희승, 『민중국어사전』, 민중서관, 1989, 1530면.
22) 강영주, 『한국 역사소설의 재인식』, 창작과비평사, 1991, 17면.
23) Yi-ling Ru, op.cit., p.5.

소설은 먼 과거의 역사가 아니라 최근세의 시대를 다루므로 엄격한 의미에서 '역사소설'보다는 '최근소설'에 더 가깝다고 하겠다. 그러나 가족사소설에서 보여주는 '현대에 대한 역사적 조명'[24]은 한국의 현대 가족사소설인 안수길의 『북간도』나 박경리의 『토지』에서 볼 수 있듯이, 연대기적 서술 방식과 대하소설적 경향으로 인해 역사소설로의 진전을 가능하게 한다고 할 수 있다.[25]

한국에서 가족사소설이 풍미했던 때는 일제의 식민지 통치가 강화되던 1930년대 말 1940년대 초였다. 당면한 현실에서 벗어나기 위한 방안으로 역사소설이 창작되긴 하였으나, 대부분의 작품들이 본격적인 역사소설로서의 의의를 지니는 것과는 자못 거리가 있었다.[26] 반면 가족사소설은 '최근세의 역사'를 다루지만 역사적으로 중요한 시점인 '개화기'를 배경으로 시대적 전환기의 역사적 의의를 부각시킴으로써, 현재에 대한 인식을 재인식시키는 데 일조하였다. 바로 이러한 점에서 일제 말 한국 가족사소설의 의의를 높이 평가할 수 있을 것이다.

요컨대 1930년대 말 이후에 등장한 한국 가족사소설은 사회의

---

24) 김남천은 「현대 조선소설의 이념」(『조선일보』, 1938. 10. 18.)에서 가족사를 연대기로 파악하여 전형적 정황의 묘사를 확보하고자 하였다. 이는 가족사를 역사적인 연대기로 파악하는 것을 의미하며, 가족사를 통해 최근세의 역사를 조명하고자 하는 노력이었다고 볼 수 있다.

25) 가족사소설의 연대기적 형식은 가족사소설을 역사소설의 관점에서 접근하는 것을 가능하게 하였다. 이와 관련된 논의는 이주형에서 비롯되어, 대체로 대하장편소설적 경향이 농후한 현대 가족사소설을 중심으로 이루어지고 있다(이주형, 「한국 역사소설의 성취와 한계」, 앞의 책, 176~178면: 홍성암, 「역사소설의 양식 고찰—해방 이후의 작품을 중심으로」, 『한국학 논집』 11, 1987. 2, 307~310면).

26) 이 시기의 역사소설로는 현재의 전사로서 과거의 역사를 사실적으로 형상화한 홍명희의 『임꺽정』이 연재되고 있었지만, 그 이외의 역사소설들은 현재와는 동떨어진 과거를 대상으로 하면서 역사적 비유를 통해 민족주의적 교훈을 제시하고자 과거를 현재화하거나 아니면 궁중 비화류의 상층 인물들의 사회와 연애담으로 통속적 흥미만을 추구하고 있는 실정이었다(김재용 외, 앞의 책, 687~688면).

본질적인 모순을 정면으로 반영하지 못하는 시대적인 정황을 인식하고, 제 나름으로 현대의 역사의식을 부여하기 위해 최근세를 시대적인 배경으로 하여 '가족의 역사'를 연대기 형식으로 구현한 근대적 장편소설이라 할 수 있다. 또한 가족사소설에서 '연대기'의 의미는 풍속의 재현 과정을 통해서도 확보된다.

앞서 언급한 바와 같이 가족사소설에서의 풍속은 공동체의 개변 과정 내에서 가족 관습과 사회의 연대기적 차원으로 형상화됨으로써, 공동 사회의 문화적 전통과 역사의식의 관점을 지향하게 된다. 즉 가족사소설에 있어서 풍속묘사는 가족의 연대기와 사회의 연대기적 차원을 반영하는 모티프로 작용하며, 가족의 연대기 내에서의 풍속은 전형적 현실의 세부묘사를 가능하게 하고, 사회의 연대기로서의 풍속은 풍속에 사회·문화적 가치를 부여하는 역할을 한다.

이와 더불어 가족사소설에서의 풍속은 가족사소설이 사실성을 확보하고 사회소설로 나아갈 수 있는 가능성을 지닐 수 있게 해 준다. 가족사소설에 있어서 풍속이 지니는 이러한 의미는 가족사소설의 '연대기적 구성'과 결부됨으로써 가능하게 된 것이라고 하겠다.

② 일제 말 한국 가족사소설의 담론

근대적 장편소설로서의 가족사소설은 1930년대 말 1940년대 초에 김남천의 '로만개조론'에 의해 제창된 소설 장르이다. 여기에서는 가족사소설이 창작된 당시의 시대적·문단적 배경과 아울러 김

남천의 '로만개조론'의 일환으로 제기되었던 '가족사소설론'과 '풍
속론'을 살펴보고자 한다.

1930년대 말 1940년대 초는 일본의 파시즘 정책이 강화되었던
시기이다. 1937년 중일전쟁 이후, 일본은 민족을 말살하기 위해 황
국신민화 정책을 추진하는 한편 조선의 인적·물적 자원을 침략
전쟁에 동원하기 위하여 민족해방운동에 대한 감시와 탄압도 강화
하였다.[27] 이와 같은 극심한 파시즘의 대두는 절대 독립론에서 후
퇴하거나 저항성이 거세된 문화운동 방향으로 민족을 이끌어 가던
지식인과 문화인의 상당수를 친일파로 전락시켰다.[28]

문학계도 이러한 파시즘의 자장에서 자유로울 수는 없었다. 사
상적 문학 경향을 주도하던 문인 단체 카프(KAPF)가 일제에 의해
1935년에 강제로 해산되면서 프로문학은 결정적인 타격을 받게 된
다. 그러나 이러한 일제의 문화적 억압은 카프의 강제 해산에서
멈추지 않고, 민족주의 계열 혹은 순수문학 계열에도 파급되어 한
국 문학 전체의 위기로 확산되었다.[29] 이와 같은 문단적 침체는
역사의식에 일정한 회의를 불러일으켰으나, 반면에 새로운 문학적
모색의 국면을 전 문단적으로 맞이하는 계기가 되기도 하였다. 그
리하여 한국 문단에서는 서구 문학의 수용, 작품 창작의 기술적인

---

27) 일제는 황국신민화 정책의 일환으로 신사참배를 강요하였으며, 조선어 사용을 금지하는 한편
창씨개명을 강요하였다. 한편 일제는 임시자금조정법(1937), 국가총동원법(1938) 등의 법령
을 제정 공포함으로써 국가의 모든 영역에 걸쳐 강력한 파쇼적 통제력을 행사하였다. 나아가
1940년 9월 독일·이탈리아와 3국 동맹을 체결하였으며, 1941년에는 태평양전쟁을 일으켜
제2차 세계대전에 가담하였다(한국역사연구회, 『한국역사』, 역사비평사, 1992, 329~330면).
28) 민족문화운동이 저항성과 비판성을 상실하고 순수한 문화운동 및 민족문화 보전운동으로 나
아간 경우 그것은 복고주의적 방향으로 나아가거나 아니면 식민 통치의 올가미 속으로 빠져
들어갈 수밖에 없었다(강만길, 『고쳐쓴 한국현대사』, 창작과비평사, 1994, 173~174면).
29) 김재용 외, 앞의 책, 638~639면.

모색, 문예 이론의 다양화[30] 등 다각적인 모색의 과정을 통해 풍자문학, 역사소설, 신변세태소설, 내성심리소설 등 다양한 소설의 형태가 등장하게 된다. 특히 소설은 장편화 경향이 본격화되었는데, 장편소설 가운데서도 강한 역사의식을 작품에 반영하는 가족사소설 및 역사소설 형태가 대거 출현하였다.[31]

김남천, 이기영, 한설야 등 카프 문인을 위시한 중견 작가들에 의해 주도된 가족사소설은 당시 장편소설의 통속화에 대한 방편으로 제기된 것으로, 작가가 직접 체험한 최근세의 역사, 즉 19세기 말 20세기 초의 역사적 격변기를 배경으로 하여 봉건사회의 몰락과 자본주의 사회로의 변화 과정을 반영하고자 했다. 그 시기는 당시 중견 작가들의 유년기이자 한국 근대의 초기로, 식민지 자본주의화라고 하는 당대 현실의 전사적 의미를 가지고 있었다.[32] 당시 작가들이 변화와 지속의 역사 원리를 구조로 삼는 소설적 경향을 모색의 방편으로 삼았던 것은 현실 문제에 관심을 두는 것이 어려웠던 당시의 필연적 현상으로, 현실의 단절성을 과거와 이어보려는 의식의 발로[33]라고 할 수 있을 것이다.

이러한 경향은 사회주의 리얼리즘 논쟁 과정에서 획득된 리얼리즘에 대한 이해가 심화되면서 과거의 도식주의를 극복하기 위한 자기 성찰적 모색으로 나아갔으며, 이로써 가족사소설의 창작이 중요한 의미로 부각되기 시작했다. 한편 가족사소설은 일상적인 생활로

---

30) 염무웅, 「1930년대 문학론」, 『한국 근대 문학사론』, 한길사, 1976, 427〜433면.
31) 백철, 『신문학사조사』, 신구문화사, 1968, 472〜473면: 이재선, 『한국현대소설사』, 홍성사, 1979, 375면.
32) 김재용 외, 앞의 책, 633〜634면.
33) 이재선, 앞의 책, 375면.

소재 범위를 확대시키고, 성격 창조에서의 진실성을 심화시키는 등 다양한 창작 방법을 구사하면서 보다 발전적인 창작 태도를 보였다.

다른 한편 일본을 통해 소개된 서구의 가족사소설34)의 영향 또한 한국 가족사소설을 형성시키는 데 만만치 않은 영향력을 행사하였다. 가족사소설의 형식을 띤 서구의 소설이 한국 문단에 처음 수용된 것은 1920년대를 전후한 시기35)였으나, 당시 문단에서는 이러한 가족사소설의 수용이 소설 이론의 구축을 위한 모색이나 소설 창작으로까지 확산되지는 못하는 실정이었다. 가족사소설이 소설 이론과 창작적 차원에서 본격적으로 논의된 것은 1930년대 말에 와서야 가능했다.

가족사소설론의 본격적인 대두는 1930년대 말 1940년대 초의 문단적 상황에서부터 비롯된다. 앞서 언급한 바와 같이, 이 시기의 한국 문단은 '위기와 모색의 시기'라고 지칭될 만큼 문제적인 시기였다. 당시 작가들은 당면한 현실을 타개하기 위한 모색을 시도하였고, 신문 매체를 통한 장편소설의 창작을 그 타개책 가운데 하나의 방안으로 채택한 것이다. 그러나 현실적 제약은 작품 창작에 지대한 영향력을 끼치게 되어, 대부분의 장편소설은 통속적인 경향이나 자연주의적 경향을 띠게 되었다.

당시 본격소설론을 제창한 임화는 「통속소설론」36)에서 이러한

---

34) 김학동, 『한국문학의 비교문학적 연구』, 일조각, 1972, 81~86면.
35) 1920년대 소개된 가족사소설은 졸라의 『루공 마카르 총서』(1920), 투르게네프의 『부자』, 도스토예프스키의 『카라마조프의 형제』(1923~1925) 등이다.
   당시의 수용 양상을 다룬 연구는 다음과 같다.
   김학동, 『한국문학의 비교문학적 연구』, 일조각, 1972, 120~125면: 이재선, 『한국문학의 해석』, 새문사, 1981, 126~128면: 류종렬, 앞의 책, 35~36 · 50~51면.
36) 임화, 「통속소설론」, 『문학의 논리』, 서음출판사, 1989, 231~237면.

소설적 현상에 대해 논의한 바 있다. 그는 시대 현실의 제약이 작가 내부의 '말하려는 것'과 '그리려는 것'의 분열을 초래함으로써 당시의 한국소설은 세태소설과 내성소설적 경향을 띠게 되었다고 진단하였다. 그리고 현대의 문학적 분열상을 미봉하기 위해 통속적 방법이 대두했으나, '통속소설'의 본격적인 장(場)인 신문 매체가 계몽성에서 상업성으로 성격을 전환함에 따라 오히려 장편소설을 퇴락시키는 데 일조하였다고 개탄하였다.[37]

그러나 이러한 장편소설의 통속화 현상에 대한 문제의식은 '전작장편소설'의 기획과 다양한 '장편소설개조론'을 모색하는 계기점을 마련하기에 이른다.[38]

이상에서 살펴본 바와 같이 1930년대 '장편소설개조론'의 과제는 성격과 환경의 분열에서 기인된 세태소설, 내성소설, 통속소설의 한계를 극복하는 일로부터 시작되었다. 임화는 본격소설을, 백철은 종합문학으로서의 장편소설을, 김남천은 가족사소설을, 최재서는 중편소설과 보고문학 그리고 가족사소설을 방안으로 제시하였다. 그중 가족사소설의 이론적인 토대로서 주목할 만한 것은 김남천과 최재서의 논의이다. 특히 김남천의 논의는 당시의 여러 '장편소설개조론'이 소설 이론의 모색에 그친 것에 비해, 소설의 이론적 구축을 기초로 하여 실제적인 작품창작으로 이어졌다는 점에서

---

37) 세태소설은 외부로, 즉 묘사의 세계를, 내성소설은 내부로 즉 내성의 세계를 지향하지만 정신적 입장은 같다고 보았다. 임화는 세태소설과 내성소설이 무력의 시대의 산물이며 장편소설 위기의 한 표상이라고 보았다. 세태소설과 내성소설은 문학 내적인 문제와 관련된 것이나 통속소설은 문학 외적인 문제, 즉 신문의 상업주의적 횡포와 관련된 것으로 당시 이를 해결해 보려는 방책으로 '전작장편소설' 출판의 시도가 나오게 된다(이주형, 「1930년대 후반에 전개된 장편소설론의 위상」, 『국어교육연구』, 1981. 12. 22~24면).
38) 김남천, 「장편소설에 대한 나의 이상」, 『청색지』, 1938. 8.

독보적이라 할 수 있다. 따라서 김남천의 '로만개조론'을 중심으로 가족사소설의 장편소설로서의 가치와 풍속묘사의 의미를 살펴볼 필요가 있을 것이다.

김남천은 카프 1차 검거 사건을 즈음하여 조직운동의 실천을 도모하면서 문단에 데뷔하였고, 이후 비평가이자 작가로 활동하였다. 활동 초기에 그는 볼셰비키화와 조직의 전환을 둘러싼 문학의 정치적 실천 문제를 중심으로 비평을 전개하였다. 이 시기 김남천의 비평적 결실은 당시 비평계에 문학과 이데올로기의 관계 및 현실 반영으로서의 문예학 정립에 대한 인식을 형성하는 계기를 마련해 주었다. 그러나 1935년 카프가 해체된 이후 주체의 동요에 직면하게 된 김남천의 비평은 자기 분열과 모순을 극복하기 위한 주체 재건의 문제로 전환하기에 이른다. 자기고발론, 모랄론, 풍속론, 관찰문학론 등은 당시 김남천이 다양한 소설 이론을 구축하여 자기모색의 길을 찾고자 했던 노력의 소산이었다.39) 김남천의 '로만개조론'은 이러한 일련의 이론적 모색의 과정 속에서 장편소설개조론의 일환으로 제안된 것으로, 가족사소설의 이론적 토대를 고찰하는 데 중요한 단서를 제공해 준다.

우선 김남천은 당시 장편소설의 절망적 현상을 타개하기 위한 방안을 모색하는 과정에서 서구의 가족사소설에 주목하였다.

특히 리얼리즘의 문제를 핵심으로 하여 장편소설의 개조 같은 것을 생각

---

39) 이덕화, 『김남천 연구』, 청하, 1980, 29~46·89~146면; 하응백, 『김남천 문학연구』, 시와시학사, 1991, 35~92면; 권영민, 「김남천과 계급의식의 창작적 실천」, 『소설과 운명의 언어』, 현대소설사, 1992, 219~223면; 정호웅, 「새로운 세계에 대한 열망과 그 한계 - 김남천의 『대하』論」, 『김남천』, 이상갑 편, 새미, 1995, 229~236면.

해 보노라고 했으나 그 시에 자료될 만한 것으로 계통적으로 연구한 것도 아무것도 없다. 우연한 기회가 돌연히 생겨서 급작스럽게 장편에 착수하면서, 엉겁결에 가족사연대기를 계획해 보았으나 그 유명한 토마스 만의 『붓덴부르크 일가』나 또는 콜스워지의 것이나 로제마르탱 뒤가르의『티보 일가』나, 또는 그보다도 더 유명한 도스토예프스키의 『카라마조프의 형제』 같은 것도 연구한 적이 없었던 것이다. (……) 혹시는 퍽 전에 읽었던 솔로호프 같은 이의 영향이 있었는지 모르겠다. 그의 작품을 것은 불과 두편,『고요한 돈』과『개척된 처녀지』일 뿐으로 무슨 영향일 것이랴마는, 원체 내가 다른 것보다 세밀히 읽고 분석해 보았고, 그 주인공들의 생기발랄한 데 매혹되었던 것이 사실이므로 4, 5년 전의 일이라 할지라도 역시 어딘가 그때의 영향이 남아 있을는지는 모르겠다.[40]

인용문으로 미루어 짐작건대, 당시 김남천은 서구의 가족사소설인 토마스 만의『붓덴부르크 一家』, 골스워디의『포어싸이트 사가』, 로제 마르땡 뒤 가르의『티보가의 사람들』, 도스토예프스키의『카라마조프의 형제들』등을 통해 장편소설 개조의 방안을 모색하는 한편, 자신의 이론을 기반으로 한 전작장편소설『대하』의 1부를 창작하였음을 알 수 있다.

그런데 여기에서 주목해야 할 것은 김남천의『대하』가 '오히려 가족사소설은 아니나 솔로호프의『고요한 돈강』,『개척된 처녀지』등 영향'을 더 지배적으로 받았다는 사실이다. 이들 작품은 모두 대하장편소설적인 면모가 강한 리얼리즘 소설이다. 이는 김남천이 제창한 가족사소설이 리얼리즘 이론과 긴밀한 연관성을 맺고 있음을 시사하는 부분이기도 하다. 또한 김남천 이론의 이와 같은 측면은 그가 제안한 가족사소설의 형식적인 고구를 통해서도 확보되고 있다.

---

40) 김남천,「내가 영향 받은 외국 작가 - 靑年 솔로홉흐」,『조광』5권 3호, 1939. 3, 260~262면.

    이제 내가 이상의 논술을 거쳐서 '로만' 개조의 단초적 출발까지를 합쳐서 생각할 수 있는 방향으로 무엇보다 풍속개념의 재인식과 가족사와 연대기에의 길을 제시하는 것은 가장 적절한 장소일까 생각한다. 다시 말하면 풍속이라는 개념을 문학적 관념으로서 정착시키고 그것을 들고 가족사로 들어가되 그 가운데 연대기를 현현해 보자는 것이다. (……) 풍속을 갖고 가족사와 연대기로 들어간다는 것은 그러면 구체적으로 무엇을 결과하고자 하는 때문인가.
    풍속을 가족사로 들고 들어가면 우리 작가가 협착하게밖에 살펴보지 못하던 넓은 전형적 정황의 묘사가 가능할 수 있으리라고 생각한 때문이고 그것을 다시 연대기로서 파악하자는 생각은 우리의 정황의 묘사를 전형화하고 그 묘사의 핵심에 엄밀한 합리성과 과학적 정신을 보장하겠다는 심사이다. 다시 말하면 작가의 지적 관심을 높이겠다는 심사이다. 한편 우리가 현 순간에서 발견하지 못하였던 발랄한 생기 있는 인물로 된 이데를 현세인의 형성 내지는 생성과정에서 잡아보려는 야심을 일으키어 현세인 그 자체에 대한 새로운 발견이 가능하지는 않을까, 그것을 희망하는 마음도 실인즉 없지 아니하다.[41]

이 평문을 통해서 알 수 있는 것은, 김남천이 제안한 가족사소설이 '풍속·가족사·연대기'의 형식적 구성 원리[42]를 기반으로 삼고 있으며, 시대적인 배경은 '생기발랄한 인물로 된 이데'를 발견하기 위해서 '현세인의 형성 내지 생성 과정', 즉 최근세로 설정하고 있다는 사실이다. 이러한 구성 원리가 지향하는 것은 합리성과 과학성을 토대로 한 전형적 정황의 묘사로,[43] 루카치의 장편소

41) 김남천, 「현대 조선소설의 이념」, 『조선일보』, 1938. 9. 11.13~18면.
42) '가족사로 들어가되 그 가운데 연대기를 구현하여 보자는 것'은 가족사소설이 가족사와 연대기의 복합 형태임을 의미한다(류종렬, 「1930년대 말 가족사·연대기소설의 개념과 특성」, 『한국문학논총』 11, 1990. 10, 376면).
43) '정황묘사를 전형화'한다는 것은 리얼리즘에서의 '전형적 상황'을 의미한다(송하춘, 「1930년대 후기 소설논의와 실제에 관한 연구」, 『세계의 문학』, 1990. 가을, 199~219면).
    이는 김남천이 「모던문예사전」에서 이미 정의내리고 있다. 그는 전형적 성격, 전형적 정황은 리얼리스트들이 많이 사용하는 용어로 엥겔스가 마가렛 하크네스에게 보내는 편지에서 비롯되었음을 밝히고 있다. 한편 창조되는 성격이나 개성은 묘사된 정황이 전형적이라야 비로소 전형성을 획득할 수 있다고 보았다(김남천, 「모던문예사전 - 전형」, 『인문평론』, 1939. 10.

설 이론과 리얼리즘 이론에 입각한 것이라고 하겠다.

'적극적 주인공'의 창조는 전형적 상황 속의 전형적 인물의 반영이라는 엥겔스의 이론을 토대로 형성된 개념이다. 루카치에 의하면 사회주의 문예비평에서는 적극적 주인공의 창조가 미래 사회 발전의 법칙과 전망에 대한 이해에 근거하는 것으로, 마르크시즘 사상 전체를 배후에 지니는 '이상적 타입'을 의미한다. 또한 적극적 주인공의 창조는 부르주아적 리얼리즘을 지양한 형태인 사회주의적 리얼리즘에 이르러서야 가능하다.[44]

자연주의 소설이 평범한 인간의 일상적 삶의 진실에 충실한 것을 반영한다면, 모더니즘 소설에서는 현실로부터 소외된 인간의 극단적 주관성을 반영한다.[45] 리얼리즘 소설에서는 적극적인 주인공의 창조를 통해서 전망을 제시하고자 한다. 그러나 일제 말의 한국 사회에서는 적극적 주인공을 발견할 수도 묘사할 수도 없는 상황이었다.[46] 따라서 김남천은 『티보가의 사람들』, 『붓덴부르크 일가』 등 서구 가족사소설의 구성미에 주목하게 되었던 것이다.[47] 이는 '정신의 기피, 적극적 주인공의 상실, 구성력의 결여' 등으로 집약되는 1930년대 말 1940년대 초의 소설 현상을 타개하기 위한 김남천 나름의 노력의 결과였으며, 적극적 주인공의 창조와 리얼리즘의 실현이 가능한 소설 형식을 모색하기 위한 노력의 일환이었다.

120~122면).

44) Gustav Mayer(hrsg.), Der Brifwechsel zwischen Lassalle und Marx, Deutsche Verlag., 1922, p.417, G. Lukcás, 「Der historische Roman」, 『Problem des Realismus』 III, Neuwied: Luchterhand, 1965, p.124, p.181 (강영주, 「1930년대 평단의 소설론」, 앞의 책, 309~311면).

45) 김준오, 『한국 현대장르 비평론』, 문학과지성사, 1990, 146면.

46) 강영주, 앞의 책, 310~311면.

47) 김남천, 「소설문학의 현상 – 절망론에 대한 약간의 검토」, 『조광』, 1940. 9, 88~91면.

특히 그는 가족사와 풍속을 연대기적인 구성상에 배치하고, 사회적 연대기 속에서 그것을 형상화함으로써 진정한 리얼리즘의 방향을 견지하였다. 이러한 구성상의 특징은 '풍속론'을 통해서 논의가 진전되는데, 당시 일본에서 융성하던 고현학적 연구 풍토에서 영향을 받은 듯하다. 당시 일본 학계에서 통용되던 고현학의 개념을 살펴보면 다음과 같다.

> 우리들 사이에 현대 풍속 또는 현대 세상 연구에 대해 취하고 있는 태도 또는 방법, 그리고 그 일체를 우리들은 '고현학'이라고 부르고 있다. '고현학'이라고 부르고 싶었던 것은 고고학에 맞서고 싶다는 의식 때문이다. 고대 유물유적의 연구는 명백히 과학적 방법의 학문인 고고학에까지 진화하여 왔다. 하지만 이에 비해 현대의 물건에 대한 연구는 그렇게 과학적으로 되어 있지 않은 것에 대한 유감으로부터 그 방법의 확립을 시험하기 위해 시도해 보고 싶었던 것이다. (……) 그리하여 우리들이 시도하고 있는 고현학(고(古)에 반대되는 금(今)이라는 주의를 받고 있으므로, 그렇다면 고금학(古今學)이어야 한다. 그러나 그것은 어느 쪽이건 상관없는 것으로 해두고 싶다)은 위에서 말한 고고학의 그것과 정의 및 목적이 유사하다고 생각하고 싶다. 고고학과 마찬가지로 그것은 방법의 학문이며, 그리고 대상이 되는 것은 현재 우리들이 눈앞에서 보는 것들이며, 따라서 연구하고 싶은 것은 인류의 현재이다. 그리하여 고고학에 있어서의 사학과 대립하는 것으로서, 고현학에 있어서는 사회학이 초래되는 것이다. 즉 고현학은 사회학의 보조학으로서 기능하는 것이라고 생각한다.[48]

곤 와지로가 말하는 '고현학이란 고고(古)학의 상대적인 개념인 고금(今)학(Modernologio)으로 현대 풍속, 현대 세상 연구에 대해 취하는 태도'를 의미하는 것이다. 그러므로 고현학이란, 문화적인 차

---

[48] 곤 와지로, 「'고현학'(考現學이)란 무엇인가」, 『현대 문학의 연구』 15, 한국문학연구학회, 2000. 8.

원의 현대 풍속에 관한 연구인 인류문화학 연구와 일상생활의 역사로서의 문화연구와도 일견 상통되는 부분이 있다. 그러나 김남천의 풍속은 이러한 일본의 고현학과는 다른 관점에 놓여 있다.

> 풍속을 이야기하는 마당에서 명확히 해야 할 것의 하나는 고현학(考現學: 모데르노지오)이다. 그러나 고현학이 생각하고 있는 풍속이란 대단히 통속적인 것이어서 사회 기구에 있어서 물질적 구조상의 질서를 제일의적인 분석의 기준으로 삼지 아니하고 눈에 보이는 이것저것을 두루두루 살펴서 일반 공통한 징후나 현상을 잡아 이것이 마치 사회의 어떠한 본질적인 제 요소처럼 생각하는 데서 생겨난 물건이다.
> 그러나 우리가 말하려는 풍속은 무엇보다 먼저 도덕에 속한다(도덕이 문학의 대상이라는 것은 나의 누차 말해 온 바다). (……)
> 대체로 이상과 같이 대중대충 풍속을 생각해 보면 이에 대한 인식을 이 마당에서 사태(事態)소설이니 하는 경향이 논자의 분석대로 우리 문단에 현존하는 것이라면 이것을 풍속에까지 높이어서 생각할 필요가 있다고 생각한 때문이다. 그리고 일방으론 나의 수차의 졸고에서 논급한 바 과학적 개념이니 세계관이 주체화되려면 도덕을 일신상 진리로서 파악하여 그것을 풍속 속에서 들고 들어가야만 비로소 개념은 문학적 표상을 얻을 것이기 때문이다.[49]

김남천의 풍속은 고현학에서 말하는 풍속과 동일 선상에 있지 않다. 즉 고현학에서는 풍속을 통속적인 것으로 보아 징후나 현상적인 차원에서 파악하지만, 김남천은 풍속을 생산 제관계를 근간으로 하는 사회구조적인 관점에 입각하여 습속 풍속의 역사적 전통을 지닌 사회적 규범, 즉 도덕과 사상적 본질을 포괄하는 개념으로 인식하고 있다.

김남천은 「일신상(一身上) 진리와 모랄」[50]에서도 풍속을 '생산관

---

49) 김남천, 「현대 조선소설의 이념」, 『조선일보』, 1938. 9. 18.
50) 김남천, 「일신상(一身上) 진리와 모랄―'자기'의 성찰과 개념의 주체화」, 『조선일보』,

계의 양식에까지 현현되는 일종의 제도이며, 그 제도 내에서 배양되는 인간의 의식인 제도의 습득감'을 포괄하는 것으로 보았으며, 더 나아가 공통된 사회적 현상인 사회의 연대기로 파악하였다. 김남천이 제창한 풍속은 '중풍속'으로, '경풍속의 가운데서도 항상 그 토대가 되고 있는 생산 제관계를 생각할 뿐만 아니라 그것의 구현이며, 제도를 말하는 동시에 제도 내에서 배양된 의식이나 습득감까지를 의미'하는 것이다.[51] 이러한 시각은 풍속을 문학 이론적으로 접근할 수 있는 가능성[52]과 아울러 풍속묘사의 문학적 정착 과정에 관한 논의인 '모랄론'과 '로만개조론'의 이론 정립의 기틀이 되고 있다.

    이곳에 임화 씨와 나와의 분기점이 있다. 임 씨의 세태묘사의 전체적

　　1938. 4. 22.
　　김남천은 이 밖에도 풍속에 관한 글들을 다수 발표하였다.
　　김남천, 「세태・풍속묘사 기타」, 『비판』, 1938. 5: 김남천, 「현대 조선소설의 이념」, 『조선일보』, 1938. 9. 17: 김남천, 「세태와 풍속」, 『동아일보』, 1938. 10. 25: 김남천, 「시대와 문학의 정신」, 『동아일보』, 1939. 5. 6: 김남천, 「풍속시평」, 『조선일보』, 1939. 7. 6: 김남천, 「관찰문학소설－발자크연구노트 3」, 『인문평론』, 1940. 4: 김남천, 「체험적인 것과 관찰적인 것－속 관찰문학론」, 『인문평론』, 1940. 5: 김남천, 「동태와 업적」, 『조광』, 1940. 12.

51) 경풍속은 상피적 고찰, 사회・경제 현상의 혹종의 본질적인 것을 붙들었다고 오인하는 것으로 세태소설(고현학)에서 드러난다. 김남천은 세태소설을 넘어선 현실 모순까지를 천착한 중풍속을 중시하였다. 이는 리얼리즘적 현실인식의 면모라고 할 수 있다(김남천, 「모던문예사전－풍속」, 『인문평론』, 124~125면).

52) 풍속에 관한 논의는 서구의 근대 문명이 유입되었던 개화기부터 시작되었다. 당시는 개인적・국가적 부강과 근대화를 이룩하려는 움직임이 사회계 전반을 통해서 이루어지고 있었다. 특히 구풍속인 유교적 습속의 청산과 근대적 신풍속의 수용을 위한 움직임이 한말 자강운동의 실력양성론과 신문화건설론을 통해서 형성되었다. 당시 공적인 매체인 신문, 교육을 통해 풍속개량운동이 이루어졌지만 사적인 매체를 통해서도 확산되었다. 소설, 시가, 연극은 이러한 계몽의 기획에 중요한 역할을 하였다(박찬승, 『한국근대 정치사상사 연구』, 역사비평사, 1992, 109~110・217~221면: 김동식, 「한국의 근대적 문학 개념 형성과정 연구」, 서울대대학원 박사학위논문, 1999, 49~54면.).
　　그러므로 김남천 이전에 국문학사에서 풍속을 논한 경우는 주로 계몽의 기획으로서 풍속개량의 사회・문화운동적 차원의 것이라고 할 수 있다.

부정에 대(代)하여, 나는 세태를 풍속에까지 높이자는 것이다. 사실을 사실 이상으로, 세태를 세태 이상으로, 현상을 현상 이상으로 파악함으로써 풍속은 비로소 문학적 관념으로 된다.

이렇게 된 풍속은 정황 정세 묘출의 대상이고 풍속에 대한 고현학 이상의 연구 관찰은 능히 '디테일의 진실성'을 확보할 수 있을 것이다. 지면이 없으므로 미진한 점은 다시 딴 기회를 기다릴 수밖에 없으나 임 씨와 나와의 이해의 차이는 결국 이 점에 있지 아니한가 한다. 그러나 임 씨가 본격소설에의 지향의 부활을 생각하고 있다면, 디테일의 진실, 전형적 정세와 그 속에서의 성격의 묘출, 이것을 생각지 않을 수 없을 것이며, 현재 우리 문학현상에서 이것을 구현하는 단초로서 풍속과, 가족사와, 연대기를 생각하여 '로만'의 개조를 찾아보는 외에 어떠한 것을 생각하고 있는지 궁금하다.

이렇게 가까스로 설정해 놓은 초점을 고려하여 논쟁늘 신선시켜 보고 싶은 일념뿐이다.[53]

김남천의 '모랄론'이란, 창작 주체인 작가가 세태와 사실의 세밀한 묘사를 지향하는 세태소설을 한 단계 높여 중풍속에까지 이르게 함으로써 '디테일의 진실성'[54]을 확보하여 문학적 모랄을 획득하는 과정에 관한 것으로, 이러한 과정을 통해서 로만개조의 이론이 온전히 정립되는 것이다.

지금까지 살펴본 바와 같이 김남천이 세태와 풍속의 개념을 구별하여 사용하는 것은 사실성의 확보와 긴밀한 관련이 있으며, 이는 가족사소설의 창작을 통해 가능하게 됨을 알 수 있다. 즉 소설의 문맥 내에서 세태와 풍속의 구별은 사회적 정황과 정세의 묘출이 풍속묘사의 설득력을 확보하며, 나아가 총체적인 지향점을 갖게 될 때 가능해진다. 이러한 측면에서 볼 때 김남천의 풍속론은 당

---

53) 김남천, 「세태와 풍속」, 『동아일보』, 1938. 10. 25.
54) 김남천, 「모던문예사전 – 풍속」, 『인음평론』, 1938. 10. 11: 김남천, 「세태와 풍속」, 『동아일보』, 1938. 10. 25.

시 일본에서 유행하고 있는 고현학보다 일층 진전된 것이다. 이를 통해서 김남천이 리얼리즘 차원에서 가족사소설을 구상하였음을 재차 확인할 수 있다.

김남천이 장편소설론의 일환으로 로만개조론을 제안하여 구체적인 소설 이론을 구축했다면, 최재서는 구체적인 서구의 가족사소설인 『붓덴부르크 일가』를 직접적으로 분석하여 가족사소설의 실상을 접하게 하였다.

최재서는 장편소설의 위기를 타개하기 위한 방책으로 다양한 소설 양식에 대한 연구에 몰두하였는데,[55] 당시 그는 세계 문학의 동향 중에서 한국 문학을 위기에서 구할 수 있는 서구의 소설 유형으로 '보고문학과 연대기소설'에 주목하였다.

> 현대작가로서 예술적인 장편소설을 써 보려는 야심을 가진 사람이라면 연대기소설이나 그렇지 않으면 보고소설밖에는 쓸 주제가 없지 않은가 하는 결론이 일반적으로 승인되어 있다. 어차피 서사시적 소설을 쓰려면 인간의 가능성을 최대한도로 활동시키고 혹은 강조하는 큰 사건이 있고 또 완만할망정 인물들이 행동할 만한 충분한 시간적 공간적 여유가 있어야 할 것이다. 전자가 보고문학이고 후자가 연대기문학이다. 연대기문학이나 보고문학이 현대소설의 왕좌에 오르게 됨에 대하여서는 다만 작가들의 기술적 이유만이 있는 것이 아니라, 그 후에 정치적 사회적 이유가 있다. 그러나 단순히 기술적 각도로만 본대도 현대작가는 이러한 광야에 그의 수완을 시험해 볼 수밖에 없으리라 생각된다.
> 유럽에서는 연대기소설은 (멀리 발작의 『인간희극』은 그만 두더라도) 벌써 대전 전부터 독자의 주의를 끌기 시작하였다. 영국에 있어서는 골즈워-지의 『포어싸이트·싸가』, 독일에 있었던 토마스·만의 『붓덴부로-크의 一家』, 불란서에 있었던 로망·로-랑의 『쟌·크리스토

---

55) 최재서, 「중편소설에 대하여」, 『조선일보』, 1. 29~2. 3: 같은 글, 『문학과 지성』, 1937: 같은 글, 『최재서평론집』, 청운출판사, 1961, 340~346면.

프』가 시리즈의 형식을 가지고 나와, 젊은 작가들에게 길을 개척하여 주었다. 오늘 완성된 혹은 그 도정에 있는 三部作의 연대기소설은 이루 헤아릴 수 없을 만한 수에 다다랐다.[56]

최재서는 장편소설 창작의 새로운 가능성을 '연대기소설'에서 발견하였는데, 그가 연대기소설로 주목하는 작품들은 가족사소설의 범주에 포함되는 것들이다. 더 나아가 최재서는 가족사소설의 대표적인 작품인 토마스 만의 『붓덴부르크 일가』에 대한 실제적인 비평 과정을 통해 가족사소설의 형식과 특징에 대한 검토를 시도하였다.

우선 최재서는 가정생활을 취급한 작품 가운데 가정소설과 가족사소설을 구분할 것을 주장하면서 가족사소설을 다음과 같이 규정하였다.

가족제도를 확장한다든가 배격한다든가 하는 사회적 관심에서 씌워진 것이 아니라 한 크로니클(연대기)로서 어떠한 가족의 역사를 三世代 내지 四世代에 긍(亘)하여 취급하려는 것 엄밀히 말하자면 '가족사연대기소설'이라 불러야 한다.
작가가 한걸음 물러서서 인생의 흐름이 장구한 세월 동안 흘러가는 것을 교묘히 관상하여 비개인적인 기분으로써 그 유동적 전체를 그리려는 작품이다.[57]

최재서는 가족사소설을 '한 크로니클(연대기)로서 어떠한 가족의 역사를 삼 세대 내지 사 세대에 긍하여 취급하려는 것'으로 규정하고, 그 명칭을 가족사연대기소설로 설정하고 있는데, 이는 그가

---

56) 최재서, 「현대 세계문학의 동향」, 『조선일보』, 1938. 4. 22~24면: 최재서, 『최재서평론집』, 청운출판사, 1961, 380~382면.
57) 최재서, 「붓덴부로ー크 ー家ー현대소설연구 2」, 『인문평론』, 1940. 2.

가족사소설의 주요한 형식적 특징인 연대기적 구성에 주목한 소이라고 할 수 있다. 특히 그는 E. 뮤어의 연대기소설 이론을 구체적으로 제시하면서, '가족사소설이 세대의 교차를 통하여 본 시간의 흐름과 그것이 보여주는 인생의 의미를 추구하는 소설'임을 명시하고 있다.[58] 한편 최재서는 가족사소설을 '성격의 생장'이라는 측면에서 분석하였다.

> 종래의 性格描寫에서 – 個人의 傳記에 있어서나 또는 小說에 있어서나 – 양친의 계통이 지적되어 온 것은 전혀 이상과 같은 고려 밑에서 행하여졌을 것이다. 그러나 종래의 性格描寫가 가족보다는 사회를 더 중요시한 것은 틀림없는 사실이다. 그것은 테 – 느의 環境說에서 영향받았겠지만, 테 – 느의 '미류 –'란 주로 풍토와 사회적 상태를 가리키는 것이다. 따라서 性格의 수원지요 훈련소로서의 家族史小說은 性格 探究의 새로운 경지를 개척한 문학이라 볼 수 있다.[59]

그는 '기존의 소설에서 대부분 성격을 형성하는 요인으로 풍토와 사회적인 측면을 중시하는 경향이 주를 형성하였으나, 가족사소설은 성격을 형성하는 요인으로서 사회 이전의 혈통과 유전적인 요소'를 중시하는 특징을 보여준다고 하면서, 『붓덴부르크 일가』를 성격의 생장 과정에 주안하여 분석하고 있다. 이는 최재서가 서구의 가족사소설이 자연주의 문예사조의 기류에서 형성된 소설 유형임을 충분히 감안하고 있음을 시사하는 부분이다.

한편 최재서는 '성격 탐구의 새로운 경지를 개척한 문학'으로서

---

58) 최재서, 앞의 책, 113~114면.
  최재서가 가족사연대기소설의 서술 형태로 연대기적인 측면을 중시하고 있는 것은 이미 앞에서도 제기한 바 있는 '세계 문학의 동향'을 통해서도 알 수 있다. 또한 그는 「연대기소설은 소설의 끝에 가서 반드시 인생에 대한 어떤 모랄을 주는 것이 그 특징」이라고 말하고 있다.
59) 최재서, 앞의 책, 115면.

가족사소설의 가치를 부여하고자 한다. 특히 성격이 전면적으로 드러나기 위해서는 '충분 적절한 정황(시추에이션)'이 필요하다고 주장하였는데,[60] 이는 '사회적, 역사적 변동 또는 역사의 사회적 구성이라고 하는 사회사의 전체적인 과정에 대응하는 서사적 형식'으로서의 가족사소설의 가치를 높게 평가한 것이라고 볼 수 있다. 그러나 최재서의 '역사의 사회적 구성'은 성격의 생장 과정의 측면에서 이해되고 있어 사회사적인 측면의 이해까지는 진전되지 못하고 있다. 이러한 한계는 최재서의 비평이 1930년대 말 이후 '소설론의 궁핍을 느끼는 한국 문단을 계몽하려는 측면에서 쓰인 글'로, 소위 '비평의 아르바이트화'[61] 현상의 일환임을 말해주는 부분이기도 하다.

최재서의 가족사소설론에 대해 신상성은 "김남천에 의해 다소 반향을 일으켰을 뿐 충실한 이론적 계승자를 얻지 못했다"[62]라고 주장한 바 있다. 그러나 김남천은 최재서 이전에 이미 가족사소설에 주목하고 있었으므로, 김남천을 최재서의 가족사소설론의 이론적 계승자로 보기는 어렵다. 그리고 최재서가 서구의 가족사소설인 『붓덴부르크 일가』를 분석하고 소개하는 데 그친 반면, 김남천은 가족사소설을 통해 장편소설 이론인 '로만개조론'을 수립하고 실제 작품 창작과 연계시켰다는 점에서 최재서보다 한층 진전된 이론가였다고 보아야 할 것이다.

---

60) 위의 책, 116~117·120면.
61) 김윤식, 『한국근대문예비평사연구』, 일지사, 1976, 480면.
    비평의 아르바이트화란 평단의 시류에 기동력 있게 대응한 것이 아니라 비평을 학술논문화한 것을 의미한다.
62) 신상성, 『한국근대소설론』, 경운출판사, 1987, 18~20면.

제3장

일제 말 한국가족사소설

① 김남천의 『대하』·『동맥』

김남천은 1929년에 카프 동경 지부에 입회한 뒤, 카프 맹원의 일원으로서 활발한 문학 활동을 전개해 나갔다. 특히 그는 카프의 조직과 문학운동의 노선에 따라 소설 이론을 개진하는 한편, 자신의 이론을 토대로 작품을 창작한 '비평가-작가'로 카프 맹원 가운데서도 단연코 눈길을 끄는 인물이었다. 이론과 실천을 겸비한 작가 김남천의 면모가 일층 부각된 시기는 카프가 해체된 1935년 이후부터라고 할 수 있다.

당시의 국내외 정세는 악화일로로 치닫는 중이었다. 사회 전반적으로는 역사의식에 대한 회의가 일기 시작하였고, 문학의 침체기를 맞이한 한국 문단에서는 새로운 주조의 모색이 당면 과제로 부각되었다. 당시 작가들은 문학 공백기인 전형기를 맞이하여 주체문제와 창작 방법론의 모색에 매진하면서 풍자소설·역사소설·세태소설·내성소설 등 다양한 소설의 유형을 양산하는 결실을 보이게 되었다. 그러나 당시 창작된 문학 작품들은 일제 말 시대 현실의 제약으로 사회 현실의 본질적 모순을 구현하지 못했으며, 장편소설들은 전반적으로 통속적 경향을 띠었다. 특히 신문 매체를 통해 창작되었던 장편소설의 통속화 경향은 문단 내에서 절망적 현상으로 인식되었고, 비평계에서는 이러한 문학계의 절망적 현상을 극복하기 위해 다양한 이론적 모색을 개진하는 한편 전작장편소설 창작의 필연성을 절감하기에 이른다.

카프 문인이었던 김남천은 당시 이러한 문단적 요청에 부응하여 '로만개조론'을 내세움으로써 장편소설 개조의 방향을 제안하는 한편, 로만개조론을 토대로 전작장편소설을 기획·창작하면서 문단의 주목을 받게 되었다. 이 작품이 바로 1939년 인문사 주최로 기획·창작된 전작장편소설 『대하』이다. 『대하』 발표 당시 평단의 논평을 살펴보면 다음과 같다.

> 이번 인문사 간행인 전작장편소설 『대하』는 여러 가지 점에서 우리의 주목을 끈다. 첫째, 김남천 씨는 단편작가로서는 이미 일가를 이룬 작가이지만 장편소설에 있어서는 아직 미지수였을 뿐 아니라 일찍부터 로만개조를 제창해 오던 씨가 그 이론을 어느 모에서 어떻게 실천해 보일 것인가 하는 것이 주목되었고, 둘째로는 이번의 『대하』가 소위 전작(가까오로시)장편으로는 첫 시험인 것이 흥미를 끌었다. ……(중략)…… 이번 『대하』를 읽고 가장 뚜렷하게 느낀 바는 이 같은 전작장편이 많이 나와야겠다는 것, 따라서 이제까지 이 땅의 우수한 작가들이 장편 발표의 유일의 기관으로 의거하고 있는 신문 소설 면은 본격적인 통속작가에게 물려주어도 좋다는 것이다. ……(중략)…… 김남천 씨의 노력에 의하여 조선 장편소설의 새 활로를 개척해 놓은 것이 그것만으로도 실로 조선 문학을 위하여 획기적인 대사라고 아니할 수 없다.[1]

---

1) 동수생, 「김남천의 『대하』를 읽고」, 『비판』, 1939. 3.

이 평문에서도 알 수 있듯이 당시 한국 문단에서 김남천의 전작 장편소설 『대하』가 주목을 끈 이유는, 우선 작가 자신이 제기한 장편소설 이론인 로만개조론에 입각하여 작품이 창작되었다는 데 있었다. 이는 소설 이론의 실천 가능성과 비평가 활동에 주력했던 김남천의 작가로서의 가능성을 모두 내포한 것이라고 할 수 있다. 당시 1930년대 후반에 제기된 장편소설개조론에는 김남천의 로만개조론 외에도 임화의 본격소설론, 백철의 종합문학론 등이 있었다. 그러나 이들 이론 대부분은 단순히 이론을 제시하는 것에서 그치고 말았다. 따라서 실제 작품으로 실천된 바 있는 김남천의 로만개조론의 경우 그 독보적 위치가 인정된다.

『대하』는 이론의 실천이라는 측면뿐 아니라 '전작장편(가까오로 시)'의 첫 시험작이라는 면에서도 주목을 받았다. 이와 같은 전작 장편의 창작은, 당시 신문 매체를 통해 발표되었던 대다수의 장편 소설이 통속적 경향을 꾀하고 있는 절망적 문학계 현상을 타개하기 위한 방안이었으며, 본격문학으로서의 장편소설 창작의 필연성과 가능성을 시사해 주는 것이었다.

요컨대 『대하』는 이론의 실천 가능성과 전작장편소설의 시험작으로서 한국 장편소설의 새 활로를 개척하였다는 데서 문학사적 위치를 확보하게 된다. 이러한 『대하』의 출간은 당시 문단에 반향을 일으켜 이기영의 『봄』, 한설야의 『탑』, 이태준의 『사상의 월야』, 김사량의 『낙조』 등 일련의 가족사소설 창작에 열기를 불러일으키는 계기가 되었다.

김남천에 대한 논의는 남과 북이 대치된 한국 문단의 특수한 상황으로 인해 해금조치 이후 1980년대에 와서야 본격적으로 형성될 수 있었다. 김남천에 관한 연구는 평론가면서 작가라는 특징을 고려하여, 대체적으로 비평 활동의 전개 과정에 따른 작품의 실현 과정에 주목하는 경향을 보여주었다. 『대하』 또한 전반적인 김남천 연구 과정에서 소략하게 언급되어 오다가, 김남천의 로만개조론에 대한 연구 성과2)에 힘입어 비로소 개별 작품과 더불어 그 논의가 본격적으로 시도되었다.

『대하』에 대한 논의는 대체적으로 '로만개조론'과 그 실천으로서의 작품의 성취 여부에 주목하려는 경향을 보여준다. 김남천이 '로만개조론'에서 제시한 '가족사소설'의 주요 특징인 '풍속'의 경우, 각 논자들의 시각에 따라 세태소설·가족사소설·가족사연대기소설·풍속소설 등 다양한 차원에서 논의되어 왔다.

우선 세태소설의 견지에서 논의한 경우는, 조동일이 대표적이다. 조동일은 『대하』가 '세태묘사를 충실하게 묘사하는 데 힘썼으나 일상생활의 사소한 것을 세밀하게 그려 구경거리를 제공하는 데 그치고, 역사의 맥락에서 비판하는 경지까지 나아가지 못한' 것을 한계로 보고 있는데,3) 이는 당대 평론가인 임화4)의 견해와 일맥상통하는 것이다. 이러한 평가는 『대하』에서 여실하게 그려지고 있는 '풍속의 묘사가 전형적 정황의 묘사로 나아가지 못하고 세태묘사로 떨어진 것'에 대한 지적이라고 볼 수 있다. 이러한 부정적인

---

2) 황국명, 「1930년대 후반기 장편소설론 연구 – 김남천의 장편소설개조론을 중심으로」, 『인제논총』 9, 1993. 12, 427~446면: 임환모, 『문학적 이념과 비평적 지성』, 태학사, 1993, 99~160면: 황국명, 「계급문학에서의 장편소설 논쟁」, 『경남대인문논총』, 1994. 12, 351~362면: 서경석, 『한국 리얼리즘문학사 연구』, 태학사, 1998.

3) 조동일, 『한국문학통사』 5, 지식산업사, 1988, 430면.

4) 임화는 『대하』를 '무사고의 기풍'을 비판적인 시각에서 보고 있다. 그러나 인물과 환경이 일치되지 않은 시대의 작가가 봉착한 고민의 한계로서 진단한다(임화, 「현대소설의 주인공」, 1939. 7: 임화, 『문학의 논리』, 서음출판사, 1989, 248면).

평가는 김남천의 '로만개조론'의 이론적 골자인 '풍속론'과 '가족
사소설론'에 대한 본격적인 고찰이 선결적으로 이루어지지 못한
상태에서 작품에 접근한 소이라고 생각된다.

　이후 『대하』에 관한 연구는 이러한 연구의 미비점을 보완하는
방향으로 논의가 진행된다. 김남천의 로만개조론에 입각하여 『대
하』를 가족사소설5) 혹은 가족사연대기소설6)로 소설 명칭을 설정

---

5) 가족사소설의 입장에서 『대하』를 집중적으로 논의하고 있는 현대의 논자로는 이재선이 있다.
　그는 김남천의 『대하』를 '대하소설 또는 環狀小說(Roman - cycle)로 발전할 가능성이 보이
　지만 유감스럽게노 세1부로 끝난 미완성의 세태的인 가족사소설'로 규정하고 있다. 더 나아가
　그는 『대하』를 봉건사회가 붕괴되어 가는 개화기의 역사적 사회적 변동의 실상을 면밀하게
　포착하고 있으며, 가족적인 세대의 순환 과정이 제시되고 있으며, 가족의 쇠퇴의 원인으로 자
　연적인 재난을 중시하고, 시간의 구조가 다소 역전적이기는 하나 順進的 연대기 구조임을 그
　특징으로 열거하고 있다. 이에 더 나아가 신상성은 『대하』를 본격적인 가족사소설의 전형으로
　까지 그 의미를 부여하고 있으나, 이는 면밀한 검토가 요망되는 부분이라고 여겨진다. 특히
　연대기적 구성이 작품에 잘 반영되고 있는지는 주목을 요한다(이재선, 「현대 가족사소설의 전
　개」, 『한국문학의 해석』, 새문사, 1981, 144면: 신상성, 『한국소설의 재인식』, 형설출판사,
　1988, 236면).
　이 밖에 『대하』를 가족사소설의 입장에서 논의한 경우는 다음과 같다.
　이주형, 「1930년대 한국 장편소설 연구」, 서울대대학원 박사학위논문, 1984, 153～163면:
　신상성, 「1930년대 한국 가족사소설 연구」, 동국대대학원 박사학위논문, 1986: 이재홍, 「1930
　년대 가족사소설 연구」, 숭실대대학원 석사학위논문, 1987: 현길언, 「닫힌 시대와 역사에 대
　한 소설적 전망」, 『세계의 문학』, 1988, 겨울, 38～44면: 이재선, 「김남천 소설의 양상」, 『현대
　문학』, 1989. 6, 369～376면: 이덕화, 『김남천 연구』, 청하, 1991, 207～221면: 윤석달,
　「한국 현대 가족사소설의 인물유형 연구」, 고려대대학원 박사학위논문, 1991: 이호규, 「김남
　천 『대하』연구 - 『대하』의 창작 구도와 작품과의 연관에 대해」, 『연세어문학』, 1993. 2,
　63～79면: 정호웅, 「새로운 세계에 대한 열망과 그 한계」, 이상갑 편, 『김남천: 세미작가론
　총서』 3, 새미, 1995, 227～247면: 이상갑, 『한국 근대 문학과 전향문학』, 깊은샘, 1995,
　149～175면: 하응백, 『김남천 문학 연구』, 시와시학사, 1996, 106～126면: 이화진, 『1930
　년대 후반기소설 연구』, 박이정, 2001, 90～99면.
6) 『대하』를 가족사연대기소설로 규정하고 논의하게 된 것은 당대의 평론가 최재서가 서구의 가
　족사소설인 『붓덴부로크일가』를 소개하고 가족사소설의 특징을 제시하면서 비롯된 것인데, 이
　후 대체적으로 이의 없이 이 견해를 수용하고 있다.
　한승옥, 「1930년대 가족사・연대기소설연구」, 『숭실어문』 5, 1988. 4, 17～23면: 배기정,
　「1930년대 '가족사연대기소설' 연구」, 경북대대학원 석사학위논문, 1988: 류종렬, 「1930년대
　말 한국 가족사・연대기소설 연구」, 부산대대학원 박사학위논문, 1991: 권영민, 「김남천의
　계급의식의 창작적 실천」, 『소설과 운명의 언어』, 현대소설사, 1992, 223～226면: 한금윤,
　「김남천의 『대하』연구」, 연세대대학원 석사학위논문, 1992: 원은영, 「가족사연대기소설 연구」,
　이화여대대학원 석사학위논문, 1992: 류종렬, 『가족사연대기소설 연구』, 국학자료원, 2002.

하고, 가족사소설의 개념과 형성 배경 및 가족사소설의 제반 특징인 서술 형태, 인물 유형 등 소설 유형적 이해를 바탕으로 논의가 진전되었는데, 이들 대부분은 당대 평론가인 안함광[7]의 관점을 논의의 출발점으로 삼고 있다. 즉 『대하』에서 그려진 풍속묘사에 대해 사회 역사적인 맥락에서는 긍정적인 의미를 부여하나, 진정한 리얼리티를 획득하는 데까지 도달하지 못했다는 점을 들어 리얼리즘 견지에서는 부정적 입장을 취한다.

『대하』에 대한 연구는 이후 김남천의 로만개조론의 중심이자 작품 형상화에 초점이 되고 있는 '풍속'으로 집중되면서, 『대하』를 풍속소설의 견지에서 논의하는 관점이 대두된다. 이는 가족사소설의 중심부에 있는 풍속론과 그 형상화에 주목한 논의로, 가족사소설의 소설 유형적 이해와 '로만개조론'의 성취 여부에 주목한 연구 성과라고 할 수 있다. 기존 논자들이 풍속이 인물의 삶과 깊이 연관되지 못한 것을 한계로 보았다면, 이들 논자들은 풍속이 김남천 소설론의 중심에 있으며 전형적 정황의 묘사에 중요한 역할을 한다고 보아 긍정적으로 평가하고 있다.[8]

---

7) 안함광은 초기 상업주의의 대두라는 테마 속에서 개화사상의 개성화와 풍속의 세계를 발견한 『대하』를 긍정적으로 평가하지만 구성력의 미약, 인물의 전형성 부족, 트리비얼리즘에의 몰두, 묘사보다는 서술에 치중한 점 등을 비판한다. 대부분 논자들은 리얼리즘적인 관점에서 이러한 안함광의 평가를 수긍한다(안함광, 「문학의 주장과 실험의 세계」, 『비판』, 1939. 7, 68면). 그 밖에도 백철은 서사적 묘사를 유진오는 역사성을 높게 평가한다(유진오, 「문학의 영원성과 역사성 - 『대하』가 보여준 우리 문학의 신세기」, 『동아일보』, 1939. 2. 2: 백철, 「『대하』를 독함」, 『동아일보』, 1939. 2. 8).

8) 김미란, 「김효식문학연구」, 고려대대학원 석사학위논문, 1987: 송하춘, 「1930년대 후기 소설 논의와 실제에 관한 연구 - 김남천의 『대하』를 중심으로」, 『세계의 문학』, 1990. 가을, 199~207면: 김재남, 「김남천 연구 - 작가의 생애와 『대하』를 중심으로」, 『세종대논문집』, 1990. 4, 89~107면: 김재남, 『김남천 문학론』, 태학사, 1991: 김동환, 「1930년대 후반기 소설의 대체현실 추구와 의사낭만성 - 『대하』『봄』『탑』을 중심으로」, 『한성어문학』, 1994. 3, 99~122면: 박배식, 「김남천의 『대하』에 나타난 풍속성 연구」, 『동신대인문논총』 2, 1995. 6, 61~78면: 조진기, 「김남천의 『대하』연구」, 『영남어문학』, 1996. 12, 295~322면.

이 연구는 가족사소설의 중심부에 놓여 있는 '풍속의 묘사'에 주목하는 한편 풍속의 묘사가 리얼리즘 소설의 형성에 있어 중요한 요소임을 발견했다는 점에서 의의를 찾아볼 수 있다. 그러나 '풍속소설'로 소설 명칭을 설정한 것은 소설 특징을 일면적으로 부각시킨 것이므로, 소설 전체의 특징을 아우르지 못하는 한계가 지적될 수 있다.9) 이후 『대하』의 최근 연구는 가족서사의 상상력과 정치경제 이데올로기 체계가 접맥되어 있는 양상에 주목하여 새롭게 논의가 진전되고 있다. 『대하』는 미래의 정치적 주체를 긍정적으로 예시하는 텍스트로 오이디푸스 징후가 엿보이는 가족서사의 정치적 무의식을 반영한 작품으로 평가하고 있다.10)

『대하』에 대한 고찰은 그 후속 작품으로 창작된 『동맥』과의 고찰이 연계적으로 이루어질 필요성이 대두되면서 새로운 전기가 마련되었다. 이에 관한 연구는 대체적으로 김남천의 장편소설개조론과 관찰문학론을 토대로 리얼리즘적 관점에서 논의되고 있다.11) 이들 논자들은 개화기 이후 한 가족의 역사와 그 사회의 풍속도를 통해 식민지 시대의 시대의식을 구현하고자 하였으나 리얼리즘적 성취에는 도달하지 못한 것을 한계로 지적하면서, 일제 말 식민지라

---

9) 김남천의 로만개조론에서 '풍속론'은 논의의 중점에 놓여 있으며, 『대하』의 창작에서도 그 비중이 자못 중요하다. 그러나 『대하』에서 '풍속의 묘사'는 전형적 정황을 획득하기 위한 방법으로써 가족사에 풍속을 구현하고자 했던 것으로 이는 장편소설의 리얼리티를 확보하기 위한 하나의 통로였다. 그러므로 '풍속의 묘사'를 소설 전체를 포괄하는 명칭으로 설정하기에는 적합하지 않다고 생각한다.

10) 김진구, 「1940년 전후 가족서사의 정치적 상상력 연구-김남천의 『대하』, 한설야의 『탑』, 김사량의 『낙조』를 중심으로」, 서강대학교 석사학위논문, 2004.

11) 강옥희, 「김남천의 장편소설론과 『대하』」, 상명대대학원 석사학위논문, 1990: 오양호, 「김남천의 『대하』론」, 『동서문학』, 1990. 5, 145~167면: 이선옥, 「김남천의 『대하』, 『동맥』 연구」, 『숙명여대원우논총』 11, 1993, 246~264면: 김외곤, 「『대하』와 『동맥』에 나타난 개화사상과 개화 풍경」, 이상갑 편, 『김남천: 새미작가론총서 3』, 새미, 1995, 249~272면.

는 시대적 제약과 소설 이론의 지나친 경도, 작가의 역사의식의 한계 및 형상화의 미약을 그 원인으로 보고 있다. 이는 김남천의 창작 의도를 주지한 논의로 그의 로만개조론과 소설적 성취를 평가하는 데 있어 진일보한 연구라고 평가할 수 있다. 이 가운데 특히 주목되는 논의는 조남현의 연구가 있다. 조남현은 '민족론', '민족주의론'을 입론으로 『대하』와 6회로 연재가 중단된 『동맥』의 구성적 특징을 대비하면서 종교와 민족주의로 진전된 점에 주목하였다.[12]

김남천은 창작 당시 '30년 전부터 현대까지'를 시간적 배경으로 '서도 어느 고을의 신흥 부호의 가족사'[13]를 다루고자 계획하였다. 그런데 1939년 인문사에서 출간된 전작장편 『대하』의 시대적 배경이 갑오농민전쟁(1894년)부터 1906년까지인 것으로 보아 김남천은 『대하』를 대하장편소설의 제1부로 창작하였으며, 그 후속 작품을 창작할 계획을 가지고 있었음을 짐작할 수 있다. 그리고 1941년 5월 이후에 창작된 것으로 추측되는 『동맥』에서 『대하』의 가족사가 이어지고 있는 것으로 보아 『동맥』이 『대하』의 속편으로 창작된 것이라고 보아도 무방하다.[14] 따라서 『동맥』은 김남천의 '로만개조론'을 올바르게 해명함과 동시에 작가의식을 폭넓게 이해하기 위해서 『대하』와 연계적으로 논의되어야 할 필요성이 있다.

---

12) 조남현, 「『대하』 1 · 2부 재해석」, 『소설과 사상』, 1993, 봄, 218~239면: 조남현, 「대하 1 · 2부 잇기와 끊기」, 『한국 현대문학 사상 연구』, 서울대출판부, 1994, 268~289면.

13) 김남천, 「'나의 창작노트' 특집 – 작품의 제작과정」, 『조광』, 1939. 6.

14) 대하장편소설의 제2부인 『동맥』은 박성권의 서자인 형걸이 집을 나간 2년 후인 1908년부터 작품이 시작되고 있으나, 해방 후 『신문예』誌에 6회분(『신문예』 2호, 1946. 7: 『신문예』 3, 1946. 10: 『신조선』 4, 1947. 2: 『신조선』 5, 1947. 3: 『신조선』 6, 1947. 5: 『신조선』 7, 1947. 6)까지 게재되고 미완인 채 작품이 종결된다. 1941년 5월에 『조광』誌에 발표된 '전작중편창작' 「개화풍경」은 『동맥』의 4 · 5회분과 내용이 동일한 것으로 보아 『동맥』은 이미 1941년 5월 이전에 집필된 것으로 추측된다.

본고에서는 지금까지 살펴본 연구 성과를 토대로 김남천의 가족 사소설인 『대하』와 『동맥』을 연계적으로 고찰하여 보고자 한다. 특히 김남천의 장편소설 이론인 '로만개조론'과 '관찰문학론'의 중심이며 가족사소설 유형의 제반 특징이라고 할 수 있는 가족사·연대기·풍속이 작품 내에서 구현된 양상을 중심으로 살펴보겠다.

1) 전작소설 『대하』의 구상과 텍스트의 문제

김남천의 『대하』는 1939년 인문사에서 기획한 '전작장편소설'의 제1부로 출간된 작품이다. 그러나 김남천이 『대하』에 대해 '계획하고 있는 거대한 장편소설의 단초에 불과한 것이니'[15]라고 스스로 언급한 것에서 알 수 있듯이 그는 애초부터 『대하』 이후의 후속작을 염두에 두고 있었던 듯하다. 실제로도 김남천의 후속작 창작 계획은 이후 『동맥』을 통해 실현되었다. 그러나 『동맥』은 1946년 『신문예』·『신조선』지에 6회에 걸쳐 연재되다가 중단되고 만다.[16] 그런데 『동맥』의 일부는 이미 1941년 5월 『조광』지에 중편 「개화풍경」이라는 제명으로 소개된 바가 있다. 「개화풍경」이 『동맥』의 일부로 창작된 작품임은 작품 말미에 '『동맥』의 일절'이라는 작가의 부기가 달린 것을 통해서 알 수 있으며, 「개화풍경」의 내용이 『동맥』의 4회·5회분의 내용과 동일한 것으로도 알 수 있다.

---

15) 김남천, 「앙도류의 도장」, 『조광』, 1939. 7. 284면.
16) 『동맥』의 서지 사항은 다음과 같다.
   1회, 『신문예』 2호, 1946. 7: 2회, 『신문예』 3, 1946. 10: 3회, 『신조선』 4, 1947. 2: 4회, 『신조선』 5, 1947. 3: 5회, 『신조선』 6, 1947. 5: 6회, 『신조선』 7, 1947. 6.

『동맥』의 일부로 창작된 「개화풍경」과 『동맥』의 연재 시기가 차이를 보이면서 『동맥』의 창작 시기에 대한 견해가 해방 이전과 해방 이후로 엇갈리게 된다. 해방공간에서 창작되었다고 보는 논자의 경우, 『동맥』이 6회분으로 연재가 중단된 이유를 '해방공간에서 장편소설개조론은 일제하에서와 같은 현실에 대한 응전력의 의미가 소멸되었으므로 『동맥』은 결국 완성되지 못했던 것'[17]으로 보고 있다. 그러나 『동맥』은 해방 이전에 대하소설 『대하』의 연계 선상에서 이미 기획되어 일부가 창작된 것이라고 보아야 할 것이다. 이는 『동맥』 3회분에 게재된 편집자의 말을 통해서도 짐작할 수 있다.

> 문단뿐만 아니라 사회 전반의 절찬을 받은 김남천의 전작장편 『대하』의 제2부는 수십만 독자가 고대했음에도 불구하고 끝끝내 왜정하에선 발표되지 못하고 해방 후에야 비로소 햇빛을 바라는 것인데……[18]

김남천이 '전작중편창작'이라는 부제를 달고 1941년 5월 『조광』지에 발표한 「개화풍경」은 해방 후 『신문예』를 통해 발표한 『동맥』의 4·5회분과 동일한 내용이다. 즉 작가가 해방 이후 『신문예』지에 연재한 『동맥』은 1941년 5월 이전에 이미 집필된 것이고, 다만 일제 말의 시대적인 제약으로 일부만이 발표되었던 것이다. 해방 이후 『동맥』이 연재되나 작가의 월북으로 그 역시 중단되고 만다.[19]

또한 김남천은 작가 스스로가 '창작 노트'에서 언급한 바와 같

---

17) 김재남, 『김남천문학론』, 태학사, 1991, 145면.
18) 김남천, 『동맥』 3회, 『신조선』 4, 1947. 2.
19) 조남현, 「『대하』 1·2부 재해석」, 219~220면: 이덕화, 『김남천 연구』, 청하, 1991, 211면.

이, '30년 전부터 현대'까지를 배경으로, 즉 개화기에서 1930년대 말까지를 시대적 배경으로 하여 서도 어느 고을의 신흥 부호의 가족사를 연대기적 의식을 가지고 창작하고자 계획하였다. 이는 『대하』가 장편대하소설이며, 연작소설로 기획된 것이었음을 방증하는 예이기도 하다. 요컨대 『대하』에서는 1890년대 말(갑오농민전쟁의 시기)에서 1900년대까지를 배경으로 하고, 『동맥』에서는 1900년대에서 1919년 3·1운동 이전까지를 배경으로 삼고자 했던 것으로 추측해 볼 수 있다.[20]

2) 신흥 부호 박성권과 개화기 세대 형걸

주지하다시피 김남천은 일제 말 암흑기에 침체된 장편소설의 위기를 타개하고 전형적 정황을 획득하기 위한 소설적 과제를 가족사소설이라는 장르적인 실천을 통해 그 가능성의 실마리를 찾게 된다. 그러므로 『대하』와 『동맥』은 김남천의 로만개조론의 전개 과정에서 형성된 가족사소설의 실제적인 결과물이라고 할 수 있다.

가족사소설은 3~4세대를 통한 가족의 진전 과정을 사실적으로 다루며, 가족 관습의 중요한 역할을 가족 상호 간 및 공동 사회의

---

20) 『동맥』이 완결되었으나 발표되지 않았다고 보는 논자들은 그 단서를 1946년 발표된 공연희곡 「삼일운동」을 단서로 삼고 있다. 「삼일운동」이 『동맥』이 중단된 내용을 이어서 삼일운동이 민중적으로 확산되는 시기까지를 다루고 있는데, 이는 김남천이 『대하』, 『동맥』에 이어서 해방 후 「삼일운동」의 창작에 이르기까지 지속적으로 민족사를 소설화하려는 의도를 가지고 있었으며, 상황의 변화에 의해 소설이 중단되었다가 희곡으로 다시 창작되는 과정을 거친 것이라고 보고 있다(이선옥, 앞의 책, 252면).
그러나 완결되었다면 미완으로 연재가 중단되지는 않았을 것으로 추측되며, 「삼일운동」은 공연희곡으로 가족사소설과는 다른 장르이므로 완결된 작품으로 보기는 어렵다.

상황 속에서 충실히 재현한다. 한편 가족사소설은 수평적인 가족관계 및 시간의 흐름에 따른 연대기적 질서에 의해 수직적으로 엮어낸 특유의 서술 형태를 지닌다. 이러한 가족사소설의 특징은 김남천이 로만개조론에서 제시한 '풍속·가족사·연대기' 형식과도 밀접하게 상응되는 부분이 있다. 본고에서는 이러한 가족사소설의 특징에 유념하면서 김남천의 로만개조론이 실제 작품 창작에서 재현된 양상을 살펴보고자 한다.

김남천이 장편대하소설의 시대적 배경을 '1890년대 말에서 현대', 즉 개화기로 설정한 이유는 작가가 개화기의 시대적인 특수성에서 '로만개조론'의 실현이 성취될 가능성을 발견했기 때문으로 보인다.

19세기 후반은 봉건적 질서가 서구 열강이 주도하는 자본주의 질서에 의해 재편되기 시작하던 시점이었다. 조선왕조는 메이지유신 이래 자본주의 국가, 제국주의 국가로 발전을 꾀하던 일본에 의해 개항한 이후 구미 열강에 대해서도 문호를 개방하였다.[21] 한편 국내에서는 각 계급적 이해관계에 따른 근대화 및 사회 개혁운동이 시도되었다.[22] 비록 조선은 자주적인 근대 민족국가는 이루지 못했으나 서구 자본주의의 질서가 유입됨으로써 사회 전반을 통해 봉건적 지배 질서의 모순과 서구적 근대의 과학성 및 합리성이 새롭게 인식되는, 소위 과도기를 맞이하고 있었다. 특히 당시는

---

21) 강만길, 『고쳐쓴 한국 근대사』, 창작과비평사, 1994, 177~180면: 한국역사연구회, 『한국역사』, 역사비평사, 1992, 232~242면.
22) 양반지주 입장에서의 근대화 노선과 농민 입장에서의 근대화 노선이 대두되었다. 그러나 1894년 개화파 정권이 외세의 도움을 통해 동학 농민군을 무력으로 진압함으로써 근대 민족국가 건설이 자주적으로 이룩되지 못한 채 좌절되고 만다(한국역사연구회, 앞의 책, 243~255면: 장규식, 『일제하 한국 기독교 민족주의 연구』, 혜안, 2001, 13~14면).

신흥 상공인층을 비롯한 중간 계급이 부각되어 확고한 사회적 기반을 다지게 되는데, 이는 근대 자본주의의 도래가 역사적으로 실제화되고 있음을 의미하는 것이다.

김남천은 이와 같은 시대적인 전환기로서의 특징을 지닌 개화기를 시대적인 배경으로 설정하여 '근대 시민 계급'이 형성된 시대의 사회를 구현하고, 이를 통해서 근대 자본주의 사회의 역사적 의미를 재인식하는 기틀을 마련하고자 했던 것이다. 또한 '로만개조론'에서 언급한 '생기발랄한 인물의 창조'가 새로운 시대 질서를 맞이하는 개화기 세대에서 가능했기 때문이다. 이는 『대하』에서 중인 계층의 내력을 지닌 박성권 가족의 흥망기와 개화기 세대 형걸을 통해서 시도된다.

『대하』와 『동맥』에서의 중심 가족은 박성권의 가족이다. 박성권 가는 밀양 박씨 집안으로 조부가 아전을 지낸 중인 계층의 내력을 지니고 있다.

'아전'이란 벼슬은 본래 향리층에 속하는 것으로, 지방 수령이 근무하는 정청 앞에서 근무한다고 해서 '아전'이란 이름이 붙여진 것이다. 향리층은 본래 사족이었는데, 고려 말부터 조선 초기의 양반 지배층이 성립되는 과정에서 분화되어 이족(吏族)으로 전락한 계급이다. 한편 이러한 역사적인 배경은 향리층으로 하여금 양반 계층으로의 신분 상승을 지향하는 속성을 지니게 하였다. 향리층은 양반과 상천민의 중간적 존재로 일반민에게는 지방 행정의 말단 지배층으로 존재했다. 따라서 향리의 상층부에서는 본래 사족과 같은 지위에 있었던 것을 근거로 한 신분 상승의 욕구가 있었으며, 하층 상천민들은 향리라는 직역을 통해 상승하려는 경향이 있었다.

조선 후기의 향리는 지위나 역할에 있어서 다양하게 분화되었으며 그 지위 상승 형태도 사회 변동과 더불어 다양하게 이루어졌다. 이러한 현상은 조선 후기 사회 변동이 격심해지고 신분제의 동요가 심해지면서 더욱 두드러지게 나타났는데, 전정·군청·환곡·잡역 등 행정적 실무를 장악하게 된 향리들은 신분 지위를 보장받으려는 경향을 보였다.[23]

박성권의 조부는 평안도 은산 고을의 아전 출신으로 행정적 실무를 담당하던 향리였다. 그는 사회 변동으로 인해 신분제가 동요되던 시기에 창미농간을 통해 부를 획득하는 한편, 이를 통해서 신분적인 상승을 도모하고자 하였다. 그러나 이러한 경제적인 토대는 박성권 부친 대에 와서 좌절되고 만다. 박성권의 부친은 술과 노름으로 조부의 재산을 탕진하였던 것이다. 그러나 박성권의 집안은 박성권의 세대에 와서 새로운 기회를 되찾게 된다.

> 아버지의 삼년상을 치르고 나서 얼마 않지나 곧 갑오년란을 맞았다. 그때에 박성권은 수물을 넘어서 세네살, 혈기가 넘쳐흐르는 한포락이었다. 모두가 산곬으로 강원도로 피란들을 갈때에, 이때야 말로 대장부가 한번 활약할시기라고, 박성권은 처자를 피란가는 친척에게 부탁하고 자기 혼자 집에 남었다. 자산, 순천, 평양, 중화, 황해도에까지 내왕하며 병대를 상대로 장사를 하얏다. 농토에서 떠난 대담한 농군들이 이때에 군수품 운반에 종사하얏는데, 대부분 그 보수를 은전으로 받었다. 이 은전을 성권은 살수있는턱까지 엽전으로 사서는 남몰래 땅 속에 묻어두었다.
>
> (김남천, 『대하』, 백양당, 1947, 4면, 이하는 면수만을 수록한다.)

---

23) 국사편찬위원회, 『한국사 - 조선 후기의 사회』 34, 탐구당, 1995, 97~105면.
이러한 중인 계층의 부상은 봉건사회가 그 자체의 모순을 통해 붕괴의 조짐을 드러내기 시작한 19세기 말엽에부터 비롯된다. 그들은 사회적 지위를 획득하기 위해 부와 교육에 관심을 가지고 있었다(김영모, 「한말 외래문화의 수용 계층」, 『문학과지성』, 1972, 봄호).

이와 같이 박성권은 갑오년 난과 청일전쟁(1894~1895)으로 사회가 혼란해진 틈을 타 병대들에게 군수품을 운반하는 등 은화엽전을 축적하는 한편으로 토지매매와 고리대금으로 재산가가 되어 밀양 박씨 가문을 다시 일으키게 된다. 이러한 치부 과정을 통해 박성권은 은산 마을에서 신흥 부호로 부상함은 물론 박참봉이라는 양반 직함까지 획득한다.

> 좋은 밭이나 논이 날 때마두, 은값이 센것을 보면 조곰 조곰 은전을 팔어서, 남의 누에 들지 않게 토지를 샀다.
> 한편 돈노이를 무섭게 하얏다. 기일에 딜어놓지 못하면 십이고 도지고 사정없이, 다꾸아 디렸다. 집 시세는 얼마 보잘 게 없으므로 대개 토지를 잡었다. 세간이 아직 넉넉하고 땅떵어리나 갖이고 있는 집이라면, 일년만에 이자를 꼬아매고 꼬아매고 하야, 이삼년 안팍에 원금보다 이자가 몇곱이 되게 만들었다. 그의 재산은 눈 우에 굴리는 눈덩어리처럼 불어나갔다. 그러나 그가, 이 바닥에서 갑부라는 것을 아는 이는 적었다.
> 얼마 지나지 아니하야 그를 박성권이라고 불으는 이는 없어젓다. 언제 누가 불르기 시작했는지, 세상사람들은 그를 박참봉이라 존대해서 불렀다. 그의 집에 드나드는 앞에 나선 여석들이 아첨하노라고 지어밭인 존칭인지 모르나, 박리균이다려 물어볼라치면 그는,
> ―「아니 여보게, 참봉 참봉하니 그게, 머, 제법 베슬이나 같애뵈나, 돈으러 산 차함(借嘛) 참봉이라네, 돈으루다 산 거.」
> 하고 등골에 꽂았든 담뱃대를 쪽 뽑아선, 천둥같은 화푸리를 하노라 군지 애꾸진 담배만 푹 푹 피웠다. 그러나 저러나 그는 박참봉이다. 앞으로 사십을 잔뜩 치어다보는 서른일곱살 될 때 그는 벌써다섯 남매의 아버지가 되었다(10~11면).

시대적 혼란기를 틈타 부를 축적하고 집안을 다시 일으킴은 물론 양반의 직함까지 돈으로 살 수 있게 된 박성권은 경제적인 토대를 통해 신분 상승을 도모하려는 중인 계층의 속성을 전형적으

로 보여준다. 또한 박성권은 봉건 체제의 모순이 붕괴의 조짐을 보이던 사회적 동요기, 즉 개화기에 사회적인 실체로 부각되던 신흥 부호의 역사적인 존재 의의를 반영한 것이라고 할 수 있다. 특히 그의 자본주의적인 생활 감각과 선망하던 양반 계층의 의식이 혼재되면서 이중적인 가치지향을 드러내는 부분에서는 개화기 신흥 부호로서의 속성을 여지없이 보여준다.

> 그때까지 아들을 불르기를 큰놈이니, 또 은산서 난놈을 은산놈이니, 셋채니 뭐니 하고 불러 왔는데, 집의 격식을 갖후기 위하야 당당한 행렬을 지어 붙일 생각을 했다. ……(중략)……하로 종일 해를 보내며 이책 저책 두적거리다가, 빛날형(炯)자를 생각해 내었다. 자기 이름이 마즈막 자에 행렬이 들었으니 이번에는 형짜를 가운데 넣어서 지어야 한다. 그래 지어내인 이름이 이러하다.
> 형준(炯俊)이, 형선(炯善)이, 형걸(炯杰)이, 형식(炯植)이, 딸이 하나 있으나 제석에 팔았다고 제석네라 부르든 걸 고처서 보패(寶貝)라 하고, 그대로 행렬에 넣지는 않았다. 형선이와 형걸이는 동갑인데, 형선이가 한달 만저 났다. 형걸이가 첩의 소생, 그러므로 서얼에 드는때문에 그를 셋채라고 불르지 않고, 금년에 두살난 형식이를 셋채라 불러왔다. 여태껏 형걸이는, 자산서 저이 어미가 낳아갖고 은산으로 왔다고 자산놈이라 불르고, 이와 구별하야 형선이를 은산놈이라 했다. 큰놈 혹은 장손이가 형준이로되고, 은산놈이 형선, 자산놈이 형걸, 셋채가 형식으로 되고, 제석네가 보패가 된 셈이다(10~12면).

박성권은 차함참봉의 직함을 돈으로 산 이후 자녀들의 이름을 항렬에 따라 짓는다. 이는 그의 아버지 박순일이 다섯 해 전에 삼백 냥을 육자변으로 지은 것이 세음이 되지 않았다고 돈을 회계하는 와중에서 윤초시를 지레 죽게 만들고 소년 과부가 되어 친정살이를 하던 윤초시의 딸 탄실, 즉 윤씨를 소실로 맞이하는 과정에서 여실하게 드러났던 자본주의적 생활 감각과는 다른 모습이다. 박성권은 문벌이나 가문보다는 돈의 위력을 중시하면서도 자손의 이름까지 항렬을 따라 지어 양반 가문의 체모를 갖추려 하는 이중적 가치지향을 보여준다. 이는 박성권이 작명하는 과정에서 제석네인 보패는 여자인지라 항렬에서 제외한다든지 소실 윤씨의 소생인 서자 형걸에 대해서는 혼사 문제에 대해 차별된 생각을 갖는 것을 통해서 간접적으로 반영되고 있다.

현실적 상황에서는 자본에 대해 실리적으로 대응하면서도 신분 상승에 대한 강한 지향과 성취 지위의 윤리적 질서와 관습을 추종하는 박성권의 이중적 가치지향은 서구의 근대 자본주의가 유입되는 개화기에 적절한 조응을 가능하게 했던 것이다. 이러한 중인 계층의 이중적 속성은 개화기 신흥 시민계급이 형성된 사회·역사적 기반의 특이성에서 기인된 것으로, 조선 근대 자본주의의 지배적인 성격이라고 할 수 있는 천민성의 주요인이기도 하다.[24]

한편 가족사소설에서는 중심 테마를 부각시키기 위해 중심 가족과 대응하는 가족의 묘사를 통해 중심 가족을 돋보이게 하는 방식을 채택하기도 한다.[25] 『대하』에서는 박리균가가 그 역할을 담당한다. 『대하』에서는 중심 테마인 '근대 자본주의의 대두와 신흥 시민계급의 흥성'을 부각시키기 위해 '봉건 풍조가 몰락하는 기운'을 대변하는 제2의 가족으로 박리균가를 설정하고 있다.

박리균가는 박성권가와 한 고을에 사는 또 하나의 밀양 박씨 집

---

24) 정호웅, 「『대하』론: 새로운 세계에 대한 열망과 그 한계」, 『문학정신』, 1990. 3, 51면.
25) 중심 가족(the main family)은 Yi-ling Ru의 개념으로, 그는 가족사소설에서 중심 가족과 중심 가족을 돋보이게 하는 것으로 제2의 가족(the second family)을 설정한다(Yi-ling Ru, op.cit., p.33).

안이다. 박리균가는 박성권가가 개화기의 시대 흐름에 민감하게 대응하여 신흥 부호로 격상하는 것과는 다르게, 두뭇골에서 국수 장사를 하며 그날그날 생계를 연명하면서도 양반 가문의 체통을 유지하려고 애쓴다. 다음은 박리균 집안의 내력과 가통을 상징하는 부분이다.

> 방성문을 척 나서면 왼편에 쭈르 게 나란히 한 많은 비각중의 제일 초라한것이, 성씨의 열녀비가 들어 있는 집이다. 집웅 기왓골에서 잡초가 나오고, 추녀끝에 참새가 둥지를 틀면 박리균네 형제는 손수 풀을 뽑고 새둥지를 집어 치웠다. 그러나 비각은 바른쪽으로 찌그뚱하니 너머져 갔다. 수선을 하던가 다시 집을 고처질려면 적잖은 돈이 들게다. 기둥을 하나 모양은 숭하나 너머지려는 쪽에 다 벌어서 겨우 그것을 의지해 나갔다. 그것은 마치 양반이라고 으스대는 그의 환상이, 마즈막으로 운명(殞命)을 기대리고 있는 거나 같이 적막하게 보이였다(12면).

은산 고을에서 근 이십 년 전에 흘러 들어와 이제는 두뭇골에서 가장 지대가 높은 곳에 큰집을 짓고 사는 박성권네 집과는 달리, 두뭇골의 터줏대감인 박리균가는 열녀비를 애지중지하며 양반가의 내력을 자랑하고 있다. 그러나 박리균이 그렇게도 애지중지하는 열녀비는 양반의 환상처럼 찌그둥하니 넘어져 가고 기둥 하나로 겨우 의지하고 있는 형상으로 그려진다. 이는 개화기를 맞이하여 유명무실해진 양반 계층의 환상과 영락화되어 가는 봉건 풍조의 운명을 예비하고 있는 것이다.

한편 가족사소설은 시간을 통해 변하는 생명력과 가족의 제도에 관련된 변모의 양상을 중심 테마로 삼는 장르로, 중심 서사는 가족 구성원 간에 드러나는 인간관계에 중점화된다. 특히 가족 구성원 사이에서 드러나는 갈등은 시간을 통해 변하는 가족제도와 결부되면서 중심 테마로 진전된다.[26] 『대하』에서 갈등의 중심은 박성권의 아들 세대를 통해서 본격적으로 드러나고 있다.

박성권의 아들 세대를 살펴보면, 장자인 형준은 부친인 박성권을 계승할 인물로 봉건의식을 답습하는 안이한 기질을 가졌다. 박성권은 형준이 장자라는 이유로 근대적인 학교에 진학시키지 않고 서당에만 보내며 집안의 대소사도 전반적으로 맡기지 않는다. 형준은 결국 부친의 가부장적인 권위에 눌려 자신의 위치를 집안에서 찾지 못한다. 그는 한가롭게 소일과 노름 삼십육계로 무위도식하면서 세월을 보내고 그에 따라서 의식은 점점 더 퇴보한다.

차남 형선은 형준과 다르게 근대적인 학교에서 교육을 받았으나, 특출하게 자신의 생각을 표명하기보다는 기존의 체제와 대세의 흐름에 순응하는 인물이다. 그러나 형선은 개화기에 서구 문물을 전파하던 기독교 집안인 연안 정씨가의 처자인 정보부와 혼인하게 되면서 기독교의 영향도 받게 되고 후일 서울로 유학까지 가게 된다.

형걸은 첩 윤씨 소생의 유일한 아들로 성질이 거세고 진취적이며 적극적인 인물이다. 그렇지만 서자라는 신분적인 제약으로 인해 정보부와의 혼사가 차남인 형선의 차지가 되면서 봉건제도의 모순을 인식하게 되고 결국 훗날 근대 시민의식을 소유한 인물로 성장하게 된다.

형걸을 중심으로 한 『대하』의 전반부에서는 정보부를 둘러싼 형걸과 형선의 갈등이 진행되고, 후반부에서는 쌍녜를 둘러싼 형걸과 형준의 갈등 및 부용을 둘러싼 형걸과 박성권의 갈등으로 서사가

---

26) Yi-ling Ru, op.cit., p.28.

진전된다. 박성권의 첩 윤씨는 형걸의 혼처자리로 개화기 양반 가문인 정보부 집안을 마음에 두고 있었으나, 형걸이 서자라는 것이 마음에 걸린 박성권에 의해 결국 형걸 대신 형선이 혼사를 치르게 된다. 이를 계기로 형걸은 서자라는 자신의 신분에 대해 통감하게 되고 그 불만으로 단발을 감행하며, 박성권의 집 막서리꾼의 아내인 쌍네와 정을 통하기도 한다. 한편 무위도식하며 세월을 탕진하던 형준은 쌍네와 정을 통하려 하지만 이미 형걸과 쌍네가 예사롭지 않은 관계임을 알게 된다. 이에 앙심을 품은 형준이 이 사실을 부친에게 고하면서 형걸과 쌍네와의 관계는 마무리되고 형걸은 학교생활에만 매진하게 된다.

형걸은 새로 부임한 교사 문우성을 통해 조혼의 폐습과 신분 차별이 봉건적 제도의 산물임을 깨닫는다. 문우성은 근대 교육의 세례를 받았으며 서양인과도 교분이 많은 기독교 신자로 동명학교 학생들에게 근대의식과 기독교사상을 전파하는 인물인데, 그 활동의 일환으로 동네 사람들에게 주일 예배 후에 전도를 실시한다. 형걸도 근대 문명의 정신과 기독교사상을 전도하게 되는데, 그 과정에서 기생 부용과 연모의 정이 싹트게 된다. 그러나 운동회 날 형걸을 찾아온 기생 부용을 보게 된 부친 박성권으로 인해 천륜을 거스르는 일이 생길 위기에 처한다.

이와 같이 『대하』에서는 서자의 신분인 형걸과 노비인 쌍네, 기생인 부용을 중심으로 가족 구성원 간의 갈등이 형성되고 있다. 이러한 설정은 김남천이 형걸을 중심인물로 하여 조혼의 폐습과 봉건적 신분제도의 모순을 발견하고, 개화기의 시대적인 과제로 근대 시민의식 형성의 필연성을 형상화하고자 한 의도라고 생각된다. 이는 『대하』의 제2부인 『동맥』에서 역사적인 필연성으로 확보되기도 한다. 『대하』에서 쌍네와 부용을 둘러싼 갈등과 근대의식의 자각으로 집을 나간 형걸은 『동맥』에서 서울 유학 생활을 통해 세계정세의 변화를 인식하고 개화기 시대의 과제가 '근대정신의 고취'에 있음을 더욱 절실하게 깨닫는 의식의 성장을 보인다.

따라서 김남천은 『대하』와 『동맥』을 통해서 근대 자본주의 형성기인 개화기의 시대적인 과제와 그 담당 계층인 근대 시민계급 형성의 역사적 필연성을 보여주고자 하였음을 알 수 있다.

3) 근대 시민 계급의식 형성과 성장의 연대기

(1) 개화기 관서지방과 근대화

가족사소설은 수평적인 가족관계 및 시간의 흐름에 따른 연대기적 질서에 의해 수직적으로 엮어 낸 특유의 서술 형태를 지닌다. 이러한 서술 형태는 가족사소설에서 시대적 전개 과정을 서술함과 동시에 역사의식의 반영을 가능하게 한다. 즉 가족의 역사를 전경으로 하고, 후경으로는 그 사회의 역사적 진전 과정을 연대기적으로 서술하여 그 시대의 사회적 지향과 역사적 방향을 반영할 수 있는 가능성을 제시한다. 그렇다면 김남천이 『대하』에서 박성권가의 가족사를 전경으로 하고, 후경인 개화기의 연대기적 서술을 통해 구현하고자 했던 역사의 방향은 무엇이었을까?

『대하』와 『동맥』에서 후경으로 삼고 있는 개화기의 구체적인 시기는 1890년대 말에서 1900년대 초이며, 갑오농민전쟁과 청일전쟁

(1894~1895년)을 연대기적 서술의 출발 시점으로 잡고 있다. 이 시기는 조선의 개화기가 지니는 특수성과 근대 자본주의의 성격을 사회·역사적으로 규명하는 데 있어 중요한 지점이라고 할 수 있다. 특히 『대하』에서 공간적 배경으로 삼고 있는 평안도는 관서지방으로, 청과 인접한 국경 지대라는 지리적 특수성으로 인해 서구 근대 문물과 사조를 수용하는 데 용이한 지역이었다. 따라서 『대하』와 『동맥』에서 후경으로 삼고 있는 개화기의 사회·역사적인 방향을 제시하는 데에도 유리한 공간으로 작용하게 된다.

개화기의 서구 근대 문물의 유입은 일상생활에도 새로운 변모를 불러일으켰다. 『대하』에서는 이러한 개화기의 변모가 평안도 한 고을 두뭇골의 거리에 즐비하게 들어선 근대적 상점의 풍속도를 통해서 반영되고 있다.

> 박참봉네 행길 건너집은 이칠성(李七星)이네 집이고, 웃집은 나까니 시상점(中西商店)이고, 아랫집은 조그만 사탕장수라고, 깨엿도놓고 호두엿도 놓았는데 진소위 사탕이라 명칭이 붙는것으론 채다리과자와 얼음과자가 작은 나무통에 들어있는, 김용구네집이다. 사나히라고 생긴건 아이까지 나서고, 늙은 여편네들도 부엌 챙 바자 앞에 나섰다. 바자틈으로 힐끗 힐끗 흰 그림자가 보이는 것은, 행길가에 나설 수없는 젊은 안악네와 나이차른 처녀들이 숨어서 행길 쪽을 엿보는 탓이다. 나카니시네집 이서는 본시 나까니시가 혼자 호래비생활을 하고 있으니, 다른 누구가 나설이도 없다. 처음에 체부(遞夫)를 다니면서 처음 이곳에 온, 이 나까 니시는, 그 뒤에 진위대(鎭衛隊)가 없어지면서 수비대가 얼마간 주둔해 있을 때에, 용달을 맡아서 일년안짝에 적지않은 이를 보아 지금은 제법 큼직한 잡화상이 되였다(32면).

이칠성네, 김용구네는 근대적 잡화상으로 변모되었고, 그 진열대 에는 사탕수수·깨엿·호박엿·얼음과자가 즐비하게 진열되어 있다. 나카니시라는 일본인이 경영하는 상점도 새롭게 두뭇골의 거리에 보아란 듯이 열려 있다. 동네 사람들은 어른아이 할 것 없이 상점의 진열대에 놓여 있는 물건들을 구경하기에 여념이 없다. 이처럼 근대 자본주의의 유입은 일상생활 속에 자연스럽게 침투되어 있었다.

관서지방은 이러한 서구 근대 자본이 다른 지역보다 빠르게 정착되었던 지역이다. 이러한 점은 관서지방의 역사적 특수성과도 긴밀한 연관이 있다. 관서지방은 조선 후기 이래 상품 화폐 경제가 발달함에 따라 대청무역과 상공업을 통한 부의 축적이 가능한 지역이었다. 특히 이 지역은 조선시대에 정치적으로 오랫동안 극심한 차별을 겪었는데, 그 결과로 양반 사족의 존재가 미미했다.

이러한 관서지방의 역사적·지역적 특수성은 신분적 차별이 크게 작용하지 않아 오히려 평민적 자치 질서가 발달하는 계기를 마련해 주었다.[27] 특히 상품 생산자로서 경제력을 갖춘 중소 상공인·중소 지주·자작농 등은 중산층으로서의 신흥 중간계급의 광범한 발달을 촉진시켰는데, 이러한 신흥 중간계급은 개화기의 주도 세력이자 근대 시민계급의 원천이라고 할 수 있다.

또한 이러한 특수성은 개화기 당시 서구 근대사조를 전파하던 대표적 매체였던 기독교가 교세를 확장하는 데도 중요한 요인으로 작용하였다. 개화기 기독교 수용의 초기 국면을 개척한 주역은 압록강 국경을 넘나들며 청과 무역을 하던 의주 상인이었다. 이들은 일정 수준의 경제력과 지적 능력이 있었음에도 불구하고, 관서지방

---

27) 평안도의 유생들은 정조·순조 연간에 8도에서 가장 많은 문과 급제자를 냈지만 정6품을 넘어서는 관직으로 진출하기는 어려웠다. 그래서 무사가 아니면 상업에 종사하는 것이 대부분이었다(한국역사연구회, 『조선 정치사』 下, 청년사, 1990, 146~148면).

에 대한 지역적 차별과 상인층에 대한 신분 계급적 차별로 기존 주자학적 지배 질서에서 소외를 받았던 계층이다. 따라서 그들에게 기독교의 프로테스탄티즘은 주자학을 대신할 새로운 사회 윤리로 쉽게 뿌리를 내릴 수 있었다.

『대하』에서 기독교 교세의 형성 기반으로 개화기의 관서지방을 연대기적 서술 대상으로 삼고 있는데, 이는 김남천이 신흥 중간계급에서 근대적 시민계층으로서의 성장 가능성을 발견했기 때문이다. 중인계층의 집안 내력을 지닌 박성권이 신흥 부호로 격상할 수 있었던 것은 갑오농민전쟁과 청일전쟁 시기를 통한 부의 획득이었다. 이는 중산층으로서의 신흥 중간 계급의 성장 가능성을 의미하는 것으로 신분 차별이 두드러지지 않았던 관서지방의 지역적인 특수성에서 그 가능성이 확보되고 있다.

한편 청일전쟁의 원천지였던 관서지방은 이 시기 이후 기독교의 교세가 더욱 확장[28]되었는데, 『대하』와 『동맥』에서는 이러한 연대기적 의식이 반영되어 있다. 특히 개화기 당시 기독교는 종교적인 측면보다는 교육·개화의 측면에서 더욱 활발한 활동을 전개하였는데, 작품에 이러한 면모가 고스란히 담겨 있다.

기독교는 초기에 순수한 복음 전파보다는 교육과 의료 사업에 치중하였으며, 근대 교육이 이루어지지 않았던 당시 신학문을 교수하는 데 앞장선 것 또한 기독교였다. 한말의 기독교계 학교가 교회당을 중심으로 이루어지고 있던 것도 이러한 초기 선교 형태에서 비롯된 것이라고 할 수 있다.[29] 또한 기독교는 선교사가 오기

---

28) 한국역사연구회, 앞의 책, 147면.
29) 박춘복, 『한국 근대사 속의 기독교』, 목양사, 1993, 65면: 한국기독교사회문제연구원, 『민주주의와 기독교』, 민중사, 1981, 52~55면.

전에 이미 만주와 일본으로부터 성서가 한글로 번역되어 유포되었던 특징을 갖는다. 이러한 성서의 출판과 보급은 한글의 가치를 재인식하는 데 공헌하였을 뿐만 아니라 한글을 대중화시켜 문맹을 퇴치하고 개화를 촉진시키는 데에도 지대한 영향력을 행사했다. 특히 한글 성서의 보급은 교회에 출석하는 부녀자들에게 문맹에서 벗어나게 하는 것과 동시에 여성에게 교육의 기회를 균등하게 부여하는 계기가 되기도 하였다.[30] 뿐만 아니라 당시 기독교회는 학교 교육을 통해 한말 구국의 첩경이 교육에 있음을 강조하였는데, 이는 후일 한국 민족운동에서 보여준 기독교의 역할에 실마리를 제공해 주었다.[31]

『대하』에서는 이와 같은 개화기 당시 기독교의 초기 선교 형태와 사회적 영향력이 반영되고 있다. 형걸이 신학문을 교수하는 동명학교는 기독교의 자장 안에서 형성된 근대 학교이다. 또한 교사 문우성은 근대 교육을 받은 기독교인이며, 학생들에게 근대사상과 기독교정신을 전도한다. 한편 연안 정씨가의 자녀인 정보부도 기독교 집안에서 자라나 성경을 통해 근대적인 의식을 획득한 인물로 설정되어 있다. 한편 『동맥』에서는 기독교의 교세가 확장되어 교회당을 설립하고 낙성식을 거행하기도 하는 등 보다 발전된 모습이 반영되어 있으며, 훗날 근대 교육이 구국의 원동력이 되고 있음을 예비하고 있다.

---

30) 이만열, 『한말 기독교문화 운동사』, 대학기독교출판사, 1987, 54~56면: 한국기독교사회문제연구원, 앞의 책, 57~58면.
31) 기독교계는 학교 설립에 많은 노력을 기울였다. 1897년에 교회 설립 학당이 16개이던 것이 1901년에는 주일 학당 229개, 주일 학당 학생 9,090명, 교회 경영의 학당이 32개 이상, 교중 학당 학생 665명 이상을 확보하게 되었다(이만열, 앞의 책, 44~54면).

이와 같이 『대하』에서 개화기 기독교의 형성과 사회적인 역할이 사회의 연대기 속에서 형상화될 수 있었던 것은 신흥 중간계급의 출현과 평민적 질서의 자치가 가능했던 관서지방을 사회·역사적인 배경으로 삼음으로써 그 가능성을 확보했기 때문이다.

한편 이러한 근대 자본주의 유입은 필연적으로 기존 경제 질서의 재편으로 귀결되었는데, 근대 상업 자본의 유입으로 인한 농촌 경제의 붕괴와 도시 노동자의 형성이 바로 그것이다. 이는 『대하』에서 농가의 자녀였던 두칠과 쌍네의 신분 변화를 통해서 반영되고 있다.

쌍네는 서창이라는 작은 부락에서 가난한 농가의 딸로 태어나 아홉 살 때 박참봉 댁에 종으로 팔려 온다. 당시는 시골마다 퍼진 가난과 역병으로 인해 농터를 떠나 유랑하던 방랑민이 함경도나 황해도로 이주하였는데, 쌍네의 가족도 그들 중 하나였던 것으로 추측된다. 따라서 쌍네가 박참봉네 집으로 팔려 오게 된 것이 다름 아닌 가난 때문임을 짐작게 한다. 두칠이는 박참봉 장인 되는 갱고지 전주 최씨네 작인으로 있던 김바우의 셋째 아들이었다. 그러나 집이 가난하고 흉작과 살림에 쪼들리면서 두칠도 박참봉네 집으로 절게살이를 떠나게 된다.

『대하』에서 두칠과 쌍네는 흉년과 그로 인한 '가난'이 원인이 되어 노비가 되는 것으로 설정되어 있다. 그러나 이러한 신분 이동의 이면에는 근대 자본주의가 형성되었던 시대의 역사적 문맥이 존재한다. 비록 이러한 연대기적 의식이 작품에 충분히 반영되지는 못하였으나, 김남천은 분명 신분 계급이 사회·역사적인 형성체임을 인식하고 있었다. 이는 두출의 신분 계급의 변모 과정, 즉 절게,

막서리, 도로공부에 대한 그의 사회학적 고찰에서 잘 드러난다.

> 어떠한 사람이 무슨 까닭으로 이런 '절게'사리를 하게 되는가는 책 광고같지만 부득이 『대하』의 김두칠군의 생애를 보랄 수밖에 없겠는데 그러면 '막간사람' 혹은 '막서리'는 '머슴'인 '절게'와 어떻게 다른가.
> '막서리'가 농업경작을 위한 제도의 산물인 것은 '절게'와 같으나 그는 위선 대부분이 독신자가 아니고 시쳇말로 세대를 갖춘 자가 '절게'와는 일단(외관상 불과하지만) 올라선 신분에 의하여 지주나 상전에게 매여 있다. 위선 그는 '절게'처럼 1년간의 보수를 받는 것이 아니라 신분관계 에 완전히 얽매였지만 외형상으로나마 독자의 생활을 자주적 경영에 의 하여 영위하고 있다.
> ……(중략)……
> '막서리'는 그러므로 장차 소작인이 될 수 있는 환상을 갖는 그러한 정도로 매여있는 신분의 사람이다. 그러나 『대하』의 김두칠이는 박성권 댁 여비였던 쌍네와 결혼하여 '절게'로부터 '막서리'가 되었으나 소작인 이 되지 않고 그 당시 처음 볼 수 있던 근대적 노동자의 붕아(崩芽)인 도로공부(道路工夫)가 되려고 하였다.
> 이러한 '막간' 제도의 변모된 유물은 아직 성천읍내에도 6, 7처에서 볼 수 있었다. 그것은 서울의 '행랑'과도 흡사하다. 그러나 '절게'와 함께 최근 노동력의 광산 혹은 토목 방면에의 동원으로 그것은 급격히 없어질 것이 아닌가 하고 추상되었다.
> (김남천, 「절게·막서리·기타-『대하』 집필 일기에서」, 『조선문학』, 1939. 4.)

김남천은 「절게·막서리·기타」에서 절게와 막서리가 농업 경 작을 위한 제도의 산물인 것은 동일하지만, 막서리가 자주적 경영 에 의하여 영위할 뿐 아니라 점차 소작인이 될 수 있는 신분 이동 의 가능성을 지닌 것으로 '막간제도'의 변모된 유물임을 사회적으 로 고찰하고 있다. 그는 막서리가 개화기라는 시대적 과도기에서 '소작인'이 되지 못하고 '도로공부'가 되어 가는 것을 통해 사회적 변모상을 예리하게 포착하였다.

또한 김남천은 근대적 노동자의 붕아라고 할 수 있는 도로공부의 출현을 개화기에 '노동력의 광산 혹은 토목 방면에의 동원'에서 연유된 것임을 밝히고 있다. 이는 개화기 근대 자본주의 형성의 역사적 기반이 '근대'임에도 불구하고, 그 출발이 자주적이 아니라 제국주의적 침탈의 결과에서 비롯되었으며 식민주의적인 특성을 지니고 있음을 간접적으로 시사하는 부분이다. 이러한 식민지적 근대화 양상은 박리균가의 변모 과정과 몰락을 통해서도 반영되고 있다.

> 「암 그 다 니를 말슴이웰까. 비각이 밥멕여주는 건 아니닌게루. 아무려나 생각은 잘 하신 생각입넨다. 이제 종차루야 객줏집두 새법을 어야지 마방을 가지구야 마바릿꾼이나 재웠지, 어데 점잖은 손을 맞을수가 있쉘까. 신작노두 나구, 인제 평양과 원산새에 길이 열리구 볼지경이면, 아마 점잖은 객이 많이 들릴게구, 지금 칭략사(測量士)나, 모두 이런 신식양반들이 통히 이 큰 객주에 들게 될게 아니웰까.」
> ……(중략)……
> 박참봉은 박참봉대로 딴 뱃장이 있었다. 종차론 여관이나 잡화상같은 것이 성해갈 눈치가 뻔하지만, 제 손으로 그런걸 버려보기엔 아직 시기상조라고 본다. 그러나 이런걸 남보다 먼저 손쓰는편이 결국 이긴다는 것도 또한 뻔한 일이고보니, 구차한 일은 남에게 식혀 놓고 자기는 뒤에서 실권만 잡아두는게 어느모로 따져도 영리한 계책이라고 생각는 것이다(192~193면).

양반가의 허상을 붙잡고 있던 박리균네도 두뭇골의 변화에 부응하여 국숫집으로 생계를 연명하던 것에서 벗어나 신식 여관을 차리고 객줏집과 마방도 새로 단장할 계획을 하게 된다. 박리균은 자금 융통에 곤란을 겪게 되면서 평소에 마땅치 않게 여겼던 박참봉을 찾아가기에 이른다. 박참봉은 신식 여관이나 잡화상이 타산에 맞는 일이라고는 생각하지만 손수 그 일에 나서기엔 시기상조라고 생각하는 터라 박리균에게 돈을 융통하여 주고 시기를 보자는 심산을 가지고 있다. 이 같은 박참봉의 속성에서 자본에 대한 현실적 감각을 엿볼 수 있다. 박참봉의 추측대로 박리균네 동명여관은 몰락하게 되고 결국 박참봉의 몫이 되고 만다. 그러나 동명여관이 몰락한 데에는 박참봉의 영리한 계책보다 더 근본적인 이유가 있었다. 그것은 바로 일본인 나카니시네이다.

> 본시는 그러나 박참봉이와는 여리 기지로 의가 좋지 못하던 박리균이가 이년전 이 고을에 처음으로 대운동회가 열렸을 때에 국숫집을 떨어 고쳐서 시설해 놓았던 신식여관이었다. 그때에 박리균이는 행길 맞은편에서 마방을 하던 그의 동생 성균의 집과 어울러서 두 채의 가옥문서를 잽히고 육자변으로 사백량의 돈을 박참봉한테서 내어다 각반 시설에 사용하였었다.
> 이래 일년반 무서운 고리에 기고 시달리면서 경영에 진력하였으나 결국 여관은 박참봉의 손속에 떨어지고야 말았다. 대운동회를 치른 뒤에도 예상했던 것처럼 가끔 신식손님이 찾아 들기는 하였다.
> ……(중략)……
> 나까니시네가 이 동리에 깨끗한 여관을 채려 놓은 뒤엔 숙박료를 아낌없이 내던지든 고급손님은 그쪽으로 몰리게 되었다.
> (김남천, 『동맥』 1회, 『신문예』 2호, 1946. 7, 75~76면.)

박리균네 동명여관이 몰락하게 된 것은 박참봉에게 융통한 고리가 원인이기도 하지만, 나카니시네가 새 여관을 차린 후 더욱 영세해졌던 것이다. 이렇게 나카니시네가 융성하게 된 것은 조선이 근대화된 시점의 사회·역사적인 정황에서 비롯된다.

조선이 근대화된 시점은 19세기 후반으로, 일본에 의해 강제된 근대화이며 일본이 자본주의의 진출을 목적으로 이루어진 '제국주

의적 개항'이라는 특징을 지닌다.32) 타율적이고 불평등한 '제국주
의적 개항'은 봉건 왕조를 세계 자본주의 체제로 강제로 밀어 넣
음으로써 조선은 구미 독점자본주의 체제의 주변 자본주의 국가로
전락하고 만다. 더 나아가 조선은 구미 독점자본주의와 제국주의적
침략의 기반을 다지려는 일본과 청 그리고 러시아에 의해 반(半)식
민, 반(半)봉건의 사회로 급속히 이행된다. 당시 이러한 정국에서
조선 내에서는 척사 세력, 개화 세력, 농민 세력 등이 주요 사회 세
력으로 형성되었다. 척사세력은 전통유림들로 척사위정운동을 전개
했으며, 개화 세력은 신진 지식층으로 문호개방과 신문물 도입으로
근대 국가를 이룩해야 한다고 주장했다.33)

한편 농민 세력은 청국의 힘을 배경으로 집권한 민비 수구파가
세력이 전제군주제를 유지하면서 농민 수탈을 자행하자, 1894년에
고부민란을 일으키면서 새롭게 부상하게 되었다. 이들은 갑오농민
전쟁을 통해 봉건신분제와 봉건지주제의 굴레를 벗고자 투쟁했는
데, 민비 수구파는 이들을 진압할 수 없다고 판단하여 청국에 원
조를 요청하게 된다. 때마침 침략의 기회를 노리고 있던 일본은
갑신정변 당시 청·일 양국 간에 맺게 된 천진조약34)을 구실로 민
비 정권의 요청이 없었음에도 불구하고 출병을 자처한다. 동학 농
민군은 청군과 일본군이 개입하자 전라도 일대에 집강소를 설치하
고 외국 군대로부터 나라를 구하고자 외국군 철수를 조건으로 관
군과 '전주화약'을 체결하고 자진 해산한다. 그러나 조선 왕조의

---

32) 이상백·천관우, 「한국 근대화의 기본 성격 – 한국 근대화 문제 其一」, 『진단학보』 23, 1962,
    195~197면.
33) 이환, 『근대성, 아시아적 가치, 세계화』, 문학과지성사, 1993, 32~36면.
34) 고석규·고영진, 『역사 속의 역사 읽기』 3, 풀빛, 1996, 75면.

거듭된 철병 요구에도 불구하고 일본군은 조선에서 철수하지 않고 청일전쟁을 도발하고 만다.[35] 당시 일본 내에서는 아시아와의 연대에서 벗어나 서양의 제국주의의 대열에 서기 위해 조선 정국의 문제에 적극적으로 개입하여 제국주의적 팽창주의를 본격적으로 고무시키자는 분위기가 고조되고 있었는데, 결국 청일전쟁의 도발로 드러났던 것이다.[36]

이러한 일본의 제국주의적 팽창주의 정책은 일본만의 독특한 자본주의적 특성을 형성하는 요인이 되었다. 일본은 영국과 프랑스 같은 산업혁명과 시민혁명의 과정을 통해 근대적 자본주의를 형성하지 않고, 독일이나 러시아처럼 서구 자본주의 국가에 대항하기 위해 봉건적 생산 양식을 유지하면서 국가 자본주의나 특권적 상인지주를 보호하여 위로부터의 자본주의를 추진하는, 이른바 후진국형에 속하는 자본주의적 발전을 이룬다. 그런데 일본은 자본축적 단계에서부터 제국주의로 변신하여 주변 국가를 침략하고, 식민지 경영을 통해 자본을 축적하여 산업혁명의 단계로 넘어간다. 일본은 이처럼 자본주의의 확립과 동시에 제국주의로 전화하는 근대 자본주의의 독자적인 특징을 보여준다. 일본이 후발된 자본주의의 성장을 위해 제국주의로 전화되는 과정에서 그 대상으로 삼은 것이 바로 조선이었다.[37]

35) 신용하, 「19세기 한국의 근대국가 형성 문제와 입헌공화국 수립 운동」, 한국사회사연구회, 『한국사회사연구회논문집1 – 한국의 근대국가 형성과 민족문제』, 문학과지성사, 1986, 45~46면; 고석규・고영진, 앞의 책, 1996, 76~80면.
36) 이는 아시아연대론과는 대척되는 후쿠자와 유키치의 탈아론(脫亞論)과 깊은 관련이 있다. 그는 아시아 이웃나라의 개명을 기다릴 여유가 없으므로 서구인의 방식과 같은 제국주의적 팽창주의를 통해 자본주의적 성장을 이루어야 한다고 주장했다(허동현, 『일본이 진실로 강하더냐』, 당대, 1999, 311~312면).
37) 서길수, 「일본의 침략과 한말 사회의 변동 – 일본의 경제 침략과 한말 사회경제적 변동을 중

갑오농민전쟁과 청일전쟁(1894~1895)은 조선의 근대화의 특징을 결정하는 역사적 사건이라고 할 수 있다. 갑오농민전쟁은 근대적인 의식을 지향한 아래로부터의 혁명으로 자생적 근대화의 가능성을 보인 변혁운동이었으나, 이를 진압하는 과정에서 외세 의존적인 지도층의 태도로 인해 청일전쟁으로 전화된다. 이러한 역사적 전개 과정에서 조선의 근대화는 식민주의적 특징을 형성하게 되었던 것이다. 이는 근대적인 제도 개혁이라고 할 수 있는 갑오개혁이 형성되는 과정에서도 드러난다.

갑오개혁은 봉건 조선에 근대적인 질서를 수용한다는 전제하에 이루어졌으나 시작부터 일본의 자장 안에서 형성되었다. 조선이 교정청을 설치하여 일본에 굴복하지 않자, 일본은 경복궁을 무력으로 침입하여 김홍집 내각을 구성하고 군국기무처를 통해 갑오개혁을 추진했던 것이다. 갑오개혁의 조항에는 양반과 평민의 신분 타파, 수취제도의 개선, 재정의 일원화 등 농민적 지향을 가지는 내용들이 상당 부분 포함되어 있어 근대 지향적인 면모를 보여준다. 그러나 이는 자주적인 개화파 정권에 의한 것이 아니라 일본에 의해 강제적으로 형성된 것으로, 조선의 근대화보다는 일본의 경제적 침탈을 용이하게 하기 위한 제도개편이라고 보아야 할 것이다. 그러므로 종국에 갑오개혁은 조선의 진정한 민족국가·국민국가의 건설보다는 일본의 제국주의적 팽창주의의 기반을 마련해 주는 원동력이 되었다. 외국 자본주의에 의존하고 예속되어 이루어진 국정개혁은 결국 식민지화를 불러오고 자주적인 재정 자립 능력을 방해하는 결과가 되고 말았던 것이다.[38]

심으로」, 『한국의 사회와 문화』 제13집, 한국정신문화연구원, 1990, 6~7면.

이와 같이 조선의 근대화는 사회 내부의 성숙을 통한 자생적인 근대화가 이루어지기 전에 일본에 의해 강압적으로 이루어졌다. 그리고 『대하』와 『동맥』에서 나타나는 나카니시네의 융성과 박리균가의 몰락은 이러한 일본의 제국주의적 팽창주의의 일면모를 반영하고 있는 것이다.

개항 직후 일본은 한국의 거류지를 근거로 수입품의 매매와 수출품의 수매에 종사하였다. 그러나 일본의 조선에 대한 무역은 원료품과 공업 제품이 부등가 교환의 형태로 이루어져 침략적 성격을 보여준다. 결국 근내 자본주의의 유입은 일본외 제국주의적 식민주의에 의해 주도되면서 조선 토착 산업 파괴의 원인이 되었을 뿐만 아니라 수입 상품의 매매 및 수출 상품의 수매를 담당하는 일본 거류민에 대한 식민정책과 불가분하게 결합되어 있었던 것이다.

요컨대 일본 자본주의의 조선에 대한 침입 과정은 양국 무역 간의 상품 유통관계를 통하여 조선 시장을 독점하는 일반적 형태가 아니라 양국 간의 무역을 담당하는 일본인에 의해 이루어졌다. 즉 소수의 일본인 무역상과 조선의 거류지를 근거로 하여 수입품의 매각과 수출품의 수매를 담당하는 절대 다수의 영세 상인 및 무일품의 일본 거류민과의 결합관계를 통하여 이루어졌다. 특히 일본 거류민은 조선에서의 자본축적에 의해 자본가, 지주로 성장하여 본국 일본의 자본주의와 결합하는 특수한 형태를 띠었다.[39] 이를 통해서 알 수 있듯이, 나카니시네의 융성은 일본 거류민에 의해 조

---

38) 고석규·고영진, 117~119면, 한국민중사연구회, 『한국민중사 – 근현대편』 2, 풀빛, 1986, 74~76면: 서길수, 앞의 책, 27~28면: 김영모, 「갑오개혁의 법제적 양상과 일제의 간섭」, 『한국의 사회와 문화』 13, 한국정신문화연구원, 1990, 35~103면.
39) 강재언, 『한국근대사연구』, 청아출판사, 1982, 150~155면.

선의 소자본 상점이 영세하게 될 수밖에 없었던 개화기의 시대 현실과 한국 근대화의 식민주의적 면모를 간접적으로 시사하는 것이다.

지금까지 살펴본 바와 같이 『대하』는 한국의 근대 자본주의의 특징을 형성하는 데 결정적인 역사적 사건이라고 할 수 있는 갑오농민전쟁과 청일전쟁을 연대기적 서술의 시초로 삼고 있다. 특히 청일전쟁의 주된 싸움터였던 관서지방을 배경으로 하여 근대 자본주의의 유입과 형성의 면모를 구체적으로 반영하고 있다. 무엇보다도 양반 계급의 존재가 희미하고 중소 상공인의 활동이 뚜렷했던 관서지방을 공간적 배경으로 삼아 근대 시민계급의 형성과 개화기 기독교의 융성 및 사회적 역할을 반영하는 데 유리하게 하고 있음이 주목된다.

그러나 김남천은 근대화 과정이 일본의 식민주의적 팽창주의에 의한 결과임을 충분히 반영하지는 못하고, 근대적인 자본의 형성과 문명개화의 필연성을 중점적으로 부각시키고 있다. 이는 작가가 반제국주의의 과제보다는 반봉건의 필연성과 근대의식의 형성을 개화기의 선결적인 과제로 파악했기 때문으로 보인다. 김남천의 이와 같은 면모는 『대하』에서 근대 교육과 개화사상의 측면에서 기독교를 중심에 두고 개화기의 선결적인 과제인 반봉건과 근대의식 형성의 필연성을 제기하는 것을 통해서도 알 수 있다. 그러나 『동맥』에 와서 조선의 민족주의적인 종교인 천도교의 근원이 갑오농민전쟁에서 비롯되고 있음을 반영하고 있음은 자생적인 근대화를 이루지 못한 개화기의 역사적 과제가 전근대의 과제에서 후독립의 과제로 이어지는 것을 암시하는 것이다. 바로 이것이 김남천이 갑오농민전쟁과 청일전쟁을 통해 구현하고자 하는 연대기적 의식의 방향이라고 할 수 있다.

(2) 풍속의 역사적 재현

가족사소설에서는 가족 관습을 가족 간 및 공동 사회 간의 상황 속에서 충실히 재현하려는 경향이 있다. 이는 그 가족의 전통이라고 할 수 있는 가풍이 그 사회의 문화적 전통과 친연성이 있으며, 그 시대와 사회의 문화적 토대를 기반으로 형성되고 있기 때문이다. 가족사소설에서 가풍을 포함한 그 사회의 시대의 풍속에 주목하는 것은 공동 사회의 정서와 그 기초인 역사적 지향을 재현하기 위한 장치라고 할 수 있다.

김남천은 '로만개조론'을 전개하는 과정에서 풍속에 대한 역사적인 지향을 보여주고 있다. 김남천의 풍속론은 작가로서의 모랄에 부심하는 과정에서 비롯되었다. 그는 작가의 「도덕·모랄이란 완전히 주체화되어 일신상의 근육으로 감각화된 사상이나 세계관의 형상이므로, 모랄은 풍속 세태 속에서 나타나고 복장과 취미에까지 나타나야 한다」라고 주장하면서, 풍속을 경풍속과 중풍속으로 분류하였다.[40] 김남천에 의하면, 고현학적 경풍속은 고현학적 풍속 관찰에 의지한 세태소설로 피상적 관찰을 의미하며, 진정한 풍속론인 중풍속은 경풍속 가운데서도 그 토대가 되는 생산 제관계를 구현한 것으로 제도와 제도 내에서 배양된 의식이나 제도의 습득감까지를 의미한다.[41] 그러므로 경풍속과 중풍속은 현대 사회의 생활양식 및 문화 현상에 주목하여 그 사회의 도덕·모랄을 밝혀내

---

40) 김남천, 「세태·풍속묘사 기타」, 『비판』, 1938. 5.
41) 김남천, 「모던문예사전 – 풍속」, 『인문평론』, 1938. 10. 123~125면.

는 것에서는 동일하다. 그러나 그 구현 방식에 따라 피상적 관찰만을 중시했을 때는 경풍속이 되며, 경풍속의 토대인 생산 제관계 및 제도와 제도 내에서 배양된 의식까지를 중시했을 때는 중풍속이 되는 것이다. 즉 그 사회의 역사를 근저에 둔 다양한 풍속의 재현일 경우에만 중풍속적 가치로 상향되는 것이다.

풍속이란 예로부터 전해 오는 그 사회의 습관이나 버릇 혹은 그 시대의 유행과 풍습[42]을 의미하며, 문화란 사람이 본래 가지고 있는 이상을 실현하려는 인간 활동의 과정 또는 성과를 의미하는 것으로 특히 예술, 도덕, 종교, 제도 따위의 인간 내면적 정신적 활동의 소산[43]을 말한다. 풍속이 한 시대의 현상에 국한된 것이라면, 문화는 풍속에 사회·역사적인 지층이 형성된 것을 의미한다. 그러므로 풍속이 역사성과 사회성을 획득했을 때 한 사회의 문화로 정착된다고 할 수 있다. 이렇게 볼 때 김남천의 중풍속은 사회·역사적인 지층이 내포된 문화의 개념이 된다. 그리고 김남천은 가족사소설인 『대하』를 통해서 역사적인 근저를 내포한 중풍속적 실현을 시도하고 있다.

『대하』와 『동맥』에서는 시대적 변모를 개화기의 결혼 풍속, 교육 풍속, 종교 풍속[44]을 통해 형상화하고 있다. 본 장에서는 작품상에서 구현된 개화기의 각 풍속의 면모와 그 풍속의 재현을 통해 구현한 작가의 역사적 지향을 살펴보고자 한다.

---

42) 한글학회, 『우리말큰사전』, 어문각, 1991, 4481면.
   습속은 습관이 된 풍속을 뜻한다(같은 책, 2531면).
43) 앞의 책, 1507면.
44) 결혼 풍속, 교육 풍속, 종교 풍속은 김남천이 풍속의 사회학적 고찰을 하면서 사회 풍속의 하위 용어로 채택한 것을 그대로 수용했다(김남천, 「풍속시평」, 『조선일보』, 1937. 7. 9).

ㄱ. 결혼 풍속의 사회사적 구현

『대하』에서는 결혼 풍속이 서사의 중점에 놓여 있다고 할 만큼 서사의 첫 부분부터 세밀하게 그려지고 있다. 박성권가의 둘째인 형선과 연안 정씨가의 처자인 정보부의 혼사 내력에서부터 혼례 전야, 혼례 당일의 정경 묘사 등 결혼 풍속에 대한 세부 묘사가 사회·역사적인 배경을 근거로 형상화되고 있다.

우선 형선의 혼사 내력을 살펴보면 다음과 같다.

> 그러나 윤씨는 처음 형걸이를 보부와 혼사 시내일 의향으로 그를 수소문 해 보았고, 다시 그는 영감다려 그 뜻을 전해본적도 있었다. 박참봉은 혼처는 적당하고 규수가 인물로나 무엇으로나 훌륭한 것을 듣기는 하였으나, 정좌수가 필시 형걸이는 서자라고 나무랠 것을 생각지 않을수 없었다. 그래서 윤씨의 말이 나오자마자 지금 정씨집 규수하구는 형선이와 혼삿말이 있다는 헛소리를 하고, 또 혼사는 비록 한 달의 차이라도 순서가 있으니, 위선 형선이를 보낸 댐에야 형걸이 차례가 아니냐고 말했다 (90~91면).

윤씨는 정보부를 이미 형걸의 혼처로 마음에 두고 있었으나 박참봉은 서자인 형걸이 대신 형선을 정보부의 혼처로 정한다. 이러한 박참봉의 의식 저변에는 봉건 양반가의 적서차별의식이 잠재되어 있음을 알 수 있으며, 이를 통해서 근대 자본주의가 유입되고 있던 개화기에도 여전히 봉건적 의식의 잔재가 존재하고 있었음을 미루어 짐작할 수 있다. 이와 같은 봉건적 결혼제도의 폐습은 당시 개화기 세대라고 할 수 있는 젊은 청년들에게 갈등의 요인을 제공하게 되는데, 혼례 전야의 신부 정보부를 통해서 이러한 면모를 엿볼 수 있다.

박참봉은 연세가 같은 아들을, 하나는 큰댁의 소생으로, 또하나는 적은댁의 소생으로, 갖고 있다는 소리는 들은 법도 하지만, 이 경우에. 그때에 본 총각이 혹은 적은댁 몸에서 난 서자는 아니였든가, 하는 생각을 가져볼 여유는 없었고, 통이 그런 것을 기억쯔차 하고 있지 아니하였다(48면).

얼굴이 잘생겼는가, 못생겼는가, 대체 눈은 어디에 붙었고 코는 어디로 솟아났는가, 이런것을 알기 위하여 사나히의 얼굴을 도적질해 본것은 아니었다. 내일아침 문창이 훤히 밝아오면, 자는 얼굴을 제 얼굴 바로 밑에서 얼마던지 바라볼 수 있을 것이오, 또 바라보고 그것이 어떻게 생겼든간에 이제 이렇게 그와 한자리에서 잠을 이루고, 그것을 예식을 갖추어 세상에 발표해 논뒤이니, 어떻게 할도리가 있는것도 아니다. 부모가 작정했고, 세상에 발표했고, 그리고 오늘 모든 사람에게 인정을 받고 축복을 받었다. 그가 쩔름바리래도 살어야 하고, 그가 애꾸눈이래도 모서야 하고, 그가 곱사등이래도 섬겨야 할것을 보부는 잘 알고 있었다.
……(중략)……
그러므로 여태껏, 자기의 마음 한귀퉁이에서 어른거리던 나팔들고 키 큰 총각의 환영은, 그것이 설령 자기의 시동생이 될 사람이건, 누구이건, 한 개의 마귀에 불과하였다. 이리하여 그는, 여태껏 총각을 그리든 제 마음을 마귀가 가르킨 사념(邪念)이라 생각하고, 더일층 자기를 죄인으로 의식하면서 미안한 마음으로 새로히 맞는 남편에 대한 깊은 애정을 인도하려고 하는 것이었다(48·65∼67면).

이러한 정보부의 내면적 갈등은 결혼의 폐습에 의해 희생당했던 당시 여성들의 심리를 일부 반영한 것이다. 이렇게 정보부가 봉건적 결혼제도의 폐습에 대한 모순을 어렴풋이나마 깨닫고 있는 것은 기독교 집안의 자녀라는, 그녀의 집안 배경과도 무관하지 않다. 1880년대에 조선에 유입된 기독교는 교육과 의료 사업을 통해 간접적으로 전도를 함으로써 전통 사회와의 마찰을 피하며 서구의 시민사상, 자유주의 사상 등 근대적인 의식을 형성하는 데 일조하는 한편 여성 생활에도 지대한 영향을 미쳤다. 당시 기독교는 여성들에게 가부장제 이데올로기에 대한 비판적 시각을 형성하게 했으며 여성들을 학교로, 교회로, 사회로 진출하는 계기를 마련해 주었다. 기독교는 종교 신앙의 테두리에서 벗어나지 못하는 한계를 가지고 있었지만 여성에게 주체적 의식을 자각시켰으며 나아가 자유연애, 자유혼인과 함께 평등한 부부관을 형성하는 데까지 영향력을 행사했다.[45)

정보부는 기독교 집안의 자녀로 이미 성경 학교를 통해 개화된 의식을 지니고 있었지만 유교적 전통이 강한 가부장제에 순종할 수밖에 없었다. 당시는 아직 개화사상이 사회 저변으로 확산되지 못했으므로 개화된 의식을 지니고 있더라도 봉건적 결혼제도의 폐습 안에서 완전히 자유로울 수는 없었다. 『대하』에서는 정보부를 둘러싼 형선과 형걸의 혼사뿐 아니라 쌍네의 결혼, 대봉의 결혼과 같은 에피소드들을 통해 개화기 시대에 잔존해 있었던 봉건 결혼제도의 폐습과 그 모순을 개화기 결혼 풍속을 통해 간접적으로 반영한다.

형걸의 친구인 대봉은 양반가의 자녀라는 이유로 마음에도 없는 박리균네 동생 박성균의 맏딸인 금네와 정혼한 처지이다. 대봉은 박성균이 양반 타령만 하는 실속없는 건달판인 것과 금네가 언문도 모르는 것이 마음에 흡족하지 못하다. 그래서인지 칠성이 처인 평양 색시에게 남모르는 연모의 정을 품어 본다. 쌍네도 본인의 의사와는 상관없이 두칠과 혼사를 치르게 된다. 특히 쌍네는 형선의 혼사 날 이후 형걸과의 만남을 통해 연애 감정을 품게 되면서

---

45) 개화기 시대 동학사상도 여성의 주체의식을 자각시키는 데 일조하였다(이보용, 「개화기·일제 시기 결혼관의 변화와 여성의 지위」, 『한국 근현대사 연구』 10, 1999. 6, 214~215면).

작품 내에서 새로운 서사의 진전을 형성시키는 한편 서사의 결말에도 영향력을 행사한다.

결국 『대하』에서는 이러한 봉건적 결혼제도의 폐습이 자유연애를 통해 근대적인 혼인제도로 개량되어야 할 대상임을 제시하고 있다. 이는 형걸을 중심으로 한 연애 구도를 통해 암시된다. 서자라는 이유로 정보부와의 혼사가 무산된 형걸은 불만을 해소하기 위해 단발을 감행하고 쌍네에게 연정을 쏟게 되지만 평소 쌍네에게 관심을 갖고 있던 장남 형준에게 그 사실이 발각되면서 쌍네와의 관계를 청산하게 된다. 그러나 형걸과 쌍네와의 정분은 연애담에 그치는 것이 아니라 이후 형걸이 개화의식을 형성하는 중요한 계기점을 마련해 준다. 즉 형걸은 쌍네와의 관계를 청산한 이후 학교생활에 매진하면서 가족사적 체험의 사회적 원인을 깨닫게 되는 것이다. 이는 근대적 학교제도를 통해 형성되고 있는데 문우성 교사가 근대적 의식 형성에 중요한 매개적 역할을 한다.

형걸은 새로 부임한 교사 문우성을 통해 자신이 봉건적 결혼 폐습의 희생자였음을 깨닫고 당분간 혼처가 생기더라도 결혼을 하지 않을 결심까지 하기에 이른다. 한편 형걸은 교회생활을 하면서 문명개화사상을 전도하다가 알게 된 기생 부용에게 연정을 느끼게 되지만 형걸의 정혼 소식과 함께 사건은 갑자기 파국으로 치닫는다. 형준으로 인해 쌍네와의 일이 결국 두칠에게까지 알려지면서 쌍네 부부는 도로공부의 길을 떠나게 되고, 기생 부용도 부친 박성권으로 말미암아 천륜을 거스르는 위기를 맞이하게 된다. 그러나 이러한 파국의 도정에서 형걸은 교사 문우성을 떠올리며 새로운 길을 떠난다.

무엇으로 얻어 맞은 듯이 머리박이 뗑하다. 여태껏 대수롭지 않게, 문제밖으로 밀어 놓았든 사건이 불숙, 아닌밤중에 솟아나서 홍두깨처럼 그의 머리를 후려갈기고 달아났다. 그는 비로소 제가 저질른 행동에 대하여, 뼈아프게 책임을 느꼈다. 그것은 난성 처음으로 겪어보는 경험이었다. 지금 그는 쌍네에 대하여 생각지 않을수가 없어졌다. 그러나 그까짓 생각 같은것이 쌍네에게 무슨 일을 치를것이냐. 그는 내의 단 한마디 말에서, 모든것을 예단하고 그대로 줄다름질치고 말았다. 그는 내일아침이면 나와 모든사람과 이 고을을 아주 하직하고, 좋건 글렀건 새 생활의 개척을 위하여 길을 떠날것이다. 이 지경에 이르러 저는 어떠한 행복을 쌍네에게 덧붙여 줄 수 있을 것이냐. 그러나 어쩐지 마음 한귀퉁이에, 묵직한 납덩어리 같은 것이 엉켜돌어서 마음이 가볍지를 않다.

······(중략)······

그는 다리를 옮거 놓았다. 억시 문교사를 만날밖에 없다. 결혼문제, 쌍네에 대한 문제, 그리고 끊을 수 없는 애정의 뿌리가 박혀 버린 부용에 대한 문제 – 이런 걸 털어놓고 상논해 볼수 있는 사람, 그는 문우성 선생밖엔 없었다(389~390면).

결혼 풍속을 통해 봉건적 결혼제도의 모순을 제시하면서 형성되었던 중심 서사가 형걸을 둘러싼 쌍네와 정보부의 연애 구도로 진전되었으나, 그 구도가 해체되자 형걸은 문우성 교사를 찾아간다. 그리고 형걸이 새 생활의 개척을 위해 길을 떠날 결심을 하는 것으로 서사가 종결점으로 나아가고 있다. 이러한 결말은 불확실한 미래의 전망을 시사하므로 『대하』의 한계점으로 비판될 수 있는 부분이다. 그러나 이러한 연애 구도의 멜로드라마적 귀결은 가족 내부의 알력에서뿐만 아니라 가족의 쇠퇴 및 재난과 함께 가족사 소설에서는 종종 나타난다. 이러한 귀결은 개인·가족·사회의 문제를 또 다른 것을 통해 반영하고, 보다 중요한 상징적 기능 내에서 거대한 분규 안에 집중시키려는 하나의 방식이라고 할 수 있다.46) 따라서 『대하』에서 보여주는 개화기 결혼 풍속의 재현과 형걸 · 보부 · 쌍네 · 부용 등의 연애 구도와 멜로드라마적 귀결은 봉건적 결혼제도의 폐습이 가져오는 모순과 그 해결을 위한 개화기의 시대적인 과제로서 '근대의식의 형성'을 제시하기 위한 소설적 장치라고 할 수 있다.

ㄴ. 교육 풍속과 근대의식의 각성

『대하』에서 교육 풍속은 단발 풍속, 기독교의 전도 활동, 운동회 연습 등을 통해서 반영되고 있다. 우선 단발 풍속은 개화기의 사회 풍속의 하나로 이미 근대 학교를 통해서 이루어지고 있었으며, 근대적인 의식의 푯대와 같은 역할을 하고 있었다. 『대하』에서는 '동명학교' 학생들의 모습을 통해 이러한 모습이 그려지고 있다.

> 고등과 일학년 학도 중에는 머리를 깎은 총각학도는 대여섯 되었으나, 상투를 틀고 초립을 쓴 학도는 둘밖에 없었다. 그러나 웃 학년으로 올라가면 아니 찬 샛서방이 많아서, 이들은 관을 썼거나 또는 초립이나 갓을 썼다.
> 학교에서는 머리채를 따어 느러트린 총각은 물론, 이렇게 상투를 튼 장성한 학도들에 대하여, 벌서부터 삭발을 장려해왔고, 더구나 대운동회까지는 될수록 전교학도가 모두 머리를 깎아야 한다고 훈계할때마다 주의해 내려 왔는데 아직까지도 머리를 그대로 둔자가 상당히 많았다 (112~113면).

당시 단발은 근대 학교를 중심으로 시행되고 있었던 사회 풍속의 하나였는데, 오래전부터 삭발을 장려하고 있는 학교 측과는 달리 많은 학생들은 여전히 머리를 자르지 않았다. 이는 '신체발부수지부모(身體髮膚受之父母)'라는 봉건적 유교의식이 사회 내부에

_____
46) Yi - ling Ru, op.cit., p.10.

여전히 뿌리 깊게 자리잡고 있었음을 반증하는 예이다. 특히 이러한 유교의식은 당시 부모 세대의 경우 더욱 뿌리 깊은 것이었다. 형걸이 어머니 윤 씨의 만류로 단발을 하지 못하는 것은 바로 그러한 사정을 말해주는 것이기도 하다. 단발을 한 이후의 형걸의 내면묘사에는 형걸이 단발을 한 전후의 사정과 그 심경이 잘 나타나 있다.

> 역시 눈을 감어도 잘려 버린 머리채와 어머니 생각이 머리에 떠올랐다. 어머니는 삭발한 것을 보고 놀낼 것이다. 여태껏 형걸이가 몇번이나 머리를 깎을려고 할때마다, 관례(冠禮) 지내는 것을 본 뒤에야 깎는다고 한사코 말려온것을 오늘아침 이렇게 깎어 버렸으니, 그의 삭발과 형선이의 혼례식과를 맞붙여서 생각할 것은 사실이었다. 어머니는 기필코 형선이가 장가드는 것에 불만하여 삭발을 해버린것이라 생각할 것이다. 그렇지 않어도 자기가 어엿한 본댁이 아니고, 또한 단 하나뿐인 아들이 서자의 대우를 받는 것을 마음 아파하든 윤씨로서 형걸이의 이 행동은 적지 않은 충격으로 될 것이다. 형선이가 오늘 장가를 든 정좌숫 집 둘째딸 보부를 본적은, 형걸이로서는 한번도 없었다(90면).

인용문을 통해서 알 수 있듯이 단발은 유교적 봉건의식의 전통과 풍속에 대립되는 개화기 사회 풍속으로, 기성세대의 거센 반발이 있었음을 짐작할 수 있다. 이는 김남천의 두발 풍속에 대한 사회학적 고찰에서도 나타난다.

> 필요가 있어서 작년 이맘때 나는 나의 고향(관서의 일읍)에서 약 삼십여 년 전에 성행한 청소년들의 연삭발 풍속을 조사해 본 적이 있었다. ……(중략)…… 실로 우리들이 상상조차 할 수 없는 많은 장애와 싸워야 하였고, 그만큼 머리를 깎는데는 용단력과 과단성이 있어야 하였다.
> (김남천, 「풍속시평」, 『조선일보』, 1937. 7. 9.)

이러한 두발 풍속 외에도 개화기에는 서구의 종교인 기독교가 전파되어 사회에 많은 영향력을 행사했다. 기독교는 초기에 종교적인 사상을 전파하기보다는 교육과 의료 등을 통한 개화에 중점을 두고 선교 활동을 전개했다. 『대하』의 근대 학교인 '동명학교'는 이러한 초창기 기독교의 교육적 역할을 반영하고 있다. 개화기의 기독교는 근대 학교제도를 설립하고 문명개화사상을 교육하였다. 『대하』에서 이러한 면모는 교사 문우성를 중심으로 전개되고 있다.

문우성은 강서 태생으로 대성학교와 일신학교를 졸업해서 신학문이나 개화사상에 밝은데다가 예수를 믿어 서양인들과도 교분이 있었으며 학도들에게는 인기를 한 몸에 받는 인물이다. 문우성 교사가 부임한 이후 학도들은 예배당에도 다니기 시작한다. 그렇지만 문우성은 학도들에게 예수교 선전보다는 개화사상을 전하는 데 주력한다. 이는 서자 출신인 형걸을 지도하는 내용을 통해서 알 수 있다.

> 자상한 형걸이의 설명과, 그 설명 속에 얼키고 설킨, 형걸이와 형걸이 모친 윤씨의 고민을 낱낱이 듣고, 문교사는 신분(身分)의 차별이나, 적서(嫡庶)의 구별 관념이나가, 모두 어떤 시대의 찍껀인가를 소상히 가르키고, 지금 문명하는 시대에는 그런 차별이 절대로 있어서는 안 될 것을 말하였다. 이여서 그는 비복(婢僕)을 해방할 것과, 미신(迷信)을 타파할 것과, 조혼(早婚)사상을 물리칠 것과, 생활 습속(生活習俗)을 개량할 것을 말하고, 이것을 위하야 몸을 받힘이 청년 남아의 할 것이라 가르키웠다. 형걸이는 문교사의 이야기를 알아들을 대목도 있고, 터무니 무슨 곡절인지 영문인지를 몰으고 넘기는 대목도 많았으나, 문교사의 하는 말은 모두 옳은 말이라고 생각하면서 잠잠히 듣고 있을 뿐이었다(249면).

문우성 교사는 형걸에게 봉건적인 풍속의 폐해를 소상히 설명하는 한편 개화기의 청년 세대의 과제로 비복의 해방, 미신의 타파,

조혼의 폐지, 생활습속의 개량 등을 역설하고 있다. 이는 술·담배·아편·조혼·장례 등 조선의 잘못된 풍속을 개량해야 함을 절실히 느끼고 일상생활을 개혁하기 위해 서구적 합리주의와 기독교적 윤리관을 제시했던 기독교의 초기 선교형태[47]를 반영하는 것이다. 한편 근대 학교의 영향은 명절 풍속의 변모를 통해서도 나타나는데, 예전에는 볼 수 없었던 운동회의 풍속이 그것이다.

> 운동회는 개화된 모임이어서 스스로 씨름 같은 것과는 달른 것이라고, 어린색시나 처녀나, 새파란집난이들은 헐 수 없다 치고, 삼십을 넘어 사십쭐을 접어드는 식가지 쓰는 축들이나, 늙은이, 기생들만은 많이 관람할 수 있도록, 날짜도 요량해서 작정하고 널리 장려도 하얏든 것이다. 특히 동명학교의 문우성 교사나 정영근 교사나가 열심히 주장하야, 체육사상과 건장증진의 필요를 이런 기회에 부인네들 속에까지 널리 선전하여, 부인네들이 솔선하야 자녀들을 학교로 보내어 신학문을 공부하도록 장려하자는 추지를 대회의 주지로 삼는 것을 잊지 않았다(357면).

당시의 운동회 같은 개화된 풍속은 학교가 자녀들을 학교로 보내어 신학문을 공부하도록 장려하자는 취지로 만든 모임이었다. 또한 기독교는 개화기 근대적인 학교를 중심으로 이루어졌지만 개화기 세대인 학도들뿐만 아니라 사회의 일상생활 속에서 형성된 풍속에까지 그 영향력이 미쳤음을 인용문을 통해 알 수 있다. 이는 기독교의 사상적 기반이 서구의 시민사상, 자유평등사상에서 비롯되었기 때문에 가능했다. 결국 이러한 기독교의 영향은 근대적인 시민의식의 형성을 토대로 민족운동의 차원으로 발전할 소지를 내포하게 된다.[48] 이는 중심인물인 형걸을 통해 『동맥』에 와서 결실

---

47) 이만열, 『한국 기독교문화 운동사』, 대한기독교출판사, 1987, 60~69면.

을 맺게 된다.

> 천하의 대세를 절관하오니 전구가 대벽하고 열강이 경진하야 지학으로
> 써 상쟁하고 치법으로 서로 밝히지 않음이 없으니 우리사천년역사이래
> 일찍이 경험치 못한 일대변화라 하겠나이다. 아국이 만약 스스로 자기를
> 보전코자한다면 구속을 진혁하고 유신에의 일의하야 내이백료와 외이사
> 민이 막불 진력하여 타인의 경모함이 없이된 연후에야 이루어질수 있겠
> 사오니 인민은 재하대상하고 준령봉법하야 내즉 생재이족용하고 외즉
> 양병이고봉 할지니 인민지권은 즉 일국의 대본이라 하겠나이다. 시이로
> 상이백직과 하이사민이 각기 그 직을 다한 연후에 국가이녕이오 민가이
> 안이라 하겠거늘 아국이 만국과 교통한 이래로 우금이라 하겠거늘 아직
> 문명의 경위를 깨달음이 없으니 개탄사 이위에 더 큼이 없사의다.
> (김남천, 「동맥」 3회, 『신조선』4, 1947. 2, 135면.)

『대하』에서 집을 떠난 형걸은 『동맥』에 와서 서울 유학 생활을
통해 국내외 정세와 새로운 문물의 경위를 깨닫고 인민의 권리를
획득하는 것이 국가의 근본임을 인식하는 자리로까지 성장하게 된
다. 이러한 근대의식의 성장이 범국민적 애국운동으로 결집되는 3·
1운동까지 나아가지는 못했지만, 새로운 문명개화가 애국계몽적인
지향으로 나아가야 한다는 것을 통해서 그 가능성은 충분히 엿볼
수 있다. 김남천은 근대적 의식을 기반으로 자주적 독립 국가를
지향해야 한다는 역사적인 지향점을 지니고 있었으나, 일제 말이라
는 시대적인 제약으로 인해 『동맥』을 완결하지 못하고 6회로 중단
하게 되면서 이를 성취하지 못하게 된 것이라고 생각한다.

ㄷ. 종교 대립의 풍속과 개화사상의 두 갈래
  『대하』에서 김남천이 관서지방의 하나인 평안도 한 고을을 공간

---

48) 민경배, 『한국 기독교사회 운동사(1885~1945)』, 대한기독교출판사, 1987, 123~149면.

적인 배경으로 설정하면서 특히 중심에 두었던 것은, 근대 자본주
의의 형성과 서구의 근대 종교인 기독교의 형성과정 그리고 사회적
영향력이었다. 그러나 개화기를 작품의 역사적 배경으로 삼으면서
도 갑오농민전쟁과 청일전쟁을 서사의 출발로 삼은 것은 김남천이
근대의식을 토대로 한 애국계몽의식을 역사적인 지향점으로 생각하
고 있었음을 뜻한다. 이러한 주제의식은 『동맥』에 이르러 서사가
새로운 국면으로 진전되면서, 근대 계몽의식이 주체적 근대화와 자
주적 독립 국가를 지향하기 위한 민족주의적인 방향성으로 진전되
는 양상을 보여준다.

이는 『대하』에서 미약하게 나타났던 동학이 『동맥』에서는 천도
교로 발전하여 종교의 형태를 갖추게 되는 국면에서 서사가 시작
되면서 기독교와 민족종교인 천도교의 갈등양상을 중심으로 한
'종교 풍속'의 묘사에 주력하고 있다.[49] 기독교와 천도교는 개화사
상을 동시에 지니고 있으면서도 개화기 애국계몽사상과 민족운동
의 두 양상을 보여주며 궁극적으로 그 종교적 기반을 달리하면서
도 근대 계몽의식이 민족주의 의식으로 귀결되는 역사적 지향점을
암시하게 된다.

개화기 애국계몽사상은 1905년부터 1910년 사이에 애국계몽운
동[50]을 이끌어 간 사상을 말한다. 한국은 1905년 을사보호조약에

---

49) 『동맥』은 종교소설, 관념소설, 아나토미의 유형에 해당될 수 있는 가능성을 보인다(조남현,
앞의 책, 236~237면).
50) '애국계몽'이란 용어는 손진태에 의해 처음 사용되었다. 그는 1949년 『국사대요』에서
애국계몽운동을 문화운동에 국한하였으며, 애국적인 신교육운동과 민족종교운동을 중심으로
논의하고 있다. 신용하는 손진태의 견해를 발전시켜 '애국계몽운동'이란 일반적인 개념이 아
니라 역사적인 개념으로서 1905년 '을사 5조약'에 의해 국권을 박탈당한 후 개화자강파가
중심이 되어 '국권회복'을 목적으로 전개한 1905년에서 1910년 사이의 애국계몽운동을 포
괄적으로 논의하고 있다(신용하, 『한말 애국계몽사상과 운동』, 일지사, 1987, 349~353·

의해 국권을 상실하게 되자 민족적 과제로 국권회복운동을 광범위하게 전개하게 되었다. 당시 국권회복운동은 애국계몽운동가와 민중을 중심으로 하여 애국계몽운동과 의병운동 양면에서 모두 주체가 되어 전개되었다. 애국계몽 운동가는 당시 개화파를 중심으로 개화자강의 노선을 지향하던 세력이었으며, 민중은 동학을 중심으로 의병활동을 전개하던 세력이었다. 이들은 각각의 애국계몽 단체를 통해 신교육구국운동, 언론계몽운동, 민족산업운동, 신문화운동, 국학운동, 민족종교운동, 해외독립군기지창건운동 등을 전개시켜 나갔다.

사실 『동맥』에서는 1905년 을사보호조약을 체결하고 국권을 상실한 이와 같은 시대적인 국면에 대해서는 구체적으로 반영되어 있지 않다. 그러나 기독교와 천도교를 중심으로 전개되었던 민족종교운동의 전 단계를 보여주고 있다. 김남천은 『대하』에서 이미 정보부와 문우성을 통해서 기독교의 근대 지향적인 면모를 보여주고 있으며, 최관술을 통해서는 동학이 개화사상과 맥을 잇고 있음을 미약하나마 암시하고 있다.

> 그는 어떤 날 오래비되는 최관술이가 사랑에 온것을 조용히 안방으로 불러디렸다. 관술이는 그때 동학인가 뭔가를 믿기 시작한다고 처음 서울 출입을 하기 비롯할 무렵인데, 매부 되는 박참봉에게 개화사상과 동학을 깨우처 드린다고 자주 사랑에 발길을 하던 때이다.
> ……(중략)……
> 「개화사상은 서학이나 동학이나를 물론하고 모두 비복을 해방하라는 주장이 올시다. 그러니 쌍네가 낫는 계집자식을 일후에 다시 종으로 잡아둘생각만 없으시다면야, 물론 그렇게 하시는게 지당한 일이 올시다.

360~366면).

그런데 원 형님이 들으실런지 모르겠습니다.」 하고 공손히 누이에게 말
한다(136~137면).

쌍네의 혼인 문제를 상의하는 과정에서 최관술이 비복의 해방이
라는 개화사상을 이미 지니고 있음을 알 수 있는데, 이는 동학사
상의 자장 안에서 형성된 것이다. 『대하』에서 최관술이 동학을 통
해 개화의식이 형성된 시기는, 갑오농민전쟁으로 세력이 확장되었
던 동학이 청일전쟁으로 교세가 거의 사라지다시피 한 뒤, 1897년
이후 손병희가 교주가 되면서 개화운동이 전개되어 다시 동학이
확대되기 시작하던 때[51]라고 할 수 있다. 동학은 손병희가 교주가
되면서 천도교로 개명하고 교단조직을 새롭게 정비하여 종교적인
형태를 갖추고자 하였다. 1906년부터 천도교 중앙총부를 서울에
설치하고, 지방에는 교구를 설치하는 등 교단조직을 새롭게 하면서
자유로운 종교 활동을 하게 된다.[52] 『동맥』은 동학이 천도교로 종
교적인 형태를 갖추기 시작한 시기를 중점적으로 반영하고 있다.

천도교는 갑오농민전쟁으로 인해 지배층으로부터 핍박을 받아
왔으며,[53] 기독교에 비해 종교적 인식도 나중에 생겼기 때문에 교
구의 확장과 도인 수는 열세한 편이었다. 천도교의 이러한 면모는

---

51) 동학은 1893년부터 교세가 확대되어 갑오농민전쟁이 일어난 1894년에는 20만에 달했다고
한다. 이 시기는 교세가 황해도와 평안도 일부까지 확장되었으나 청일전쟁 이후 교세는 희미
해졌다. 그러나 손병희가 교주가 된 이후 1897년 이후 개화운동을 전개하면서 교세가 다시
확대되어 1900년경부터는 황해도와 평안도까지 교세가 뻗기 시작하여 오히려 관서지방의
교세가 월등했다(표영삼, 「천도교가 당면한 포교와 사상 문제」, 서울대종교학과종교문화연구
실 편, 『전환기의 한국 종교』, 집문당, 1986, 38~40면).
52) 표영삼, 앞의 책, 38~39면.
53) 천도교는 현세적 사회운동에 치우친 교단이라고 평가될 만큼 사회운동을 지향하는 성격이 강
하다. 이는 천도교가 개벽하여 새로운 사회를 건설하겠다는 데 목적을 두고 있기 때문이다.
이러한 천도교의 사회개혁운동적 속성은 인간존엄과 평등사상을 토대로 하고 있기 때문에 봉
건 지배층과는 대립적 위치에 놓이게 되었다(표영삼, 앞의 책, 40면).

『동맥』에서 교당 설립 기금을 마련하기 위해 박성권을 찾아간 최관술을 통해서 반영되고 있다.

> 천도교의 도인이 전조선에 삼백만을 세이고, 이군내만 하더라도 최관술이는 항용 불러서 삼만도인이라 칭호하지만, 고을 교구에 시일예식마다 참석하는 도인수는 불과 오십명을, 넘지 못하였다. 그것도 갱고지나 수덕이나 돌경이 같은 가까운 촌락으로부터 일부러 참석해서 겨우 고맛머릿수밖에 차지 못한다. 고을서 천도교를 믿는 집은 박참봉네 작인이 세집, 박참봉의 돈을 빌려쓴 집이 두집, 그리고는 촌으로부터 고을로 들어와 사는 다섯 여섯집, 그런 숫자밖에는 되지 못하였다. 삼만도인의 대부분은 모두 읍내가 아닌 촌락에만 퍼져서 널려 있는 것이다.
> (김남천, 「개화풍경」, 『조광』, 1941. 5, 361면.)

당시 기독교는 이미 교당이 설립되어 조만간 낙성식을 치를 예정이었지만 천도교는 교당이 설립되지 못한 실정이었음을 알 수 있다. 교구장이 된 최관술은 교당 설립을 위해 모금운동을 하지만 천도교를 믿는 집안은 촌락에서 몇 집 되지 않았다. 천도교와 기독교는 동일한 개화사상을 지니고 민중의 삶 속에 공존하고 있었지만, 종교적 사상의 뿌리는 달랐으며 이러한 사상적 기반의 차이에서 오는 종교적 갈등도 빚어지고 있다. 이는 『동맥』에서 기독교 교회당 낙성기념식의 '열혈청년웅변대회'에서 드러난다.

> 낙성식의 호사스런 절차는 저녁 일곱시부터 열리게 되는 축하식에서 가장 아름다운 절정에 달하게 마련되어 있었다. 이날 저녁 이 고을의 시민들은 널리 한당안에 집회케하기 위하여 교회에서는 벌써 사흘전부터 축하식의 중요한 목차를 기록해서 사람들의 눈에 띠이는 처소를 골라 커다랗게 광고를 써서 붙였다.
> － 장로교회당 신축낙성기념축하식의 호사스런 중요절차, 십일월십일

일(음력시월오일)하오 칠시 - 신야소교예배당에서

······(중략)······

1. 열혈청년웅변대회개최

언제와 연사의 씨명,

가. 종소래를 들으라 - 동명학교청년대표 이태석

나. 여심과 오심 - 천도교 대표 홍영구

다. 누습타파와 오등의 책무 - 야소교대표 김인익 -

광고지 양쪽에는 빨간 물감으로 커다랗게 힘있는 글씨로, 내(來)하라! 견(見)하라! 청(聽)하라! 개화(開化)의 나팔소리를! 문명(文明)의 횃불을! 하고 관자를 그려서 인목을 끌었다. 고을 사람들은 대운동회이래 처음 받는 흥분으로 이날 이 시각이 오기를 기대렸다.

(김남천, 「개화풍경」, 『조광』, 1941. 5, 358~359면.)

동명학교 대표 이태석, 천도교 청년 대표 홍영구, 야소교 청년 대표 김인익 등을 강연 연사로 하여 웅변대회가 개최되었다. 우선 이태석은 조선 사회의 폐습으로 미신 타파를 주장하면서 동학의 주술적 성격을 비판한다. 홍영구 또한 평소 이에 대한 의구심을 가지고 있었지만 천도교 대표로서 기독교를 비판하는 입장에 서게 된다.

서학은 활발하고 매력있는 종교임에 틀림이 없습네다. 그러나 그것은 민정이 다르고 풍속이 판이한 서양의 종교올세다. 서양문명의 찬란한 절정을 받아 드리는데 인색하여서는 아니되겠아오나, 서양인의 가지고 온 종교가 서양사람의 것이라는 것도 잊어서는 아니되겠습니다. 만약 우리가 우리겨레의 타고난 사람성품과 오래된 전통에 싯기운 미풍양속까지를 일체로 돌아보지 않고 부질없이 외국의 풍속과 종교종지를 추종하고 본다면, 그 결과로 무엇이 생겨날까는 이 또한 명약관화한 일이 아닐수 없겠습니다. 지긋지긋한 사대사상, 자기폄하의 경박한 추수사상, 부박스러운 사치정신, 체면도 자존심도 없는 양인숭배열, 이러하여 우리는 민심을 앗기우고 만국선각민의 경모의 대상이 되지 않을수 없겠습니다. 서양문명의 강처를 받아들여 우리의 단처를 보충함은 현명한 정책이오 후진한 민족의 피할 수 없는 운명으로되, 공연한 추종과 민정을 돌보

지 않는 모방정신은 단연코 이를 물리치지 않으면 아니될 그릇된 풍조가
아닐 수 없습니다.

(김남천, 「개화풍경」, 『조광』, 1941. 5, 368면.)

　홍영구는 자생적인 민족 종교가 아닌 기독교를 잘못 받아들였을
경우에 생기는 폐풍을 염려하며 우리 겨레의 타고난 성품과 전통
미풍양속을 지키고 살려내는 동학의 인내천사상을 제시하고 있다.
홍영구는 교구장인 최관술을 통해 동학사상을 전수받아[54] 집안이
모두 천도교를 믿고 있으나 근대 교육의 영향으로 천도교에서 '청
수를 모시는 것이나, 영부를 소지 올려 그것을 청수물에 타서 선
약'이라 부르는 것에 대해 미신과 다를 바 없다는 의혹을 가지고
있다.[55] 이러한 홍영구의 내면적 갈등은 천도교의 근대성이 철저
하지 못했음을 반영하는 것이다.[56] 홍영구가 천도교의 비과학적이
고 미신적인 측면을 충분히 인식하고 있으면서도 기독교 측 대표
인 이태석이 천도교를 비판하는 내용에 대립하여 천도교의 가치를
옹호할 수밖에 없었던 연유는 다음과 같다.

　　　새야 새야 녹두새야
　　　녹두밭에 앉지 마라
　　　평양감사 지내가다
　　　활루 쏘면 죽으리라

---

54) 최관술은 천도교의 세력을 확장시키는 데 선구적인 역할로 등장한다. 『대하』에서는 형걸의
　　근대의식을 형성시켰던 문우성의 역할을 『동맥』에 와서는 홍영구에게 천도교 신자로 만드는
　　데 중요한 역할을 한다(조남현, 앞의 책, 236~237면).
55) 홍영구가 의문을 지는 사항은 천도교에서 '봉청수지성'이었다(김남천, 「개화풍경」, 『조광』,
　　1941. 5, 372면). 이는 초기 동학 교주였던 최제우가 도교와 민간신앙에 영향을 받아 이루
　　어졌던 종교의식으로 손병희 교주 때도 그대로 답습되고 있었다(황선희, 『한국 근대사상과
　　민족운동 1 – 동학 · 천도교 편』, 혜안, 1996, 156~157면).
56) 김외곤, 앞의 책, 264~265면.

너 죽을줄 왜 모르니

……(중략)……

  어렸을때에 멋 모르고 부르면서 놀던 이 노래가 동학란을 두고 불러진
것이오. 「녹두」는 전봉준이 애명 「파랑새」는 「팔왕새」의 와전된 것 「팔
왕」은 전짜의 파자인 것을 들은 뒤엔 그는 이 단조로운 동요를 천덕송보
다도 즐겨서 노래하였고 녹두를 심은 밭새ㅅ길을 걸을때엔 언제나 입속
으로 이것을 흥얼거려 보게 되는 것이었다. 수수밭을 거진 지나쳤을 무
렵이었다. 그는
  ─웃녁새야 아랫녁새야
    전주고부 녹두새야─
를 부르다가 흠칠하면서 길을 비끼고 최뚝위로 몸을 피하였다.
          (김남천, 『동맥』 2회, 『신문예』 3, 1946. 10, 64~65면.)

  이를 통해서 알 수 있는 것은 천도교의 정신적인 토대가 갑오농
민전쟁이라는 역사적인 사건에서 기인되고 있다는 사실이다. 천도
교는 인간존엄과 만민평등사상이라는 정신적인 토양을 근거로 한
순수한 민족 종교였던 것이다. 그러나 이러한 홍영구의 입장은 서
학의 자장 아래 있던 기독교 학도들에게는 의문점으로 제기된다.
이는 홍영구와 기독교 학도들의 언쟁을 통해서 반영되고 있다.

  「다른게 아니라 오늘밤의 연설내용으로 좀 물어볼말이 있어서 찾아왔네」
  이태석이었다.
  「무슨 말인데 말해보게 그려」
  「자네는 그래 끝끝내 개화문명에 반대할 생각인가」
  이태석의 목소리가 약간 떨리는 것 같아서 그것이 몹시 홍영구의 신경
을 긴장시켰다. 영구는 몸을 바로 세우고 두팔을 가슴 위에 걸어서 방어
의 태세를 취한다.
  「그게 원 무슨말인가. 내가 어디서 개화문명에 반대한다던가」
          (김남천, 「개화풍경」, 앞의 책, 378면.)

기독교와 천도교가 모두 개화 문명에 대해서는 동일한 입장을 지니고 있으나 그 토대가 서학과 동학이라는 점에서 차이를 보여 주고 있음을 인용문을 통해 알 수 있다. 또한 개화기의 기독교와 천도교의 사상적 대립은 근대성과 민족성에 대한 대립이었음을 알 수 있다. 즉 천도교는 근대성보다 민족성에, 기독교는 그 반대의 형태를 이루었던 것이다.57) 또한 『동맥』에서 기독교 신자가 천도교를 비판하는 것보다 천도교 신자가 기독교를 비판하는 것이 훨씬 더 길면서 짙게 처리되어 있음이 주목된다.58) 이는 동학의 뿌리가 민족성에 기반하고 있음을 견지한 작가가 민족주의 사상과의 연계점을 부각시키고자 한 것이라고 할 수 있다.

기독교와 천도교의 입장 차이는 1905년 을사보호조약 체결 이후 천도교를 중심으로 한 범민족적인 애국계몽운동으로 결집되어 갔다. 이러한 상황은 『동맥』에서 개화의식이 더욱 성장된 형걸의 편지를 통해 그 가능성이 암시되고 있다. 그러나 『동맥』은 6회로 연재가 중단되면서 개화기 애국계몽운동이 범국민적인 차원의 민족운동으로 결집되어 3·1운동으로 확산되는 과정을 반영하는 데까지는 나아가지 못하고 있다. 그 이유는 다음과 같은 김남천의 창작적인 고민에서 비롯되었다.

세태 혹은 풍속과 함께 당해 사회의 세계사적 이념까지를 과학적으로 소상히 알아 넣지 않고는 소설가는 당해 시대의 어떠한 인물 어떠한 사건에 대하여도 아름다운 묘사를 보여 줄 수는 없다. 안다고 전부를 그린다는 것도 아니요, 아는 것을 그대로 고스란히 기록화한다는 것도

---

57) 김외곤, 앞의 책, 265~266면.
58) 조남현, 앞의 책, 236면.

결코 아니다. 이것을 위하여는 우리의 문화는 이미 체계를 갖춘 과학을 가지고 있다. 이 과학적 지식을 주체화하여 문학적으로 표상화하는 것이 필요한데 이 표상화를 위한 불가결의 준비조건으로서 상기와 여(如)한 지식이나 체험이나가 필요하다는 말이다.

······(중략)······

또 하나 느끼는 것은 성격 창조의 문제 같은 것이다. 가령 내가 가족소설에 붓을 대어 본 관계상, 토마스 만의「붓덴부르크 일가」나 로제 마르탱 뒤 가르의「티보 일가」등을 뒤적거려 보는데, 나오는 인물들의 성격이 첫줄에서부터 뚜렷하고 인상적이다. 더구나「티보 일가」같은 것은 지나치게 선명하여 걱정일 지경이다. 그러나 우리 조선의 것은 누구의 것을 읽어도 이것이 불선명하고 또 의식적으로 타입에 고려한 것은 거개가 공식적이고 관념적이고, 부자연하고, 기계적이다. 이것은 어째서 그러한가. 물론 나는 우리 작가들의 기술이나 역량의 부족을 자기 변명하거나 덮어 버리려고는 하지 않으나 그러나 우리 조선사람이 개성이 발달되지 못하였고 또 개인주의가 불철저하게 밖에 발달이 못된 곳에도 그 원인이 있다고 생각한다. 소설이란 본시 개성의 발달과 보조를 같이 한 것인데 동양적으로 지나치게 후퇴한 우리에게는 성격이라는 것이 완전히 발달되질 못하였다. 기독교 신자와 천도교 신자의 개성 차이는 서구에 있어서의 카톨릭 교도와 프로테스탄트 교도와의 차이를 따를 수가 있는가. 만인이 모두 이러하여 우리는 성격 창조에 지나친 곤란을 맛보는 것이다.

독서여묵이라 제목을 걸고 고충 몇마디를 적어 본 소이(所以)다.

(김남천,「창작여묵」,『동아일보』, 1939. 2. 2.)

당시 김남천은『동맥』을 집필하면서 기독교와 천도교 신자의 개성 차이를 형상화하는 데 어려움을 겪고 있었다. 그리고 그는 그러한 문제가 발생하는 근본적인 이유로, 조선사람의 개성 발달이 후퇴되어 있기 때문에 성격이 온전히 발달하지 못한 것을 들고 있다. 특히 기독교 신자와 천도교 신자의 개성 차이가 서구의 가톨릭교도와 프로테스탄트와의 차이를 따를 수 없다고 판단하고 있다. 그러나 이러한 이유가『동맥』의 집필을 중단한 이유라고 보기는 어렵다.

『동맥』은 1905년 이후 애국계몽사상이 고취되었던 시기를 중심으로 민족종교운동을 통해 애국계몽운동이 범민족적인 차원으로 진전되는 과정을 그리려고 했다. 그러나 당시는 일제 식민지 통치 아래에 있었으므로 범민족적인 애국운동인 3·1운동으로 확산되는 과정을 작품으로 완결하기는 어려웠을 것으로 추측된다. 그러나 김남천이 『동맥』을 통해서 민족종교운동을 통해서 애국계몽운동의 민족적인 과제를 역사적인 지향점으로 제시했다는 점에서 그의 문학적 가치를 찾아볼 수 있다.

4) 담론의 구성과 초점화자

본고는 특히 김남천의 각 개별 작품을 논의하는 데 있어 구조주의 서사학 이론을 분석의 틀로 삼았다.[59]

구조주의 서사학은 일련의 허구적 사건의 재현물인 허구적 서사물[60]과 그 기초적 국면을 이야기·담론·서술로 이론적 토대를 설정하고, 서사적 구조의 특성을 도출한 형식주의적 방법론이다.

'이야기'는 묘사된 서사물 속의 '무엇'을, '담론'은 표현 혹은 내용이 전달되는 방식을 의미한다. 이는 영미 계통의 신비평, 러시아

---

59) 본고에서는 주로 쥬네뜨와 채트먼 미케 발의 구조주의 서사학 이론을 참조하였다.
   S. 리몬-케넌, 『소설의 시학』, 한상규 역, 문학과지성사, 1985: 미케 발, 『서사란 무엇인가』, 한용환·강덕화 역, 문예출판사, 1999: S. 채트먼, 『이야기와 담론-영화와 소설의 서사구조』, 한용환 역, 푸른사상, 2003.
60) 허구적 서사물은 '일련의 사건들'을 재현시킨다. 여기에서 '일련의'의 의미는 둘 이상의 사건으로 구성된다는 것을 뜻하는 것이다. 이와 같은 허구적 서사물에 대한 개념 설정은 서정시나 설명적 산문 등 다른 종류의 문학적 텍스트와 허구적 서사물 사이의 구별도 암시하는 정의이다(S. 리몬 케넌, 『소설의 시학』, 최상규 역, 문학과지성사, 1985, 12~13면).

형식주의, 프랑스 구조주의, 텔-아비브 시학파, 독서현상학, 미케 발의 서사학 등의 이론을 허구적 서사물의 '종차(種差)'인 사건·시간·서술의 차이를 중심으로 토대가 형성된 이론이다. 이야기·담론·서술은 채트먼의 용어로, 쥬네트의 경우엔 이를 역사·이야기·서술로, 케넌의 경우엔 스토리·텍스트·서술 등으로 각각 명명한 바 있다.[61]

'이야기'는 일련의 사건을 뜻한다. 즉 허구적 텍스트 내에서 사건의 참여자와 함께 일련의 사건 배치에 의해 요약되고 시간적 순서에 따라 재구성되어 서술된 사건이 '이야기'이다. '담론'은 읽는 대상물을 뜻하는 것으로, 구술(spoken) 또는 기술(written)된 담화라고 할 수 있다. 담론은 사건들을 이야기하는 행위의 기능을 하는 작가의 제작 행위 또는 과정인 '서술'[62] 행위를 통해서 이루어진다.

요컨대 서술 내용을 이루는 모든 '이야기'들은 어떤 프리즘이나 원근법 등의 여과 장치를 통해서 '담론'으로 전환되며, 이 과정에서 작가에 의해 창안된 허구적 화자의 소통 과정에 의해 서술이 형성된다. 또한 '서술'에서는 '담론' 내에서의 소통 과정이 중요한 위치를 차지하는데, '허구적 화자' 혹은 '허구적 발화자'가 소통의 역할을 한다.[63]

---

61) S. 채트먼, 『이야기와 담론 - 영화와 소설의 서사구조』, 한용환 역, 푸른사상, 2003, 18·19~27면: S. 리몬 케넌, 앞의 책, 16~17면: 미케 발, 『서사란 무엇인가』, 한용환·강덕화 역, 문예출판사, 1999, 16~17면.
62) 서술(narration)은 전달 내용으로서의 이야기가 송신자에 의해 수신자에게 전달되는 소통 과정과 그 전달 내용을 전달하는 데 사용되는 매체의 언어적 성질을 포함하는 개념이다(앞의 책, 13면).
63) S. 리몬 케넌, 앞의 책, 13~15면.

이와 같이 '담론'은 '이야기'와 '서술'과의 관계 선상에서 '허구적 화자'에 의해 형성된다. '허구적 화자'는 담론화된 이야기로서의 플롯에 중요한 역할을 한다.[64] 즉 특정한 사건이나 인물적 양상을 강조 혹은 약화시키거나, 어떤 사건을 해석하거나 추론의 대상으로 남겨 놓기도 하면서 작가의 서사적인 관점을 반영한다. 이러한 서사적 구성의 특징에 주요한 역할을 하는 허구적 화자에 의해 형성되는 일련의 서술 행위를 '초점화'라고 한다.

'초점화'는 쥬네트에 의해 채택된 용어로 전통적인 서사 이론의 '관점'과 동일한 개념으로 사용되고 있다. 그러나 관점이라는 용어가 화자와 시각을 모두 지칭하는 모호함이 있다면, 초점화는 조작수단으로서의 기법적인 측면에 중심을 둔 용어이다.[65] 초점화는 시간·인물 등 이야기의 구성적 요소를 토대로, 서사적 텍스트 내의 '초점화자', 즉 허구적 발화자를 통해서 서사적 전이의 구조를 형성하며,[66] 초점화자가 처해진 국면[67]은 서사적 특성과 작가의 서사적 관점을 더욱 확고하게 반영하게 된다.

초점화의 국면은 지각적 국면, 심리적 국면, 관념적 국면으로 분류된다. 지각적 국면은 초점화자의 지각이 공간과 시간에 의해 한정되는 것이며, 심리적 국면은 초점화자의 정신 및 감정과 관련된다. 관념적 국면은 '텍스트의 규범'을 의미하는 것으로, 이 규범에 준하여 사건과 인물들이 평가된다. 이러한 관념 형태는 초점화에

---

64) S. 채트먼, 앞의 책, 49~50면.
65) S. 리몬 케넌, 앞의 책, 109~113면; 미케 발, 앞의 책, 181~185면.
66) '초점화'의 주체인 '초점화자'가 스토리 내부에 존재하느냐, 그렇지 않느냐에 따라 '작중인물－초점화자'(내적 초점화)와 '화자－초점화자'(외적 초점화)로 나뉜다(S. 리몬 케넌, 앞의 책, 113~117면; 미케 발, 189~191면).
67) S. 리몬 케넌, 앞의 책, 117~123면.

기여하는 동시에 스토리와 서술에서도 일정한 역할을 한다.

지금까지 살펴본 바와 같이 구조주의 서사학에서는 서술의 양상이 서사구조의 특징을 형성하는 데 중요한 역할을 한다. 특히 서술의 양상은 작품을 창작한 작가의 의식을 판별하는 데 있어서도 중요한 단서가 된다.

본고에서는 일제 말 한국 가족사소설을 구조주의 서사학적 관점에서 논의하고자 한다. 특히 한 가족의 흥망성쇠의 역사를 연대기적 시간 구성에 의해 서술한 가족사소설은 사건의 배열인 시간적인 구성과 인물의 재현 방법 및 초점화의 국면이 다양한 양상을 보여주는 서사유형이라고 할 수 있다. 그러므로 서사적 텍스트에 구현된 사건의 배열과 인물 구성을 통해 초점화의 방법을 살펴보고, 초점화자가 처한 서사적 국면에서 구현되는 초점화의 대상과 서술의 양상을 통해서 작가의 서사적인 관점을 추론하여 보고자 한다.

『대하』는 '1930년 전부터 현대'까지를 시간적인 배경으로, '서도 어느 고을의 신흥 부호의 가족사'를 다루고자 기획한 대하장편소설이다. 그러나 1부로 창작된 전작소설 『대하』는 완성되었으나 2부인 『동맥』은 연재 도중에 중단되고 만다.

주지하다시피 『대하』는 갑오농민전쟁(1894)부터 1900년대까지를, 『동맥』은 1900년대 이후를 배경으로 하고 있다. 『대하』의 전체 이야기의 시간은 1890년대 말부터 1900년대까지로 약 30년간을 시간적 배경으로 하고 있다. 사건의 배열방식은 가족사적 사건을 연대기적인 시간의 순서에 의해 제시하되 시간늘이기에 의한 '연장'과 시간 줄이기에 의한 '요약'의 방식[68]을 교차하여 구성하고 있

---

68) 쥬네트는 이야기 시간과 담론의 시간 사이의 시간적 관계를 순차, 지속, 빈도의 세 범주로 분

다. 서사담론의 구성방식은 초점화 대상인 박성권가의 가족사를 중심으로 인물 및 세대별, 개화기 사회풍속을 중심으로 형성된다. 또한 시간적인 배경을 구체적으로 밝히지 않고, 사회적인 변화의 국면을 간접적으로 제시하고 있다.

이러한 연대기적 시간구성이 서사적 텍스트의 담론에 의해 플롯화된 양상을 구체적으로 살펴보면 다음과 같다.

(1) 담론의 구성

ㄱ. 서사적 구조

① 『대하』・『동맥』의 연대기적 시간: 1890년대 말~1900년대

● 제1부 『대하』 1890년대 말~1900년대

　　1. 1890년대 말 — 두뭇골에 정착하게 된 박성권 집안의 내력
　　　:외적 초점화, 요약

아전 출신인 박성권의 조부는 창미를 농간하여 집안을 일으켰으나 부친이 도박과 아편으로 재산을 탕진하여 집안이 영락해진다. 박성권대에 와서 갑오농민전쟁(1894~1895)을 계기로 부를 축적하여 집안을 일으켜 세워 신흥 부호로 자리잡게 된다.

류하였다. 순차는 이야기와 담론이 동일한 순차에 의해 이루어지는 것으로 플래쉬 백(소급제시)과 플래쉬 포워드(사전제시)가 있다. 지속은 담론의 시간과 이야기의 시간이 지속되는 시간 사이의 관계를 의미하는데 가속(최대 가속은 생략)과 감속(최소 속도는 묘사를 위한 휴지)으로 나누어 요약, 생략, 장면, 연장, 휴지 등으로 지속의 단계를 분류한다. 빈도는 이야기가 담론상에서 반복되는 양상을 의미한다(S. 채트먼, 앞의 책, 77~80・83~84・97~99면).

박성권 집안에는 부친 세대인 박성권과 최씨 소생의 형준, 형선, 형식, 보패 그리고 첩 윤씨 소생의 형걸과 같은 아들 세대가 있다. 『대하』에서는 서자 출신인 형걸을 초점화자로 하여 박성권이 신흥 부호로 집안을 일으킨 이후 두뭇골에 정착한 이후부터 그려진다.

2. 결혼 풍속과 봉건적 계급의 모순: 외적 초점화 및 내적 초점화
   형선과 보부의 혼사와 봉건적 결혼의 폐습: 장면 및 연장
   혼인 초야의 보부의 심경: 내적 초점화, 심리적 국면, 연장
   형선의 혼인내력을 알게 된 형걸의 심경: 내적 초점화, 심리적 국면, 연장

형걸은 혼처로 정해진 정보부가 서자라는 이유로 이복형인 형선의 차지가 되면서 상반의 신분 차별을 절감하고 그 분풀이로 단발을 감행하는 한편 쌍네와 연분을 맺는다. 정보부는 일찍이 기독교를 믿는 집안에서 자라나 봉건적 결혼의 폐습에 대한 모순을 어렴풋하게 깨닫지만 집안끼리 정한 혼사라 마음에 두고 있던 형걸이 형선의 이복동생임을 알면서도 봉건적 제도에 순응한다.

결혼 풍속의 절차는 '외적 초점화'를 통해서 구현되며, 결혼의 절차가 형성되는 과정에서 형걸과 보부의 내면적인 심리묘사를 통해 '심리적인 국면'이 부각되어 '관념적인 국면'에 일조한다.

3. 근대 학교 풍속과 개화사상의 형성: 외적 초점화 및 내적 초점화
   단발 풍속과 개화된 모임인 대운동회 준비: 연장
   근대 학교와 기독교를 통한 개화사상의 전수: 요약 및 연장
   개화사상의 전파와 기생 부용과의 인연: 요약 및 장면
   대봉과 평양 댁: 요약 및 장면
   형걸을 향한 쌍네의 마음: 내적 초점화, 심리적 국면, 요약 및 장면
   쌍네와 형걸의 파국 과정: 장면

개화기의 면모는 개화사상 형성의 근원지였던 근대학교 풍속을 통해서 반영된다. 기독교의 영향이 지배적이었던 관북지방의 특징은 기독교 전파를 통해 개화사상을 전수하던 당시의 풍속을 통해 반영되고 있다.

근대 학교를 통해 시행되었던 단발동맹의 면모는 '외적 초점화'를 통해서 비교적 상세히 그려지며, 개화사상의 전수 과정은 교사 문우성을 통해서 구체적으로 반영되고 있다. 근대학교 풍속의 국면은 형걸이 상반차별의 봉건적 제도 모순을 자각하고 개화의식을 형성하는 계기로, 관념적 국면의 형성에 중요한 역할을 한다. 또한 쌍네와 기생 부용을 통한 개화기 연애풍속의 에피소드와 대봉의 결혼 에피소드는 봉건제도의 모순을 부각시켜 관념적 국면 형성에 일조한다.

4. 근대적 자본주의의 도래와 마을의 변화: 외적 초점화 및 내적 초점화
봉건 양반가인 박리균가의 변모와 나까니시상점: 외적 초점화, 요약 및 장면
근대문물과 생활의 변화: 연장
도로공부의 길을 가리고 함: 외적 초점화, 장면 및 요약
세시 풍속 단오와 개화된 모임인 대운동회: 외적 초점화, 장면 및 연장

개화기의 사회 풍속은 근대적 자본주의의 유입으로 인해 변모되어 가는 마을의 풍속이 초점화 대상이 되고 있다. 특히 근대적 자본주의로 인해 양반가의 규율과 전통을 중시하던 박리균가의 변화와 상점에 즐비하게 늘어선 풍물들, 세시 풍속인 단오절의 새로운 풍모인 대운동회를 중점적으로 반영하고 있다.

5. 개화기 세대, 형걸의 진로 모색: 외적 초점화 및 내적 초점화
　도로공부의 길을 나서기 전, 형걸을 찾아온 쌍네: 심리적 국면, 장면
　형걸의 깨달음과 새로운 진로의 모색: 심리적 국면, 장면 및 연장

　혼사 문제로부터 야기된 가족사적 체험과 문우성을 통해 봉건적 신분 모순을 인식한 형걸의 심리적 면모가 '내적 초점화'를 통해서 초점화되고 있다. 특히 도로공부로 길을 떠나게 된 쌍네와 이별하는 '장면' 중 형걸의 '심리적 국면'을 통해서 개화기 세대의 새로운 방향성을 암시하고 있다.

● 제2부 『동맥』 1900년대 이후

1. 박리균네의 동명여관의 몰락과 마을의 변화: 외적 초점화
　나까니시의 여관업과 박리균네의 동명여관의 몰락: 요약
　두뭇골로 돌아온 쌍네부부의 도로공부 시절과 그 이후: 소급제시, 요약
　기독교당 낙성 기념식을 앞둔 두칠과 쌍네: 내적 초점화, 심리적 국면, 연장

　박리균네 동명여관이 몰락한 이후의 마을의 변화가 초점화되고 있다. 일제에 의한 식민지적 근대화 면모를 반영한 동명여관의 몰락은 '요약'에 의해 제시되고 있으며, 기독교당 낙성 기념식을 앞둔 두칠과 쌍네의 견해 차이를 통해서 동학과 기독교의 교세가 대립되고 있는 두뭇골의 사회 풍속의 면모가 '심리적 국면' 속에 반영되고 있다.

2. 홍영구 집안의 내력과 천도교의 교세 확장: 외적 초점화
　영부와 홍영구 댁의 해산: 요약 및 장면
　천도교 교당건립 계획과 최관술: 요약 및 장면

최관술과 홍영구 집안의 관계: 요약
영부의 효험을 보지 못한 보부의 시어머니와 천도교에 대한 의혹:
요약

천도교의 교세가 정착하는 과정이 최관술과 홍영구 집안의 내력
을 통해 초점화되고 있다. 특히 천도교 교세의 확장 과정이 최관
술의 활동을 중심으로 반영되고 있으며, 천도교의 영부를 통해서는
천도교의 의혹점을 제시하고 있다.

3. 예배당 신축 낙성식과 개화기의 종교풍속: 외적 초점화 및 내적
   초점화
   기독교 측의 강연: 요약 및 장면
   천도교 측 대표인 홍영구의 강연: 심리적 국면, 장면
   낙성식 이후의 기독교와 천도교간의 세력다툼: 장면

개화기의 종교 풍속이 예배당 신축 낙성식을 통해 중점적으로
초점화되고 있다. 개화기의 대표적 종교인 기독교와 천도교의 대립
이 '장면'에 의해 구체적으로 제시되고 있으며, 특히 홍영구의 '심
리적 국면'을 통해 천도교의 원천, 교세의 확장 정도, 영부의 한계
등을 간접적으로 반영하고 있다.

4. 형걸의 편지와 애국계몽운동의 방향성: 외적 초점화 및 내적 초점화
   서울유학과 형걸의 편지: 심리적 국면, 장면 및 연장
   유학을 간청하는 형선: 장면
   유학을 허락하는 박성권: 장면

개화기 세대인 형걸의 가출 이후의 행적을 형걸의 편지를 통해
초점화하고 있다. 형걸의 편지는 계몽의식 형성의 필연성과 애국계

몽운동의 방향성을 구체적으로 제시하는 매개물이 되고 있다. 특히 보부의 '심리적 국면'에서는 근대 교육을 통한 개화사상의 필연성이 강조되고 있다.

② 사건의 배열 방식

> 요약: 박성권가의 내력과 신흥 부호로의 정착 과정, 갑오농민전쟁과 을사보호조약
>
> 연장: 근대 상업 도시화, 결혼 풍속, 근대 학교 풍속, 기독교와 천도교의 대립 등

서사적 텍스트에서 사건의 배열 방식을 살펴보면, 박성권이 영락한 집안을 다시 일으키게 된 갑오농민전쟁 등의 역사적인 주요 국면에 대한 서술이 '요약'의 방식에 의해 제시되고 있고, 특히 중요한 역사적인 국면인 1905년의 을사보호조약에 대한 재현은 '생략'되어 있다. 그러나 이러한 시간의 축약들 사이에 당대의 사회적 풍속은 '연장'의 방식을 통해 재현되고 있다.

ㄴ. 인물 및 세대별 담론의 구성

1대 부친 세대 ― 박성권
2대 아들 세대 ― 형준, 형선, 형걸, 형식, 보패
방계 가족은 정보부, 쌍녜, 두칠, 최관술이 있으며, 그 밖에 주요 인물로는 박리균가, 손대봉, 문우성, 홍영구 등이 있다.

『대하』에서는 부친 박성권과 아들 형걸을 중심으로 담론이 형성된다. 부친 박성권은 중인 계층의 집안을 시대적인 전환기인 개화기를 틈타 부를 획득하고 이를 통해 양반 계층으로 신분 상승을

도모하는 인물이다. 그는 물질적 감각이 뛰어나면서도 봉건적 의식을 지닌 이중적 가치지향을 보여준다. 부친 박성권을 중심으로 형성된 담론은 개화기 중인 집안의 근대 시민계급으로서의 성장 가능성과 봉건적 양반의 의식지향과 관련된 것으로, 전자는 제2의 가족인 박리균가와의 대립적 양상으로 부각되며 후자는 개화기 세대 형걸과의 대립적 양상으로 부각된다. 그러나 부친 박성권과 형걸의 대립적 관계는 표면적으로 드러나지 않고 형걸의 내적 갈등으로 형상화되고 있다.

형걸은 근대의식을 지향하는 개회기 세대를 대표하는 인물로, 서자 출신이라는 출생적 배경은 반봉건의식의 토양으로 작용하며, 근대의식에 대한 자각은 결국 애국계몽의식으로 성장된다. 형걸을 중심으로 형성된 담론으로는 정보부를 중심으로 형성된 결혼담론, 쌍네과 부용을 중심으로 형성된 연애담론, 문우성과 개화사상 형성의 담론 등이 있다. 그리고 이와 같은 담론의 구성은 적서차별 및 신분제도의 모순을 자각하는 계기가 되고 있다.

『동맥』에서는 홍영구를 중심으로 한 천도교 교구장 최관술과 천도교의 교세 확장, 장로 교회당 낙성식에서의 천도교와 기독교의 대립 등이 주요 담론으로 형상화되고 있다. 특히 천도교과 기독교의 대립관계는 열혈 청년들의 웅변을 통해서 간접적으로 시사된다.

ㄷ. 개화기 사회 풍속과 관련된 담론

『대하』·『동맥』에서는 사회적 변화의 국면이 풍속의 묘사를 통해 간접적으로 반영되고 있다. 결혼 풍속은 전통혼례의 절차와 예식, 조혼의 폐습, 적서차별 등 봉건 모순을 반영하기 위한 것이며, 근대 교육 풍속은 관서지방의 기독교 전파와 아울러 개화사상 형성의 매개체 역할을 한다. 사회 풍속은 근대화와 관서지방의 변화, 박리균가의 몰락, 절게살이에서 막서리가 된 두칠, 문우성과 개화사상 형성의 담론 등이 있으며, 종교 풍속으로는 천도교 교구장 최관술과 천도교의 교세 확장, 장로 교회당 낙성식에서의 천도교와 기독교의 대립 등이 있다.

(2) 초점화자와 주제의식

『대하』에서는 봉건적 세대인 박성권과 적극적 주인공인 개화기 세대 형걸을 초점화자로, 『동맥』에서는 천도교 대표인 홍영구를 초점화자로 하여 초점화 국면이 형성되고 있다. 지각적 국면은 근대 문물의 도입과 상권의 변화·천도교와 기독교의 종교적 대립에서, 심리적 국면은 형선의 결혼과 봉건적 결혼제도의 폐습·단발의 감행과 근대 교육의 풍속·근대적 학교를 통한 근대적 개화사상의 형성에서, 관념적 국면은 형걸의 편지와 애국계몽운동의 지향 등을 통해서 각각 초점화 국면이 이루어지고 있다. 그리고 이들은 결국 근대시민계급의식의 성장 가능성과 애국계몽운동의 지향이라는 '텍스트의 규범'[69]으로 모아지게 된다.

작가의 시간적 구성상의 특징은 텍스트의 규범인 관념적인 국면을 토대로 하여 사건과 인물구성을 통해 초점화의 형성에 기여한

---

69) '텍스트의 규범'이란 개념적으로 세계를 바라보는 일반 체계를 의미하는 것으로 화자 – 초점화자의 관념 형태는 전위적인 것으로 인정되고, 텍스트 내의 다른 관념 형태는 이보다 높은 위치로 평가된다(S. 리몬 케넌, 앞의 책, 123~124면).

다. 즉 『대하』의 전위적인 텍스트의 규범이라고 할 수 있는 '개화기 시민 계급의 형성과 개화의식의 고취'를 주창하기 위한 초점화 과정이라고 할 수 있다.

우선 인물 구성에서의 초점화 대상은 박성권가에서 서자인 형걸을 중심으로 이루어지고 있다. 또한 일련의 사건은 형걸을 축으로 하여 개화기 사상의 형성 과정을 중점적으로 전개한다. 형선의 결혼과 봉건적 결혼제도의 폐습, 단발의 감행과 근대 교육의 풍속, 근대적 학교를 통한 근대적 개화사상의 형성, 근대 문물의 도입과 상권의 변화, 천도교와 기독교의 종교적 대립, 형걸의 편지와 애국계몽운동의 지향 등 일련의 사건 전개는 '반봉건주의와 개화기사상의 지향'이라는 초점화를 지향하고 있다. 여기에서 '연장'의 서술 방법으로 제시된 개화기 사회 풍속은 역사적인 국면의 제시를 대신하여 시대적인 맥락을 제시하고자 하는 작가의 서술 방식이라고 할 수 있다.

특히 이러한 풍속의 구체적 재현 과정에서 작중인물 – 초점화자에 의한 내적 초점화가 이루어지는데, 이는 초점화의 중요한 요인으로 작용한다. 즉 내적 초점화를 통한 초점화자의 내면적 갈등과 의식의 형성 등이 심리적 국면에 의해 초점화되면서 '반봉건주의와 개화기사상의 지향'이라는 관념적 국면에 일조하게 된다.

지금까지 살펴본 바와 같이 김남천의 『대하』는 초점화 대상인 박성권가의 역사를 그리고 있다. 이 과정에서 작가는 중요한 역사적인 국면을 재현하는 방식으로 개화기 시대의 사회 풍속을 초점화하고 있다. 또한 그러한 사회적 풍속의 이면에 초점화자의 심리적인 국면을 부각시켜 시대적 전환기인 개화기의 도래와 그 사상적 지향의 역사적인 필연성을 재현하고자 하였다. 이러한 서사적 구성의 특징은 기왕에 작가가 '가족사소설론'에서 '풍속·가족사·연대기'의 구성을 제안했던 것을 작품상에서 실천한 것이라고 볼 수 있다. 그러나 개화기 사회 풍속이 형성된 역사적인 국면에 대한 토대가 충분히 재현되지 못함으로써 생산 제관계로서의 의미를 부여받는 데까지는 진전되지 못하고 있다. 이러한 한계에도 불구하고 김남천의 소설에서 보여준 개화기 사회 풍속에 대한 초점화자의 심리적 국면은 개화기의 시대적인 변모와 서사적 관점을 제시하는 데 중요한 역할을 하고 있다.

❷ 한설야의 『탑』

한설야의 『탑』은 1940년 8월 1일부터 1941년 2월 14일까지 『매일신보』에 연재되었다가 이듬해인 1942년 매일신보사 출판부에서 단행본으로 간행된 장편소설이다. 당시 평론계에서 '본격소설론'을 주장한 카프문인 출신인 임화는 『탑』을 다음과 같이 논평하고 있다.

> 『탑』은 조선의 근대가 발아기에 있을 때를 그리면서 동시에 낡은 시대의 품안에서 작구만 자라나는 새 시대의 성장의 자태를 우리들에게 보여주는 작품이다. 『탑』은 진정한 현실의 (묘사)방법과 투철한 역사의 정신이 관류하는 우리 근대의 유년기에 관한 일대 서사시이다. 이러한 점은 우리 문단에 잇서 『탑』의 높은 지위를 보장할 뿐 아니라 또한 20년이 갓가우랴는 설야의 반생의 최고의 정열이 ××하는 작품이 될 것이다.[1]

임화는『탑』의 가치를 당대의 현실적 의미에서 상대적으로 높이 평가한다. 당시는 일제의 제국주의 정책이 거세지던 암흑기로 더 이상 사회주의적 전망을 내세울 수 없게 된 한국의 작가들이 다양한 경향의 소설 형식을 통해 새로운 창작 방향을 모색하던 때였다. 그러나 암흑기의 시대적 모순을 정면적으로 다룬 작품은 현실적으로 드물 수밖에 없었다.『탑』도 예외는 아니었다. 그러나『탑』은 '반봉건'과 '반제국'의 문제가 중요한 시대의 중심 과제로 대두되었던 개화기를 시대적인 배경으로 하여 구국회복운동으로서의 애국계몽운동의 형성과 그 가능성을 나름대로 제시하고 있다는 데서 다른 여타의 작품에 비해 그 의의가 있다고 할 것이다. 임화가『탑』을 '근대의 유년기에 관한 일대 서사시'로 높이 평가한 이유 또한 여기에 있다.

이러한『탑』의 출현은 비단 작가 한설야만의 특징이 아니라 일제 말의 문단적 현상 가운데 하나이기도 했다. 당시 한국 문단의 위기를 타개하기 위한 노력은 평론계에서도 일고 있었는데, 주로 내성소설, 세태소설, 통속소설 등 본격문학과는 동떨어진 장편소설의 절망적 현상의 한계를 극복하고자 하였으며, 1930년대 소설 및 소설론의 구체적인 과제는 장편소설개조의 문제로 집중되어 나타났다. 당시의 장편소설개조론으로는 임화의 본격소설론, 백철의 휴머니즘론, 최재서의 세태소설론, 김남천의 로만개조론 등이 있었는데, 프로작가 출신이었던 김남천은 로만개조론[2]을 통해 가족사소설의

---

1) 임화,「신춘시평」,『매일신보』, 1943. 4. 12.
2) 김남천의 로만개조론은 프롤레타리아 문학으로부터 전향한 자신의 소시민 양심의 문제를 다룬 고발문학론에서 모랄론에 이르는 내성심리소설을 벗어나지 못한 그가 모랄론을 풍속론으로 확대함으로 내성과 세태의 통합을 꾀하는 과정에서 이루어진다. 즉 풍속을 작품화하는 방도로서

형태에 주목하였다. 특히 비평가이면서 작가였던 김남천은 자신이 개진한 로만개조론을 기초로 하여 대하장편소설 『대하』를 실제 작품으로 창작하였다는 데서 당시 문단에서 일약 주목을 받게 되었다. 이러한 논의의 결실로 출간된 최초의 전작장편소설인 『대하』는 문단 내에 새로운 반향을 불러일으켰고, 그에 따라 이기영의 『봄』(1940~1942), 이태준의 『사상의 월야』(1940~1941), 김사량의 『낙조』(1940~1941)와 같은 일련의 가족사소설이 대거 출현하게 된다. 한설야의 『탑』도 당대 현실의 악화라는 위기 상황 속에서 나름대로 현실적 대안을 마련하기 위한 일환으로 전개된 장편소설 논의의 영향에 힘입은 작가적 노력의 소산이라고 할 수 있다.

그러나 한설야의 가족사소설인 『탑』에 관한 연구는 남과 북이 대치되고 있던 한국 문단의 특수한 상황으로 인해 1980년대 말에 와서야 가능했다. 분단 이후 남한에서는 월북문인에 대한 논의를 금기사항으로 여겨 왔으며, 그로 인해 월북문인은 연구 대상에서 제외되어 왔던 것이다. 그러다가 1980년대 말 해금조치가 시행되자 월북작가에 대한 연구가 본격적으로 진행되면서 이러한 제약은 다소 해소된다.

1980년대의 한국 문단에서 특기할 만한 상황은 『토지』, 『태백산맥』 등 대하소설이 대거 출현했다는 점이다. 이에 따라 비평계에서는 대하소설의 시각 정립과 역사적 연계점에 주목하게 되었고, 한설야의 『탑』에 대한 연구 또한 그러한 분위기 속에서 이루어질 수 있었다.

가족사・연대기소설의 형태를 모색한 것이다(강영주, 「1930년대 평단의 소설론」, 『한국역사소설의 재인식』, 창작과비평사, 1991, 294~313면).

『탑』에 관한 논의는 주로 인물 유형과 구성을 중심으로 한 일면적인 연구로부터 시작하여 리얼리즘의 입장에서 보는 견해, 풍속묘사의 의미를 중심으로 보는 견해, 가족사소설의 구성적 특징에 주목하는 견해 등 주제별 연구로 진행되어 왔다. 최근에는 이러한 기존 연구를 기반으로 한 포괄적이고 종합적인 연구가 이루어지고 있다.

먼저 인물 유형과 구성을 중심으로 한 논의로는 신희교, 이은봉, 윤석달 등의 연구가 있다.[3] 이들 논의는 작품 전체를 포괄적으로 다루지 못하고 개개 인물의 유형을 분류하는 데 그치고 있어 작품 전반에 대한 연구라고 보기에는 미흡하다.

이러한 한계를 감안하여 리얼리즘적인 견지에서 『탑』을 다룬 연구가 제기된 것은 장상길, 송호숙, 김재용, 문영희 등의 연구를 통해서 이루어졌다.[4] 이들 논자들은 대체적으로 『탑』이 시대 현실의 본질을 규명하는 데 있어 일정한 한계를 보이고 있음을 지적하고 있는데 대부분 그 원인을 식민지 시기 말기라는 시대적 정황에서 찾고 있다.

이후 『탑』의 중요한 소설적 특징이라고 볼 수 있는 '풍속묘사'와 가족사소설의 구성적 특면에 주목한 연구가 대두된다. 우선 '풍속묘사'에 초점을 둔 논의로는 한승옥, 김동환 등의 연구가 있다.[5]

---

3) 신희교, 「『탑』의 인물 유형 분석」, 『어문논집』 24·25합집, 고려대 국어국문학연구회, 1985, 669~683면: 이은봉, 「한설야의 장편 〈탑〉 연구 – 구성의 실제와 등장 인물의 성격 특성을 중심으로」, 『숭실어문』 6, 1989. 4, 197~204면: 윤석달, 「한국 현대 가족사소설의 서사형식과 인물유형 연구」, 고려대학원 석사학위논문, 1991. 12.
4) 장상길, 「한설야소설 연구」, 서울대학원 석사학위논문, 1990: 송호숙, 「한설야 연구 – 해방 이전 시기의 소설을 중심으로」, 연세대학원 석사학위논문, 1989: 김재용 외, 『한국 근대 민족 문학사』, 한길사, 1993, 654~657면: 문영희, 『한설야 문학 연구』, 시와시학사, 1996, 188~196면.

한편 가족사소설의 구성적 특징에 초점을 둔 논의로는 류종렬, 김상욱, 장석홍 등의 연구6)가 있는데, 이 가운데 특히 주목되는 논의는 장석홍의 연구이다. 그는 『탑』을 가족의 역사를 통시적 축으로 하고 세태의 변화와 풍속의 묘사를 통해 공시성을 획득한 가족사 연대기 형식의 역사소설로 규정하는 한편 가족사의 대척점에 민족사를 설정하려는 것에서 가족사의 민란 모티프의 수용 의미를 두고 있다.7) 이들 논의는 당대 현실의 반영에 주안점을 둔 접근으로 『탑』의 본질적인 특징을 규명하는 데 있어 진일보한 연구 성과라고 할 수 있다. 그리고 이러한 연구를 기반으로 하여 비로소 『탑』에 대한 포괄적인 연구가 이루어지기 시작한다.

『탑』을 보다 포괄적으로 다룬 논의로는 최혜실, 원은영, 최옥미, 류종렬, 박헌호, 조수웅 등의 연구가 있는데,8) 이 가운데 박헌호와

5) 한승옥, 「1930년대 가족사연대기소설 연구」, 『숭실어문』, 숭실대 숭실어문연구회, 1988: 김동환, 「1930년대 후기 장편소설에 나타나는 '풍속'의 의미」, 『관악어문연구』 15집, 서울대 국어국문학과, 1990, 92~100면.
그 밖에 「풍속묘사」에 주안한 연구는 다음과 같다.
윤석달, 「가족사소설에서의 풍속에 대하여」, 『홍익어문』, 1992: 양윤모, 「가족사연대기소설의 현실 대응 양상 -『대하』·『봄』·『탑』을 대상으로」, 『한국어문교육』, 고려대사범대학 국어교육학회, 1994. 12.
6) 류종렬, 「1930년대 말 가족사·연대기소설의 개념과 특징」, 『한국문학논총』 11, 부산대 인문대학, 1990, 365~376면: 류종렬, 「일제 말 가족사·연대기소설의 형성 배경 연구」, 『우암어문논집』 4, 부산대외대 국어국문학과, 1994. 2: 김상욱, 「거세된 현실과 방법의 포기 - 한설야 의 『탑』을 중심으로」, 『한국어 국어교육연구회』 43, 1991, 47~63면: 장석홍, 『한설야소설 연구』, 박이정, 1997, 225~256면.
7) 장석홍, 앞의 책, 225~240면.
8) 최혜실, 「1930년대 교양소설 양식의 가족사소설연구」, 『한국국어교육연구회』, 1990, 41~51면: 원은영, 「가족사연대기소설 연구 - 김남천의 『대하』·이기영의 『봄』·한설야의 『탑』을 중심으로」, 이화여자대학교 석사학위논문, 1992: 최옥미, 「한설야 장편소설 연구」, 성균관대학교대학원 석사학위논문, 1992, 55~65면: 류종렬, 「일제 말 가족사연대기소설의 현실 대응 양상과 문학사적 의의」, 『한국문학논총』 4, 1993. 11: 박헌호, 「30년대 후반 '가족사연대기'소설의 의미와 구조」, 『민족문학사연구』 4, 1993, 257~266면: 이선옥, 「한설야 장편 〈탑〉 연구」, 『숙명여대 어문논집』 4, 1994, 353~377면: 조수웅, 『한설야 소설의 변모 양상』, 국학자료원, 1999, 181~198면.

이선옥의 연구가 주목된다. 박헌호는 매일신문사 출판부본 및 그 영인본과 당시의 신문 연재물 등의 텍스트를 치밀하게 살펴 미비점을 보완, 텍스트를 확정하는[9] 한편, 작품의 서사구조·인물의 성격 그리고 풍속묘사와 시점 등 다각적인 접근을 통해 작품을 총체적으로 분석하고 있다. 그러나 가족사소설로서의 의미보다는 자전적인 경향에서 작품의 의의를 찾고 있다. 이는 기존 논자들이 주로 가족사소설로서의 의의에 초점을 둔 것에 비해 새로운 접근이라고 볼 수 있다. 이선옥은 『탑』을 가족사소설의 특징에 초점을 두면서 연대기적 서술·자전적 성격·인물과 풍속의 연관관계 등을 고려하여 작품을 전반적으로 검토하고 있다. 특히 작가의 자전적인 사실이 작품에 반영되면서 풍속묘사에 긍정적인 기여를 하고 있음을 밝히고 있는데 이는 주목할 만한 연구성과라고 할 수 있다. 『탑』의 최근 연구 경향은 가족서사의 상상력과 정치경제의 이데올로기 체계와 접맥되어 있는 양상에 주목한 접근으로, 소년 주인공을 통해 정치적 주체를 긍정적으로 예시하는 텍스트로 평가하고 있다.[10]

본고에서는 한설야의 가족사소설인 『탑』을 살펴보는 데 있어 다음과 같은 것에 주안점을 두고자 한다.

첫째, 원전을 확정하는 작업이다. 원전의 확정은 날카로운 비평력과 감식력의 행사 없이는 결정되기 어려운 작업이라고 할 수 있다. 또한 원전에 대한 연구자의 과업은 원전이 복원되고 연대가 정해지고 또한 저작자가 밝혀져 확증될 때까지는 완결되기 어려운

---

9) 박헌호는 작품 내용이 전체의 구성에 끼칠 내용을 담고 있는 단행본에서 결락된 신문연재 3회분을 제시하였는데 이는 주목되는 연구 성과라고 할 수 있다.

10) 김진구, 「1940년 전후 가족서사의 정치적 상상력 연구 – 김남천의 『대하』, 한설야의 『탑』, 김사량의 『낙조』를 중심으로」, 서강대대학원 석사학위논문, 2004.

작업이 될 것이다.[11] 그러나 원전의 확정은 가장 기초적인 작업임에 틀림이 없다. 그것은 그릇된 원전에 믿을 만한 비평이 행해질 수 없기 때문이며, 작가의 의도를 가장 잘 읽을 수 있는 것 또한 올바른 원전의 확정에서부터 비롯되기 때문이다. 그러므로 1940년 8월 이후『매일신보』에 게재된 연재본과 1942년 매일신문사 출판부에서 간행된 단행본을 비교·검토하는 작업을 선행하고자 한다.

둘째, 작가 한설야는『탑』을 창작할 당시 3부작으로 구상하였다. 1부인『탑』은 단행본을 출간되었으며, 2부인『열풍』(『조선문학』, 1958. 9.)은 북에서 작품의 일부만이 발표되었다. 그리고 3부인『해비리기』는 1944년 당시에 집필하다가 중단되고 만다. 본고에서는 이러한 점을 염두에 두고 작가가 처음 작품을 구상할 때의 창작 의도를 추적하여 보는 한편, 3부작 중 유일하게 발굴된 장편소설 1부『탑』을 통해 작가의 창작 의도가 작품상에서 어떻게 구체적 형태로 발현되었는지 살펴보고자 한다.

1)『탑』3부작의 구상과 원전의 검토

한설야의『탑』은 1940년 8월 1일부터 1941년 2월 14일까지『매일신보』에 157회 연재[12]되었다가 이듬해인 1942년 매일신보사 출판부에서 단행본으로 출판된다.[13] 윤세평의「한설야와 그의 문학」에

11) 이선영 편,『문학비평의 방법과 실제』, 삼지원, 1983, 15~16면.
12) 기존 연구자들은 매일신보사 출판부본을 텍스트로 삼고 있다. 그러나 박헌호는 신문연재본과 매일신보사 출판부를 비교 검토하여 155회에서 157회까지 결락된 부분을 밝히고 있다. 그러므로『탑』의 연재 시기는 1940년 8월 1일부터 1941년 2월 14일까지라고 보아야 한다.
13)『탑』은 원래 1940년 8월 1일부터 1941년 2월 14일까지 연재된 작품인데, 매일신보사 출

의하면 한설야가 월북한 이후, 북에서 재판이 간행되었다고 한다.[14]

안함광은 『조선문학사』에서 한설야가 '1940년 이후 일제 말기에 자서전적인 소설 『탑』 3부작을 구상'하였음을 밝히면서 구체적인 창작 경위를 제시하고 있다.[15] 앞서 살펴보았듯이 1부인 『탑』은 한설야가 외국 탈출을 목적으로 북경에 갔으나 활로를 찾지 못하고 돌아와 창작 발표한 작품으로, 노일전쟁(1904년~1905)부터 1919년 3·1운동에 참가한 후 일제 경찰에 체포되었을 당시까지를 그리고 있음을 알 수 있다. 한편 안함광에 의하면, 한설야는 감옥에서 석방된 후 『탑』의 2부인 『열풍』을 1944년에 창작하였으나 일제에 의해 발표되지는 못하였다고 한다.[16] 이는 『열풍』의 일부를 게재하고 있는 『조선문학』지 편집자의 말을 통해서도 알 수 있다.

> 이 작품은 장편소설 『열풍』의 맨 마지막 부분을 발췌한 것이다. 『열풍』은, 작가가 일제 말기 1944년에 탈고하였으나 일제 관헌들의 탄압에 의하여 빛을 보지 못한 채 묻어두었던 원고이다. 이 작품은 당시에 쓴 서문에 밝혀 있는 바와 같이 작자의 자서전 내지 자서전적 소설은 아니라

판부에서 단행본으로 간행될 당시에는 1941년 2월 11일부터 2월 14일까지의 연재분이 결락된다. 본고에서는 원전의 확정을 위하여 단행본으로 간행될 당시 결락된 3회분을 보완하여 텍스트를 확정한다.

14) 윤세평이 작가론에서 인용한 『탑』 재판 서문을 통해 추측할 수 있다. 그러나 이 작가론에서 윤세평은 재판의 간행 시기에 대해 언급하지 않고 있어 정확한 재판 시기를 추정할 수는 없다 (윤세평, 「한설야와 그의 문학」, 『현대작가론』 2, 조선작가동맹 출판사, 1960, 54~55면).
15) 윤세평, 앞의 책, 54면.
　안함광의 『조선문학사』에 의하면, 한설야의 『탑』(1942)은 그의 자전적 장편소설로 제1부에 속하는 작품이다. 제2부는 『열풍』(1942)으로 일제에 의해 발표되지 못하였으며, 제3부는 『해바라기』(미완)로 1944년 당시 1／5 정도를 탈고한 채 미완으로 남아 있다고 한다(안함광, 『조선문학사』, 연변교육출판사, 1956: 『조선문학사』 3, 1900~, 한국문화사, 1999, 258~259면).
16) 안함광, 앞의 책, 258~259면.
　『열풍』은 북에서 출판되었을 가능성이 짙다. 그러나 1958년 9월자 『조선문학』에서는 마지막 부분만을 발췌하여 수록한 것 외에는 단행본으로 간행된 작품집은 확인할 수 없었다. 그러므로 『열풍』이 출판되었을 가능성은 불확실하다고 여겨진다.

고 하더라도 『탑』과 함께 작가에게 가장 가까운 혈연을 지니고 있는 작품이다.

　이 작품은 작중 인물들의 성장 과정으로 보아 『탑』의 제2부의 요소를 가지고 있는 작품이다. 이 작품을 집필할 당시 작자는 정신적으로나 육체적으로 매우 고통스러운 처지에 있었다. 작자는 이 작품을 오래전부터 구상 중에 있다가 1943년 7월 일제를 반대한 죄로 감옥에 구금되어 있는 기간에 구상을 끝마쳤다. 1944년 5월 작자는 심한 병으로 말미암아 복역을 채 끝마치지 못하고 가석방으로 세상에 나오게 되었다. 작자는 이 기회를 리용하여 병과 싸우면서 이 작품을 창작하였다.[17]

　이 편집자의 말을 전제로 하고, 1958년 『조선문학』에 실린 『열풍』의 맨 마지막 부분의 줄거리를 단서로 하여 대강의 시기를 추론하여 보자. 『열풍』의 마지막 부분은 상도가 북경에서의 생활을 통해 알게 된 조선 여성 남향을 통해 파당의 원인은 군중에서 이탈하는 것에 있음을 깨닫고 남향과 함께 진정한 독립을 위해 조선으로 가게 되는 것으로 끝맺고 있다. 그러니까 『열풍』의 결말은 상도가 북경 생활을 청산하고 조선으로 돌아가는 지점에 있다. 『탑』의 결말이 상도가 3·1운동으로 검거되고 아버지와 결별을 선언하는 것으로 끝맺고 있는 것을 감안한다면, 대체적으로 『열풍』은 한설야가 3·1운동에 참가하여 일제에 검거·구금된 이후부터 중국 북경에서 익지영문학교에 다니면서 사회과학 공부를 하던 시기의 자전적인 체험을 배경으로 하고 있음을 추론해 볼 수 있다.

　한편 안함광에 의하면, 3부인 『해바라기』는 1943년 여름 한설야가 일제에 체포되어 옥중에 구금되어 있을 당시에 구상한 작품으로, 1944년 병보석으로 나온 후 집필에 들어갔으나 1/5 정도를

---

17) 한설야, 「열풍 – 장편소설 열풍의 일부」, 『조선문학』, 1958. 9, 86면.

탈고하고 해방을 맞아 중단하였다고 한다.[18]

지금까지 살펴본 바와 같이 자전적인 장편소설인 『탑』은 창작 당시 3부작으로 기획되었음을 알 수 있다. 그러나 일제 암흑기라는 시대적인 제약으로 말미암아 1부 『탑』과 2부인 『열풍』은 완결되었으나, 3부는 미완의 작품으로 중단되고 만 것이다. 그런데 2부인 『열풍』은 북한에서 1958년 9월 『조선문학』에 수록된 마지막 부분 이외에는 단행본으로 간행되었는지의 여부는 확인할 수 없으며, 3부인 『해바라기』는 안함광이 『조선문학사』에서 언급했듯이 「해방을 맞아 작품이 중단되고 말았다.」고 하니 한설야가 3부작으로 구상한 자전적 장편소설 가운데 유일하게 완결된 작품은 『탑』뿐이라고 보아야 할 것이다.

한설야의 『탑』은 1940년 8월 1일부터 1941년 2월 4일까지 『매일신보』에 연재되었다가 이듬해인 1942년 매일신보사에서 단행본으로 출판된 장편소설로 잘 알려져 있다. 대부분 기존 연구자들은 매일신보사 출판부본을 연구 대상으로 삼고 있으나, 단행본과 신문 연재물 사이에 차이를 보이고 있는 『탑』으로서는 작품의 의미를 새롭게 재해석할 가능성을 시사하고 있다. 그러므로 본고에서는 논의에 앞서 창작 당시 작가의 의도에 되도록 가깝게 천착하기 위해 1942년 매일신문사 출판부에서 간행된 단행본과 1941년 8월 1일 이후 『매일신보』에 연재된 텍스트를 비교 고찰하여 그 미비점을 보완하고 원전을 확정하고자 한다.

『탑』은 반(半)식민지 상태에서 서구의 자본주의가 돌입하여 새로운 기운이 형성되는 한편 애국계몽운동이 활발히 진행되던 개화

18) 안함광, 앞의 책, 95면.

기를 작품 배경으로 하고 있다. 특히 이 시기에 활발히 진행되고 있던 국권회복운동의 한 줄기였던 의병운동을 형상화하고 있다는 점이 이 작품의 주요한 특징이라고 볼 수 있다. 이는 '의병운동'을 형상화한 부분과 박진사가 선무사업 활동을 하는 부분으로 '아버지' 장에 수록되어 있다. 그런데 이 부분이 단행본과 신문 연재물 사이에 차이를 보이고 있어 주목된다.

우선 '의병'에 대한 형상화에서 양자는 중요한 차이를 보이고 있다. 단행본에서는 '의병'을 '폭도'로 표기하고 있는데 신문에 연재할 당시에는 '의병'으로 적고 있기 때문이다.[19]

한편 아버지 박진사의 선무사업 활동의 계기가 되는 1907년 군대 해산 이후의 시대적인 배경을 서술하는 부분이 단행본에서는 상당 부분 결락되어 있다. 이등통감의 군대 해산, 일진회의 활동, 헤이그밀사사건과 정세 등이 서술되어 있는 부분이 그것이다. 특히 신문 연재본에서 눈에 띄는 부분은 일제의 '총포화약단속법'으로 인해 산포수 출신들이 의병운동을 제기하게 된 경위인데, 이러한 정황은 이후 홍범도의 의병운동에 대한 계기를 구체적으로 부여하면서 사건의 진전에 중요한 부분을 담당하고 있다.[20] 그런데 단행본에서는 '의병'이 '폭도'로 전환되었으며, 신문연재 65회 '아버지' (2) 부분이 결락되어 있다. 그런데 이것은 일제의 검열이 가중되던 현실적인 제약으로 인한 결과임을 추측할 수 있다.

---

19) 신문연재 64회 아버지(1)(1940. 10. 22.)에는 「그때 사실 북청 이북 산간에서는 <u>의병</u>이라는 것이 들어차서 세월은 다시 소란해졌다.」고 되어 있었으나 매일신보사 출판부에는 「그때 사실 북청 이북 산간에서는 **폭도**라는 것이 들어차서 세월은 다시 소란해졌다.」(매일신보사 출판부, 251면, 밑줄 - 인용자) 그 외에도 신문연재 65회 아버지(2)(1940. 10. 23.)에도 이와 동일한 표기의 전환을 나타나는 부분이 있다.
20) 신문연재 65회, 아버지(2), 1940. 10. 23.

신문 연재본에서 한설야는 일제가 강제적으로 군대를 해산한 경위와 최초의 평민 출신 의병 대장인 홍범도가 의병운동에 참여하게 된 경위 등으로 의병운동이 본격적으로 확장되던 고조기의 시대적인 계기를 서술하고 있다. 이것은 당시 의병운동을 바라보는 작가의 시대적인 이해와 의식의 정도를 파악하는 데 중요한 실마리가 되는 부분이다. 이를 통해서 당시 의병운동의 계기가 일제의 침탈에 의한 것이며, 이 항거는 온당한 항거임을 한설야가 인식하고 있었음을 알 수 있기 때문이다. 그러나 이러한 문맥은 당시의 항거가 '폭도'가 아닌 '의병'의 항쟁이었음을 시사하는 부분이므로, 작가가 단행본으로 출간할 때에는 일제의 압력에 의해 혹은 작가 자신이 일제의 검열을 감안하여 결락·전환하였던 것으로 짐작된다.

한편 매일신보사 출판부 단행본은 신문 연재물의 154회분까지만을 게재하고 있다. 즉 단행본에서는 이순과 상도가 집에 말도 없이 사라져버린 것으로 작품을 끝맺고 있으나, 『매일신보』에 연재될 당시에는 155회부터 157회까지 3회분이 더 게재되어 있다.[21]

『매일신보』에 연재된 155회부터 157회까지의 내용을 살펴보면, 집을 나온 상도와 이순이 서울로 상경한 후의 생활과 상도가 모종의 검거사건으로 일제 경찰에 검거된 후, 삼월 보름께 박진사가 S경찰서 보호실에서 아버지와 부자지연을 끊는 것으로 끝맺고 있다.

연재 당시 상도가 박진사와 S경찰서 보호실에서 상면한 때가 삼월 보름께인 것으로 보아 모종의 사건은 '3·1운동'으로 추측된다. 당시는 일제의 검열이 삼엄한 때이므로 이 부분은 단행본으로 출

---

21) 『매일신보』에 누락된 부분은 사랑16(『매일신보』, 1941. 2. 11), 사랑17(『매일신보』, 1941. 2. 12), 사랑18(『매일신보』, 1941. 2. 14.)까지로 155회에서 157회까지이다.

간할 때 제외시킨 듯하다. 박헌호는 단행본에 수록되지 않은 3회분의 결락이 작가 자신의 것이 아닌 것으로 추정하면서 그 단서를 각 회분 사이가 내용의 연결이 안 될 정도로 독립적인 사건으로 이루어져 있기 때문이라고 주장한다.[22] 그러나 이는 작품을 면밀히 검토하지 않은 소이다. 왜냐하면 155회에서 157회까지 시간적인 간격이 없이 연재되었으며, 상도가 이사한 원남동으로 친구들이 수차례 방문하는 것 등을 통해서 간접적이나마 모종의 사건을 계획하고 있음을 추측할 수 있기 때문이다.

『탑』은 작품을 구상했을 당시에 작가가 고백했듯이 자전적인 경향이 상한 소설이다. 그러니까 한설야의 유년 시절에서부터 함흥고보 시절 배일동맹사건[23]으로 검거되는 시기까지를 배경으로 하여 『탑』이 창작되었던 것이다. 그러나 당시 일제의 검열 때문에 상도가 사상적 계기가 형성되고 모종의 사건에 합류하는 부분, 그리고 투옥하는 부분은 제외된 듯하다.[24]

지금까지 매일신보사 출판부와 신문 연재물을 비교·검토해 보았다. 한설야는 『탑』을 통해 시대적인 전환기였던 개화기에 일기 시작한 애국계몽운동의 진전 과정을 반영하고자 계획하였던 듯하다.

---

22) 박헌호, 앞의 책, 258면.
23) 한설야가 북에서 술회한 자전적인 글에서 「중학 졸업 후 3·1운동에 가담하여 왜경에 체포되었다.」고 언급하고 있는 것으로 보아 모종의 사건은 배일동맹사건으로 추측된다(한설야, 「나의 인간수업, 작가수업」, 『나의 인간수업, 문학수업』, 인동, 1989, 31면).
24) 그 밖에도 다음과 같은 차이를 보여주고 있다.
　　우길의 어머니와 상무의 안해가 → 상무의 아내가 할머니 말대로(신문연재 106회 鬼火(13) 12. 12, 매일신보사출판부, 409면)
　　이순의 혼사에 대한 이야기를 상도가 어머니와 상론하고 있는 부분이다. 단행본에서는 '승패' 부분에 수록되어 있으나 신문연재 당시에는 사랑(2) 부분으로 상도가 서울에 올라가기 전에 게재되어 있어. 단행본과 신문연재 당시 작품 배열의 순서에 차이를 보이고 있다. 이는 작품 줄거리 전개상 신문연재 당시 매일신보사 편집자의 착오에 의한 것이라고 생각된다(매일신보사 출판부, 542~546면: 신문연재 140회 사랑(2) 1941. 1. 24).

그러나 창작 당시는 일제의 제국주의 정책이 본격화되던 암흑기로 작가들의 창작 활동에 많은 제약이 따랐던 시기였다. 그러므로 한설야의 애초의 계획은 일제의 검열로 다소 수정·변경되었다고 보아야 할 것이다. 단행본과의 비교에서 차이를 보여주고 있는 부분이 애국계몽운동의 한 줄기였던 '의병운동'과 한일합방 이후 1919년 3·1운동인 것을 통해 그러한 점을 미루어 짐작할 수 있다.

그러면 매일신보사 출판부에서 단행본으로 출간된 것을 기본 텍스트로 하고, 신문연재 당시 결락된 것과 전환된 부분을 감안하면서, 한설야가 자서전적인 소설 『탑』을 구상했을 당시의 정형이 무엇이었는지 살펴보도록 하겠다. 우선 한설야가 북한에서 출간한 『탑』 재판 서문에서 언급한 작가의 술회를 보면 다음과 같다.

> 일제는 마지막 시기, 즉 이른바 「대동아 전쟁」(태평양전쟁) 시기에 이르러 ……(중략)…… 일제의 팟쇼 테로 통치와 소위 「황민화」 정책과 그들의 략탈 전쟁에 조선사람들이 협력할 것을 강조하였고 그 작가들에게 그것을 례찬하는 글을 쓰도록 강요하였다. ……(중략)…… 그러나 이때에도 우리는 어떻게 무엇을 쓸가에 대하여 생각하였다. 그래서 우리가 생각해 낸 것이 과거의 사실에서 취재한 력사소설이거나 <u>자기들이 살아온 과거에서 취재한 연대기소설</u>을 쓰려는 것이었다. 조선 인민에게 조선사람들이 살아온 력사와 과거를 보여주는 것은 필요한 일이었다.
> 그것을 알게 함은 조선사람들의 오늘과 또는 미래에 어떻게 살아야 할 것인가에 대하여 암시와 생활체험을 토대로 하는 연대기소설 『탑』을 쓰려고 생각하게 되었다.[25]

한설야의 이러한 술회는 그가 암흑기 작가들의 창작적 모색의 일단으로 자서전적 형식의 연대기소설 『탑』을 구상하였음을 짐작

---

25) 윤세평, 앞의 책, 54~55면(밑줄 - 인용자, 이하 동일함).

게 하는 것이다. 그가 이러한 작품을 구상한 이면에는 '일제의 침략에 대한 비판과 조선사람의 불요불굴의 강인성과 투지를 통해 미래를 전취하려는 투쟁'을 그리고자 한 것으로,[26] 카프작가로서의 한설야의 면모를 보여주는 것이기도 하다.

그렇다면 한설야가 '자기들이 살아온 과거에서 취재한 연대기소설'을 쓰면서 그 시대 배경으로 '개화기'를 채택한 이유는 무엇일까?

> 이 작품을 간단히 말하자면 만 근 사십년의 조선에 살아온 한 사람의 연대기소설입니다. 즉 신문학 초창시대에 生을 바든 한 어린이가 갓가즌 시대적 흐름 속에서 키어 나온 道程期를 닥가보자는 것입니다. 그러나 이것은 한 사람의 연대기이면서도 또 여러 사람의 그것이어야 할 것이며 이 사십년 동안의 분위기가 그 곳에 드러나야 할 것이니……[27]

여기에서 한설야는 『탑』이 '신문학 초창 시대', 즉 개화기를 배경으로 출발한 연대기소설임을 밝히고 있다. 또한 『탑』을 창작함에 있어 그는 작가 개인의 연대기적 의미와 더불어 한 사람의 연대기 이상의 의미, 즉 사십 년 동안의 시대 분위기를 드러내려는 의도를 가지고 있었음을 알 수 있다. 이러한 창작 의도는 당시 한설야가 작가 개인의 '자전적 성장소설'에서 더 나아가 시대의 사회상을 구현하는 데까지 나아갈 것을 염두에 두고 『탑』을 구상하였음을 의미하는 것이다. 그러므로 『탑』에서 그리고 있는 박진사 집안의 흥망성쇠에 대한 여정은 한설야 개인의 자전적 성장 배경인 동시에, 봉건세력이 몰락하고 새로운 서구의 자본주의가 대두했던 도정기(道程期)의 사회상이라고 볼 수 있다. 즉 한설야는 한 가족

---

26) 위의 책, 55면.
27) 한설야, 「작가의 말」, 『매일신보』, 1940. 7. 30.

의 흥망성쇠의 내력을 통해 개화기라는 시대적 전환기의 사회상을 구현한 가족사소설을 구상하였던 셈이다.

시대적 전환기인 개화기는 1905년경부터 1910년 사이를 의미하는 것으로, 당시 반(半)식민지 상태에 있었던 조선은 대외적으로는 일본 제국주의의 침략에 대응하여 민족의 자주독립을 견지하는 한편, 대내적으로는 봉건적인 사회체계를 지양하는 근대 국가를 형성해야 한다는 이중의 과제를 안고 있었다. 당시의 선각적인 개화사상가들은 이러한 시대적 과제에 부응하여 다방면으로 민족의 역량을 배양하고 민족의식을 고취시키려는 움직임을 보이고 있었다.[28]

이러한 움직임은 크게 실력양성이 선행되어야 독립이 달성될 수 있다는 부류와 계몽운동보다 독립이 선행되어야 실력양성이 이루어질 수 있다고 보는 부류로 나뉜다. 전자는 계몽운동을, 후자는 의병운동을 그 중심에 두고 서로의 입장을 달리했다.[29] 이 두 부류는 서로 상충된 입장을 지녔지만 결국은 상호연대가 점진적으로 강화되는 형태를 띤다. 그들이 이렇게 상호보완적이고 우호적인 자세를 견지하게 된 것은 국권회복운동이라는 공통분모에서 비롯된 것이었다.[30]

『탑』에서 구현되는 박진사 집안의 흥망성쇠의 내력은 이러한 전환기의 시대적인 과제 및 사회상과 연관되어 있다. 즉 박진사 집안의 흥망성쇠는 전환기인 개화기 이후 봉건세력이 몰락하는 과정과 맞물리는 한편, 애국계몽기에 계몽주의자로 성장하는 신세대가

---

28) 강영주, 『한국 역사소설의 재인식』, 창작과비평사, 1991, 22~23면.
29) 조형진, 『항일무장독립투쟁사』 1, 일원, 1999, 17~19면.
30) 김호일, 「의병전쟁과 애국계몽운동」, 『한국 근현대 이행기 민족운동』, 신서원, 2000, 255~257면: 최원식, 「제국주의와 토착 자본」, 『전환기의 동아시아 문학』, 창작과 비평사, 1985, 148면.

부상하는 과정과 국권회복운동의 필연성을 보여주는 것이라고 할 수 있다.

특히 『탑』에서는 풍속묘사가 에피소드 형식으로 구현되고 있는데 이는 한 개인의 연대기적 의미에서 더 나아가 사회상을 구현하기 위한 방책이라고 볼 수 있다. 즉 풍속묘사는 창작 의도에서 이미 언급한 바대로 작가 한설야가 견지한 '사십 년 동안의 분위기'를 드러내기 위한 장치인 것이다. 또 한 가지, 개화기의 중심 과제 중 하나인 반제의식의 발현태를 간접적으로나마 반영하고 있는 것 또한 『탑』에서 주목되는 부분이다.

본고에서는 이러한 한설야의 창작 구상 및 그 의도를 주지하면서 구체적인 형태로 작품상에 어떻게 반영되고 있는지를 살펴보고자 한다.

2) 양반 박급제와 개화 세대 우길

(1) 자전적 서사의 구성과 사실적 재현

『탑』은 '자기들이 살아온 과거에서 취재한 연대기소설'[31]이라고 작가가 언급하고 있는 바와 같이 그 시간적 배경을 러일전쟁(1904~1905) 직후부터 1919년 3·1운동 시기까지로 삼고 있다. 이 작품에서 주인공격의 인물인 우길은 작가 한설야와 동일하게 개화기 시대에 성장한 신세대로, 많은 부분 작가와 닮아 있어 자전적인 특성이 농후하다. 따라서 자전적인 특성을 고찰하기에 앞서

---

31) 윤세평, 앞의 책, 54면.

먼저 작품에 반영된 작가의 생애를 살펴보아야 할 것이다.

한설야는 1900년 함경남도 함주군 주서면 나촌에서 조선 말 군수로 상당한 재산을 가졌던 부친과 순 농촌 여자였던 어머니 사이에서 둘째 아들로 태어난다.[32] 1910년 함흥고보 시절부터 글 짓는 것을 좋아한 한설야[33]는 1914년 함흥고보를 졸업하고 당시 서울에 있던 아버지를 따라 경성고등 보통학교에 입학한다. 이 시절의 한설야는 입학 당시부터 학과 공부보다 활동사진과 신소설 등에 더욱 몰두했으며, 이는 훗날 그가 문학에의 이상에 정열을 쏟는 계기가 된다.[34] 한설야는 중학 4학년 때 서모와 다투고 서울을 떠나 다시 함흥고보로 전학하게 되며,[35] 1919년 함흥고보를 졸업한 뒤 본격적으로 문학에 뜻을 둔다. 아버지 뜻대로 함흥법전에 진학하지만 배일동맹 휴학사건으로 투옥당하게 된다.[36] 『탑』의 시대적 배경은 러일전쟁(1904~1905)에서부터 한일합방을 거쳐 1919년 3·1운동까지로, 한설야의 고향인 함흥에서의 유년 시절에서 경성고

---

32) 한설야, 「나의 이력서 – 고난기」, 『조광』, 1938. 10; 백철, 『문학자서전 – 전편』, 박영사, 1975, 424면; 안함광, 『조선문학사』, 연변교육출판사, 1956, 253~255면.
   이러한 출생의 배경은 한설야의 사상 발전에 일정한 영향력을 행사한 듯 여겨진다.
33) 한설야, 「나의 인간수업, 작가수업」, 앞의 책, 21면.
34) 한설야, 「나의 이력서 – 고난기」, 앞의 책, 76~77면; 한설야, 「나의 학생시대 행장기 – 영화광시대」, 『조광』, 1938. 11, 264~266면; 한설야, 「나의 인간수업, 작가수업」, 앞의 책, 14~26면.
   그 밖에도 한설야는 한 회고에서 '중학 3학년 때 영화 구경을 갔다가 힌트를 얻어 단편 하나를 써 본 이후 소설 창작'을 하고 싶었다고 술회하고 있다(한설야, 「나의 생명의 연소」, 『문장』, 1940. 2, 12면).
35) 한설야, 「나의 이력서 – 고난기」, 앞의 책, 77면.
36) 한설야, 「나의 이력서 – 고난기」, 앞의 책, 77면; 한설야, 「나의 인간수업, 작가수업」, 앞의 책, 31면.
   한설야는 중학 졸업 후 3·1운동에 가담하여 왜경에 체포되었는데, 당시 나운규도 구금되어 있었다고 한다. 그는 당시에 자신에 대해 '예술로써 나라와 인민에게 복무하리라.'는 이상을 가진 나운규 같은 이상은 가지지 못하였지만, 감옥을 나온 후 얼마를 지나 문학을 일생의 사업으로 삼고 싶은 충동이 커 감을 의식하게 되었다고 한다(한설야, 「나의 인간수업, 작가수업」, 앞의 책, 31~32면).

등 보통학교 재학 시절을 거쳐 3·1운동으로 검거되기까지의 시기를 담고 있다.

한설야는 『탑』에서 작가가 태어나고 성장했던 고향 함흥 지역의 자연경관 및 개화기 시대에 풍미했던 신문물, 신분제도 폐지 이래에 혼재되어 있는 개화기의 시대적 모순, 함흥 지역에서 활발하게 이루어지던 의병 활동 등을 사실적으로 형상화하고 있다. 이러한 것은 작가의 자전적인 특성으로 『탑』의 긍정적인 면모에 기여하고 있다고 생각된다.

『탑』의 우길과 한설야의 작가적 행정을 구체적으로 비교하여 보면 다음과 같다. 우길의 나이 5세 때인 1905년은 러일전쟁이 끝난 직후로 되어 있는데, 한설야는 1900년 함흥 출생으로 우길과 동일한 시대에 출생하였다. 또한 가족 구성을 보면 우길은 박진사 집안의 둘째 아들로 되어 있는데 이는 작가의 출생 배경과 동일하다. 즉 한설야는 스스로 「이조 말기 군수로 상당한 재산을 가진 아버지와 순 농촌 여자인 어머니 사이에서 동기는 넷이고 그중 둘째 아들로 태어났다」는 술회를 한 바 있는데[37], 이를 통해서 우길과 동일한 출생 배경을 지니고 있음을 짐작할 수 있다.

한편 한설야는 유년 시절에 대해 '인간을 신분적으로 차별하고 개성의 발양을 억누르는 봉건주의의 비인도적 폐습들을 목격 체험'[38]하였던 것을 추억하고 있는 것으로 보아, 카프작가로서 출발한 한설야의 계급적 지향은 이미 유년 시절부터 형성되었음을 알 수 있다.

---

37) 한설야, 「나의 이력서 – 고난기」, 앞의 책, 75면.
38) 윤세평, 앞의 책, 11~12면.

내가 세상에 나서 인간의 선악에 대해 처음으로 생각한 것은 <u>아마</u> <u>4~5세 때 일이라고 기억한다. 그 때 나의 집에는 나보다 열 상 우인</u> <u>양녀가 있었다. 그러나 이름이 양녀지 사실은 노비에 불과하였다.</u> 부모나 조모는 이름은 양녀라고 부르면서 자기의 자식들이나 손자 손녀들과는 엄청나게 차별하였고 내 보기에는 학대까지 하는 것 같았다. 나는 이것을 못마땅하게 생각하였고 이런 심리는 나로 하여금 나의 동기들에게보다 이 양녀와 더 가깝게 하였다. (중략) 나는 여기서 불쌍한 사람과 약한 사람들을 도와주려는 나의 사상의 첫 싹이 트지 않는가 생각한다.

다음 두 번째로 나의 어린 생활이 나에게 가르쳐준 것은 나의 부모가 같은 자식이면서도 <u>아들과 딸을 차별하는 데에 대한 불만이었다.</u> …… (중략)…… 나는 이것이 남녀를 차별하고 양반과 상민을 차별하고, 부자와 가난한 사람을 차별하는 낡은 사회의 인간 차별 사상을 반대하는 나의 양심의 첫싹이라고 생각하며, 또 이것이 그 뒤의 나의 사상형성에 크게 작용하였다고 생각한다. ……(중략)……

다음 세 번째로 <u>나의 아버지에 대한 왜놈들의 박해에서 나는 비로소</u> <u>가정으로부터 사회로 눈을 돌리게 되었다. 이것은 일제가 조선을 강점하</u> <u>기 직전인 소위 보호정치시기였다.</u> 그 때에 북조선 각지에서 의병이 일어 났고 특히 삼수갑산같은 산간지에서의 그 세력이 더욱 컸다. 그리하여 왜놈들은 이를 진압할 목적으로 민간 유력자 30여명을 강제로 끌어다가 산수갑산에 들어가서 의병을 선무할 것을 강요하였다. 그중에 나의 아버지도 끼어 있었는 바 한 사람도 그 일에 나서려 하지 않아서 그 때문에 30여명이 북청 왜국 수비대 병영 안에 감금되어 있었다. 나의 아버지도 여기 감금되어 있었는데 6개월 만인 그 해 겨울에 그곳을 탈출하여 집에 돌아와 며칠동안 숨어 있다가 또 어디론가 도망을 갔다.[39]

유년 시절의 한설야는 집안 식구들이 집에 함께 기거하던 노비에 대해 차별대우하던 것이 못마땅했다. 그가 집안 식구들의 봉건적 태도에 대해 상당한 불만과 비판적 의식을 지니고 있었음은 그 자신의 술회를 통해 충분히 짐작할 수 있다. 이처럼 한설야는 유년 시절부터 이미 반봉건의식이 싹트고 있었는데, 이는 『탑』에서

---

39) 윤세평, 앞의 책, 13~14면.

도 사실적으로 재현되고 있다.

반봉건의식의 형성과 자각은 노비 계섬에 대한 할머니와 어머니의 불공평한 처사와 소년 우길의 계섬에 대한 의식을 통해서 상세하게 그려진다. 특히 소년 우길이 계섬의 죽음을 통해 봉건적 제도의 모순에 눈을 뜨는 계기는 작가의 유년 시절의 원체험의 반영이자, 카프작가인 한설야의 계급적 지향의 면모를 반영한 것이라고 할 수 있다.

한설야는 "나의 아버지에 대한 왜놈의 박해에서 나는 비로소 가정에서 사회로 눈을 돌렸다"고 술회하고 있는데, 이는 아버지의 선무사업 활동과 ㄱ 시대 함흥 지역의 의병운동과 긴밀한 관련이 있다. 『탑』에서 박진사는 H읍의 도교수로 삼수군수에 임명되었으며, 이제마를 스승으로 삼았던 인물로 되어 있다. 그런데 이러한 설정은 한설야의 부친과 상당 부분 일맥상통한다.

윤세평의 『현대작가론』에서 언급되어 있는 한설야의 술회에 의하면, 한설야의 부친은 「탁월한 의학자인 이제마의 제자의 한 사람으로서 이제마의 영향 밑에서 비록 봉건적 완고성으로부터 벗어나지는 못하였으나 일제 침략자를 반대하여 일본 헌병에게 구금 추격을 당했다」고 한다. 이러한 부분은 작품상에서도 사실적으로 재현되고 있는데, 우길의 부친 박진사가 일제에 의해 선무사업에서 활동하다가 탈출하여 일본 헌병에 쫓기던 때와 이제마의 사상을 받아들여 낚시로 소일을 하던 것을 통해서 작품에서 형상화하고 있다.[40]

한설야는 아버지의 선무사업 활동으로 인해 당시 함경북도에서

---

40) 한설야의 부친은 군수를 지낸 인물인데, 유명한 의학자 이제마의 제자로, 홍범도의 의병 활동을 무마시키라는 강요를 거절하고 고향을 떠나 피신했다고 한다(「편지로 본 1940년대 문단비사」(4회), 『대한매일』, 2001. 8. 20).

맹활약을 하던 포수 출신 홍범도 장군의 의병 투쟁의 의미를 간접적으로 인식하게 되었던 듯하다. 작가가 그 당시 평민 출신 의병 대장으로 맹활약하던 홍범도의 의병 행적을 작품상에서 구체적으로 형상화하고 있는 것도 부친의 행적과 관련된 유년 시절의 실제 체험을 통한 것임을 알 수 있다. 특히 한설야가 평민 의병장이었던 홍범도의 의병 행적을 반영하면서 당시 이러한 의병 투쟁이 발발하게 된 시대적인 의미를 반제국적인 시각에서 인식하고 있는 것은 주목할 만한 일이다. 이는 한설야가 개화기의 시대적인 과제로, 애국계몽운동에 대해 나름대로 적확한 인식을 지니고 있음을 의미하는 것이기 때문이다.

『탑』에서는 작가의 출생지이며 유년기의 원체험지인 함흥 지역의 특징이 우길의 동무들과의 놀이, 기절마다의 세시 풍속과 결혼 풍속 등을 통해 잘 구현되어 있다. 특히 '보통학교 시절 동무들과 함께 들과 산으로 쏘다니기를 좋아하며 자존심만 높아 못된 장난을 치고 돌아다녔던 경험과 7세 때 형과 아이들과 단발동맹을 하던' 유년 시절의 추억들[41]이 작품상에 잘 드러나 있다. 또한 경성고보 시절, 서울의 서모집에서의 생활하던 것과 학교 공부보다는 활동사진에 몰두하던 실제 체험이 구체적으로 재현되고 있다.[42]

지금까지 살펴본 바와 같이 작품의 자전적 경향은 작품에서 생생한 사실을 부각시키는 데 유효한 역할을 하고 있다. 작가의 유년 시절인 개화기의 신문물과 세시 풍속 등을 세밀하게 구현할 수

41) 한설야, 「나의 이력서 – 고난기」, 앞의 책, 76면: 한설야, 「나의 인간수업, 작가수업」, 앞의 책, 21면.
42) 한설야, 「나의 이력서 – 고난기」, 앞의 책, 77면: 한설야, 「나의 학생시대 행장기 – 영화광시대」, 앞의 책, 264~266면.

있었던 것도 작가가 체험한 것이기 때문에 가능했던 것으로 사료된다. 특히 작가가 나고 자란 함흥 지역의 특성을 세밀하게 부각시킬 수 있었던 것은 자전적인 형식이 낳은 유효성이라고 할 수 있을 것이다.

한편 한설야는 개화기를 스스로 체험한 세대로서 개화기의 사회상을 사실적으로 재현할 수 있는 가능성을 이미 확보하고 있었다. 더 나아가 작품의 자전적인 형식은 시대적인 전환기인 개화기의 풍속을 일층 생생하게 재현하는 데 일조하게 된다.

> 아이들은 봄날이나 단오철이면 이 언덕 버드나무에 그네를 매고 뛰었다. 여름이면 그 언덕 앞 평전에 또랑모래를 파올리고 씨름도 또 하였다. 그리고 가을이면 이 아래위 두 언덕에 높고 낮은 병풍을 둘러치고 거적을 깔고 차일을 치고 그리고 가가호호에서 날러오는 전물상을 벌려놓고 동리 『예신』이라는 것을 지냈다. 『예신』이라는 것은 동리가 일년 두루 태평하기를 비는 동리 제사인데 그날은 정월 대보름보다도 사월 팔일보다도 오히려 더 굉장하다.
> 그날이면 동리 시악씨들이 새 옷 입고 노리개 차고 전물상을 차려서 이고 이 언덕으로 모여든다. 가세에 따라서 크게도 적게도 차릴 수 있으나 빠지는 집은 거의 없다.[43)]

> 그 해가 가고 새해가 왔다.
> 정월 한 달은 여자들도 좀 한가하였다. 설날부터 사오 일 동안은 물론이지만 그 뒤에도 마듸좀(午日)은 일을 하면 일년 두루 마디마듸 일이 막힌다고 놀고, 쥐날(子日)은 일을 하면 쥐가 뀐다고 놀고, 범날(寅日)은 일을 하면 범이 온다고 놀고, 보름이 지나 열 엿세 날은 귀신날이라 해서 놀고, 그 뒤에도 오리날이라는 것이 있어서 이날 일을 하면 그 해 가을에 오리가 베이삭을 훌터 먹는다고 해서 놀고, 놀뿐 아니라 이날은 특히 저녁들을 일즉암치 해먹고 동리 소패들이 횃불을 들고 나가서 동리

---

43) 한설야, 『탑』, 동아출판사, 1995, 33면. 이하 면수만을 수록한다.

와 동리가 불쌈을 한다(125면).

　이 지방에서는 웬만치 유족하고 범절이 가즌 집이면 대개 『늘메』로
하여서 한 결혼식에 두 번 나드리를 치르는 것이 보통이었다. 다시 말하
면 처음에 신랑이 신부집에 가서 게서 잔치를 치르고 돌아왔다가 멧
달 지나서 다시 신랑이 신부집에 가서 그번에 아주 신부를 데려다 가치
신랑집에서 잔치를 베프는 것이다(91면).

　이와 같은 생생한 풍속의 묘사가 가능한 것은 개화기를 체험한
작가의 유년 시절이 그 밑거름으로 작용하고 있기 때문이다. 그러
나 이러한 풍속의 묘사는 서사의 진전과 개화기의 진정한 사회상
을 반영하는 데 하나의 저해 요인이 되기도 한다. 이는 김남천의
다음과 같은 평문을 통해서도 알 수 있다.

　……한씨도, 답답한 눈을 잠시 돌리고 근시 상태에서 숨을 돌릴려면
『탑』으로 갈 수밖에 없었다. 탑은 지평선보다는 높은 데 있는 전망소다.
이 작품 역시 전환기를 보족한 것으로 보아 연대기임이 분명하고, 시대
정신을 가족의 역사 속에서 찾을려고 하는 것으로 보아 가족사소설임이
분명하다. 씨는 또한 풍속도 고려하였다. **年來**의 신변세계에서 배운 삽
화식 구성과 풍속의 나열과 잡설이 적지 않아 작품의 따이나믹한 맛을
감살시켜서 추진력을 상실하였다. 연대기가족사소설의 의식을 한씨도
좀 더 투철히 가질 필요가 있지 않았을까. 가령, 이씨나 한씨가 주인공을
모두 6·7세의 소년으로 선택하였는데, 나는 이것이 년대(**年代**)에 대한
의식보다도 편의적인 생각에서 된 것처럼 느껴지는 것이다. 석림이나
우길이는 모두 작자 자신들이다. 그들은 30년대의 대표인물이기는 할지
언정 한말대의 대표인물은 되지 못한다. 작가 자신의 기억을 이용한다는
편의적인 생각과 작가 자신을 돌아본다는 회고정신에 의하여, **年代**의
정신은 명확히 형상화되는데 장애를 받고 있다. 만약 **氏等**이 이같은
편의적인 생각에서가 아니고 연대기가족사소설의 투철한 이념에서였더
라면 『탑』은 훨씬 더 인물을 정비하고, 잡설도 제거하고 풍속집이 되는
데서도 구원을 받을 것이고……44)

김남천은 『탑』에 대해 '가족사연대기소설로서의 의식이 부족하여 전환기라는 시대의 설정과 풍속, 삽화적 구성이 연대의식보다는 편의적인 생각'에서 기인한 것이라고 하면서 부정적인 평가를 보이고 있다. 이러한 평가는 한설야의 『탑』을 1930년대 말 이후 창작적 모색의 한 방편이었던 가족사소설의 연계선상에서 논의한 결과라고 할 수 있다. 김남천은 『탑』이 '세태소설보다 한 단계 위인 진정한 풍속론을 기반으로 한 가족사소설까지 이르지 못한' 것을 아쉬워하고 있는데, 이는 『탑』에서 보여주는 개화기 사회상의 제시가 과하저 함리성을 근간으로 한 리얼리티를 확보하지 못한 것에 대한 지적이라고 여겨진다.

　이는 아버지가 북청읍 선무사업 활동을 하고 의병운동이 팽배하던 이후의 상도의 성장에 대한 형상화가 미흡한 것을 통해서 확증된다. 상도가 서울로 상경하여 서모와 생활하던 시절의 학교생활 이후의 변모에 대한 부분이 바로 그것이다. 이순이의 혼사 결정에 대한 상도의 단호한 결단과 1919년 3·1운동으로 검거되기까지의 사건의 전개가 구체적인 계기 설정이 확보되지 못한 채 급진전되고 있다. 그렇지만 이러한 한계는 작품상에서 한일합방에 대한 계기성이 확보되지 않은 것에서 알 수 있듯이, 일제의 제국주의 정책이 심화되었던 당시의 현실에서 그 원인을 찾아야 할 것이다. 당시 작가들은 시대 현실의 모순을 작품상에 전면적으로 구현해낼 수 없었으므로 '연대(年代)에 대한 의식'보다는 작품 창작의 모색을 위한 하나의 방안으로 작품을 창작하였던 듯하다. 따라서 '작가의 회고 정신'을 담고 있는 자전적 소설의 특징은 필연적으로

---

44) 김남천, 「산문문학의 1년간」, 『인문평론』 제3권 1호, 1941. 1. 20~21면.

사회상을 진정으로 담보해 내는 데까지 나아가지 못하는 결과를 초래했을 것이다.

(2) 봉건 세대 박급제와 식민지적 근대화

김남천은 한설야의 『탑』에 대해 "이 작품 역시 전환기를 포착한 것으로 보아 연대기임이 분명하고, 시대정신을 가족의 역사 속에서 찾으려고 하는 것으로 보아 가족사소설임이 분명하다"[45]라고 진술한 바 있다. 김남천의 말처럼 『탑』은 전환기 함경도 지방의 지주이자 양반인 박진사 집안이 몰락하는 과정을 통해 개화기의 시대정신을 구현하고자 한 가족사소설이다.

시대적 전환기에는 구사상과 신사상이 혼류되면서 대립적인 양상을 띠게 된다. 이러한 시대정신의 대립적인 구도는 『탑』에서 구세대를 대표하는 박진사와 신세대를 대표하는 우길의 대립적인 양상으로 드러나고 있다. 한편 박진사 집안의 몰락 과정은 개화기에 일기 시작한 애국계몽운동의 일환이었던 봉건적 사회체계의 지양을 간접적으로 시사하고 있다.

『탑』에서 새로운 시대정신으로 설정된 우길과 대립적인 위치에 놓인 인물은 봉건의식을 대표하는 박진사이다. 박진사의 아버지 박급제는 좋은 가문의 사람이었으나, 매관매직을 일삼던 탐관오리였다. 또한 박급제의 아들 박진사는 개화기라는 혼란한 정세 속에서도 나름대로 가문을 유지하려고 애쓰는 봉건의식의 소유자이다. 그는 민요(民擾)로 집안이 몰락하게 되자 '후보초시제도'를 만들어

---

45) 김남천, 「산문문학의 1년간」, 『인문평론』 제3권 1호, 1941. 1. 20~21면.

가문을 다시 일으켜 세울 만큼 가문을 중시하는 인물로 설정되어
있다. 박진사의 이러한 면모는 러일전쟁 당시 그가 보여주었던 다
음과 같은 행동을 통해서도 드러난다.

> 그런데 또 어느 날 밤 동리 뒤편에 화광이 충천하였다. 그것은 두말할
> 것 없이 도망가는 아라사 병정들이 지르고 간 불이었다. 그러나 그 마을
> 은 요행 우길이네 동리에서 십리나 떠러진 동리였다.
> ······(중략)······
> 아모 일 없으니 안심하고 있으라든 아버지도 이제는 뱃심이 꺼젓는지
> 가묘를 안고 물가로 나왔다.
> 불을 끄는 것은 오직 물뿐이라고 생각한 것이오, 또 <u>다른 것은 다 태여</u>
> <u>도 가묘만은 태우지 말려는 깃이었다.</u>
> 아들이 가묘를 들고 나온 것을 보자 할머니는 더욱 가슴이 쩔렁 내려
> 앉었다. 물게를 보니 일은 그였코 졸연치 않은 모양이었다. 그는 어린애
> 들을 품에 낀 채 그 자리에 쓸어져버렸다(18면).

박진사는 다른 것은 다 그대로 두고 '가묘'만을 안고 피신한다.
이는 그가 '신분'과 '가문'을 중시하는 봉건적 의식의 소유자임을
추측하게 하는 행동이다. 박진사의 이러한 봉건적 의식은 자제들의
정혼 과정을 통해서 더욱 구체적으로 드러난다. 그는 큰아들 상무
를 '근본이 양반이요 세도도 그만하면 괜찮은 편인 최 참봉네'와
정혼시키는데, 여기에는 분명 '가산'보다도 '신분'을 더 중요한 것
으로 여기는 박진사의 봉건적 가치관이 작용하고 있다.

박진사의 봉건의식은 시대적 전환기인 개화기를 맞이하면서 변
모하게 된다. 즉 박진사가 당시 일기 시작한 신식 학교교육에 관
심을 갖게 된 것이다. 그러나 이것은 새로운 시대 조류에 대한 인
식을 토대로 한 행동이기보다는 '가문'을 유지하려는 명목의 일단

으로 보아야 할 것이다. 이는 개화기 문물의 하나인 단발동맹에 동참한 아들 우길에 대한 다음과 같은 박진사의 태도를 통해서도 알 수 있다.

> 박진사는 아이들을 불러 세우고 싸리꼬챙이로 종아리를 때렸다.
> 「이놈의 새끼. 신체발부는 수지부몬데 부모 말이 없이 함부로 머리를 깍가.」
> 하고 옛날 문자를 석거가면서 두세 개를 따린 다음 아이들이 아파서 다릿베를 문지르는 동안에 또
> 「상놈의 새끼나 중놈이라야 함부로 머리를 깍지. 양반의 새끼가 중놈의 대가릴 하고 다녀.」(172~173면)

박진사는 당시에 풍미하던 개화기 문물에 대한 이해와 시대적인 과제를 충분히 인식하지 못하고 있으며, 여전히 봉건적의식에 사로잡혀 있다.

한편 박진사 집안의 몰락과정은 1905년 을사보호조약 이후에 일기 시작한 본격적인 일제의 경제적인 침탈 계획과 이로 인해 야기되었던 민족경제의 수난상과 밀접한 관련이 있는 것으로 작가는 그리고 있다. 이러한 면모는 박진사가 구주대전 당시 이원철강을 경영하여 치부하는 과정과 개간사업을 확장하면서 몰락하게 되는 것에서 반영되고 있다.

> 상도의 아버지 박진사는 일찍부터 함경도 이원에 철광을 경영하고 있었다.
> 어떤 사람이 발견해 가지고 그것을 박아 자금을 내기로 하고 공동으로 경영하는 것이다.
> 하나 자금이 부족한 관계로 크게 채굴도 못 하고 해서 <u>이때까지는</u>

> 그러나 박은 그것이 구주대전 때문인 것을 생각하느니보다 차라리 자기의 운이 강하고 재수가 센 까닭이라고 믿었다(339면).

이원철광과 개간사업의 확장 가운데 박진사 집안은 몰락기를 맞이한다. 이러한 박진사 집안의 몰락은 식민지적 근대화의 면모로 당시 일제의 식민지수탈 정책의 징후가 간접적으로 시사되는 부분이기도 하다. 그러나 박진사는 철광을 경영하여 부를 획득하게 된 것이 단지 '자기의 운이 강하고 재수가 센 까닭'이라고 이해하고 있다. 이러한 인식은 박진사가 반(半)식민지 상태였던 조선의 경제상에 대한 올바른 인식이 결여된 데서 오는 결과로, 국가적인 차원의 인식보다는 가문의 명맥만을 고수하려는 편향된 가문의식의 귀결로 보아야 할 것이다.

박진사 집안의 몰락은 송병교라는 인물을 통해서 이루어지기도 한다. 일개 차꾼에 불과했던 송병교는 당시 경제적 침탈을 위해 온갖 이권을 획득한 일제의 자본 침탈의 그물망에서 자신의 존립 근거를 찾은 신흥 자본가 세력을 대표하며, 박진사의 몰락에 결정적인 계기를 부여하는 인물이다.

> 마침 얼마 전에 박의 친구 송병교라는 부자가 H읍에 은행을 창립하는 데 그의 권고로 박도 주주가 되었다. 송의 말은 언간한 주주일 것 같으면 앞으로 은행돈을 수이 돌려쓸 수 있다는 것이었다.
> ……(중략)……
> 송은 본시 평안도에서 유리해 온 일개 차꾼이었다. 즉 수레를 몰고

다니는 노동자였던 것이다. 하나 그는 식자는 없는 대신 돈버는 재주와
사람 다루는 수완이 있었다.

　　그래서 이 지방으로 들어오자 미련한 위인들이 양반이니 벼슬이니
하는 동안에 홀로 돈벌기에 전력하였다. 그래서 그는 어느새 소문나지
않은 부자가 되었다.

　　한데 그때는 이미 서양의 자본주의가 어두운 이 땅에까지 불어오기
시작한 때라 새 부자 송병교의 이름이 언제까지든지 그대로 뭇쳐 있을
리는 없었다(340~341면).

　　작년 겨울이래 개간 공사에 든 돈이 전부 삼만 원도 넘었다. 그 돈은
거이 전부가 송병교의 주선으로 그의 은행에서 나왔다.

　　그 대신 박진사의 은행주는 전부 송병교에게 임치되어 있었다.

　　금년 가을에 개간지 일부에서 다소의 소출이 날 것이나 그것은 불과
얼마치가 아닐 것이오, 방장 지금 공사비가 없어서 안달이었다.

　　　　　　……(중략)……

　　그리고 송병교는 전과는 태도가 달라저서 그 이상은 다시 변통하기가
어렵다고 말하였다(349~350면).

　『탑』에서 송병교는 일찍이 돈을 불리는 재주를 터득하여 은행을
설립하고 부를 축적한 인물로, 교묘히 박진사의 자본을 끌어들여
결국은 박진사를 몰락시키는 장본인으로 설정되어 있다. 그러나 송
병교의 부상과 박진사의 몰락은 일제가 경제적인 수탈 정책의 일환
으로 금융기관을 정비하던 개화기의 사회상과 긴밀한 연관이 있다.

　일본은 1906년 3월 '농공은행조례'를 발표하고 전국 주요 도시
에 농공은행을 창설하는 사업을 착수하였는데, 이 은행이 기도하는
자금 조달의 목적은 조선인민에 대한 고리대적 착취와 농촌에서의
토지 및 연료와 기타 자원의 약탈, 조선의 유통망 장악을 위한 것
이었다.[46] 조선인은 화폐 재정 정리 과정에서 많은 피해를 입었는

---

46) 최운규 · 전석남, 『근대 조선 경제의 진로(조선 근대사회 경제사)』, 아세아문화사, 2000,

데 특히 부를 축적하여 자본가로 성장할 가능성이 있던 층의 피해가 가장 컸다. 화폐 정리는 화폐 소지자의 화폐 자산을 삭감하는 형태로 진행되었을 뿐만 아니라 그 과정에서 조선인의 화폐 공황을 야기했다.[47) 개화기는 일제가 금융기관의 창설을 주도하던 때이며 이를 통해 신흥 자본가가 부상하던 시대로 송병교는 이러한 시대 흐름을 따라 부상한 새로운 신흥 자본가를 대표하는 인물이다. 따라서 박진사 집안의 몰락은 개인적인 사업 수완이나 자금운용의 부족이기보다는 일제의 식민지 경제 수탈 정책이 그 배후에 있었음을 알 수 있다.[48)

한편 송병교는 이러한 시대적인 기운을 이용하여 양반 가문인 박진사의 딸 이순과 자신의 아들의 혼사를 도모하면서 신분 상승을 꾀하게 된다. 반면 양반의 '가문'이 무엇보다 중요한 가치였던 박진사는 송병교의 자본의 위력 앞에 결국 굴복당하고 만다.

그러나 이러한 박진사 집안의 몰락 과정은 작품 전개상에서 충분한 설득력을 부여받지 못한다. 이는 1910년의 한일합방을 계기로 본격적으로 진행되었던 우리 민족의 수탈정황 등 시대적 맥락에 대한 형상화가 여실하게 그려지지 못한 데서 그 원인을 찾아볼 수 있다.

119~120면.

47) 강만길, 『한국 자본주의의 역사 - 빼앗긴 들에 서다』, 역사비평사, 2000, 84~91면.

48) 근대적 제도의 도입과 개발이 일제 침략기에 형성되었다는 특수성으로 식민지 시대 근대화의 두 가지 관점, 즉 수탈론과 근대화론이 형성되었다. 근대는 자본주의가 형성 발전되는 시기로 자본주의의 개념에는 착취를 내포하는 생산체계가 내포되어 있다. 특히 식민지하에서의 근대화는 이러한 악탈적 성격은 불가피하다고 생각된다. 본고에서는 '식민지적 근대화'를 수탈론과 근대화론을 포용하되 사회본질의 모순에 가까운 수탈론적 관점에 주목하였다(조석곤, 「수탈론과 근대화론을 넘어서 - 식민지시대의 재인식」, 『창작과비평』, 96, 1997. 6, 355~358면; 신용하, 「'식민지 근대화론' 재정립 시도에 대한 비판」, 『창작과비평』 98, 1997. 12, 8~9면; 김동노, 「식민지 시대의 근대적 수탈과 수탈을 통한 근대화」, 『창작과비평』 99, 1998. 3, 112~116면).

3) 애국계몽의식의 형성과 성장의 연대기

(1) 우길의 가족사적 체험과 성장

『탑』에서 시대적 전환기에 처한 박진사 집안의 가족사는 개화기에 유입된 서구 자본주의의 물결에 의한 봉건적 세대의 하강과 아울러 개화기의 새로운 세대가 부상하는 과정을 통해 반영되고 있다. 무엇보다 주목해야 할 부분은『탑』에서 박진사 집안의 가족사가 소년 우길의 시각을 통해 형상화되고 있다는 점이다. 러일전쟁(1904~1905)이 끝나는 시점에서 우길의 나이는 여섯 살이다. 소년 우길은 작품 처음부터 개화기 세대를 대표하는 새로운 인물형으로 설정되어 있는데, 이는 개화기 당시 풍미하던 신문물에 대한 다음과 같은 우길의 시각을 통해서도 엿볼 수 있다.

> 맨 아레묵에 앉은 손님은 서울서 왔다는데 키가 크고 감안 양복을 입었다. 양복 입은 사람은 이미 본 일이 있으나 이 서울 손님의 양복은 그가 보던 것과는 판판결 달르다.
> 첫재 저고리가 앞섭이 없고 뒤가 제비꼬리 같이 길죽하다. 한번 할머니더러 양복저고리는 엉덩이까지 내려덥혔더라고 이야기하니까 할머니가 그거 뒤볼 때 똥이 묻겠다 온 지각없는 되놈들이라구는 하고 튀튀 침뱉는 시늉을 했는데, 저 서울 손님은 뒤볼 때 어쩌나 하고 우길은 혼자 생각하였다.
> 그러나 그 양복바지는 히슥히슥한 줄이 있고 뺏뺏해서 보기 좋다
> (79~80면).

이와 같이 개화기 신문물인 단발과 양복에 대한 세부묘사는 소년 우길의 시각을 통하여 형상화되고 있다. 이로 미루어 보아 소

년 우길은 아버지 박진사의 봉건의식을 비판하기 위해 예비된 인물임을 알 수 있다. 그러나 이러한 '반(反)봉건의식'을 구현하기 위한 장치가 소년 우길의 시각을 통해 이루어진다는 점은 작품 내에서 일정한 한계를 노정하게 된다. 즉 개화기의 시대적인 과제가 근대적인 의식이 완전히 성장하지 못한 여섯 살배기 소년의 시각으로 반영되고 있어, 애국계몽운동의 일환으로서의 개화의식이라는 진정한 시대적인 의미를 담아 내지 못하고 막연한 감상에 머물게 한다. 이는 소년 우길이 단발을 감행하는 과정에서도 드러나고 있다.

이 지방에서는 억시 이 동리가 제일 완고하였든 것이다.
양반이니 벼슬앗치니 하는 따위 고집쟁이가 다른 동리보다 특히 많았고 또 이들은 문명이니 개화니 하는 일에 대해서 냉담하였기 때문이다.
……(중략)……
그러니 일이 쉽사리 될 턱이 업다하나 소패들은 정작 망할 것은 세상이 아니라 그들 딱쇠와 고집불통의 늙은이들이라고 생각하였다. 그리하야 내처 악심과 욕설이 절로 나갔다. 그리고 욕지거리하던 남아에 학무시찰의 연설조를 따라서,
「완고 야만은 씨없이 멸망하고 만다.」
……(중략)……
아버지는 어째 집 뒤에 있는 자기 집 넓은 공터에다가 어서 커다란 학교를 지어주지 않는가
……(중략)……
소패들의 불만은 점점 더 싸이고 또 뜨이기 시작한 눈은 날로 더 뜨여서 그들은 버쩍 몸이 달았다. 무엇이든지 저질르지 않고는 백이지 못할 지경이었다.
그래서 소패들이 처음으로 궁리해 낸 것이 우선 자기들의 머리부터 까가던지리라는 그것이었다(165~166면).

위 인용문은 아버지가 신식 학교를 설립하지 않은 것을 불만스

럽게 생각한 소년 우길이의 모습과 완고한 봉건의식에 대항하여 단발을 감행하는 소패들의 모습이 드러나 있다. 소년 우길이 단발을 결심하는 과정이 학무시찰의 외관과 연설을 통해서 이루어지고 있는데, 이는 진정한 시대적 과제로서의 계몽의식이 형성되는 계기로는 미약하다. 즉 개화를 지향하는 바의 의미가 우길의 새로운 것에 대한 호기심과 개화에 대한 막연한 동경으로 그려지고 있음은 개화 당시의 시대적 과제 중 하나였던 애국계몽운동의 일환으로 성장하는 계기를 확보하기에는 미흡한 감이 있다.

작품상에서 우길의 '반봉건의식'이 성장하는 계기는 노비 게섬을 통해서 반영된다. 갑오경장(1985) 이후 신분제가 철폐됨으로 인해 봉건제도의 한 산물이었던 노비가 제도상으로 사라지게 되는데, 이러한 노비제의 폐지는 신분제를 바탕으로 성립된 중세 봉건사회의 해체를 의미하기 때문에 역사적으로 큰 의미가 있는 것이었다.[49] 그러나 당시는 북도에서뿐만 아니라 도처에 봉건제도의 잔재인 종의 제도가 여전히 남아 있었다. 그러나 소년 우길은 노비라는 신분적인 의미를 별반 중요하게 생각하지 않는다. 소년 우길은 귀순이와 게섬을 구별할 줄도 모르며, 집안 식구들이 게섬이를 천대해도 우길만은 게섬을 즐거운 놀이친구로만 생각한다. 작품상에서 그려지는 게섬에 대한 우길의 설정은 한설야가 소년 우길을 전환기의 진정한 시대정신을 담지한 인물로 성장할 가능성을 예비한 것이라고 보아야 할 것이다. 이러한 소년 우길의 선진적 의식의 단초는 노비 게섬의 죽음을 통해 자각의 계기를 부여받게 된다.

---

49) 전형택, 「노비의 저항과 해방」, 『우리 역사의 7가지 풍경』, 역사문제연구소 편, 역사비평사, 1999, 125면.

「아아 주검!」

하는 소리가 정녕 그의 머리에 울려 왔다.

우길은 다시 두 번 그것을 드려다볼 용기가 없었다. 또 볼 필요도 없었다. 더 보지 않아도 어두운 밤에 햇불 같이 머리에 환하다.

그가 세상에 나서 이제껏 본 것 가운데에는 이 광경처럼 똑똑히 눈에 밟히는 것은 다시없을 것이다. 아무리 하여도 그 그림자를 머리에서 지울 수는 없었다.

……(중략)……

그러나 결코 슬픈 것 같지는 않았다. 슬프다니보다 차라리 무섭고 분하고 절통하다고 할까 도도지 형언할 수 없는 마음이었다(311면).

『탑』에서 노비 게섬은 식구들에게 천대를 받으며 외로운 일상을 보내지만 상제 능룡이와 연정을 맺으면서 새로운 인생을 꿈꾼다. 그러나 게섬이 임신한 사실을 알게 된 능룡이 도주하면서 비극적 최후를 맞이하게 된다. 특히 한설야는 노비 게섬의 설정과 최후의 모습을 우길의 시각을 통해 보여주면서 봉건사회의 신분제도가 초래하는 모순을 한층 부각시키고 있다. 이는 개화기 세대인 소년 우길의 의식 성장과 긴밀한 연관이 있는 것으로 이해된다. 또한 게섬의 죽음을 통해 발현된 우길의 반봉건의식은 이후 동생 이순의 결혼 문제에 적극적으로 항거하는 계기를 마련해 주기도 한다.

누이동생 이순이가 비록 공부는 못했을망정 아모리 한들 오늘의 청년으로 학교도 못 구경한 그 따위 팔불용을 두고 송병교란 자가 어떻게 혼담을 꺼내는가.

또는 이준호는 정순의 아버지거늘 정순의 아버지답지 못하게 그런 시시껄렁한 심부름이나 해 먹어야 옳은가. 그리고 종시 정순의 말은 제게 비치지도 않고…….

그 담 아버지는 또 어떤가. 어째 이준호의 앞에서 송병교를 대성질호하지 못하고 그저 물에 물탄 것 같은 미적지근한 소리로 어무려 버렸을까.

누나 귀순이를 열세 살에 준 회심이 있다면 인제 겨우 열 네 살이
되는 이순이를 두고 이러니저러니 하는 놈 따위를 그대로 두고 있을까.
귀여운 딸을 물어 가려는 그 이리 같은 놈들을 그대로 내버려두어야
할까. 상도는 생각하면 생각할수록 분하였다(359~360면).

작품 후반부에서 박진사는 개간 공사비 부족으로 파산의 위험에
처하자 딸 이순이를 송병교와 혼인시키려고 한다. 그러자 어엿한
청년으로 성장한 상도는 부친의 그러한 처사에 대해 반감을 갖는
다. 서울에 유학 중이던 상도는 특히 근대 사조가 유입된 시대에
'오늘의 청년으로 학교도 못 구경한 팔불용'인 송병교의 자제와 결
혼시키려는 것은 부당하다고 여겨 귀향하게 된다. 상도의 이러한
의식의 성장은 유년 시절 계섬과 관련된 가족사적 체험과도 깊은
관련이 있다. 이는 이순과 경성으로 도주하는 상도의 다음과 같은
회상을 통해 짐작할 수 있다.

> <u>상도는 이때부터 더욱 호강하는 사람을 경멸하고 근로하는 사람이 신성
> 하다는 막연하나마 한 개의 신념을 가지게 되었다. 그것은 그가 일찍이
> 계섬이와 그의 주검을 가장 불쌍히 생각하는 그 생각과 또는 권세 없는
> 백성들을 혹민해서 세도하던 아버지에게 대한 막연한 반감 속에서 상도
> 자신도 모르게 자라난 생각이었다.</u>
> 남을 속이지 않고 그 대신 힘없는 사람들을 도와주는 것이 가장 거룩
> 하다고 그는 생각하였다.
> (신문연재 155회, 사랑 (16), 1941. 2. 11.
단행본에 게재되지 않은 부분이다.)

상도는 이순과 도주하면서 "일찍이 계섬이와 그의 주검을 가장
불쌍히 생각하는 생각과 권세 없는 백성들을 혹민해서 세도하는
아버지에 대한 반감"을 떠올린다. 이로써 상도가 이순과 도주하는

적극적인 행동까지 감행한 것은 계섬의 죽음과 아버지 박진사의 봉건적 의식에 대한 반감 때문임을 미루어 짐작할 수 있다. 특히 상도는 '호강하는 사람을 경멸하고 근로하는 사람이 신성하다는 신념'까지 갖게 되는 의식의 성장을 보이고 있다.

이러한 상도의 의식 성장은 모종의 검거사건으로 이어지고는 있다. 『매일신보』 연재 당시 S경찰서 고등계로 면회 온 아버지와 상도가 상면한 것이 '삼월보름께'50)인 것으로 보아, 모종의 검거사건은 '3·1운동'으로 인한 검거임을 추측할 수 있다. 그러나 상도의 검거사건은 1910년 한일합방 이후 애국계몽운동의 일환으로 성장힌 구국회복운농의 사회상이 구체적으로 그려지지 못한 상태에서 사건이 급진전되고 있어 진정한 근로의식으로의 성장을 담보해 내지는 못하고 있다. 결국 우길은 S경찰서 고등계로 면회를 온 아버지 박진사와 부자지연을 끊는 것으로써 봉건의식과 전면적으로 대치하기에 이른다.

(2) 의병운동과 개화 세대의 가능성

『탑』에서 상도의 애국계몽운동으로서의 성장 가능성은 당시 1907년 군대 해산 이후에 확산되고 있던 의병운동을 통해 담보되고 있다. 단행본에는 게재되어 있지 않지만 『매일신보』 연재 당시 신문에 게재된 부분은 의병운동이 서민층으로까지 확산되기 시작한 시

---

50) 「상도와 그의 아버지가 다시 대면한 것은 삼월 보름께 S경찰서 보호실에서였다.」 이 부분은 『매일신보』 사랑(18) 157회, 1941. 2. 14에 게재되었으나 한설야는 156회 1941. 2. 13 일자에 수록되어야 할 것을 157회에 수록하였다고 정정하고 있는 것으로 보아 이 회분은 마지막 회분인 157가 아니라 156회, 즉 1941년 2월 13일자에 실려야 할 부분임을 알 수 있다. 마지막 회분에는 아버지와 상도가 결별하는 부분이 실려 있다.

대적인 계기에 대해 비교적 구체적으로 서술하고 있다.

> 그해 여름에 서울훈련소에서 군대를 해산하고 뒤미처 팔도 칠개소에
> 배치되어 있는 진위대도 모조리 해산하였다.
> 북도에 들어서는 북청(北靑) 진위 제 팔대대가 있었는데 그 해산식은
> 그해 팔월 이십육일이었다.
> 이것은 당시의 이등통감이 극동의 평화를 위해서 한 일이었으나 그러
> 나 일부의 반대를 면치 못했다.
> 그런데 때마침 업친데 덥치기로 해아밀사사건이 생겨서 세월은 더욱
> 소란하게 되었다.
> 그런 중 해산된 군대들은 졸지에 직업을 잃고 할바를 몰라서 은근히
> 불평을 품고 산간으로 들어갔다.
> 한데 그때 산간에까지 일진회가 들어가서 정세가 급하지는데따라 그
> 때 서리에 백성들이 여간 비비닥기지 않았다.
> 그리고 또 그해 구월에 위에서 총포화약품단속법을 발포하여 짐승을
> 잡아먹고 살던 포수들이 일조에 직업을 잃게 되었다.
> 그리하여 이들의 불평은 어언간 서로 통정되고 따라서 손이 마주 얼러
> 졌다.
> 그들은 첫째 일진회를 때려부셔야 한다고 ×벼르고 있었다.
> 그들의 수효는 물론 많지 못하였다. 그러나 막다른 골목에든 강아지
> 범을 문다고 그렇게 내버려두기도 난처하였다.
> 또 그렇다고 맞불을 놓아서 세상을 다시 소란케 하기도 난중한 일이었다.
> (신문연재 65회, 아버지 (2), 1940. 10. 23. 단행본에 게재되지 않은
> 부분이다.)

이등통감이 극동의 평화를 위한다는 명분으로 1907년 강제적으로 군대를 해산하고 난 이후의 시대 정세를 비교적 소상히 서술하고 있음을 알 수 있는 대목이다. 아울러 당시 일제의 주구였던 일진회의 횡포 등이 일제 정책에 한몫을 하고 있었음을 간접적으로 시사하고 있음이 주목된다.

한편 작가는 당시 함경북도에서 맹활약을 하던 산포수 출신 홍범도 장군의 의병 투쟁 과정을 사실적으로 그려내고 있다.

> 그들의 대장은 홍범도라는 사람이었다. 홍범도는 차도선이가 휩쓸고 지나간 삼수갑산(山水甲山)에서 사오백명의 일당을 모아가지고 그 성세가 날로 뻗치기 시작하였다. 그러자 일단 귀순하였던 차도선의 부하도 몰래 도피하여 홍범도에게로 갔다. 당시 홍범도의 소문은 충천할 듯이 굉장하였다.
> ……(중략)……
> 그리하야 그들은 다시 전보다도 더 대판으로 폭동을 이르켰다.
> ……(중략)……
> 그러자 북청수비대에서도 단단히 잡두리를 차렸다.
> ……(중략)……
> 그리하야 토벌대는 사방으로 처들어가서 도처마다 접전이 벌어졌다. 홍범도의 부하는 연심 수가 줄어들었으나 정작 궁지에 몰아너어야 할 홍범도는 일이 그름을 보자 부하 얼마를 휘동해가지고 장진군으로 삐저 얼마를 숨어 있다가 그 뒤에 노령으로 도피해버렸다. 그러자 차도선의 일당도 점점 기세가 죽어저서 기연미연에 없어져 버리고 차도선만은 압록강을 건너서 만주로 도망해 버렸다.
> 그 뒤에도 각지에서 조그마씩한 소동이 일어났으나 그것은 홍범도나 차도선이 난리에 비길 것은 아니었다.
> 그러나 차차 때가 흘러가고 시세 돌아가는 것을 보자 그들도 량민으로 변하여 산간벽지에 들어가서 아닌 보살하고 농사를 지어먹으며 살아갔다(180～181면).

홍범도는 우리 민족해방사, 특히 항일무장 투쟁사에서 큰 비중을 차지하는 대표적 인물로[51] 차도선과 함께 함경도 지역의 의병 무장 투쟁에서 맹활약을 하였다. 함경도 지방에서는 항일의병 투쟁이 1904년 러일전쟁이 한창이던 때부터 시작되었으나, 본격적으로

---

51) 장세윤, 「홍범도 - 초기 항일 무장 투쟁의 명장」, 『역사비평』 20, 1993, 봄, 329면.

홍범도가 활동하던 시기는 1907년 이후부터라고 할 수 있다.

1907년부터 일제는 삼수갑산 지방에 삼림도벌을 주관하는 목재창을 설치하고 산림의 도벌과 반출을 본격적으로 감행하기 시작한다. 특히 서울에 군대를 해산시킨 이후 북청진위대의 해산과 '총포 및 화약류 단속법'을 강제로 시행하였다.[52] 당시 산포수로 생계를 연명하고 있던 함경도 지방에서는 매우 타격이 컸다. 이에 분개한 홍범도는 산포수들을 설득하여 의병 부대를 조직하게 된다. 홍범도는 차도선과 함께 포수들을 공동으로 지휘하였다.[53] 홍범도의 의병 부대는 매우 신출귀몰하여 일본의 토벌대는 의병 부대와 민중이 접촉하는 것을 차단하는 등 포위 작전을 강화하는 한편 의병들의 귀순 공작을 대대적으로 벌이게 된다. 굶주림에 시달린 의병 가족들이 동요를 하기 시작하면서 민중들과 의병들도 결속력이 무너지기 시작하였다. 이 과정에서 홍범도와 함께 지휘하던 차도선은 일제의 공작에 넘어가게 된다. 그러나 홍범도는 남아 있는 산포수들을 궐기시켜 의병부대를 재편성하고 삼수, 갑산, 풍산 등의 산간 지대뿐만 아니라, 이원단천 등 해안지대까지 활동의 범위를 넓혀 갔다. 한편 일제는 홍범도를 귀순시키려는 공작을 계속 추진하지만, 귀순 공작대는 오히려 홍범도의 처형을 받게 된다. 그러나 1909년 일제의 압박이 갈수록 강화되면서 일본군 수비대의 그물망이 철벽처럼 둘러쳐지게 되자 국내에서는 더이상 의병활동이 불가능해지고 만다. 결국 홍범도와 차도선은 1910년 초에 국경을 넘게 된다.[54]

---

52) 신용하, 『한국 근대 민족운동사 연구』, 일조각, 1988, 83~84면.
53) 장세윤, 『홍범도의 생애와 독립 전쟁』, 독립기념관 한국독립운동사 연구소, 1997, 59~64면.
54) 신용하, 「머슴 출신 독립군 사령관 홍범도」, 『근대 한국과 한국인』, 한길사, 1985,

이와 같이 한설야는 작품을 통해 최초의 평민출신 의병 대장이었던 홍범도[55]의 의병 행적을 담고 있다. 한설야가 평민 의병장이었던 홍범도의 의병 행적을 이처럼 구체적으로 제시하는 것은 그의 계급적인 지향의 한 면모를 보여주는 동시에, 그가 애초에 의도했던 대로 일제의 침략적인 면모를 비판하고자 하는 숨은 의도가 있었던 것이라고 사료된다.

당시 일제는 선무사업을 통해 의병들을 귀순시키기 위한 공작을 추진하고 있었는데 이러한 면모는 차도선의 귀순 과정을 통해서도 반영되고 있다. 선무사업으로 선출된 사람들은 대개가 조선인이었음은 당시 일제가 합방을 실현하기 위한 여론 조작과 매수공작을 위해 일진회 및 여러 단체를 친일화하여 이용하였던 것을 반영하는 것이다.[56] 그러나 한설야는 작품상에서 선무사업에 종사하던 우길의 아버지에 대해서는 그 논점을 정확하게 드러내지 않고 있다. 더욱이 최문환의 난을 평정한 이제마에 대한 박진사의 긍정적인 의미 부여는 개화기 당시 활발히 진행되던 구국회복운동의 의미를 부여하는 데 일정한 한계점을 남기고 있다. 이는 물론 당시 삼엄했던 일제의 검열을 피하기 위한 것이라고 생각된다. 의병 활동에 대해 '폭도'[57]라고 명명한 것을 통해서도 짐작할 수 있거니

168~173면: 신용하, 「홍범도 의병 부대의 항일무장 투쟁」, 『한국 근대 민족운동사 연구』, 일조각, 1988, 87~96면: 이은직, 「용맹한 의병 대장 홍범도」, 『한국사 명인전』 3, 정홍준 역, 일빛, 1989, 294~296면.

55) 야마베 겐따로, 『한일 합병사』, 안병무 역, 범우사, 1982, 254~256면.

56) 대표적인 친일단체인 일진회는 일본 군부의 지시에 따라 손병준에 의해 만들어진 것으로 노일전쟁이 한창이던 1904년 10월 이등박문을 통해 양육되었다. 일진회의 활동은 노일전쟁 중인 일본군의 군사 활동을 뒷받침하는 염탐과 군수품 수송 등을 담당했다. 이후에도 일제는 배일단체도 친일적 단체로 만들어 한일합방을 위해 이용했다(강동진, 『일제의 한국 침략 정책사』, 한길사, 1980, 133~135면).

57) '폭도'라는 명명은 일제가 강점하던 시기이므로 일반적인 통칭어로 사용되고 있었던 듯하다.

와, '폭도'라는 명명이 일반적인 통칭어로 되어 있었던 당시에 한설야가 신문연재를 통해 굳이 '의병'이라고 쓴 것을 보면,[58] 작가가 당시 애국계몽운동으로서 의병운동에 대해서 반제의식을 기반으로 하고 있었음을 알 수 있다. 따라서 작가 한설야가 일제의 제국주의 정책이 본격화되었던 암흑기에 항일의병 투쟁의 면모를 작품을 통해 구현하였다는 것은 그 의의가 자못 크다.

또한 이러한 항일의병 투쟁의 형상화는 상도가 모종의 사건, 즉 '3·1운동'으로 검거되면서 아버지와 정면적으로 대립되는 작품 결미로 연계되어 가는 것은, 당시 개화기의 시대적인 과제였던 반제의식과 애국계몽운동이 구국회복운동으로 진전되어 가는 면모를 보여주는 것으로, 그 시사하는 바가 크다.

4) 담론의 구성과 초점화자

한설야의 『탑』은 1940년 8월 1일부터 1941년 2월 14일까지 『매일신보』에 제157회 연재되다가 이듬해 매일신보사 출판부를 통해 단행본으로 출간된 가족사소설이다. 한설야는 애초에 『탑』을 3부작으로 구상하였으나 일제 말의 식민지적 상황으로 말미암아 미완으로 그치고 말았다. 월북한 이후『탑』1부를 재판하고 『탑』 2부인 『열

이는 한국 군대 해산에 대한 경위를 싣고 있는 『조선폭도토벌지』(조선주둔군사령부 편)에 의하면 짐작이 가는 바다(야마베 겐따로, 앞의 책, 245면).

58) 「그 사실 북청 이북 산간 지역에서는 <u>의병</u>이라는 것이 들어차서」(신문연재 64회 아버지(1) 1940. 10. 22.) 「<u>의병이라고 불려지는</u> 폭도 삼백명은 차도선이라는 사람을 대장으로 하여 일진회원을 참살하고」(신문연재 65회 아버지(2) 1940. 10. 23. 밑줄-인용자) 이를 통해서 작가가 연재할 당시에는 단행본과 다르게 '폭도'가 아닌 '의병'으로 쓰고 있음을 알 수 있다.

풍』을 창작하였다고 한다. 『열풍』은 북에서 출판될 가능성이 있으나 1958년 9월 『조선문학』지에 수록된 마지막 회분만을 확인할 수 있었다. 따라서 본고에서는 『매일신보』와 매일신보사 출판부에서 단행본으로 출간한 『탑』 1부만을 텍스트로 삼고자 한다.

『탑』 1부는 한설야가 외국 탈출을 목적으로 북경에 갔으나 활로를 찾지 못하고 돌아와 창작·발표한 작품으로 러일전쟁(1904~ 1905) 직후부터 1919년 3·1운동 시기까지를 시간적인 배경으로, 함경도 양반 가문인 박진사 집안의 흥망성쇠의 내력을 그린 자전적 경향이 짙은 가족사소설이다.

『탑』의 전체 이야기의 시간은 러일전쟁(1904~1905) 직후부터 1919년 3·1운동까지로 약 20년간을 시간적 배경으로 하고 있으며, 사건의 배열 방식은 가족사적 사건을 연대기적 시간의 순서에 의해 제시하되 시간 늘이기에 의한 '연장'과 시간 줄이기에 의한 '요약'의 방식을 교차하여 구성하고 있다. 서사담론의 구성 방식은 초점화 대상인 함경도 양반 가문인 박진사 집안의 가족사를 중심으로 인물 및 세대별, 개화기 사회 풍속을 중심으로 형성된다. 시간적 배경은 구체적으로 제시되기보다는, 가족사의 변화와 개화기 사회 풍속을 통해 형성된 담론을 가지고 사회적 변화의 국면을 간접적으로 제시하는 방법을 택하고 있다.

이러한 연대기적 시간 구성이 서사적 텍스트의 담론에 의해 플롯화된 양상을 구체적으로 살펴보면 다음과 같다.

(1) 담론의 구성

ㄱ. 서사적 구조

① 『탑』의 연대기적 시간: 러일전쟁 직후~1919년 3·1운동 시기까지

> 1. 러일전쟁(1904~1905) 직후 – 수상 피난길에서 귀향하는 박진사
>   집안의 내력: 외적 초점화, 소급제시 및 요약, 장면 및 연장

관북지방 박가촌의 양반 가문인 박진사 집안은 청상과부가 된 할머니가 시숙 박급제의 둘째 아들인 박진사를 양자로 삼으면서 이루어진다. 박진사 집안은 박급제의 뇌물수수 혐의와 민요로 집안이 몰락하였으나 박진사가 후보초시제도를 틈타 다시 집안을 일으켜 세운다.

박진사 집안에는 부친 세대로 봉건적 사고를 대표하는 부친과 할머니가 있으며, 아들 세대로는 수길, 우길, 귀순, 이순이 있다. 그밖에 방계 가족으로는 노비 계섬과 능룡이 있다.

『탑』은 아들 세대인 우길을 초점화자로 하여 러일전쟁 때문에 수상으로 피신해 있던 박진사 집안이 귀향하는 시기부터 그려진다.

> 2. 개화 풍물의 체험 및 계섬에 대한 생각: 외적 초점화 및 내적 초점화,
>   장면 및 연장

부친 박진사와 읍내 구경을 간 소년 우길의 개화 풍물 체험을 초점화 국면으로 하고 있다. 개화 풍물은 '외적 초점화'에 의거하여 구현되며, 개화 풍물을 체험한 소년 우길의 내면적 심리묘사를

통해 개화의식이 형성되는 단초는 '내적 초점화'에 의거하여 반영된다. 특히 양복 입고 머리 깎은 정국장의 모습과 대비적으로 머리 깎지 않은 부친에 대한 우길의 생각은 부친과 우길의 대립적인 구도를 암시한다.

3. 결혼 풍속과 봉건적 계급의 모순: 외적 초점화 및 내적 초점화
　　형 수길(상무)의 혼사와 결혼 풍속: 외적 초점화, 장면 및 연장
　　여종 게섬의 심경: 내적 초점화, 심리적 국면, 연장

결혼 풍속의 절차는 '외적 초점화'를 통해서 구현되며, 노비 게섬의 심경묘사를 통해 '심리적 국면'이 부각되어 계급적 차별에 대한 봉건적 사회상이 간접적으로 제시되고 있다. 특히 이러한 결혼 풍속과 연계된 게섬의 내면묘사는 서사적 텍스트의 규범으로 설정된 우길의 '관념적 국면'인 반봉건의식의 형성 과정에 있어서도 중요한 계기점을 마련하는 것이다.

4. 명절 풍속과 러일전쟁의 환영: 외적 초점화 및 내적 초점화
　　달마지기, 경사굿, 불쌈 등의 보름 명절 풍속: 장면 및 연장
　　불쌈놀이와 러일전쟁의 기억: 내적 초점화, 소급제시 및 연장
　　봄나물 캐러 가는 계월과 우길: 외적 초점화, 장면

명절 풍속의 묘사와 봄날의 정취가 초점화 대상이다. 명절 풍속과 봄나물 캐러 가는 정경은 '외적 초점화'를 통해 그려진다. 명절 풍속 가운데 불쌈놀이를 통해서 러일전쟁의 환영을 떠올리는 할머니의 내면적 심리와 노비 게섬의 외로운 심리는 '내적 초점화'를 통해 반영되고 있다.

5. 개화기 교육 풍속: 외적 초점화 및 내적 초점화
    명치 39년의 교육 개혁과 마을의 변화: 외적 초점화, 요약
    학무시찰의 방문과 단발동맹: 외적 초점화, 장면 및 연장
    우길의 단발 감행: 내적 초점화

개화기의 변화가 학교제도의 변화를 통해 반영된다. 특히 근대적 학교를 통해 시행되었던 단발동맹의 면모는 '외적 초점화'를 통해서, 우길의 단발 감행과 그 계기 설정은 미약하나마 '내적 초점화'를 통해서 그려진다.

6. 함경도 지역의 사회 풍속: 외적 초점화
    평민 출신 의병장 차도선과 홍범도의 의병 활동: 외적 초점화, 요약
    선무사업과 박진사의 도주: 외적 초점화, 장면 및 연장

박진사의 선무사업과 함경도 지역 의병운동의 사회상이 '외적 초점화'를 통해서 그려진다. 박진사의 선무사업은 '외적 초점화'를 통해서 구체적으로 그려지는 반면, 평민 출신 의병장의 활동은 '요약'적으로 제시되고 있다. 그러나 '요약'의 형태를 취하고 있음에도 비교적 상세하게 반영되고 있다.

7. 노비 게섬의 사랑과 우길의 자각
    노비 게섬과 능룡(상제)의 이야기: 외적 초점화, 소급제시, 장면 및 요약
    수상에서 온 능룡과 게섬이 집안식구들에게 발각되면서 이별: 요약 및 장면
    산후풍으로 죽음을 맞이하는 게섬: 장면 및 연장
    귀순의 정혼과 결혼 후 부친의 행적: 장면 및 연장
    H읍 고보에 입학한 우길의 자각: 내적 초점화, 심리적 국면, 연장

노비 게섬과 능룡의 사랑 이야기가 초점화 대상이다. 게섬이 임신한 사실을 알게 된 이후 능룡이 떠나면서 노비 게섬이 죽음에 이르는 과정이 '장면 및 연장'에 의해 구체적으로 그려지고 있다. 특히 노비 게섬의 죽음과 그로 인한 소년 우길의 분노감은 '내적 초점화'로 상세하게 반영된다.

8. 우길의 서울 유학 생활: 외적 초점화 및 내적 초점화
   경성고보 입학 후 우길의 학창 시절과 우길의 정순에 대한 연장 장면 및 연장
   학교 공부보다는 영화에 매료된 우길: 요약 및 장면

서울에서 유학 생활을 하게 된 우길이 초점화 대상이다. 정순에 대한 연정은 비교적 '장면'과 '연장'에 의해 상세하게 그려지는 반면, 공부보다는 영화에 매료되었던 사실들은 '요약' '장면'으로 간단하게 처리되고 있다.

9. 근대적 자본의 유입과 박진사 집안의 몰락: 외적 초점화 및 내적 초점화
   근대적 자본가로서의 변모한 부친과 몰락의 징후: 요약 및 장면

철강업과 개간사업 등으로 번창했던 박진사가 융자 문제로 가세가 기울면서 몰락의 징후를 맞이하게 되는 과정은 간단하게 '요약'으로 제시되며, 이순과 송병교의 혼사를 통해 몰락을 모면하고자 하는 박진사의 계획은 '장면'을 통해 반영되고 있다.

10. 박진사 집안의 파산 위기와 상도의 서울 생활: 외적 초점화 및 내적 초점화

박진사의 귀향과 상도의 가정교사 생활: 요약
상도의 정순에 대한 연애 감정(창수 - 정순 - 상도): 심리적 국면, 장면
및 연장

집안의 몰락으로 인한 상도의 생활적 변모는 '요약'으로 제시되며, 상도의 정순에 대한 연애 감정은 '내적 초점화'에 의해 상세하게 그려지고 있다.

11. 상도와 박진사의 대립적 국면: 외적 초점화
이순의 혼사 성사로 개간공사의 재기: 요약
상도와 이순과의 도주 (단행본 말미): 장면 및 연장
모종의 사건으로 검거 당한 상도와 부친의 대립 : 요약 및 장면

매일신보사 출판부에서는, 이순의 혼사 성사로 개간공사가 재기되고 이를 알게 된 상도는 귀향하여 이순과 도주하게 되는 것으로 끝맺게 된다. 이 부분은 상도의 의식 성장이 엿보이는 부분으로 '내적 초점화'와 '장면 및 연장'에 의해 반영된다. 『매일신보』 연재본에서는 모종의 사건으로 검거당한 상도와 부친이 대면하는 과정까지 그려진다. 상도가 검거되기까지의 과정은 '요약'에 의해, 부친과 대면하는 부분은 '장면'에 의해 상세하게 그려진다.

② 사건의 배열 방식

요약: 박진사 집안의 형성 및 집안의 배경, 러일전쟁과 1919년 3
·1운동
연장: 게섬에 관한 담론, 개화기 사회 풍속에 관한 담론
함경도 지역의 의병 활동, 상무의 혼인 풍속, 명절 풍속(달마지기, 경사굿, 불쌈), 교육 풍속(학무시찰 및 단발령) 등

서사적 텍스트에서 사건의 배열 방식을 살펴보면, 박진사 집안의 내력과 러일전쟁 등 역사적인 주요 국면에 대한 서술은 '요약'의 방식에 의해 제시되고 있으며, 특히 중요한 역사적인 국면인 한일합방과 1919년 3·1운동에 대한 재현은 '생략'되어 있다. 그러나 이러한 시간의 축약들 사이에 당대의 사회 풍속인 근대 학교의 풍속과 선무사업 및 함경도 지역 의병운동의 사회상이 비교적 상세히 재현되고 있다.

ㄴ. 인물 및 세대별 담론의 구성

　　　1대　박진사 세대 − 빅진사,
　　　2대　아들 세대 − 수길(상무), 우길(상도), 귀순, 이순
　　　할머니, 모친
　　　방계 가족으로는 노비 게섬, 민능룡 등이 있으며 그 밖에 송병교, 정순,
　　　창수 등이 있다.

　『탑』에서는 부친 박진사와 아들 우길을 중심으로 담론이 형성된다. 봉건적 세대인 부친 박진사를 중심으로 형성된 담론으로는 박진사 집안의 형성 및 내력, 북청읍 선무사업과 의병운동 축출, 근대적 자본가로서의 변모, 혼사에 관한 담론 등이 있다. 부친 박진사는 함경도 양반 집안 출신으로, 시대적인 전환기인 개화기 속에서도 여전히 봉건적 의식을 고수하고 있는 인물이다. 결국 철광사업과 개간사업을 확장하는 과정에서 송병교에 의해 집안이 몰락하는 위기에 처하게 된다. 기울어가는 집안을 일으키기 위해 송병교의 자제와 자신의 딸 이순을 혼사하기로 결심하는데, 이 과정에서 개화기 세대를 대표하는 우길의 의식과 대립적인 위치에 서게 된다.

　개화기 세대 우길을 중심으로 형성된 담론은 노비 게섬 이야기,

정순에 대한 연애 감정, 이순과의 도주 등이다. 우길은 작품 초반부터 근대의식을 지향하는 개화기 세대를 대표하는 인물로 설정되어 있다. 형 수길이 소극적이고 수용적인 성격인 반면 우길은 적극적이고 활달한 성격의 소유자로 개화기 풍물에 대해서도 긍정적인 시각을 소유하고 있다. 특히 근대적인 학교제도를 통해 시행되고 있던 단발 감행에 앞장서는 한편 집안 식구들에게 천대받던 노비 게섬에 대해서도 비하의 감정을 보이지 않는다. 유년 시절의 이러한 의식의 면모는 노비 게섬이 죽고 봉건제도의 모순과 참된 근로의식을 인식하게 되면서 동생 이순의 강제적인 정혼 처사에 대해 적극적인 행동을 보이게 된다. 결국 이순과 도주한 이후 1919년의 범국민적 애국계몽운동에 가담하여 수감되기에 이른다.

ㄷ. 개화기 사회 풍속과 관련된 담론

『탑』에서는 사회적 변화의 국면이 풍속묘사를 통해 간접적으로 반영되고 있다. 결혼 풍속은 함경도 지역의 결혼 예식인 들메의 절차를 비교적 상세히 반영하고 있다. 특히 상무의 결혼 풍속에 대한 노비 게섬의 심리적 국면은 신분적 차별성을 반영하고 있다는 점에서 주목된다. 또한 함경도 지역의 명절 풍속인 달마지기, 경사굿, 불쌈 등이 그려지고 있는데, 불쌈놀이는 러일전쟁의 환영을 투사하는 매개물이 되기도 한다.

개화기 근대 풍속으로는 개화기 풍물 중 하나인 단발령의 시행이 반영되고 있는데, 개화기 세대인 우길은 이러한 사회적 변화에 민감하게 반응한다. 특히 『탑』에서는 철강 및 개간사업, 금융업의 형성 등 식민지적 근대화를 반영하는 사회 풍속뿐만 아니라 함경도 지역을 중심으로 형성되었던 평민 중심의 의병 활동 등을 반영하고 있다.

(2) 초점화자와 주제의식

『탑』에서는 봉건적 세대인 박진사와 적극적 주인공인 개화기 세대 우길을 초점화자로 하여 초점화 국면이 형성되고 있다. 지각적 국면은 선무사업과 의병운동, 우길과 이순의 도주, 우길과 부친의 대립에서, 심리적 국면은 계섬의 죽음과 우길의 근대적 의식의 형성, 우길의 정순에 대한 연애 감정 등에서 초점화 국면이 이루어지고 있는데, 이는 결국 관념적 국면에서 개화기 세대인 우길의 반봉건적 의식의 형성과 지향 및 애국계몽운동으로의 성장 가능성으로 모아진다. 특히 작품 말미에서 벌어진 모종의 검거사건으로 투옥된 우길과 부친의 대립은 텍스트의 규범 형성에 중요한 역할을 한다.

한편 작가의 시간 구성상의 특징은 텍스트의 규범인 관념적 국면을 토대로 사건과 인물 구성을 통해 초점화 형성에 기여하고 있다. 즉『탑』의 전위적인 텍스트 규범인 '반봉건의식의 형성과 애국계몽운동의 지향'을 주창하기 위한 초점화 과정이라고 할 수 있다.

우선 인물의 구성에서 초점화 대상은 박진사 집안에서 차남 우길을 중심으로 이루어지고 있다. 또한 일련의 사건은 우길의 개화기 사상의 형성 과정을 중심으로 전개되고 있다. 상무의 결혼과 노비 계섬에 대한 식구들의 처사, 노비 계섬의 죽음, 단발 감행, 부친의 혼사 결정에 대한 반발 등의 일련의 사건 전개는 '반봉건의식의 형성과 애국계몽운동으로서의 성장 가능성'이라는 초점화를 지향하고 있다. 여기에서 '연장'의 서술 방법으로 제시된 개화기 사회 풍속은 일제 말 당시 사회·역사적인 현실을 정면적으로 다루지 못하므로 개화기의 다양한 사회 풍속을 통해 시대적인 맥락을 제시하고자 하는 작가의 서술 방식이라고 할 수 있다.

특히 이러한 풍속의 구체적 재현의 과정에서 작중인물–초점화자에 의한 내적 초점화가 이루어지는데 이는 초점화의 중요한 국면이라고 할 수 있다. 즉 내적 초점화를 통한 초점화자의 내면적 갈등과 의식의 형성이 심리적 국면으로 초점화되면서 '반봉건의식의 형성과 애국계몽운동의 가능성'이라는 관념적 국면에 일조하게 된다.

지금까지 살펴본 바와 같이 한설야의 『탑』에서 초점화 대상은 박진사 집안의 가족사이다, 이 과정에서 작가는 중요한 역사적인 국면을 제시하는 방식으로 개화기 시대의 사회 풍속을 초점화하고 있으며, 사회 풍속의 이면에 초점화자의 심리적인 국면을 부각시키고 있다. 비록 사회 풍속이 형성된 사회·역사적인 맥락에 대한 서술이 충분히 형상화되지 못함으로써 개화기 사회의 본질을 제시하는 데까지는 나아가지 못하고 있으나, 초점화자의 심리적인 국면은 개화기의 시대적인 변모의 의미와 작가의 서사적 관점을 제시하는 데 중요한 역할을 하고 있다.

❸ 이기영의 『봄』

이기영의 『봄』은 개화기 농촌 사회의 시대 변모 과정을 풍속의 변화를 통해 그린 작품으로 자전적 경향이 두드러진 가족사소설이다. 이기영은 『봄』을 1940년 6월 11일부터 그해 8월 10일까지 『동아일보』에 연재하였으나 동아일보사의 폐간으로 중단되고 만다. 이후 『인문평론』지에 1940년 10월부터 1941년 2월까지 작품을 연재하다가 일본 총독부의 검열에 저촉되어 그 역시도 게재할 수 없게 된다. 작가는 애초에 『봄』을 2부작으로 집필할 의도로 창작을 시작하였으나 일제의 검열이 강화되자 2부에 대한 창작을 단념하고 말았던 것이다. 이기영은 월북한 1942년 이후 대동출판사에서 『봄』 1부만을 단행본으로 간행한다.[1]

『봄』 1부가 창작된 시기는 일제가 한민족을 말살시키기 위해 내선일체의 구호를 내걸면서 황국신민화 정책을 추진하던 일제 말 암흑기로, 한국 문단은 전반적으로 위기의 국면을 맞이하고 있었던 때이다.[2] 1935년 이후 카프가 해체되자 사상적 경향의 작품을 주요 창작 대상으로 삼던 카프문인들은 식민지 사회의 근본적 모순을 정면적으로 작품에 반영할 수 없는 뼈아픈 현실을 인식하게 된다. 더 이상 사회주의적 전망을 작품의 전면에 내세울 수 없음을 알게 된 당대의 작가들은 다양한 경향의 소설 형식을 탐구하는 등 새로운 창작의 돌파구를 모색하기에 이른다.[3] 카프문인의 한 사람

---

1) 이기영, 「저자의 말」, 『봄』, 조선작가동맹출판사, 1957, 4~6면.
2) 역사문제연구회, 『한국역사』, 역사비평사, 1992, 330면.
3) 김재용 외, 『한국 근대 민족문학사』, 한길사, 1993, 643~645면.

이던 이기영도 이러한 문단 동향에 부응하여 창작 방향 모색의 일환으로 『봄』을 기획하게 된 것이다.[4]

이기영은 조선 말기의 암흑상을 비판하고 도래할 새 시대의 희망을 암시하고자 하는 목적으로 '반봉건주의'와 '반제국주의'의 문제가 시대의 중심 과제로 대두되고 있었던 개화기를 시대 배경으로 하여 가족사소설인 『봄』을 창작할 계획을 세우기에 이른다.[5] 특히 『봄』은 자전적 경향을 지닌 소설로 충청남도 천안의 농가에서 유년 시절을 보냈던[6] 농촌 출신 작가인 이기영의 유년 시절 체험이 개화기의 풍속묘사를 통해 여실하게 그려지고 있다는 데서 의의를 찾아볼 수 있다.

본격적인 작품 논의에 앞서 『봄』에 관한 연구 동향을 살펴보면 다음과 같다. 이기영의 『봄』은 작가의 유년 시절의 기억을 바탕으로 개화기 농촌 사회의 변모 양상을 풍속묘사를 통해 형상화한 자전적 경향이 농후한 가족사소설이다. 따라서 『봄』에 대한 연구는 논자에 따라 접근 방식의 차이는 있으나 대체적으로 자전적인 경향과 가족사의 연대기적 구성에 주목하면서 풍속묘사와 리얼리즘적 입장에서 논의되고 있다. 그리고 이것은 다시 논의의 중점을 어디에 두느냐에 따라 로만개조론의 대두에 주목하면서 리얼리즘적 입장에 주목하는 견해, 가족사소설의 풍속묘사에 주목하는 견해, 가족

---

4) 이기영, 「저자의 말」, 앞의 책, 3면.
5) 신구현, 「민촌 리기영」, 『현대작가론』 2, 조선작가동맹출판사, 1960, 144면: 이기영, 「저자의 말」, 앞의 책, 3~4면.
6) 1895년 충남 아산에서 출생한 이기영은 1897년 천안군 북일면 중엄리 '민촌'으로 이사하였는데 이곳이 그의 유년기 대부분의 생활공간이었다고 한다(이기영, 「과거의 생활에서」, 『조선지광』, 1926. 11: 이기영, 「우울을 지어주던 유년기의 민촌 생활」, 『동아일보』, 1937. 8. 5: 이기영, 「내 문학을 길러준 곳 – 교박한 천안 뒤뜰」, 『동아일보』, 1939. 3: 김흥식, 「가계와 작가로서의 입신 과정」, 『이기영 – 새미작가론총서1』, 정호웅 편, 새미, 1995, 96~97면: 이상경, 『이기영 시대와 문학』, 풀빛, 1994, 44 · 60~67면).

사의 연대기적 구성에 주목하는 견해 등으로 연구가 세분된다.

리얼리즘적인 견지에서 접근한 논의로는 이주형, 김성수, 이상경 등의 연구가 있다. 이주형은 가족사소설인 『봄』을 1930년대 장편소설의 한 형태로 보았다. 특히 그는 이기영의 『봄』이 사건의 인과관계가 미약하여 리얼리티를 훼손하고는 있지만 농민 생활의 변천사와 개인 혼의 성장사를 생생하게 묘사하고 있다는 데서 작품의 의의를 찾고 있으며, 대상의 총체성을 지향한다는 점에 주목하였다.[7] 김성수는 『봄』을 '가족사·풍속사소설'로 규정하고 개화기의 시대 모순을 본질적 국면과는 거리가 먼 풍속적 변화에만 초점을 두고 있다고 평가한다. 그리고 가족사소설에서 드러나고 있는 연대기적 형식이 세태 풍속의 파노라마적 구성을 형성하고 리얼리즘의 원심적 확대와 희석화를 초래한다고 보았다.[8] 이상경은 『봄』을 유년 시절 체험을 기록한 자전적인 경향의 소설로 규정하면서 생생한 체험으로부터 진실성이 확보되고, 세태나 풍속에 대한 흥미로운 묘사가 풍부하게 재현되고 있지만 자연주의적인 한계를 보이고 있다고 평가하였다.[9]

이 밖에도 리얼리즘적인 견지에서 연구한 논자들은 대체적으로 『봄』을 리얼리티의 미획득, 총체성의 미달, 세계관의 상실과 전망의 부재[10] 등으로 부정적인 평가를 내리고 있다. 더 나아가 이

7) 이주형, 「1930년대 장편소설 연구」, 서울대대학원 박사학위논문, 1984, 163~166면.
8) 김성수, 「이기영 소설 연구」, 성균관대대학원 박사학위논문, 1991, 129~135면.
9) 이상경, 『이기영 시대와 문학』, 풀빛, 1994, 269~285면.
10) 이 밖에도 『봄』을 리얼리즘적 입장에서 연구한 논의는 다음과 같다.
　　조남현, 「이기영의 『두만강』연구」, 『동서문학』, 1960. 6, 254면: 조남현, 「이기영 『두만강』論 -『두만강』을 통해 본 북한 문학」, 『문학사상』 200, 1989. 6, 218~219면: 오성호, 「닫힌 시대의 봄」, 『봄』, 풀빛, 1989, 348면: 김윤식, 『한국 현대 현실주의소설 연구』, 문학과지성사, 1990, 40면.

들 논자들은 이기영이 『봄』을 통해 그 시대의 본질을 올바르게 반영하지 못하는 것이 일제 말 식민지 시기라는 창작적 배경과 작가의 역사의식의 한계 때문인 것으로 그 원인을 파악하고 있다.

한편 『봄』의 주요한 소설적 특징인 풍속묘사와 가족사의 연대기적 구성적 특징에 주목한 연구가 있다. 우선 풍속묘사에 초점을 둔 논의로는 윤석달, 이미림 등의 논문이 있다. 윤석달은 풍속의 묘사가 소설의 공간 확장에 기여하고 당대 현실의 우회적 대응으로써 민족의 정체성을 밝혀냈다는 데에서 작품의 의의를 부여하고 있다. 특히 그는 작품이 '풍속의 발견으로서의 가족 변천사'를 지향한다는 것에서, 그리고 가족의 삶을 연대기로 보여주고자 했다는 점에서 소설사적 의의를 찾고 있다.[11] 이미림은 이기영 문학에 반복적으로 드러나는 중심 모티프에 착안하여[12] 자전적 소설인 『봄』에 나타난 풍속의 의미를 긍정적으로 평가하고 있다. 개화기 시대, 즉 근대화가 일기 시작하여 풍속과 의식의 변화가 엿보이던 시기에 나타난 세계관의 변모를 풍속의 묘사를 통해 구현하고 있다는 데서 작품의 성과를 찾고 있다.[13]

또한 가족사소설의 연대기적 특징에 초점을 둔 논의로는 류종렬, 원은영, 서경석, 장미영 등의 논문이 있다.[14] 이들 논자들은 '가족

---

11) 윤석달, 「한국 현대 가족사소설의 서사형식과 인물유형 연구」, 고려대대학원 박사학위논문, 1991.

12) 이미림은 이기영을 중심 모티프를 반복하여 작품에 구현하는 반복형 작가로 규정하면서, 조혼·귀향·심청·풍속·여성 해방·반기독교 모티프의 특징이 작품 내에서 유기적으로 연결되어 작품구조와 주제에 일익을 담당하고 있다고 보고 있다. 한편 이 중심 모티프는 반제 반봉건의식을 일관되게 구현하고 있다고 평가하고 있다(이미림, 「이기영문학의 주도 모티브」, 『숙명여대어문논집』 4, 1994, 333~351면).

13) 이미림은 『봄』이 농촌의 디테일한 세부 묘사에는 성공했으나 역사적 전망의 파악에는 실패했다고 평가하고 있다. 그러나 풍속묘사는 작가의 현실대응 양상을 파악할 수 있는 의미인 동시에 장편소설로서 의의를 부여하는 데 중요한 역할을 한다고 긍정적으로 보고 있다(이미림, 「이기영의 『봄』 연구」, 『숙명여대어문논집』 3, 1993, 313~330면).

사연대기소설'로 소설 유형의 명칭을 설정하고, 그 사상적 특징과 작품 전체적인 특징을 일괄하여 제시하고 있다. 특히 가족사소설에 나타나는 연대기적 특징이 개화기의 역사를 생생하게 보여주고 있다는 데 긍정적인 의의를 부여하고 있다. 하지만 『봄』에서는 사회 현실을 '가족의 역사'를 통해 우회적으로 조명하다 보니 개화기의 중요한 역사적 사건들이 본격적으로 구현되지 못하고 간접적인 암시로만 제시되는 한계를 일정하게 노정하게 된다. 그럼에도 불구하고 논자들은 가족사소설이 일제 말 암흑기에 민족 정체성의 회복을 내면적 주제로 하는 소설 유형이라는 점에서 가족사소설로서의 분학사적 의의를 높게 평가하고 있다.

최근 논의 중 주목되는 것으로는 가족소설의 관점에서 『봄』을 평가한 장미영의 논문이 있다. 그는 가족소설을 가정소설과 가족사연대기소설, 세태소설과도 다른 개념으로 '가족구속성'의 영향력을 강하게 부각시키는 소설로 규정하면서, '가족소설'의 관점으로 『봄』을 논하였다. 아울러 그는 가족소설의 서사구조를 보수와 혁신의 대립구조와 가족과 사회의 상층구조로 구분하면서, 보수와 혁신의 대립은 세대 간 대립을 통해 드러난다고 하였다. 장미영은 가족소설이 식민지 시대에 민족을 지탱해 주던 가족을 비판함으로써 한 민족의 일상에 침투하는 일제의 영향력을 밝혀내고 있다는 데에서 긍정적인 의미를 부여하고 있다.[15] 이러한 논의는 한국의 '가족주

---

14) 류종렬, 「1930년대 한국 가족사연대기소설 연구」, 부산대대학원 박사학위논문, 1991: 원은영, 「가족사연대기소설 연구 - 김남천의 『대하』, 이기영의 『봄』, 한설야의 『탑』을 중심으로」, 이화여대대학원 박사학위논문, 1991: 서경석, 「자전적 소설의 한 유형 - 『봄』」, 『이기영 - 새미작가론총서1』, 정호웅 편, 새미, 1995, 221~238면.
15) 장미영, 「한국근대가족소설연구」, 전북대대학원 박사학위논문, 1996.

의' 개념을 해명함과 동시에 가족과 사회 간의 관계를 중심으로 한 새로운 관점이다. 그러나 가족소설의 서사구조를 가족과 사회 간의 대립구조로만 단선적으로 이해하는 한계를 지니고 있다.

본고에서는 이와 같은 기존 연구성과를 토대로 하여 가족사소설 인 『봄』을 살펴보고자 한다. 우선 작가의 의도와 가치지향을 밝혀 내는 데 있어 중요한 관건이 되는 작업으로 텍스트의 변용 과정을 고찰하는 일이 필요하리라고 본다. 즉 『봄』이 연재될 당시와 단행 본으로 출판되기까지의 과정을 살피고, 『봄』의 초판(대동출판사본, 1942)과 재판본(조선작가동맹출판사, 1957)을 비교 검토하여 작가 이기영이 『봄』을 구상하였을 당시의 창작 의도가 어떻게 변용되고 있는지를 살펴보려는 것이다.

또한 '가족의 역사'를 연대기적 방식으로 서술한 가족사소설의 구성적 특징에 주목하고자 한다. 가족사소설은 세대의 지속을 통해 서 한 가족의 융성과 쇠퇴의 과정을 가족의 수평적 관계와 연대기 적 시간의 구성에 의해 사실적으로 서술하는 한편 가족의 세대와 변천하는 사회 내에서 가족 관습의 역할을 충실히 재생하는 소설 로,[16] 가족 내 구성원 간의 대립이 주요한 골격으로 구성되어 있 다. 특히 이러한 세대 간의 대립은 사회의 유동적인 흐름에 대응 하여 드러나면서 시대정신을 대표하는 역할을 하고 있다. 그러므로 본고에서는 장편소설 『봄』이 가족사소설의 특징인 풍속 · 가족사 · 연대기적 면모를 보여주고 있다는 점을 주시하여, 구성적 특성에 유념하는 한편 그 시대정신이 어떠한 양상으로 구현되고 있는지를 살펴볼 것이다.

---

16) Yi - ling Ru, op.cit., p.2.

1) 발표 경위와 텍스트의 검토

장편소설 『봄』이 창작될 당시 이기영은 애초에 작품을 2부작으로 구상하였다. 작가 스스로도 언급한 바와 같이, 『봄』의 '1부는 개화기를 배경으로 이조 말기의 암흑상을 통하여 새 시대를 암시하고자 하였으며, 2부는 시대 배경을 경술년의 합방과 1919년의 3·1독립운동을 통해 새 시대를 쟁취하기 위한 조선인민의 투쟁'을 보여주려는 의도로 계획되었던 것이다.[17] 그러나 이러한 작가의 구상은 실제 창작에서는 실현되지 못하고 만다. 『봄』의 발표 사항과 연재 과정을 살펴보면 다음과 같다.

『봄』 1부는 1940년 6월 11일부터 1940년 8월 10일까지 『동아일보』에 연재되었으나[18] 절반이 채 발표되기도 전에 동아일보사의 폐간 처분으로 연재가 일시 중단되고 만다. 이후 『봄』은 『인문평론』에 1940년 10월부터 연재하였으나, 1941년 2월 일제의 검열로 또다시 연재가 중단되어 미완의 작품이 되고 만다. 1942년 8월 대동출판사에서 『봄』을 단행본으로 출판하게 되었으나, 단행본으로 출판된 지 3일 만에 일제 경찰관리를 모욕하는 것으로 간주된 대목이 문제가 되어 이기영은 종로 경찰서 고등계에서 출두하라는 호출장을 받게 된다.[19]

---

17) 신구현, 앞의 책, 144면.
18) 당시 『봄』은 『조선일보』에 연재하기로 되어 있었다고 한다. 그런데 조선일보사에서는 발표 예고도 내주지 않고 이기영에게 『봄』의 경계를 제출하라는 통지를 보낸다. 이는 『조선일보』에 연재 경쟁이 붙었기 때문이었는데, 결국 『봄』은 연재 대상에서 밀려나고 김남천의 『사랑의 수족관』이 그 자리를 대신하여 연재하게 되었다고 한다. 당시 연재할 지면이 없었으나 이기영은 『봄』을 계속 집필하였는데 이후 『동아일보』에 연재가 가능하게 되었다고 한다(이기영, 「저자의 말」, 앞의 책, 4~5면).
19) 『봄』에서 전 순검이라는 일제의 경찰 관리가 개평을 뜯는 대목을 두고 일제 경찰 관리를 모욕

그러나 이기영은 월북 후에 일제의 검열로 인해 처음 작품을 구상했을 당시의 의도가 충분히 반영되지 못한 부분을 염두에 두고 초판『봄』을 수정·보완하여 1957년 조선작가동맹 출판사에서 재판을 간행한다. 본고에서는 이러한 점을 감안하여 작가가 처음으로 작품을 구상했을 당시의 창작 의도를 추론하는 한편, 장편소설『봄』을 통해 작가의 창작 의도가 작품상에서 반영된 실제적 양상을 고찰해 보고자 한다.

우선『봄』의 연재 및 출판 사항을 살펴보면 다음과 같다.

> 1.『봄』연재 당시
> 『동아일보』, 1940. 6. 11.~8. 10. (일시 중단)
> 『인문평론』, 1940. 10.~1941. 2.
> 2.『봄』, 대동출판사, 1942.
> 3.『봄』, 조선작가동맹 출판사, 1957.
>   (대동출판사 1942년판을 저본으로 하여 수정·보완한 재판이다.)
> 4.『봄』, 풀빛, 1989(대동출판사 1942년판을 저본으로 삼고 있다).

『봄』이 연재될 당시에는 일제가 파시즘을 강화하던 암흑기로 사상적 경향의 작품은 발표에 많은 제약을 받았다. 이기영은 작품을 구상할 당시부터 이러한 점을 고려하여 창작에 임했던 듯하다. 이는 1957년『봄』을 재출간하게 되었을 당시 작가의 술회를 통해서도 드러난다.

> 금번 조선 작가동맹 출판사에서 나의『봄』을 재판하겠다 하여 나는 여러 해 만에 이 작품을 다시 읽어보았다. 불만족을 느낀 곳이 많았으나 나는 약간의 문구 수정과 첨삭을 가하는 데 그쳤다.

하는 것으로 판단하여 이기영은 곤욕을 치른다(이기영,「저자의 말」, 앞의 책, 4~6면).

작품이란 한번 창작한 이상에는 근본적으로 개작하기가 어렵고, 만일 개작한다면 원작과는 거리가 멀어질 것이다.

다만 『중산 선생과 백골』이라는 소제목의 한 대문은 그냥 둘 수가 없어서 고쳤다. 그것은 『봄』의 초판에서 내가 『중산』이라는 왜놈을 긍정적 인물로 취급하였는데, 이는 순전히 일제의 검열관계를 고려에 넣었던 까닭이었다. 만일 『중산』이를 부정적 인물로 취급하였다면 『봄』은 놈들의 검열에 걸리었을 것이며 따라서 단행본으로 출판 허가도 아니 나왔을 것이다.

그래 나는 그때 – 초판에서 자기의 의도와는 정반대로 『중산』이를 긍정적 인물로 표현했던 것인데, 지금은 그것을 고치는 것이 좋겠다고 생각하였기 때문이다.[20]

이를 통해 일제 말 암흑기에 일제 검열의 지장으로부터 충분히 자유롭지 못했던 작가의 고충을 짐작할 수 있다. 그렇지만 그는 1957년 북한에서 재판본을 간행할 당시에는 창작 당시에 실현하지 못했던 표현의 자유를 어느 정도는 되찾고 있다. 작품을 전면적으로 개작할 수는 없었지만 초판본에서 '근대인의 표상'으로 삼아 긍정적으로 형상화했던 '일본어 선생 중산'에 대한 부분을 전폭적으로 수정하여 재창작하였다. 본고에서는 위에 언급된 작가의 말을 전제로 초판본을 기본 텍스트로 삼고 재판본에서 수정·보완된 부분을 비교 검토하여 보고자 한다.

이기영은 초판본에서는 13장 '중산 선생과 백골'이라는 소제목으로 되었던 부분을 재판본에서는 '일어 선생의 정체'로 소제목을 고쳐 내용을 전면적으로 수정하고 있다. 초판본에서 중산 선생은 광명학교에서 일어를 지도하는 선생으로 조선말을 능란하게 잘하고 격검을 잘하며 학도들에게 공대를 하는 이채로운 인물로 설정

---

20) 이기영, 「저자의 말」, 앞의 책, 6~7면.

되어 있다. 또한 학도들을 귀애하고 애장의 풍속을 통해 봉건 유교가 지닌 폐단도 서슴지 않고 비판하는 등 신문명의 공기를 흡수한 지식인으로 학생들의 존경을 한 몸에 받는 근대인의 표상으로 그려지고 있다. 그러나 이러한 중산 선생에 대한 형상화가 재판본에서는 전혀 다른 인물로 탈바꿈한다. 즉 초판본에서 보여준 중산 선생의 긍정적 면모가 궁극적으로 정치적 모략을 도모하고자 하는 행동이었으며, 더 나아가 고등 정탐을 위한 계획이었음이 재판본에 와서 밝혀지게 된다. 이는 작가가 장편소설 『봄』을 연재할 당시에는 '반일사상'을 문면에 내세울 수 없었던 관계로 제외시켰던 부분을 재판본에서 새롭게 가미한 것임을 알 수 있다.

이러한 '반일사상'에 대한 부분은 농촌에 횡행했던 금전판의 실태를 통해서도 간접적으로 시사되고 있다. 즉 식민지 조선의 현실에서 조선 근대화의 시대적 모순의 근간이라고 볼 수 있는 일제의 경제 수탈의 면모가 금전판의 실태를 통해서 반영되고 있는 것이다. 이 또한 초판본에서는 반영할 수 없었던 부분이었으나 재판본에서는 적극적인 언어적 표현으로 담아내고 있다. 이는 20장의 '이사' 부분에서 볼 수 있다.

> 금점파원 ××에게는 (초판, 333면)[21]
> 금점파원 <u>왜놈</u>은 (재판, 382면, 밑줄-인용자, 이하 생략)
> 잠채꾼이 그한테 붙들리면 (초판, 333면)
> 잠채꾼이 <u>왜놈</u>한테 붙들리면 (재판, 382면)

---

21) 초판의 텍스트는 1942년 대동출판사에서 출판된 단행본을 우선본으로 삼는다. 재판의 텍스트는 1957년 조선작가동맹 출판사에서 출판된 재판본을 저본으로 삼는다. 또한 인용문 앞의 '초판', '재판'은 각각 1942년의 '초판', 1957년의 '재판'을 가리키는 것이며 인용문 끝에 판본과 면수만을 수록한다.

이와 같이 초판본에서는 보이지 않던 일본인에 대한 형상화가 재판본에서는 또렷하게 그려지고 있다. 한편 초판본에서는 자라나는 새로운 시대의 기운과 그 가능성에 대해서 전망을 제시하지 못하고 구시대적 사고에만 사로잡힌 양반의 봉건적 의식에 대해 비판적인 시각을 제시하는 데서 작품이 종결되고 있다. 그러나 재판본에서는 석림과 같은 소년들을 통해 근대적인 사고를 지향하는 새로운 세대의 가능성을 암시하며 긍정적인 전망을 제시한다.

> 안참령집 사랑에 모히는 소위 유식한 양반들도 새상사와는 너무도 거리가 먼 한문타령과 양반이야기가 절반 이상이다.
> ……(중략)……
> 그것은 부자나 빈자나 한결같이 인생의 고해를 속절없이 허위대는 것만 같이 보인다(초판, 343면).

> ……(상략)……이 속에서 인간의 새싹을 바란다면 그는 새봄을 맞는 고목에서 움이 터 나오는 것처럼 – 새시대를 맞이하는 석림이와 같은 소년들이나 있겠는지?……(재판, 394면)

한편 재판본에서는 '이사'의 마지막 부분이 덧붙여져 있다. 이 부분은 석림과 같은 소년들의 원대한 포부와 희망을 내비치는 부분으로 개화기 세대의 가능성이 선명하게 그려지고 있다. 그러나 개화기 세대의 가능성은 암시적으로 비친 채 작품은 종결되고 만다. 따라서 개화기 세대의 가능성은 『봄』의 2부를 통해서 구체적으로 실현될 것임을 예견할 수 있다.

여기에서 이기영이 『봄』을 2부작으로 구상하였음을 상기할 필요가 있다. 이기영은 애초에 『봄』을 2부작으로 구상하여 1부에서는 이조 말기의 암흑상을 통해 장래 할 새 시대를 암시하고자 하였으며, 2부에서는 '경술년 한일합방과 3·1독립운동을 취급'하려고 하였다.[22] 따라서 『봄』의 석림과 같은 소년들의 생기발랄한 적극적 주인공에 대한 형상화는 2부를 통해 본격적으로 그려낼 계획이었던 것이다. 그러나 이기영은 『봄』 1부가 일제 검열의 수난을 겪자 석림과 같은 생기발랄한 적극적 주인공이 본격적으로 등장하는 2부의 집필은 단념한 것으로 생각된다. 결국 『봄』은 새로운 시대의 적극적 주인공의 실현을 재현하지 못한 채 1부로 종결되고 만 것이다.

지금까지 살펴본 바와 같이 재판본은 이기영이 창작할 당시에는 일제의 검열을 의식하여 자유롭게 표현하지 못했던 반제국주의의 부분을 일정 부분 수정하여 재출간하였음을 알 수 있다.

이 밖에도 초판본에서는 조선의 부정적인 면모를 타매하는 것에만 기울어져 있으나 재판본에서는 조선의 긍정적인 부분도 일정하게 반영하고 있다. 초판본에서는 조선의 신화를 무조건 황당무계한 도깨비 이야기로 매도하여 이를 봉건 양반의 비판거리로 삼고 있으나, 재판본에서는 훌륭한 조선 신화에 대한 언급도 하고 있어 긍정적인 면모를 대등하게 부각시키고 있다. 또한 봉건 양반에 대한 시대착오적인 부분은 여전히 부정적인 시각으로 비판하고 있지만 수구파의 배일사상에 대해서는 긍정적으로 평가하고 있다. 이러한 재판본의 수정 및 첨삭은 작가 이기영이 창작 당시의 의도를 나름대로 복원시키고자 노력의 소산이라고 보아야 할 것이다.

---

22) 이기영, 「저자의 말」, 앞의 책, 6면.

2) 시골 양반 유선달과 개화 세대 석림

(1) 자전적 서사의 구성과 사실적 재현

이기영의 『봄』은 개화기를 시대적인 배경으로 하여 근대 자본 문명의 신사조의 정신을 구현하고자 한 가족사소설이다. 특히 『봄』은 작가의 자전적 이야기를 중심 서사로 하여, 작가가 유년 시절을 대부분 보냈던 방깨울을 중심으로 러일전쟁(1904~1905) 이후 한일합방 이전까지를 배경으로 시간적 연대기순에 의해 구성하고 있다. 이는 『봄』이 작가의 유년 시절과 일기의 내력이 중심 서사임을 알 수 있다. 그렇다면 자전적 경향이 지배적인 소설인 『봄』 1부를 창작했을 당시 작가의 의도는 무엇이었을까? 작가는 재판본을 간행하면서, 창작 당시의 의도를 다음과 같이 술회하고 있다.

> 나는 이 작품에서 이조말기의 암흑상을 통하여 장래할 새 시대를 암시하고자 하였다. 그것은 봉건 유제가 허물어지고 자본 문명의 개화사조가 날로 팽배함에 따라나는 이 작품에서 이조말기의 암흑상을 통하여 장래할 새 시대를 암시하고자 하였다. 그것은 봉건유제가 허물어지고 자본 문명의 개화사조가 날로 팽배함에 따라서 정국의 계몽이 맹렬히 제개되던 – 당시 조선의 한 모습을, 그중에도 궁벽한 농촌에서 취재한 것을 작품화한 것이었으며 동시에 그것은 고목에서 새 싹이 돋아나는 것 같은 인민의 『봄』을 묘사하려 한 것이다.
> 『봄』의 배경이 되는 방깨울은 사실 내가 커나던 동리라 해도 과언이 아니다. 주인공 석림이도 나의 유년시기의 년배로 설정한 것인데 <u>나는 『봄』에서 나의 어린 시절에 듣고 보았던 기억을 더듬어서 작중 인물과 사건들을 구상하기에 노력하였다. 그러니만큼 어느 의미로 보아서 『봄』은 나의 자서전적 소설이라고 말할 수 있겠다.</u>[23]

---

23) 이기영, 「저자의 말」, 앞의 책, 3~4면.

이러한 작가의 말을 통해서 알 수 있듯이 장편소설 『봄』은 일제의 식민지하에 있었던 조선에 근대 자본주의가 도래하면서 새 시대의 기운이 형성되던 개화기를 시대 배경으로, 작가 자신의 유년 시절 생활공간이었던 방깨울 시절의 기억을 더듬어서 구상한 자전적 경향이 농후한 작품이다.[24] 본고에서는 이러한 자전적인 특징이 작품상에 구현된 양상을 살펴보고자 한다. 특히 개화기라는 시대 배경과 인물 설정에 주목하는 한편 자전적인 특징이 작품 형상화에 끼친 영향에 대해서도 가늠해 보고자 한다.

우선 『봄』에 나타난 자전적인 경향을 연대기적 시간 구성과 인물 설정을 중심으로 살펴보도록 하겠다.

『봄』의 시간적 배경은 러일전쟁 직후에서 한일합방 이전까지로 설정되어 있다. 이는 이기영의 부친 이민창이 무관학교를 중도 하차하고 1905년 상배를 당해 귀가한 이후부터 이기영이 소학교를 졸업하고 가세가 기울어 상급학교에 진학할 수 없었던 시기까지 민촌에서 생활하던 유년기와 일치한다. 이처럼 『봄』의 1세대인 부친 유선달과 2세대인 아들 석림은 이기영의 부친 이민창과 작가 이기영을 복원시키고 있다고 보아도 무방할 정도로 흡사한 점이 있다. 그러면 『봄』에 나타난 연대기적 시간을 염두에 두고 작가의 생애를 기초로 하여 작품에 반영된 자전적 양상을 살펴보겠다.

이기영은 1895년 5월 29일에 충남 아산군 배방면 회룡리에서 이민창과 밀양 박씨 사이의 장남으로 출생한다.[25] 대대로 무과에 급

---

24) 위의 글, 4면.
25) 이기영, 「저자약전」, 『고향』 상, 한성도서주식회사, 1936, 10면: 김흥식, 「이기영 소설 연구」, 서울대국어국문학과 박사학위논문, 1991, 5면: 김흥식, 「가계와 작가로서의 입신 과정」, 『이기영 - 새미작가론총서1』, 정호웅 편, 새미, 1995, 95면: 이상경, 앞의 책, 44면: 안함

제한 내력을 지니고 있던 집안으로 부친 이민창도 무과에 급제한 서반 출신이었다.[26) 부친 이민창은 가사를 돌보지 않고 관계진출을 도모하기 위해 서울에 머무는 때가 많았는데, 1898년에 설립된 무관학교에 다니던 도중 1905년에 상배를 당해[27) 귀가한 후, 경국의 추이가 이미 그릇되었다고 보고 다시는 상경하지 않았다고 한다.[28) 이는『봄』에서 석림의 부친 유선달의 행적과 일치한다.『봄』에서 유선달은 동학난리를 겪은 후 신판서 댁에 올라가 벼슬을 도모하지만 신판서의 죽음으로 시세가 기울었음을 깨닫고 관립무관학교에 입학하지만 아내의 죽음으로 시골집으로 내려오게 되는데, 이는 이기영의 부친 이민창의 행적과 유사함을 있음을 알 수 있다.

1897년, 이기영 일가는 경제적인 곤란을 해결하기 위해 천안군 북일면 중엄리, 즉 '민촌'으로 이사하게 된다.[29) 당시 이기영 일가는 유랑리 토호인 고모집 전장을 관리하는 마름 노릇을 했지만 생활 형편은 어려워 갔다.[30) 이기영은 1901년 전후식이라는 읍내의

광.『조선신문학사(1900~)』, 한국문화사, 1999, 215면.

26) 본관은 덕수(德水). 임진왜란의 구국영웅 이순신의 12대 자손이다. 증조부는 좌희(佐熙), 조부 규완(奎琓)이 그러했듯이 부친 이민창도 1892년 무과에 급제한 서반 출신이었다(김흥식,「이기영 소설 연구」, 5면. 김흥식,「가계와 작가로서의 입신 과정」, 95~96면).

27) 모친이 장티푸스로 사망하여 부친은 서울에서 시골집으로 내려온다. 이기영은 모친의 사망으로 큰 충격을 받고 마음 붙일 곳을 찾지 못해 고대소설 읽기를 시작하였는데 당시 '소설낭독꾼'으로 뽑힐 정도였다고 한다(이기영,「나의 수업시대 – 작가의 올챙이 때 이야기」,『동아일보』, 1937. 8. 5~8: 이기영,「이상과 노력」,『문학론 – 이기영선집13』, 풀빛, 1992, 56면: 이기영,「문학을 하게 된 동기」,『문장』, 1940. 2: 이상경, 앞의 책, 46~48면).

28) 이기영,「과거의 생활에서」,『조선지광』, 1926. 11, 15면, 김흥식,「가계와 작가로서의 입신 과정」, 앞의 책, 96면.

29) 천안은 철도부설을 계기로 근대 도시로 탈바꿈한 곳이었는데, 아전의 자식들과 친일파는 신개지 발전에 선두주자였으며 농민들의 궁핍화는 심각하였다고 한다(이기영,「내 문학을 길러준 곳 – 교박한 천안 뒤뜰」,『동아일보』, 1939. 3: 이기영,「내가 겪은 3·1운동」,『조선문학』, 1958. 3: 이상경, 앞의 책, 60~67면).

30) 김흥식,「이기영 소설 연구」, 5면: 김흥식,「가계와 작가로서의 입신 과정」, 앞의 책, 96~97면.

아전 출신이 지도하는 하엄리 서당에 삼촌과 다니기 시작한다.[31] 그러나 너무도 궁핍했던 이기영은 서당의 수업료는 고사하고 종이 살 돈조차 없어 감나무 잎을 따 종이로 사용해야 했다. 빈궁이 극도에 달해 종국엔 서당 동무들에게 도둑의 누명까지 받았다고 한다.[32] 이러한 자전적 사실은 『봄』에서 석림이 삼촌과 서당을 다니던 시기와 부합되는 부분이다. 그런데 이 시절에 대한 부분은 『봄』과 자전적 사실과는 다소 차이를 보이고 있다. 당시 이기영 일가는 모친의 사망으로 이미 가세가 기울어진 상태에 있었는데, 『봄』에서의 유선달은 마름으로 생활하면서 선달로서 호기와 풍류를 누릴 수 있을 만큼은 풍족한 상태로 그려지고 있다.[33]

1906년, 부친 이민창은 군수 출신 안기선, 무관학교 출신 심상만과 함께 천안사립영진학교[34]를 창립한다. 당시 이민창은 총무직을 맡아 기부금을 내는 등 열성적으로 학교 일을 해 나갔다고 한다.[35] 『봄』에서 유선달이 학교 설비 확충을 위한 기부금을 앞장서서 출하하는 등의 학교에 적극적인 활동을 보이는 것은 이러한 천안사립영진학교의 총무직을 맡았을 당시의 자전적인 사실을 토대로 삼고 있다.

---

31) 『봄』에서 읍내 아전 출신 전외상이 경영하던 서당을 다니던 때를 말한다(이상경, 앞의 책, 45면).

32) 이기영, 「나의 수업시대 – 작가의 올챙이 때 이야기」, 『동아일보』, 1937. 8. 5~8.

33) 이기영 일가는 모친 박씨 부인이 상당한 재산가였던 친정으로부터 적지 않은 물질적 도움을 받았다고 한다. 그러므로 이기영은 모친상으로 더욱 충격을 받았던 듯하다. 또한 모친상으로 인해 이기영 일가는 가세가 기울어 갔던 것으로 추측된다(이기영, 「과거의 생활에서」, 『조선지광』, 1926. 11. 15~16면: 김흥식, 「가계와 작가로서의 입신 과정」, 앞의 책, 98면).

34) 사립학교의 공립학교 개편 작업에 의해 1911년 9월 1일자로 천안공립보통학교로 전환된다(김흥식, 「이기영 소설 연구」, 5면: 김흥식, 「가계와 작가로서의 입신 과정」, 앞의 책, 99~100면).

35) 김흥식, 「이기영 소설 연구」, 5면: 김흥식, 「가계와 작가로서의 입신 과정」, 앞의 책, 98면: 이상경, 앞의 책, 49~50면.

1908년, 14세가 된 이기영은 아버지의 강권에 못 이겨 한양 조씨 집안의 조병기와 조혼하게 된다. 『봄』에서는 부친이 할머니의 회갑연을 경사롭게 하기 위해 혼사를 서두른 것으로 되어 있는데, 이러한 작가의 체험은 조혼의 폐습을 비판하고 자유연애와 결혼에 의한 이상적인 가정생활을 주장하는 계기가 되었던 듯하다.[36]

1909년, 결국 집안 형편이 극도로 기울게 되면서 석림이도 다니던 학교마저 중퇴하게 된다. 특히 이기영 일가는 부친 이민창이 학교에 기부금을 내는 한편 석림의 혼인 비용[37]과 금광사업에 손을 대면서 빚을 지게 됨으로써 몰락의 일로를 걷게 된다.[38] 결국 당시 이기영 일가는 민촌이던 중엄리에서 반촌인 유랑리로 이사하였는데 이는 대지주이던 고모네 집에 의탁하려고 한 것이었다.[39] 당시 그의 집안은 초동으로 나무지게를 지고 나설 정도로 가세가 기울었다. 이처럼 어려운 가정 형편이지만 주위에서는 이기영에게 재입학을 권고한다. 그러던 중 이기영은 읍내에 있는 어떤 하급생 집에서 숙식을 제공받으며 가정교사 격으로 기거하면서 재입학을 하게 된다.[40] 이와 같은 자전적인 사실은 『봄』의 '이사' 부분과 상당 부분 일치하고 있다.

1910년, 이기영의 나이 16세 때는 소학교를 졸업한 후 진학하지 못하고 농사를 지으며 지냈다고 한다.[41] 이는 조선작가동맹 출판사

---

36) 이상경, 앞의 책, 50~51면.
37) 이기영, 「가난한 사람들」, 『조선지광』, 1925. 9: 이기영, 「오매든 아버지」, 『조선지광』, 1926. 4.
38) 빚을 내어 중엄리 금전판에 뛰어들지만 결국 일본인 고리대금업자에게 집을 넘겨주게 되어 유랑리 매가로 이사하게 된다(김홍식, 「이기영 소설 연구」, 5~6면: ___, 「가계와 작가로서의 입신 과정」, 앞의 책, 98~99면).
39) 이기영, 「헤매이던 발자취」, 『조선지광』, 1926. 12.
40) 이기영, 「추회」, 『중앙』, 1936. 8: 이상경, 앞의 책, 51면.

에서 재판으로 간행할 당시에 작품의 말미에 덧붙여진 부분과 일치한다. 재판본의 작품 말미는 16세에 소학교를 마치고 가정 형편상 더 이상 공부를 할 수 없게 된 석림이 칠월칠석날 농사를 짓고 있는데, 마산 도회지로 이사를 가게 된 장궁이 찾아와 서양 유학의 꿈을 안고 동경으로 갈 계획을 석림에게 이야기한다. 그리고 이러한 장궁의 포부를 들은 석림도 훗날 마산에서 장궁과 만나 함께 동경 유학길을 떠날 것을 약속하며 헤어지는 것으로 작품은 종결되고 있다. 서울에서 온 광명학교 시절의 친구 장궁은 이기영의 영진학교 시절의 친구인 H군을 말하는 것으로, 실제 이기영은 1912년 4월 초순에 해외 유학 실현의 첫 단계로 H군을 마산에서 만나 부산을 갔으나 현해탄은 건너지도 못하고 집으로 돌아오게 된다.[42] 이러한 자전적 경향은 작품의 형상화 특히 농촌 정경과 풍속묘사를 풍부하게 하는 데도 중요한 역할을 한다.

(2) 마름 유선달과 식민지적 근대화

김남천이 한 단평에서 '가족사연대기소설을 지향했다고 보아지는 연재소설'이며 '연대의 슬럼프를 벗어나려는 적지 않은 야심에 의해 쓰인 작품'[43]이라고 한 바와 같이 『봄』은 개화기를 배경으로 하고, 그 변모하는 시대의 격동 속에서 한 가족이 몰락하는 과정을 반영한 풍속·가족사·연대기적 경향을 지닌 소설이다. 특히 『봄』

41) 안함광, 앞의 책, 215면.
42) 이기영, 「추회」, 『중앙』, 1936. 8, 131면: 김흥식, 「이기영 소설 연구」, 8면: ____, 「가계와 작가로서의 입신」, 앞의 책, 105~108면: 이상경, 앞의 책, 50~53면.
43) 김남천, 「산문문학의 일년간」, 『인문평론』, 1941, 20면: 정호웅 편, 『김남천전집』, 박이정, 2000, 691면.

의 배경인 방깨울은 궁벽한 농촌으로, 고래의 조선 풍속이 여실하게 형상화될 가능성을 안고 있는 반면 봉건적 폐습이 안고 있는 모순이 일층 부각될 수 있는 공간적 배경이다.

이기영은 『봄』에서 유년 시기의 생활공간인 방깨울을 중심으로 봉건 양반 계급 출신인 유선달 일가가 몰락하는 과정을 통해 개화기의 주요한 시대적 현안이었던 '반봉건주의'를 주창하고자 하였다. 본고에서는 이러한 이기영의 배경 설정과 창작 의도를 주지하면서 가족사소설로서의 구성적인 면모가 어떻게 구현되고 있는지 살펴보고자 한다.

가족사소설은 연대기적 서술 방식에 의거하여 한 가족 구성원 내의 여러 세대의 가치관, 삶의 방식의 변화를 사회상의 변화와 밀착시키면서 그려 나가는 소설 유형이다.[44] 따라서 가족사소설의 구성에서는 가족 구성원 내의 세대 간 가치관의 대립과 그로 인한 삶의 방식의 변화를 포착하여 사회상의 변화와 밀착시키는 것이 주요한 관건이라고 할 수 있다.

『봄』은 러일전쟁 직후부터 한일합방을 이전까지를 연대기적 시간으로 삼고 있다. 작품상에서는 부친 유선달이 아내의 흉보에 무관학교를 중단하고 귀향하는 시기로부터 고향에서 신학문에 매진하려던 중 유선달 일가가 몰락하는 시기까지이다. 즉 석림이 10세

---

44) 이주형, 「한국 역사소설의 성취와 한계」, 『현대한국문학100년』, 민음사, 1999, 176~177면. 가족사소설이 문단에 유입된 것은 1920년대 졸라의 『루공 마카르 총서』가 문단에 소개되면서 비롯된 듯하다. 그러나 구체적인 작품으로 창작된 것은 1933년 투루게네프의 『부자』의 영향을 받아 창작된 염상섭의 『삼대』(1933)라고 할 수 있다(김학동, 『한국문학의 비교문학적 연구』, 일조각, 1977, 80~86·120·125면). 가족사소설의 본격적인 창작은 1930년대 말 장편소설개조론의 일환으로 풍속·가족사·연대기적 경향의 장편소설이 주목되면서 이루어진다. 그러나 가족사소설의 장르 및 개념 설정은 논의 당시부터 현재까지도 지속적인 논란의 대상으로 남아 있는 실정이다. 가족사소설에 관한 대표적 논자로는 이재선, 이주형, 신상성, 류종렬 등이 있다.

를 조금 넘은 나이 때부터 14세 이후로 그 시기가 설정되어 있다. 이 시기는 구사상과 신사상의 혼류가 일기 시작한 개화기로 세대 간 가치관의 대립과 사회상의 변화가 고조되던 때이다. 『봄』에서 는 이러한 시간적 배경을 중심으로 아버지 세대인 봉건 양반계급 출신 유선달과 자라나는 새로운 세대로 반봉건주의적 사고를 지닌 석림을 통해 개화기의 시대적 과제를 반영하고 있다. 특히 유선달 일가의 몰락 과정은 개화기에 일기 시작한 봉건적 사회체제의 지 양을 반영하고 있다.

『봄』에서는 주인물이라고 볼 수 있는 부친 유선달과 개화기 세 대를 대표하는 유석림을 중심으로 이야기가 전개된다. 그런데 유선 달은 시골 양반이면서 과도기적 근대인인 마름으로 설정되어 있어 작품상에서 구시대적 봉건의식이 치열한 대립 양상으로 부각되지 는 않는다.

한편 이 작품에서는 일찍이 석림의 모친이 사망하여 부친 유선 달이 남술의 처를 첩으로 들인 후 분가함으로써 가족사소설에서 나타나는 가족 내 구성원 간의 대립 가운데 처첩 간의 갈등 양상 이 보이지 않는다. 더 나아가 가족 구성원 내의 다양한 인물에 대 한 형상화가 미약하므로 봉건적 사고의식의 형상화는 구체적으로 반영되지 못했을 뿐만 아니라 폭넓은 사회적 지평으로 진전되지 못하고 있다.

그러므로 본고에서는 개화기의 시대정신을 소유한 부친 세대 유 선달과 그 아들 세대 유석림을 통해 작가가 지향하는 바의 세계관 을 고찰하여 보겠다.

『봄』에서 유석림의 부친 유선달은 마름으로 '과도기적 개화인'으로 설정되어 있다. 그는 일찍이 동학란을 겪고 벼슬의 뜻을 품지만 신판서가 죽자 개화의 시세에 눈을 돌려 관립무관학교에 입학하기에 이른다. 그러나 아내의 죽음을 통보받으면서 급히 고향 방깨울로 귀향하게 된다. 『봄』은 유선달이 귀향한 후부터 시작되고 있다.

유선달은 양반이 살 수 없는 방깨울 '민촌'에서 소작권을 골고루 분배하는 인심좋은 마름이며, 반상을 완화하는 한편 출신을 떠나 남술의 처와 재혼하기도 하며, 신식학교인 광명학교를 설립하는 등 봉건적 제도와 폐습에서 벗어나 근대적 면모를 지닌 인물로 그려진다. 그러나 그의 이러한 근대의식의 자각은 구체적인 형상력을 부여받지 못한다. 이는 유선달의 근대의식의 배후에 공존하는 구시대적 사고의 편린들을 통해서 드러난다.

「선생하고 싸우구 나서 그 뒤로 다시는 안 갔단다. 고집두 내 원, 그런 고집이 어디서 생겼는지.」

⋯⋯(중략)⋯⋯

「아따 그럼 너만 앵하지 별 수 있겠니. 지금 세상에 양반이 어디 있다구⋯⋯. 나라가 망할 지경인걸. 그러고 아전은 시굴 사대부란 건데 네가 뭬 그리 대단한 양반이라구 기고만장할 것 있니. 철을 몰라두 분수가 없구나 흥, 그거 참.」(17면)

그런 때에 간혹 부친한테 들키게 되면 상놈들과 가치 논다고 눈이 빠지게 꾸중을 드렀다. 그리고 대꼬바리로 뒤통수를 어더맞기도 하였다 (69면).

석림은 열네 살 먹든 해 봄에 장가를 들게 되었다.

그해 가을이 조모의 회갑이다. 유선달의 그 모친의 수연(壽筵)을 더욱 경사롭게 하기 위하야, 아들의 장가까지 들이고 싶었든 것이다. 물론 모친을 그것을 기뻐했다.

⋯⋯(중략)⋯⋯

'나는 아직 장가는 들구 싶지 않다. 그렇지만 장가를 든다면 국실이한 테로 드렀으면⋯⋯'(254∼256면)

아전 출신에게 글을 배우지 않겠다는 춘광을 질책하는 유선달에게서 반상 구별을 완화시키려는 근대적인 면모를 볼 수 있다. 그럼에도 어린 석림에게 상놈과 노는 것을 금지시키는 것과 결혼 의사가 없는 석림에게 조혼을 강요하는 것은 유선달에게 여전히 구시대적 봉건의식의 면모가 잔존해 있음을 보여주는 것이라고 할 수 있다. 유선달의 이러한 이중적인 면모는 유선달의 개화의식이 사회적 변모에 대한 이해를 통해 필연적이고 자각적으로 형성된 것이라기보다는 봉건적 지배 계층에 편입되지 못한 좌절감을 극복하기 위한 방편으로 형성되었기 때문이라고 할 수 있다.[45] 또한 유선달은 개화기의 시대적인 과제인 반봉건의식은 있으나, 일제에 편입되어 있던 식민지적 예속 상태에서의 근대화, 즉 식민지적 근대화에 대한 인식은 결여되어 있다. 이러한 이중적인 의식세계는 철도 정거장 인부를 모집하는 일본인에 대한 유선달의 묘사를 통해서도 드러난다.

> 춘광이가 창칼로 기계 속의 나사못을 빼보랴 할 때, 별안간 밖에서 왁자한 소리가 들린다. 어떤 손님이 온 것 같다. 석림이가 뛰어나가니까 과연 색다른 복색을 차린 사람이 사랑문 앞에 웃둑 섰다.
> 그는 별사람이 아니라 정거장에서 인부를 모집하러 나온 일본인이었다.
> ……(중략)……
> 그러나 유선달은 흔연(欣然)히 그를 사랑으로 인도해서 주객의 예로 맞어드렸 다. 객은 모자를 벗어들고 연신 고개를 끄덕인다. 주객은 마주 앉어서 필담으로 피차간 의사를 통하였다(64〜65면).

이와 같이 유선달은 식민지적 예속 상태에서의 근대화란 착취와

---

45) 이상경, 앞의 책, 271〜274면.

침탈일 수 있다는 것을 인식하지 못하고 있다. 결국 식민지화에 대한 시대의식의 부재로 인해 유선달은 몰락의 일로를 걷게 된다.

> 그것은 유선달의 살림이 일조에 몰락을 당하기 때문이다. 유선달은 그러지 않아도 석림의 혼인비용으로 빚을 많이 졌다. 그런데 학교문제로 날마다 읍내 출입을 하는 대로 그에 따라 자연 객비가 많이 나게 되고 도처에 외상술값을 진 데다가, 힘에 지나치는 일체를 얻기까지 해서 이백원을 학교에 기부한 것은 더욱 목돈으로 빚을 지게 했다. 그는 그 많은 돈을 이 가을에 모조리 청장해야 된다. 하나 아무리 타산을 해도 빚을 갚을 도리는 터문이가 없었다.
> ……(중략)……
> 그래도 그가 금광만 하지 않았다면 대번에 거덜이 나지는 않았을 것이다(332면).

> 「선달은 옛날 시대가 그대로 있어야만 잘살 위인인데, 세상 판국이 달라지기 때문에 똑 저 고생이지. 시대는 그전과 달른데, 옛날 호기를 그대로 가지고 살자니 되나. 지금 세상은 먼저 돈을 알구 그담에 친구두 알아야 하는걸, 선달은 첫재 돈을 모르는 사람이니……」(340면)

이는 몰락한 유선달의 신세에 대한 평가이다. 유선달은 개화기의 시세에는 편승했으나 자본에 대한 철저한 인식이 결여된 상태에서 호협한 선달 기질로 매사를 진척시켰기 때문에 몰락의 일로를 걸을 수밖에 없게 된다. 요컨대 유선달이 시대의 흐름을 올바르게 자각한 근대인이라기보다는 봉건 지배층에의 편입이 좌절되면서 개화의 길로 접어든 인물임을 알 수 있다.

지금까지 살펴본 바와 같이 유선달 일가의 몰락은 유선달이 반식민지적 상태에서 일기 시작한 개화기의 시대적 변화에 대해 올바른 인식이 결락된 채 봉건 지배층으로의 편입이 불가능함을 깨닫고 개화의 시세에 편승한 데서 기인된 것임을 알 수 있다. 그러나 이러한 유선달 집안의 몰락 과정이 사회의 연대기와 연관하여 충분히 형상화되지 못하고 유선달 개인의 호협한 기질과 시세의 편승으로만 그려지고 있어 작품 전개상 충분한 설득력을 부여받지 못하고 있다. 이는 작가 이기영이 친일개화파적 시각을 견지한 양반지식인의 입장에서 작품을 서술하는 한편, 일제의 검열을 의식하여 반식민지적 예속 상태에서 나타나는 사회적 모순을 충일하게 반영하지 못했기 때문으로 사료된다.

3) 애국계몽의식의 형성과 성장의 연대기

(1) 유석림의 근대 체험과 성장

『봄』에서 전환기의 새로운 세대로 설정된 인물은 유선달의 아들인 유석림이다. 석림은 전환기의 새로운 기운을 감지하고 봉건적인 폐습에 대해 비판적 안목을 지니고 있는데, 이는 부친 유선달이 조의정집 산지기 송첨지를 볼기타작하는 장면에서부터 움트고 있다.

> 석림이는 지금도 그때 일이 선하다. 관가에서 죄인을 볼기친단 말은 어른들에게 들었지만 실지로 볼기를 맞는 것을 목도하기는 처음이다. 그러나 부친은 무슨 권한으로 남을 잡어다가 볼기를 때리는가. 그는 그때도 부친이 무서워보이는 동시에 이상한 생각이 없지 않었다(34면).

송첨지의 볼기타작을 하는 부친에 대해 석림은 '부친이 무슨 권한으로 볼기를 때리는가?' 하는 의문을 품으면서, 한편으로 부친이 무섭기도 하고 이상스럽게 여겨지기도 한다. 석림의 시각으로는 부친의 태도는 타당하지 않게 생각되었던 것이다. 작가는 이러한 석림의 태도를 통해서 미약하게나마 '반봉건의식'의 단초가 어린 시절부터 싹트고 있음을 암시하고 있다.

석림의 근대적 의식의 맹아는 개화기에 일기 시작한 사회상의 변화로 말미암은 신문물과 시속의 변화를 접하면서 성장의 계기를 맞이하게 된다. 이는 무관학교 시절을 보냈던 부친이 가져온 행장 속의 개화 풍물과 단발 감행을 통해서도 엿볼 수 있다.

> 유선달이 가지고 온 행장 속에는 연필토막과 백로지(洋紙)로 맨, 공책 등속이 늘었었다. 그것은 그가 시골로 오기 전까지 다니던 무관학교에서 필기용으로 쓰던 것인 모양이었다. ……(중략)……석림은 그런 것들을 모두 처음 본다. 그가 글씨 쓰는 붓으로 모필(毛筆)밖에 몰랐는데 나무때기를 깎아서 쓰는 연필이 있다는 것은 참으로 신기하지 않은가(60면).

> 석림은 머리를 깎고나니 날로갈 듯이 정신이 갓든하다. 머리를 자주 빗지 않아서 상투속이 찔고 이가 꼬이는 것만 해도 숭해 못 견디겠다. 그 위에 망건을 쓰고 초립을 쓰고 하는 것이 귀찮은 데다가 무시로 아는 사람 모르는 사람들에게까지 시달림과 조롱을 받든 상투를 없애게 되였다는 것은 이중 삼중으로 시원하고 유쾌한 일이었다(282면).

이 부분은 개화 풍물과 단발에 대한 석림의 생각과 느낌을 알 수 있는 부분이다. 이를 통해서 석림의 근대의식은 당시의 시대적 본질을 이해하는 데서 비롯되었다기보다는 막연한 감각의 차원이라고 보아야 할 것이다. 이러한 한계는 석림이 유년기의 소년이라는 것에서도 연유된다.

『봄』에서 석림의 근대의식이 확보되는 결정적인 계기는 광명학교 시절부터이다. 당시 광명학교의 일본어 선생이었던 중산은 석림을 위시한 학도들의 근대의식 성장에 커다란 몫을 담당하는 인물로, 조선말을 정확하게 구사하며 학도들에게도 경어를 사용하고 격검을 잘하는 한편 애장과 같은 봉건 폐습을 비판하여 학도들의 존경을 받는 근대인으로 설정되어 있다.[46] 그러나 이는 작가가 일제 말의 암흑기적 상태에서는 '일본'이 침략과 수탈의 존재라는 본질적인 측면을 부각시킬 수 없다는 시대적 한계를 깨달았기 때문이라고 생각된다. 즉 일본인을 침략적 약탈자가 아닌 '근대인의 표상'으로밖에 그릴 수 없었던 당시의 사회적 제약 때문으로 보아야 할 것이다. 이러한 제약은 재판본에서 대폭적으로 수정되고 있다.

> 중산씨는 학도들을 귀애하기도 하였지만……(중략)……중산씨야말로 이 고을에서는 가장 신문명의 공기를 흡수한 지식꾼이라는 데서 학생들의 존경을 받게 된 것이었다(초판, 242면).

> 중산이는 학도들을 귀애하는 척 하였다. ……(중략)……그것은 중산이가 어떤 목적 밑에서 의식적으로 그러한 행동을 취했던 것이다. 그는 우선 학도들의 가정 형편을 알고저 하였다. ……(중략)……공대를 바친다하나 이 역시 그는 의식적으로 그렇게 함으로써 학도들에게 호감을 사기 위한 직책이었다(재판, 279면).

이와 같이 재판본에서 중산 선생은 초판본에서와 동일하게 학도들을 귀애하는 일본어 선생으로 설정되어 있다. 그러나 재판본에서는 중산 선생이 학도들을 귀애하고 공대를 하는 이면에는 학도들의 가정 형편을 정탐하고자 하는 소기의 목적을 지닌 행동임이 밝

---

46) 김성수는 중산 선생에 대한 긍정적인 형상을 친일적인 성향이라고 보고 있다. 이는 작품 전체를 이끌어 가는 서술자가 이미 친일개화파적 시각을 지닌 양반 지식인의 위치에서 서 있기 때문이라고 그 원인을 규명하고 있다(김성수, 앞의 책, 134~135면).

혀지고 있다. 이러한 측면은 길가 덤불 속에서 해골을 주워 와 집에 모셔 두고 조선사람들에게 기괴하게 보이려고 하는 행동의 이면을 통해서도 알 수 있다.

> 중산은 일부러 이런 괴벽을 가지고, 조선사람들에게 신기히 보이려 하였다. 그러면서 속으로는 헌병경찰의 고등 정탐을 하고 있었다. 그가 광명학교의 일어 선생을 자청하여 하는 것은 학도들을 통하여 민정을 살피려 한 것이다. ……(중략)……그런 음흉한 짓을 하면서도 중산이는 겉으로는 가장 점잖고, 조선사람들을 위하는 것처럼 학도들 한테도 친절히 대하였다. 그가 사람의 해골을 줏어다가 자기 집에 두는 것도 실상은 이러한 정치적 모략이 숨어 있었다(재판, 281면).

초판본에서 중산 선생이 학도들을 귀애하고 친절히 대하는 것은 신문명을 흡수한 근대적인 면모로 긍정적으로 부각되지만, 재판본에서는 학도들의 가정 형편을 정탐하고자 하는 헌병 경찰의 고등 정탐꾼의 목적을 위한 것으로 비판적으로 그려지고 있다. 이는 작가가 『봄』을 처음 창작하였을 당시에는 일제의 검열을 의식하여 부각시킬 수 없었던 일본의 제국주의에 대한 비판적 시각을 해방 후 재판본을 통해 구체적으로 재현시키게 된 것이다. 이러한 측면은 애장의 풍속을 비판하는 부분과 명치유신을 설파하는 중산 선생에 대한 석림의 의식을 통해서도 드러나고 있다.

> 그러나 중산선생의 안목으로 본다면, 그들은 한갖 산 백골(白骨)에 지나지 못하였다. ……(중략)……그들은 시대의 변천을 오불관언하고 부지럽시 수구(守舊)만 하러 든다. 그러나 그야말로 당랑거철(螳螂拒轍)이요, 소위 공맹의 도학을 조박(糟粕)만 핥는 무리가 아닐까(초판, 250면).[47]

이는 초판본에서 애장의 풍속을 통해 봉건적 시대정신을 수구하려는 양반의 의식을 비판하는 대목이다. 그러나 재판본에서는 중산 선생의 안목이 아니라 '개화인의 안목'으로 전환되고 있다.[48] 이처럼 재판본에서 애장의 풍속을 비판하는 주체가 중산 선생이 아니고 개화인으로 되어 있는 것은 작가가 『봄』을 처음 창작하였을 당시에는 일제의 검열을 의식하여, 중산 선생을 선험적으로 근대화를 수용했던 일본인의 전형으로, 즉 긍정적인 인물로 형상화하려 했던 것임을 알 수 있다. 이러한 면모는 재판본에서 일본의 명치유신을 바라보는 학도 석림의 태도를 통해서도 드러나고 있다.

> 중산이는 일본의 명치유신을 언제나 자랑삼아 말하였다. 학도들은 그의 말을 의미심장하게 들었다. 석림이는 그의 말을 들을 때마다 가슴이 뭉쿨하였다. 우리나라는 왜 진작 개명을 못하고 왜놈들에게 절제를 받게 되었는가? 그의 이러한 생각은 왜놈들이 그 고을에도 날로 늘어가는 것을 보고 더욱 통절히 느끼게 하였다. 그런 의미에서 수구파들이 비록 완고는 할망정 배일사상을 가지고 있는 것만은 본받아야 할 일이라고 생각하였다(288면).[49]

석림에게 있어 명치유신으로 일찍이 근대화를 이룩한 일본은 부러움의 대상으로 그려지고 있다. 한편 중산 선생의 명치유신 이야기를 통해 석림은 조선이 일찌감치 근대화를 이루지 못한 것이 일본의 압제를 당하는 수모의 원인임을 통절히 깨달으며, 수구파들의

---

47) 이는 재판본에서 '개화인의 안목으로 본다면'으로 수정되어 있다.
48) 또한 초판본에서는 신참위가 중산 선생을 방문하여 애장의 구습을 타파해야 한다는 중산 선생의 은덕에 감화하여 애장의 구습을 척결하는 것으로 이야기가 전개되고 있다. 그러나 재판본에서는 신참위가 군수를 동헌으로 방문하여 해골을 집에 두는 중산 선생의 악취미를 기이하게 여기면서 애장의 그릇된 풍습을 고치기로 하고 중산에게 해골을 묻을 것을 권고하는 것으로 이야기가 전개된다.
49) 이는 초판본에서 누락된 부분이다.

배일사상만은 본받아야 한다고 생각하고 있다. 이러한 부분은 초판본에서는 보이지 않았던 부분으로, 일제 말의 식민지적 제약이 작품 문면에서 개화기의 과제 가운데 주로 반봉건적주의 사상에만 천착하게 하는 원인으로 귀결되고 있음을 알 수 있다. 이는 『봄』의 마지막을 통해서도 알 수 있다.

> 안참령집 사랑에 모히는 소위 유식한 양반들도 새상사와는 너무도 거리가 먼 한문타령과 양반이야기가 절반 이상이다. ……(중략)……그것은 부자나 빈자나 한결같이 인생의 고해를 속절없이 허위대는 것만 같이 보인다(초판, 343면).

이를 통해서 작가가 석림을 자라나는 새로운 세대로서 봉건적인 것에 비판적인 안목을 지닌 근대적인 의식을 지향하는 인물로 성장할 가능성을 예비하고 있음을 알 수 있다. 요컨대 석림은 개화기 세대의 희망으로 '봄'을 상징하는 인물로 설정된 것이다. 이는 1957년의 재판본에서 장궁과의 동경 유학의 꿈을 도모하는 석림을 통해서 더욱 구체적인 진전의 가능성으로 드러나고 있다.

지금까지 살펴본 바와 같이 『봄』은 개화기의 시대정신을 구현한 가족사소설이다. 가족사소설은 가족 구성원들의 세대 간 가치관의 대립을 통해 사회상의 변화를 감지할 수 있는 대표적인 소설 유형이나, 『봄』에서는 유선달과 유석림의 세대 간 대립이 선명하게 드러나지는 않는다. 그것은 유선달이 봉건적인 시골 양반 계급이면서도 개화기의 시세에 부응하는 근대인으로 설정되어 있기 때문이다. 즉 유선달은 봉건 지배층의 편입이 좌절되어 개화의 길로 접어든 얼치기 개화인으로 설정되어 있어 진정한 근대인의 표상을 대표하는 인물이라고 보기는 어렵다. 이는 유선달이 개화를 지향하면서도 봉건적 사고를 유지하는 이중적인 면모에서 잘 드러나고 있다. 반면 석림은 이러한 유선달의 봉건적 면모에 대립적이며 비판적인 개화기 세대로 부친 유선달과는 달리 일관되게 근대를 지향하는 인물로 설정되어 있다.

그러나 당시는 일제의 검열이 삼엄하던 때였으므로, 작가는 개화기의 시대적인 과제 가운데 '반봉건'의 문제를 작품의 중심부에 두면서도 식민지하의 근대화로 인한 사회상의 제 모순을 올바르게 반영해 내지는 못하게 된다. 따라서 유선달의 마름으로서의 사회적인 존재에 대한 올바른 규명이나, 일제에 의한 금전판의 형성과 몰락의 저변에 감춰진 식민지적 근대화 양상 등의 시대적 면모는 작품상에서 구체적인 형상력을 획득하지 못하게 된다. 이러한 한계는 가족사소설로서의 철저한 구성력을 확보하지 못한 데서도 원인을 찾아볼 수 있다. 이에 대해 김남천은 다음과 같이 언급하고 있다.

> 가족사연대기소설을 지향한다고 보아지는 연재소설 『봄』에 의하여 씨의 작품세계는 신생면을 개척하는 것이나 아닐까. ……(중략)……거금 40년 전의 농촌. 이리하여 이씨에 있어서는 『봄』은, 연래의 슬럼프를 벗어나려는 적지 않은 야심에 의하여 쓰여지는 작품이 아닐 수 없다. 그럴수록 씨가 『봄』을 좀 더 철저하게 연대기가족사소설로서 준비하지 않은 것이 필자에게는 결함으로 느껴진다.[50]

기왕에 언급했던 바와 같이 김남천이 로만개조론의 일환으로 제안했던 가족사소설은 '가족사로 들어가되 그 가운데 연대기'를 구

---

50) 김남천, 「산문문학의 일년간」, 『인문평론』, 1941. 1: 정호웅 편, 앞의 책, 691면.

현하고자 한 리얼리즘적 창작 방법론의 일환으로 제안되었던 것이다. 특히 그는 가족사 속에서 풍속의 변화를 묘사함으로써 전형적 정황의 묘사가 가능하며, 풍속을 연대기적으로 파악함으로써 그 정황의 묘사를 전형화하고 묘사의 핵심에 합리성과 과학적 정신을 보장할 수 있다고 주장하였다.51) 김남천에게 있어 '풍속이란 제도를 말하는 동시에 제도 내에서 배양된 의식이나 사회적 습득감'까지를 의미하는 중풍속으로,52) 올바른 사회상의 구현과 긴밀한 상관성이 있다. 따라서 『봄』에 대해 김남천이 '철저하게 연대기가족 사소설로서 준비하시 못한 것'에 대한 지적은 결국 개화기의 진정한 풍속을 사회의 연대기로서 구현하지 못하고 있는 것에 대한 지적이라고 보아야 할 것이다.

이러한 한계는 자전적인 특징에서도 기인된다. 작가가 유년 시절의 기억에만 의존하여 작품을 서술하다 보니 사회상의 변모에 대한 형상에는 주력하지 못하고 있다. 이러한 창작 태도는 김남천이 의도한 중풍속의 구현으로 나아가지 못하게 하는 요인이 되며, 결국 전형적 정황의 묘사로 진전되지 못하는 결과를 초래하게 된 것이다.

한편 『봄』에서는 가족 구성원 내의 부친 유선달과 아들 유석림만을 중점적으로 그리고 있어, 유선달 일가의 몰락 배경인 개화기 사회상의 변모에 대한 형상화가 미약해졌다. 가족사소설은 사회상의 변모에 따라 한 가족이 융성하고 몰락하는 과정을 담고 있는

---

51) 김남천, 「현대 조선소설의 이념」, 『조선일보』, 1938. 9. 18.
52) 김남천의 풍속론은 경풍속과 중풍속으로 나누어 논의된다. 경풍속은 세태소설(고현학)에서 상 피적인 것으로 사회경제 현상의 본질적인 것을 붙들었다고 오인하는 것을 뜻하며, 중풍속은 경풍속 가운데에서도 항상 그 토대가 되어 있는 생산 제관계를 생각할 뿐 아니라 그것을 구현에 성립하게 되는 것을 뜻하였다(김남천, 「모던문예사전 – 풍속」, 『인문평론』, 1938. 10. 11, 123~125면).

경향의 소설인바, 『봄』에서는 유선달 일가가 몰락하는 과정의 토대라고 할 수 있는 사회의 변모상이 구체적으로 반영되어야 했다. 그러나 『봄』에서는 이러한 연대기적 지향으로 나아가지 못한 채 가족사소설로서의 일정한 한계를 보이고 있다.

이는 중심인물의 사회적인 존재 위치를 선명하게 부각하지 못하는 것을 통해서도 알 수 있다. 『봄』에서의 유선달은 양반 계급이지만 또한 마름이라는 신분으로 설정되어 있어 과도기적 근대인을 표상한다. 그럼에도 불구하고 계급적인 모순과 갈등은 석림의 의식을 통해서만 미약하게 내비칠 뿐 구체적인 갈등 양상은 반영되지 않고 있다. 그리고 개화기의 시대적인 과제인 '반봉건주의' 사상 또한 자라나는 새 시대의 정신인 석림의 시선을 통해서 암시적으로만 형상화되고 있을 뿐이다.

그러나 유선달 일가의 몰락 과정과 시대적 전환기인 개화기의 풍속묘사를 통해 당시 시대적인 현안이던 구시대적 봉건 세대의 병폐와 근대적인 세계관의 지향을 구현한 것은 분명 이기영의 『봄』이 갖고 있는 긍정적 면모라고 보아야 할 것이다.

(2) 농촌 풍속의 묘사와 공동체의식의 복원

『봄』에서 구현되고 있는 농촌의 다양한 풍속묘사는 그 의의가 자못 크다고 할 수 있다. 이는 농촌 출신 작가인 이기영의 특장점이 발휘된 부분으로, 작품의 형상화 특히 농촌의 정경과 풍속의 묘사를 통해 여실하게 반영되고 있다. 이는 『봄』에서 9장 '추석', 14장 '조혼' 등에서 두드러지게 나타난다.

그 이튿날 육적이는 일찌기 방깨울로 올라왔다. 그는 유선달집 사랑마당에서 어제 장에서 사 온 암소 한 바리를 잡기 시작했다.

소를 잡는다는 소문이 펴지며 왼 동리 사람들은 왼통 들끓어나와서 떠들어댔다. 그들은 제각금 고기 담을 그릇을 들고 와서, 삥 둘러싸고 소 잡는 구경을 한다. 몫을 논아갈 것이 기다려진다.

육적이는 울타리 밖에 서 있는 대추나무 가지에다 코뚜레를 꿰인 소를 매달아놓고 네 발을 동빠로 잔뜩 얽었다. 소는 저 죽는 줄도 모르고 두 눈만 끄먹끄먹 하고 섰다. 백정은 벼란간 감추어 들었든 독기 몽소리로 쥐구멍을 향하여 두어 번 내리쳤다. 섰던 소가 쾅, 하고 네 굽을 모으고 씨러지며 두어 번 버리적거린다. 그리고 똥을 싸뭉개었다(163면).

그러는 중에 어느덧 해가 저물자 다시 신방을 차린 안으로 끌려들어갔다. 방안에는 촛불을 환하게 놋촛대에 켜 놓았다. 문앞으로는 화초병풍을 둘러쳤다. 그리고 방 윗목에는 차담상을 차려 놓았는데, 거기는 궐련─희로 한 갑을 놓았다. 인젠 어룬이 되였다고, 담배까지 먹으라는 것이였다.

그런데 녹의홍상으로 큰머리를 틀고 금봉채를 꼬진 신부가 연지곤지를 얼굴에 찍고 휩박을 뒤여 쓴 것처럼 분을 하얗게 발른 것은 마치 왕신과 같이 무서워 보인다(260~263면).

농촌의 정경인 암소 잡는 장면, 마을의 세시 풍속인 추석날 차례 올리는 장면, 결혼 풍속인 혼행길, 신랑달기, 첫날밤 등의 묘사는 사뭇 구체적이다. 이러한 고유한 농촌 사회의 묘사가 사실적으로 재현될 수 있었던 것은 농촌 출신 작가인 이기영의 유년기 자전적인 생활 체험을 바탕으로 하였기에 가능했던 것으로 보인다. 이러한 농촌 풍속의 묘사는 한민족의 전통문화의 가치 전수와 공동체의식의 복원에도 중요한 요소가 되고 있다.

한민족의 전통문화에 대한 긍정적인 가치는 조선의 신화에 대한 다음과 같은 서술을 통해서도 반영되고 있다.

> 신선생은 각국의 신화(神話)를 비교하면서 조선의 그것도 이야기를
> 하였다. 그는 신화를 읽어보면, 그 나라의 문화 정도를 알 수 있다고
> 하였다. 그런데 조선의 신화는 어떠한가? 백두산을 위시하여 금강산,
> 묘향산, 태백산, 지리산 등의 아름다운 전설과 건국신화 등의 훌륭한
> 것들이 많이 있다(재판, 393면).

초판본에서는 무조건 황당무계한 도깨비와 귀신 이야기 등 조선
의 신화를 부정적으로 소개하고 있다. 반면에 재판본에서는 백두
산, 금강산 등에 얽힌 우리 고유의 전설 및 건국신화를 긍정적으
로 묘사하려고 한다. 이는 수구파의 배일사상을 긍정적으로 형상화
한 부분과 함께 일제 말의 식민지적 현실에서 민족공동체의식을
형성하는 데 일조하고 있다.

지금까지 살펴본 바와 같이 『봄』에서 나타나는 농촌 풍속묘사의
사실적 재현은 자전적인 경향의 긍정적 가치뿐만 아니라, 당시 일
제의 파시즘 정책으로 말살되어 가던 한민족의 전통문화를 고유
민속놀이, 결혼 풍속, 농촌 세시 풍속 등을 통해 일깨워 줌으로써
공동체의식을 복원시키는 데 하나의 원동력으로 작용하고 있다.

4) 담론의 구성과 초점화자

이기영의 『봄』은 1940년 6월 11일부터 그해 8월 10일까지 『동
아일보』에 연재되었다가 동아일보사의 폐간으로 중단된 이후, 『인
문평론』지에 1940년 10월부터 1941년 2월까지 연재되었다가 1942
년에 북의 대동출판사에서 단행본으로 출간된 작품이다. 이기영은
애초에 『봄』을 2부작으로 구상하였으나 일제 말의 식민지적 정황

으로 인해 2부의 창작은 실현되지 못하고 만다. 이기영은 월북한 이후, 일제의 검열을 의식하여 『봄』에서 충분히 그려내지 못했던 일본 제국주의에 대한 부분을 수정·보완하고, 1957년에 조선작가 동맹 출판사에서는 이를 재출간하게 된다. 본고에서는 1942년에 대동출판사에서 출간된 초판본을 기본 텍스트로 하고, 해방 이후 북에서 재출간 당시 수정·보완한 부분을 참조하여 담론의 구성 방식을 살펴보고자 한다.

『봄』은 자전적 경향이 농후한 작품으로, 러일전쟁(1904~1905) 직후부터 한일합방 이전 시기까지를 시간적인 배경으로 하여 충청 도 지방의 선달 가문인 유선달 집안의 가족사를 초점화한 가족사 소설이다.

『봄』의 전체적인 이야기의 시간은 러일전쟁(1904~1905) 직후부 터 한일합방까지로 약 15년간을 시간적 배경으로 하고 있으며, 사 건의 배열 방식은 가족사적 사건을 연대기적 시간의 순서에 의해 제시하되 '연장'과 '요약'의 방식을 교차하여 구성하고 있다. 서사 담론의 구성 방식은 초점화 대상인 충청도 지방 선달 집안의 가족 사를 중심으로 인물 및 세대별, 개화기 사회 풍속을 중심으로 형 성된다. 작품의 사회적 연대기에 대한 묘사는 사회적인 변화의 국 면을 가족사의 변화와 개화기 사회 풍속을 통해 형성된 담론에 의 해 간접적으로 제시하고 있다.

이러한 연대기적 시간 구성이 서사적 텍스트의 담론에 의해 플 롯화된 양상을 구체적으로 살펴보면 다음과 같다.

(1) 담론의 구성

ㄱ. 서사적 구조

① 『봄』의 연대기적 시간: 러일전쟁 직후~한일합방 이전까지

> 1. 러일전쟁 직후 – 유선달의 내력과 귀향: 외적 초점화
>   마름으로 민촌에 오게 된 시골 양반 유선달: 요약 및 연장
>   동학란 이후 관립무관학교에 입학한 유선달: 소급제시 및 요약

부친 유선달은 충청도 지방의 양반 가문의 사람으로 개화기의 시세에 부응하여 관립무관학교에 입학하였다가, 아내의 흉보로 귀향하게 된다. 이러한 유선달의 행적이 주로 '요약'에 의해 서술되고 있다.

> 2. 개화 풍물과 식민지적 근대화: 외적 초점화 및 내적 초점화
>   부친의 개화 풍물을 신기하게 살펴보는 석림: 심리적 국면, 장면 및
>   연장
>   철도판 인부 모집: 요약 및 장면
>   떠나고 싶은 충동에 사로잡힌 석림: 심리적 국면, 연장

개화기 세대인 석림의 성장 가능성이 '심리적 국면'을 중심으로 예비되고 있다. 즉 관립무관학교생활을 체험한 유선달의 행장에서 진기한 개화 풍물을 보고 신기하게 여긴다든지, 근대 자본의 물결이 일면서 철도공사가 시작되고 있던 '민촌'의 사회상을 지켜보면서 정거장에서 울려오는 기차 소리에 어디론가 떠나고 싶은 충동을 느낀다든지 하는 석림의 심리묘사를 통해 석림의 개화기 세대의 가능성을 '내적 초점화'에 의거하여 반영하고 있다.

3. 유선달의 과도기적 근대인으로서의 면모: 외적 초점화 및 내적 초점화
   소작권을 골고루 분배하는 유선달: 요약
   아들 석림을 머슴들과 놀지 못하게 하는 유선달: 소급제시 및 요약
   남술의 처와의 연분: 요약 및 장면
   유선달가의 서모가 된 남술의 처: 심리적 국면 요약 및 연장

근대적이면서 봉건적인 유선달의 이중적인 가치지향을 '외적 초
점화 및 내적 초점화'에 의거하여 반영하고 있다. 상반의 차별을
두지 않는 유선달의 근대적인 면모는 남술의 처와 재혼하는 것을
통해서 그려지며, 특히 재혼 후 양반 살림의 어려움, 계급을 따지
는 깃에 대한 부성적 시각 등이 남술의 처의 '심리적 국면'을 통해
제시되고 있다.

4. 사금광과 사회 풍속: 외적 초점화 및 내적 초점화
   사금광의 발견으로 활기를 찾은 마을과 금전판에 관한 에피소드: 장면
   및 연장

개화기의 사회 풍속은 금전판의 사회상을 통해 구체적으로 제시
되는데, 금전판으로 인해 되찾은 마을의 활기와 풍기문란 등이 국
실과 오도령의 에피소드를 중심으로 그려진다.

5. 근대 학교와 개화사상의 형성: 외적 초점화 및 내적 초점화
   가코치매가(숙질집)에 방문한 석림: 연장
   감생원에게 김장자 이야기를 듣고 감화 받은 석림: 심리적 국면, 연장
   사립광명학교 설립운동에 앞장서는 유선달: 장면 및 연장
   석림의 입학과 학교생활: 연장

개화기 근대 학교의 풍속이 유선달의 행적과 개화기 세대인 석

림의 '심리적 국면'을 통해 구체적으로 제시되고 있다. 특히 개화기 사상을 형성하게 되는 계기인 장궁과 일본인 중산 선생에 대한 서술이 '연장'에 의해 상세하게 반영되고 있다.

6. 석림의 혼사와 단발의 감행: 외적 초점화 및 내적 초점화
   부모의 강권에 의한 혼사: 심리적 국면, 요약 및 연장
   단발을 감행하는 석림: 심리적 국면, 장면 및 연장

결혼 풍속의 절차는 '외적 초점화'를 통해서 구체적으로 제시되고 있으며, 부모의 강권에 의해 선바위 정씨네와 결혼하는 석림의 심리적 묘사를 통해서는 봉건적 결혼제도의 폐습을 간접적으로 암시하고 있다.

7. 사립광명학교의 변화와 유선달가의 몰락: 외적 초점화
   시설 확충, 신식교사 초빙 등을 위한 평의회 개최와 기부금 마련:
   장면 및 연장
   200환의 기부금을 내는 등 호기를 부리는 유선달: 요약 및 장면
   가세가 기울어 가코치매가 북편으로 이사하게 된 유선달가: 요약 및
   장면
   신 선생을 통해 개화사상에 눈뜨게 된 석림: 연장
   (도깨비불이야기와 이화학)
   소학교 졸업후 농사지으며 지내게 되는 석림: 요약
   장궁을 통해 동경 유학의 꿈을 품게 됨: 요약 및 장면

석림의 혼사 비용, 사립광명학교의 기부금, 금광 투기 등을 계기로 시골 양반인 유선달 집안이 몰락하는 계기가 주로 '요약'과 '장면'에 의해 반영되며, 집안의 몰락과 대비하여 개화기 세대인 석림의 의식 성장이 이루어지는 계기가 제시되고 있다.

② 시간 배열 방식

요약: 마름이 되어 민촌에 오게 된 유선달의 내력, 동학란 이후 유선달
    의 변화, 러일전쟁과 한일합방 이전
연장: 개화기 사회 풍속에 관한 담론

서사적 텍스트에서 사건의 배열 방식을 살펴보면, 과도기적 근
대인으로서의 유선달의 의식 변모의 계기로 설정되어 있는 동학란
과 러일전쟁 등 역사적인 주요 국면에 대한 서술은 '요약'의 방식
에 의해 제시되고 있으며, 특히 한일합방에 대한 재현은 '생략'되
어 있다. 그러나 이러한 연대기적 시간의 축약 사이에 개화기 사
회의 풍속인 부친의 행장과 개화 풍물, 철도 공사와 근대화 풍속,
사금광과 마을의 변화, 근대 학교의 형성과 사립광명학교 설립운
동, 석림의 혼사와 단발 감행, 신 선생을 통한 개화의식의 형성 등
이 비교적 상세히 재현되고 있다.

ㄴ. 인물 및 세대별 담론의 구성 - 유선달 집안의 세대 중심으로
   구성된다

   1대 유선달 세대 - 유선달
   2대 아들 세대 - 유석림
   그 밖에 남술, 남술의 처, 국실, 오도령, 장궁, 일본인 증산 선생, 신
   선생 등이 있다.

『봄』에서는 부친 유선달과 아들 석림을 중심으로 담론이 형성된
다. 과도기적 근대인인 유선달을 중심으로 형성된 담론은 마름으로
민촌에 오게 된 내력, 동학란 이후 관립무관학교 시절, 소작권을
공평하게 배분해 주는 유선달, 남술의 처와의 연분, 사립광명학교

설립운동, 석림의 혼사, 사금광 투기 등이다. 부친 유선달은 충청도 양반 집안 출신으로 개화기를 맞이하여 근대적 의식을 부분적으로 수용하는 인물이다. 그러나 여전히 선달의 기질이 잔존하고 있어 후일 과도기적 전환기인 개화기에 대한 철저한 인식의 결여로 인해 몰락의 일로를 걷게 된다.

아들 석림을 중심으로 형성된 담론은 근대 풍물의 체험, 혼사와 단발 감행, 근대 학교를 통한 개화사상의 형성 등이다. 석림은 개화기 세대를 대표하는 인물로 개화 풍물과 학교의 교육을 통해 개화사상을 자각하게 된다. 그러나 선달 기질을 지닌 부친으로 말미암아 집안이 몰락하면서 학교에도 진학하지 못하게 되지만 좌절하지 않고 동경 유학의 꿈을 품게 된다.

부친 유선달과 아들 유석림은 다른 가족사소설과는 다르게 세대별 인물 대립이 비약적으로 그려지지는 않고 석림의 '심리적 국면'을 통해 간접적으로 반영된다.

ㄷ. 개화기 사회 풍속과 담론

『봄』에서는 사회의 연대기를 풍속묘사를 통해서 간접적으로 반영되고 있다. 농촌 출신 작가의 자전적 경향의 작품인 만큼 농촌의 정경묘사와 세시 풍속 등이 사실적으로 재현되고 있다. 혼행길, 신랑달기, 첫날밤 등의 결혼 풍속은 봉건적 결혼제도인 조혼의 폐습을, 사립학교 설립운동 등의 근대 교육 풍속을 통해서는 개화기 세대인 석림의 성장의 필연적 계기를, 사금광의 채굴과 금전판 에피소드를 통해서는 식민지적 근대화 양상을 반영하고 있다.

(2) 초점화자와 주제의식

『봄』에서는 과도기적 근대인인 유선달과 개화기 세대인 석림을 초점화자로 하여 초점화 국면이 형성되고 있다. 지각적 국면은 부친 유선달의 서울 생활과 사금광과 사립광명학교의 변화 등에서, 심리적 국면은 개화 풍물과 근대적 의식의 형성 및 부모의 강권에 의한 혼사와 국실에 대한 감정 등에서 초점화 국면이 이루어지고 있다. 지각적 국면과 심리적 국면은 관념적 국면인 반봉건의식의 형성과 개화사상의 지향으로 초점이 모아진다. 다른 여타의 가족사소설과는 다르게 부친 유선날과 석림의 대립적인 양상은 비교적 뚜렷하게 드러나지 않지만 유선달의 이중적인 가치지향과 석림의 의식 성장을 통해서 텍스트의 규범이 형성되고 있다.

작가의 시간적 구성상의 특징은 텍스트의 규범인 관념적 국면을 토대로 사건과 인물 구성을 통해 초점화 형성에 기여한다는 점에 있다. 즉『봄』의 전위적인 텍스트 규범인 '반봉건의식의 형성과 개화사상의 형성'을 위한 초점화 과정이라고 할 수 있다.

우선 인물의 구성에서 초점화 대상은 부친 유선달과 아들 세대인 석림을 중심으로 이루어지고 있다. 특히 과도기적 근대인인 유선달의 이중적인 가치지향을 통해 양반 계급의 봉건적 의식을 초점화하고 있다. 아들 세대인 석림을 통해서는 조혼에 대한 비판과 근대적인 학교제도를 통한 개화의식의 형성 등을 초점화하고 있다.

한편 농촌의 정경묘사와 세시 풍속, 결혼 풍속, 근대 교육 풍속, 사금광 등의 사회 풍속 등이 '연장'의 서술 방법으로 제시되고 있는데, 이는 개화기의 사회 현실을 정면적으로 다루지 못하므로 풍속을 사회의 연대기적 차원으로 형상화한 작가의 서술 방식이라고 할 수 있다.

특히 풍속의 묘사에서 '반봉건적 의식과 근대적 의식 성장'의 계기가 되는 국면에서는 작중인물 — 초점 화자에 의해 내적 초점화가 이루어지고 있는데, 이는 작가의 주제의식에 일조하는 계기점이기도 하다.

지금까지 살펴본 바와 같이 이기영의 『봄』에서의 초점화 대상은 충청도 양반 계급의 유선달 집안의 가족사이다. 이 과정에서 작가는 사회의 연대기를 재현하는 방식으로 개화기 시대의 사회 풍속을 초점화하고 있으며, 사회 풍속을 통해 형성된 초점화자의 심리적인 국면을 부각시키고 있다. 그러나 사회 풍속의 사회·역사적인 배경에 대한 서술이 충분히 이루어지지 못함으로써 개화기 사회의 본질적 면모를 제시하는 데까지는 나아가지 못하고 있다. 그러나 초점화자의 심리적인 국면은 개화기의 시대적인 과제인 반봉건의식과 근대의식의 지향이라는 작가의 주제의식을 제시하는 데 있어서 중요한 역할을 담당한다.

❹ 이태준의 『사상의 월야』

이태준은 1925년 『조선문단』에 『오몽녀』가 당선되면서 문단에 첫선을 보였으나, 본격적으로 작가 활동을 하게 된 것은 1930년대부터라고 할 수 있다.[1] 1930년대의 한국 문단은 프로문학과 민족주의 문학이 공존하던 시기였으며, 한편으로는 1933년에 결성된 '구인회'를 중심으로 한 순수문학 지향의 모더니즘 작가들이 일군의 문단 세력으로 대두되던 때이기도 하다. 당시 구인회 동인[2]으로 작품 활동에 주력하던 이태준은 단편소설의 미학적 완결성으로 문단의 주목을 받는 한편, 평자들로부터 '순수문학의 기수'라는 극찬을 이끌어 내었다.[3] 장편소설 『사상의 월야』는 이태준이 단편소설 작가로서 미학적 형식미로 주목받았던 초기작이 아니라 작품세계의 변모를 보이기 시작한 1930년대 후반 이후의 작품이다.

당시는 일제가 파쇼적 총동원 지배 체계를 구축하여 식민지적 자본주의화와 군국주의를 가속화시켰던 시기에 해당한다. 일본은 조선 민족에게 전쟁 협력을 강요하고 모든 지식인·문화인에게 친일화를 강력히 추진하는 등 민족말살을 강행했다.[4] 이러한 시대

---

1) 이태준은 『오몽녀』 이후 1950년 6·25까지 단편 60여 편과 중·장편 18편을 발표하였다. 이 밖에도 시, 동화, 희곡, 수필, 평론 등 다양한 장르를 통해 문학 활동을 활발히 전개한다(이병렬, 「이태준의 문학사적 위상 – 기존의 연구 결과를 중심으로」, 『이태준문학연구』, 깊은샘, 1993, 13~15면).

2) 구인회는 1933년에 9명의 문인을 중심으로 결성된 문학 단체로 가입과 탈퇴가 자유로웠다. 처음부터 끝까지 활동한 작가로는 이태준, 박태원, 이상이었는데, 전반적으로 모더니즘적인 경향을 띠고 있었다. 구인회 결성을 주도한 문인은 이태준이었는데, 그가 『조선중앙일보』에 봉직할 당시에는 구인회 작가들을 위해 지면을 확보할 정도로 열정적으로 활동을 전개했다고 한다(이선미, 「'구인회'의 소설가들과 모더니즘의 문제」, 『근대문학과 구인회』, 상허문학회, 깊은샘, 1996, 77~79면).

3) 이태준은 등단 이후 낭만적 감성주의, 서정적인 문체 등 형식미학적인 점에서 문단의 주목을 받았으며, '순수문학의 기수'라는 긍정적 평가를 평자들에게 이끌어 내기도 하였다. 반면 이태준의 단편소설에 나타나는 인물들이 대부분 사상적 고민과 생활적 의욕이 없기 때문에 그의 문학세계를 비시대적 혹은 몰사회성으로 인식하고 부정적인 평가를 내리는 경우도 있었다. (김기림, 「스타일리스트 이태준씨를 논함」, 『조선일보』, 1933. 6. 25~27; 백철, 「문장과 사상적 검토 – 내가 쓰는 작가 이태준론」, 『동아일보』, 1938. 2. 15~16; 최재서, 「단편작가로서의 이태준」, 『문학과 지성』, 인문사, 1938, 175~180면; 백철, 「문장과 사상적 검토 – 내가 쓰는 작가 이태준론」, 『동아일보』, 1938. 2. 15~16면; 김환태, 「순수시비」, 『문장』, 1939. 11.)

4) 강만길, 『고쳐쓴 한국현대사』, 창작과비평, 1994, 174~174면; 한국역사연구회, 『한국역사』, 역사비평사, 1992, 329~330면.

정황의 변모에 따라 국내 정세도 심각한 위기의식이 형성되었다. 1920년대 이후 문단을 주도하던 프로문학이 1935년에 일제에 의해 강제로 해산되면서 '사상성'을 전면에 내세울 수 없는 상황에 직면하게 되자 당시의 한국 문단은 전반적인 침체의 국면에 처하게 되었다. 그리하여 프로문학 계열의 문인들을 위시하여 '구인회'를 중심으로 문학주의를 견지하던 모더니즘 계열의 문인들까지도 작가로서의 모색의 길을 찾고자 노력하였다.5) 한편 당시 평단에서는 장편소설의 통속화 현상에 대한 모색의 일환으로 '로만개조론'이 논의되고 있었으며, 그 결실로 가족사소설 유형을 창작 방식으로 채택한 작품이 풍미하고 있었다.

당시 '구인회'를 주도하던 이태준도 이러한 문단 상황에 부응하여 단편소설을 중심으로 창작하던 초기의 작품 경향에서 벗어나 새로운 창작적 모색을 시도하였다.6) 『사상의 월야』는 당시 이태준의 작가적 모색에 의해 시도된 작품으로, 자전적 사실을 기초로 하여 작가의 일가에 대한 가족사를 다룬 작품이다.

『사상의 월야』는 1941년 3월 1일부터 1942년 7월 5일까지 『매일신보』에 연재하다가 '시대의 복잡성'을 이유로 상편으로 작품을 중단하고 마는데,7) 이는 연재 당시의 시대적인 정황에서 연유된 것이라고 할 수 있다. 연재가 중단된 지점의 작품 배경은 1920년대 후반으로, 역사적으로 한국은 이 시기부터 사회주의 운동의 열

---

5) 김재용 외, 『한국근대민족문학사』, 한길사, 1993, 638~639 · 697면.
6) 이태준은 이 시기 이후 장편소설의 창작에도 주력하는데, 주로 통속적 경향의 보여준다. 그러나 이러한 통속적 경향의 저변에는 계몽성이 내재되어 있다(조구호, 「이태준소설과 두개의 지향점 -『제2의 운명』과 『사상의 월야』를 중심으로」, 『배달말』 통권 27, 2000. 12, 203~220면).
7) 이태준, 「사상의 월야 - 근고」, 『매일신보』, 1942. 7. 5.

기가 거세어졌다. 따라서 일제의 파시즘이 강화되던 당시의 작가로
서는 '사실을 기초'로 작품 창작을 하기에 다소 어려움을 느꼈을
것으로 짐작된다.

해방 후 1946년, 이태준은 『사상의 월야』를 개작하여 을유문화
사를 통해 단행본으로 간행한다. 그러나 연재본에서는 일가의 러시
아 망명 생활에서부터 주인공의 동경 유학 생활까지를 다루고 있
지만, 단행본에서는 동경행 현해탄의 도상의 장면에서 작품이 종결
되고 있다. 이는 해방 후의 변화된 정치·사회적 정세와 조선문학
가 건설본부에서 활동[8]하게 된 이태준의 문학적 변모와도 관련되
는 일이다.

논의에 앞서 이태준의 『사상의 월야』에 관한 연구 동향을 살펴
보면 다음과 같다.

이태준의 『사상의 월야』는 당시의 가족사소설들과는 사뭇 다른
양상을 보여준다. 당시의 가족사소설들은 개화기를 중심적인 시대
배경으로 삼고 있는 경우가 대부분이었다. 그러나 『사상의 월야』
는 개화파가 형성된 조선 말기부터 1920년대 전반까지를 시대적인
배경으로 하여, 개화기에 발흥하기 시작한 신흥 시민 계급의 형성
과정과 민족주의적인 가치지향을 반영하고자 하였다. 무엇보다 『사
상의 월야』에서 특기할 만한 사항은 작가 개인의 생애를 반영한
자전적 서사의 구성과 조실부모한 가족의 특성으로 말미암아 '자
전적인 성장소설'로서의 면모가 부각된 가족사소설이라는 점이다.

이태준은 『사상의 월야』뿐만 아니라 다수의 단편소설에서도 자

---

8) 정비석, 「죄익술책에 이용된 문인들」, 『동서문학』, 1988, 68~73면: 정현기, 『이태준 - 정치
　　로 죽기와 작가로 서기』, 건국대출판부, 1994, 20면.

전적인 사실을 작품의 창작 소재로 채택하여 쓰고 있다. 이태준 소설의 이러한 자전적 경향은 고아 출신으로서의 이태준의 성장 배경과 의식세계에 관한 논의를 형성시켰다.[9] 이태준의 『사상의 월야』에 관한 연구는 이러한 기존의 연구 성과를 토대로 하여 이루어졌다. 『사상의 월야』에 대한 연구는 크게 자전적인 서사의 구성에 주목하면서 '고아의식'[10]이 지향하는 세계관에 대해 논의한 것과 당대에 풍미하던 가족사소설의 유형에 주목하면서 논의한 것이 있다.

우선 고아의식을 논의의 초점에 둔 연구는 논자에 따라 다소 접근 방식의 차이를 보이고 있으나, 고아의식이 지향하는 바가 민족주의 의식이라는 것에서는 동일한 견해를 보이고 있다. 그러나 민족주의 의식의 정신적인 토대에 대한 성격 규정에 있어서는 논자에 따라 상고주의, 근대주의, 계몽주의 등으로 그 입장을 달리하고 있다.

상고주의적은 입장에서 접근한 연구는 오경혜, 이익성, 이상갑 등이 있다.[11] 이들 논자들은 고아의식의 귀결점이 민족주의 의식의 형성으로 귀결되며, 그 과정을 지사지향의 욕구에서 비롯된 것으로 파악하고 있다. 또한 민족주의가 지향하는 근대주의를 선비사

---

9) 조실부모한 이태준의 성장 배경과 의식세계를 '고아의식'으로 명명하고 작품세계를 논의한 연구는 다음과 같다.
　　長埠吉, 「이태준」, 『조선학보』 92, 일본천리대학조선학과연구실, 1979: 三枝壽勝, 「이태준 작품론 – 장편작품を 中心として」, 『이태준전집』 4, 깊은샘, 1988, 297~298면: 김윤식, 「이태준론」, 『현대문학』, 1989. 5: 김윤식, 「이태준론」, 『해방공간의 민족문학연구』, 열음사, 1989, 207면.
10) '고아의식'이란 심리학에서 고아콤플렉스로 지칭되는 것으로, 고아 출신인 이태준의 정신세계를 의미하며, 작품상에서는 송빈의 정신적 토양이기도 하다.
11) 오경혜, 「이태준 연구 – 자전적 소설 〈사상의 월야〉를 중심으로」, 숭실대대학원 석사학위논문, 1991: 이익성, 「〈사상의 월야〉의 자전적 소설의 의미」, 『한국 근대 장편소설 연구』, 모음사, 1992, 93~108면: 장영우, 「이태준소설연구」, 동국대대학원 박사학위논문, 1992: 이상갑, 「『사상의 월야』 연구」, 『이태준 문학 연구』, 상허문학회, 깊은샘, 1993, 346~364면.

상의 일환으로 간주하며, 순응된 민족주의로서의 상고주의로 파악하고 있다.[12]

근대주의적인 입장에서 접근한 연구로는 최정주와 이병렬의 논의가 있다. 최정주는 작가가 지향하는 바의 가치가 근대주의이며 더 나아가 이것이 민족사명으로 발전되고 있다고 보았다.[13] 이병렬은 작가의 전기적 사실과 자전적 소설의 요소를 중심으로 논의하였으며, 특히 해방 후 작가의 정치적 각성의 변화와 개작의 관련성을 밝히고자 하였다.[14]

계몽주의적인 입장에서 접근한 연구로는 장영우, 하정일, 최재원, 김진기, 박계현 등의 논의가 있다. 장영우는 『사상의 월야』가 연애소설의 외피에 계몽주의와 사회의식을 부여하여 통속성을 극복한 계몽성이 짙은 성장소설로 규정하고 있다. 이는 이태준 장편소설의 특성이 보여주는 두 가지 특성을 규명한 것으로 의의가 있다.[15]

하정일은 작가가 암흑기에 자전적 소설을 집필한 이유를 해명하

---

12) 상고주의는 이태준의 지사사상에서 민족주의 사상의 연원을 찾고 있으며, 근대주의는 민족주의 사상이 추구하는 가치에 주목한 논의이다. 계몽주의는 부친의 유신사상의 계승적 면모와 민족주의의 성격을 규명하는 데 논의의 초점을 다루고 있다.

13) 최정주, 「〈사상의 월야〉 연구」, 『전주우석대우석어문』 8, 1993. 12, 61〜77면.

14) 이병렬, 「이태준의 아버지 찾기 - 『사상의 월야』의 자전적 요소와 개작의 의미」, 『이태준 소설연구』, 평민사, 1998, 256〜280면.

15) 장영우, 「이태준 장편소설 연구 - '사상의 월야'의 계몽적 성격」, 『이태준 소설연구』, 태학사, 1996.
이태준의 장편소설에서 나타나는 특성인 통속성과 계몽성의 관한 논의로는 조구호의 연구가 있다. 조구호는 『제2의 운명』과 『사상의 월야』를 대비하여 두 가지 특성을 논의하고 있다. (조구호, 「이태준소설과 두개의 지향점 - 『제2의 운명』과 『사상의 월야』를 중심으로」, 『배달말』 통권 27, 2000. 12, 203〜220면.)
인물의 욕망을 주제로 하는 통속장편소설에 관한 연구는 다음과 같다.
안남연, 『이태준 장편소설 연구』, 대영 현대문화사, 1993: 이명희, 「이태준 문학 연구」, 숙명여자대학원 박사학위논문, 1993: 이호숙, 「이태준 소설의 이중 욕망 연구」, 이화여대대학원 박사학위논문, 2001: 김은정, 「이태준 장편소설 연구 - 욕망의 서사적 구성화를 중심으로」, 서강대대학원 박사학위논문, 2002.

는 것에 논의의 초점을 두고 있다. 그에 주장에 따르면, 『사상의
월야』는 개화기 계몽 정신을 수용하는 과정이 반영된 작품이며,
동시에 암흑기 시대 작가로서의 정체성을 재정립하기 위한 방편으
로도 의미가 있는 작품이다.16) 이러한 논의는 암흑기 작가의 '계
몽의 논리'가 지니는 유효성을 밝혀냈다는 점에서 의의가 있다.
그러나 계몽주의에 대한 명확한 역사적인 규명이 이루지지 않는
한계 또한 존재한다.

최재원은 사상성 여부를 고찰하는 과정으로, 이태준의 장편소설
에서 나타나는 계몽성과 민족주의적 사상과의 관련성에 주목하고
있다. 그는 작가의 입신양명에 대한 의지는 부친의 사상인 민족주
의적 계몽의식과 동궤에 놓여 있다고 보았으며, 소설에서 등장하는
애정 문제를 통과제의적 요소를 지닌 것으로 계몽의식을 부여하기
위한 하나의 장치로 평가하고 있다.17)

박계현은 앞선 논자들과 동일하게 고아의식의 극복 과정으로서
의 작가의식을 계몽주의적 민족주의의 입장에서 논의하고 있다. 그
러나 그는 『사상의 월야』를 개인사의 기록을 넘어선 민족의식과
계몽 담론으로 연결된 민족의 성장소설로까지 그 의미를 확장시키
고 있다.18)

---

16) 하정일은 계몽의 정신을 수용하는 과정으로서 작가의 작품세계를 논의하고 있다. 특히 1930년
대 초반에 창작한 작품인 단편소설인 『어떤날 새벽』, 『고향』, 『실락원이야기』와 장편소설 『제2
의 운명』, 『불멸의 함성』 등을 계몽의 실천을 다룬 작품으로 논의하고 있다.
(하정일, 「계몽의 내면화와 자기확인의 서사 - 이태준론」, 『근대문학과 구인회』, 상허문학회,
깊은샘, 1996, 180~187면.)

17) 최재원, 「이태준 장편소설 연구 - 〈사상의 월야〉를 중심으로」, 원광대대학원 석사학위논문,
1999.
최재원과 동일한 입장으로 김진기의 견해가 있다. 김진기는 이태준의 전기적인 고찰과 계몽적
민족주의자로서의 문학적 변모 과정에 대한 연구의 일환으로서 『사상의 월야』에 의미를 부여
하고 있다(김진기, 「이태준 소설 변화의 의미 연구」, 『한국 근현대 소설 연구』, 박이정, 1999).

이들 논의는 초기 단편소설과는 다른 이태준의 문학세계의 변모에 주목한 것으로, 작가의식의 근원을 부친의 '민족주의'에서 찾고 있다. 그러나 작가의 민족주의적 계몽의식에 대한 역사적인 규명이 충분히 이루어지지 못하고 있다.

'고아의식'을 논의의 출발점으로 삼아 자전적 성장소설의 관점에서 논의하면서도 민족주의적인 관점이 아닌 세속적 현실주의 관점에서 논의한 연구로는 정종현, 황국명 등의 논의가 있다. 이들은 주인공의 성장 과정을 입신 출세담의 서사로 이해하고 성장 체험이 지니는 의미를 현실적인 성공주의로 파악하고 있다.[19]

이 밖에도 '고아의식'을 토대로 한 논의로는 작품상의 중심 모티프와의 상관관계를 중심으로 한 논의,[20] 자전적인 단편소설과의 상관성에 주목한 논의,[21] '고아의식'이 작품 창작의 원동력이 되어

---

18) 박계현, 「이태준 소설의 고아의식 연구 ─『사상의 월야』를 중심으로」, 동국대문화예술대학원 문예창작 석사학위논문, 2000.
　　이 밖에도 계몽주의적 의식의 변모에 초점을 두고 작품상의 인물을 중심으로 논의한 연구가 있다. 양진오와 변경혜의 연구로 양진오는 텍스트를 중심으로 라깡의 정신분석비평을 통해 인물을 분석하고 있으며, 변경혜는 인물 분석을 통해 작가의식을 해명하고 있다.
　　(양진오, 「이태준의『사상의 월야』 연구」, 서강대학원 석사학위논문, 1992: 변경혜, 「이태준소설의 인물연구」, 서울대학원 석사학위논문, 2001.)

19) 정종현, 「민족 현실의 알리바이를 통한 입신 출세담의 서사적 정당성 ─이태준의『사상의 월야』의 성장 체험이 지니는 의미에 대하여」, 『한국문학연구』 23, 2000. 12, 263~274면.
　　황국명은『사상의 월야』를 성장소설적 측면에서 논의하면서도 작가의 전기적 요소에 구속되지 않고 정치적인 환상과 세속적 성공의 견지에서 접근하고 있다.
　　(황국명, 「한국 현대 성장소설의 정치적 환상 연구」, 『한국문학논총』 25, 1999. 12, 333~383면.)

20) 최혜실은 고아의식과 현해탐콤플렉스의 상관성과 작품상의 중심 모티프인 학교 재건의 모티프, 혼사 장애 극복 모티프 등의 관점으로 논의하였다.
　　(최혜실, 「이태준 장편소설에 나타나는 애정의 삼각 구도」, 『한국 근대 장편소설 연구』, 한국현대문학연구회, 모음사, 1992, 31~39면.)

21) 자전적 소설의 변모 양상과 단편소설과 장편소설『사상의 월야』의 자전적인 경향에 관한 논의는 다음과 같다.
　　김도희, 「식민 상황과 이태준 자전소설의 변모 양상 ─〈고향〉, 〈사상의 월야〉를 중심으로」, 『한국문학논총』 27, 2000. 12, 267~288: 송하춘, 「자전적 소설 연구 ─이태준의 경우」, 『고

가는 과정에 주목한 논의[22] 등이 있다.

한편 『사상의 월야』는 가족사소설의 관점에서도 논의되어 왔다. 이는 소설의 형식에 주목한 논의로, 1930년대 한국 장편소설 연구의 일환으로 이루어진 로만개조론의 관점에서 형성된 가족사소설의 전개과정과 당시에 풍미하던 여타의 가족사소설과의 차이점에 주목한 것이다. 대표적인 논자는 이주형, 류종렬, 엄명자 등이 있다.

이주형은 다른 가족사소설과의 차이에 주목하여 '적극적 주인공'의 부각과 주인공의 성장과 사건의 연관성을 중심으로 논의하였다.[23] 이 논의는 가족사소설의 형식에 주목하여 개별적인 특징과 차이점을 부각시켰으며, 개인의 수난 과정을 한민족 전체의 의미로 확장시켜 의미를 부여했다는 데 의의가 있다. 그러나 개인의 수난이 한민족 전체로 수렴되는 과정에 대한 역사적인 해명이 이루어지지 않고 있다.

류종렬은 1930년대 말 가족사·연대기소설을 서사 형식, 세대별 인물 유형, 현실 대응의 논리로서의 풍속묘사 등의 유형상 특성을 고려하여 총체적으로 고찰하였다. 그는 『사상의 월야』를 부친 세대의 몰락기와 세대의 교체와 순환이 이루어진 송빈의 세대를 다룬 가족사소설로, 서사의 일탈이 없고 사건이 이송빈의 성장에 집중된 성숙의 구성을 이루고 있다고 보았다. 또한 우회적 표현으로서

려대인문논집』 43, 1998. 12, 1∼20면.

22) 고아의식이 작품창작의 원동력이 되어가는 과정을 '벽'으로 상정하고, 민족주의의식이 아닌 사상운동적 실천세계의 도정에서 사상가가 될 수 없음을 깨달은 작가가 '벽' 안에서 살 방도로서 문학의 길을 택했다고 보고 있다.
(花田とも美, 「외국문학으로서의 이태준문학」, 『근대문학과 이태준』, 깊은샘, 2000, 84∼87면.)

23) 이주형, 「1930년대 한국 장편소설 연구」, 서울대대학원 박사학위논문, 1984.

의 현실 암시와 민족 정체성의 회복을 위한 노력으로서의 의미 부여에 논의의 초점을 맞추고 있다.[24] 그러나 이러한 논의는 소설 유형과 그 특성에 주력하여 논의한 결과, 작품의 창작적인 배경과 시대적인 의미로서의 역사적인 규명에 일정한 한계를 보여주고 있다.

엄명자는 가족사·연대기적 서사의 구조를 중심으로 자전적인 요소와 작가의 형식미학적인 특징인 서정성과 기법 등을 총괄하여 논의하였는데, 문체론적 측면에서 서정주의적인 특성과 시제와의 관련성에 대해 논의한 것이 주된 논지이다.[25] 그러나 서정주의가 작품에 사실적인 현실 반영에 끼치는 역할에 대한 천착까지는 나아가지 못하는 한계를 보이고 있다.

본고에서는 이러한 연구 성과를 토대로 하여 이태준의 『사상의 월야』를 살펴보고자 하며, 더불어 다음과 같은 점에 주목하고자 한다.

『사상의 월야』가 가족사소설의 형식을 지닌 만큼 가족사소설로서의 서술의 특성과 작품상에 반영된 연대기가 지향하는 바의 의식세계를 규명하는 것을 논의의 중심에 두고자 한다. 그러나 『사상의 월야』에서는 자전적인 요소가 서사의 중심을 형성하는 소설인 점을 감안하여 작가의 전기적 사실을 토대로 작품상의 사실성의 여부를 검토하고, 이러한 자전적인 요소가 가족사소설에서 어떠한 기능을 형성하게 되는지 살펴보고자 한다.

---

24) 류종렬, 「1930년대 말 한국 가족사·연대기소설 연구」, 부산대대학원 박사학위논문, 1991.
25) 엄명자, 「이태준의 『사상의 월야』 연구」, 경산대대학원 석사학위논문, 1999.

1) 연재본과 개작본의 차이

이태준의 『사상의 월야』는 1941년 3월 4일부터 1942년 7월 5일까지 『매일신보』에 연재된 자전적 경향의 가족사소설이다. 그러나 이 작품은 애초에 작가가 구상했던 것과는 달리 연재 도중 미완으로 중단되었다. 그렇다면 연재 도중 작품이 중단된 이유는 어디에 있을까? 이는 다음과 같은 '작가의 말'을 통해서 추측해 볼 수 있다.

> 이 소설에 나오는 시대가 대단 복잡햇섯고 이야기가 사실을 존정햇던 만치 주인공의 이 앞으로서의 모든 것은 좀 더 신중히 생각할 여유가 필요하게 되엿습니다. 독자와 신문사에 미안합니다만 우선 상편으로 쉬이겟습니다.
>
> (이태준, 「근고」, 『매일신보』, 1942. 7. 5.)

이러한 작가의 창작적 고민은 연재 당시의 시대적인 정황에서 연유된 것이라고 할 수 있다. 이태준은 『사상의 월야』에서 급진개화파였던 부친과 일가가 러시아에서 망명하던 개화기에서부터 관동대지진이 일어난 1923년 이후 동경 유학 시절까지를 연대기로 설정하고 있다. 그러나 작가는 동경 유학 생활을 연재하는 도중 '주인공의 앞으로의 행적에 대해 신중히 생각할 여유가 필요하다.' 는 이유로 작품을 중단한다. 작가가 『사상의 월야』를 발표할 당시는 일제의 파시즘이 강화되던 시기였으므로, 사회주의운동의 열기가 거세지던 1920년대 후반의 정세를 작품에 반영하기에 앞서 창작적 고민에 봉착했던 것으로 추측된다.

이태준은 해방 이후 연재본을 일부분 수정하여 1946년 11월에 을유문화사에서 단행본으로 간행하게 된다. 연재 당시에는 러시아 망명부터 동경 유학 시절까지를 다루었으나,[26] 단행본에서는 동경 유학 시절을 제외하고 동경 유학행 현해탄 도상에서의 감격까지를 다루고 있다.[27] 특히 현해탄 건너는 부분의 결말을 대폭적으로 수정하여 수록하고 있다. 연재할 당시와 단행본으로 간행할 당시의 수정된 부분을 살펴보면 다음과 같다.

「멀─리 백제때는 왕인(王仁)이 문자(文字)를 가지고 이 바다를 건너갓다! 오늘 우리들은 비인 머리를 가지고 과학과 사상을 거기로 담으러 가게 되엿디!」

더욱 송빈이가 놀라듯 벌덕 일어난 것은

「오, 아버지께서도 이 현해탄을 건느섯드랫다!」

생각을 해내인 것이다. '낭아사끼'에사 양복을 입고 찍으신 사진은 그 천도연적과 함께 아직도 누이 송옥이가 마터 가지고 잇는 것이엿다.

「현해탄이란 우리의 모─든 력사의 바다다! 모든 력사의 파도다!」

송빈이는 일어섯다. 바다가, 현해탄이 보고 시퍼젓다. 허리가 휘웃둥한다. 비틀거리며 층계를 올라와 보앗스나 강판으로 나가는 문은 잠겨 잇섯다.

밝는 날 새벽 이 갑판문이 열리자 송빈이는 누구보다도 먼저 뛰여나왔다. 솔이 새파란 섬이 벌서 보혓다. 바다는 행결 잔잔해졌다. 조선쪽으로 돌아서보았다. 망망한 수평선뿐이다. 이등실쪽 갑판에도 벌서 여러 사람이 나와 잇섯다. 모다 즐거운 얼굴이다. 송빈이는 처음 듯는 무슨 '아이다사미다사'니 '데루니 데라레누 강오노도리'니 하는 노래를 열심으로 부르는 여자들도 잇다. 푸른 물결에 다을 듯이 석벽에 가지 느러진 소나

---

26) 단행본에서는 누락되었으나 연재본에 수록된 부분은 『매일신보』에 1942년 6월 27일부터 7월 5일까지 8회분이다. 동경에서의 생활 경험에서 일본인 근로자에 대한 긍정적인 묘사가 다분히 많은 것으로 보아 동경 유학생 사회에서의 마르크시즘 사상의 영향과 사상운동의 융성이 연대기적 배경이라고 할 수 있다. 그러므로 작가는 본격적인 사상운동을 작품상에서 반영하지 못하고 연재를 중단했던 것으로 추측해 볼 수 있다.

27) 단행본에서는 마지막 현해탄 도상에서의 감격에서 많은 부분은 수정되었으나 메이지유신에의 동경과 근대주의의 추구라는 점에서는 커다란 의미 변화는 보이지 않고 있다. 연재본에서 조선에 대한 부정적인 묘사와 일본에 대한 긍정적인 묘사는 단행본에서 삭제되었다.

무들, 차츰 가까워지는 문사(門司) 하관 일대의 수목 울창한 육산들의 부드러운 곡선들 '미루마게'에 당홍 속옷자락을 해풍에 풍기며 쎈치한 노래를 부르는 여자들을 보며 보아 그런지 무슨 유원지역(遊園地域)에 드러서는 것 가튼 다감다정한 풍물이엿다.

이윽고 현관부두에 배가 다엇다. 부두에 발을 나려노키가 바쁘게 송빈이는 또 형사에게 은근히 소매를 끌리엇다. 부산서보다는 말씨부터 좀 나엇스나 취체는 취체엿다.

하관에서부터 벌서 이상스럽게 눈에 뜨이기 시작하는 것은 흰옷이다. 송빈이는 선뜩 윤수아저씨의 말이 생각낫다. 저게 조선옷이엿니! 하리만치 처음처럼 조선옷부터가 새삼스럽게 보혓다. 차에서 배에서 석탄연기에 끄을고 꾸기고 말리고 한 베것 모시것들은 흰옷의 흰옷다운 면목이라고는 옷고름 하나가 제대로 업섯다.

「우선 기차와 기선 생활을 못할 옷이다! 현대인의 옷일수 업다!」
송빈이는 흰옷들을 보는 것이 민망스러워젓다. 더욱 동경행 기차에 올라서는 대판까지 십여 시간은 송빈이는 이처럼 괴로운 기차를 타보기는 생후 처음이다. 찻칸이 조선서보다 좁아서가 아니엿다. 모다 끄리는 눈치여서 자기와 한자리에 안게 한 경상도 사투리의 노파 한 분 때문이엿다. 귀는 어둡고 워낙 거센 말투인데다가 정은 많어 뭇지 않는 자기 사정을 이야기햇고 나중엔 송빈이의 고향, 부모, 혼인여부까지 물엇다. 주위에서 들은 뜻은 모르고 소리만 드르니까 더 우서운 듯 하였다.

(이태준, 『사상의 월야』, 『매일신보』. 1942. 6. 22.)

「머얼리 백제때는 왕인이 문자를 가지고 이 바다를 건너갓다! 문자만이 아니라 의술, 점학, 철공술, 미술, 나중엔 조원사까지 백제로부터 건너갓다 한다. 그런데 일본사람들은 그 답례로 무엇을 들고 이 현해탄을 건너 조선으로 나온 것인가? 임진란으로 일한합방으로 일로전쟁과 일청전쟁으로 오직 총과 칼을 들고 내달앗을 뿐이다! 이런 악한 이웃 일본에 아니, 지금은 무서운 통치자 일본에 나는 공부를 가고 있다! 오늘 우리들은 비인 머리를 가지고 과학과 사상을 거기로 담으러 가게 되었다. 슬픈, 너무나 쓰라린 역전이다!」

더욱 송빈이가 놀라듯 벌떡 일어난 것은,
「오! 아버지께서도 일찍이 현해탄을 건느셨드랬다!」
생각을 해낸 것이다. 낭아사씨에서 양복을 입고 찍으신 사진은 천도연적과 함께 아직도 누이 송옥이가 맡아 가지고 있는 것이다.

「현해탄이란 우리의 모오든 역사의 바다다! 모오든 역사의 파도다!」

송빈이는 일어섰다. 이 바다, 이 현해탄이 보고 싶다. 허리가 휘우뚱하다. 비틀거리며 층계를 올라와 갑판으로 나섰다. 하늘도 바다도 어둡다. 그러나 바람은 배가 갈라제씨는 바다 속에서 나오는 것처럼 차도록 서늘하다.

「오 이게 현해탄! 역사에서 뒤떨어지는 조선을 일본만큼도 끌어올려 보려 김옥균선생이 오고 가고 하던 그 뒤에는 망명으로 건너가고 말으신 이 현해탄! 내 아버지께서도 이 바다를 건느실 때는 뜻이 크셨을 게다! 결국 이루지 못하고 이 바다를 건너오셨고, 나중엔 역시 시세에 어두운 우물안 애국자들에게 매국노니 역적이니 하는 억울한 누명만 걸머지고, 그예 조국을 버리고 이 현해탄과 한 바다인 동해를 나서 노령지방으로 망명하셨던 거다! 거기서 돌아가신 설흔다섯 살인 아직도 청년이시던 내 아버지! 그 애달픈 심상은 어떠하셨을까!

오! 아버지? 이 미거한 것이니마 아버지의 뜻을 이으오리다! 선각자들의 수난에 보답하오리다! 김옥균 선생 같은 이를, 아버지 같은 이를 매국노라, 역적이라 몰아붙이던 그 완매한 보수주의자들, 지금도 민철이 할아버지 따위, 원섭이 할아버지 따위가 조선엔 득실득실 차 있읍니다. 그들은 지금 하나 같이 남작이니 후작이니 작위를 받아먹고 민족은 도탄에 들어 있어도 저자들만은 세도를 부리며 호의호식을 하고 있읍니다. 누가 정말 민족의 역적이며 누가 정말 나라를 팔아먹은 자들입니까? 아버지? 이 배에도 지금 조선청년이 많이 탔읍니다. 그 속에는 매국노들의 자식으로 일본관립학교나 졸업하고 제 할애배의 세도나 물려 가지려는 얼빠진 자식들도 있을겁니다만, 아직도 김옥균 선생이나 아버지께서 일본에 조국을 팔기 위해서가 아니라 일본의 유신을 본받으러 가셨듯이, 일본에 협력하기 위해서가 아니라 이 앞으로 일본과 투쟁하여 조선을 찾을 그런 준비로 학문과 사상을 배우러가는 진정한 애국 청년이 더러는 있을 섭니다! 영혼이 계시다면 이들의 앞길을 인도해 주옵소서.」

써늘하게 식은 송빈이의 뺨 위에는 뜨거운 눈물이 흘러내렸다. 오늘 자기의 외로움, 오늘 자기의 가난함이 일찍 그런 아버지가 이 현해탄을 건너신데 원인한 것이라 생각하면 송빈이는 이미 당해온 고생이 도리어 명예스러웠고, 이 앞으로 당할 고생에 더욱 용기가 솟는 것이었다.

배는 솟는 파도면 가르고, 잦는 파도면 미끄럼치듯 넘으면서 한결같은 속력으로 내닫는다. 송빈은 머얼리 바다 끝에 새멱 하늘이 트이기 시작할 때까지 밝은 날부터의 새 운명을 향해 그냥 서 있었다.

(이태준, 『사상의 월야』, 깊은샘, 1988, 188~190면[28])

연재 당시에 흰옷과 조선옷의 현대적이지 못한 부분을 부끄러워했던 부분을 전면적으로 삭제하고, 현해탄을 건너던 부친의 행적과 사상을 더욱 세밀하게 형상화하고 있다. 더 나아가 동경 유학행이 부친의 유신사상과 결부되며, 종국에는 조선 청년의 민족적 사명의식과 민족을 위한 새로운 미래에의 기약으로 확장되고 있다. 이는 연재 당시에 충분히 반영하지 못했던 부분, 즉 일제에 대한 비판의식과 민족주의 의식을 반영한 것이라고 할 수 있다.[29] 또한 단행본에서 동경 유학 시절의 상당 부분을 제외시킨 것은 작가가 동경유학시절에 고학하면서 느낀 일본 근로자들의 건강한 생활태도를 긍정적으로 형상화한 부분에 대해 개작의 어려움을 느꼈던 것으로 생각된다.

이러한 변모는 해방 이후 정치적인 상황의 변화와 그로 인한 작가의 행적이 관련된다. 해방 이후 순수문학의 기수였던 이태준은 1946년에 임화, 김남천, 김태준 등과 함께 '조선문학가동맹'의 주도 세력으로 활동하다가[30] 급기야는 1946년 7월 말경에 '민주주의 민족전선' 결성대회 의장단의 일원으로 홍명희와 함께 월북하고 만다.[31] 『사상의 월야』는 이태준이 월북한 이후 이기영, 이찬, 허

---

28) 1988년도에 깊은샘에서 단행본으로 출간된 작품집은 1946년도 출간된 을유문화사본을 기본 텍스트로 삼고 있음을 감안하여 본고에서는 1988년도 출간된 작품집을 텍스트로 삼았다.

29) 이 밖에도 일본에 관한 긍정적인 묘사를 수정한 부분이 있다. 연재본에서는 '국어'라고 표기했던 것을 '일본말'로 전환하였으며, '이등박문공의 작'이라고 표기되었던 부분은 '이등박문작'으로 전환하고 있다. 이러한 표기의 전환은 일제의 식민주의 정책이 강화되던 시기에 일본에 대한 의식을 반영하는 동시에 해방 이후에 독립된 국가에 대한 의식을 반영하고 있다.

30) 정비석, 「좌익술책에 이용된 문인들: 기획특집-8·15해방공간의 문학인들」, 『동서문학』, 1988. 8, 68~73면: 김윤식, 「해방후 남북한의 문화운동」, 14~15면.

31) 정한숙, 『해방문단사』, 고려대학교출판부, 1980, 40~50면: 민충환, 「이태준 생애연보」, 『이태준문학연구』, 상허문학연구회편, 깊은샘, 1993, 421면.
월북 이후의 행적에 대해서는 조영복의 「이상적 사회주의를 꿈꾼 뛰어난 문장가」(『월북예술가 오래 잊혀진 그들』, 돌베개, 2002, 275~298면)에 비교적 자세히 언급되어 있다.

정숙 등과 방소문화사절단의 일원으로 2개월간 모스크바, 레닌그라드 등지를 둘러본 이후에 개작되었다. 당시의 급박한 정치적 상황에서 이태준은 민족주의 의식을 부각시키는 방향으로 개작하고자 했던 것으로 추측된다. 그러나 작품을 전면적으로 개작하기엔 어려움이 있어 조선옷에 대해 부끄럽게 여겼던 부분은 작품상에서 제외시키고, 일본 근로자에 대한 긍정적인 묘사가 있는 동경 유학 시절 부분을 제외시켰던 것으로 생각된다.

본고에서는 당시의 연재본을 선본으로 하되 단행본의 수정된 부분을 부분적으로 고려하고자 한다. 그 까닭은 개작된 부분에서 현해탄을 건너던 부친의 행적과 유신사상이 동경 유학의 의미와 깊은 연관이 있음을 표명하는 내용이 연재 당시에도 미약하나마 반영되고 있기 때문이다. 그러므로 본격적인 논의에 앞서 창작 당시의 작가의 의도가 충실히 반영된 연재본을 선본으로 하여 작품을 논의하고자 한다.

2) 급진개화파 이감리와 개화 세대 송빈

(1) 자전적 서사의 구성과 사실적 재현

이태준의 『사상의 월야』는 작가의 자전적인 이야기를 중심적인 서사로 구성하여, 일가가 러시아에서 망명 생활을 하던 시기부터 동경 유학 시절까지를 연대기로 신흥 시민계급의 형성과 민족주의적 사상의 정착 과정을 구현하고자 한 가족사소설이다.

이태준은 『사상의 월야』에서 자전적인 사실을 토대로 일가의 아라사에서의 망명 생활에서부터 조실부모한 주인공이 동경 유학의 도정에 이르기까지의 입신 과정을 형상화하고 있다. 본 장에서는 이러한 사실에 주목하여 작가의 자전적 사실과 작품과의 관련성을 검토하고, 작가가 지향하는 사상의 성격을 규명하고자 한다. 특히 자전적 사실을 검토하는 데 있어서 작품의 구성이 일가의 몰락 과정과 적극적 주인공의 입신 과정으로 구성되어 있음을 감안하여 살펴보겠다.

　이태준은 1904년 11월 4일에 강원도 철원군 무장면 산명리에서 부친 이문교와 모친 순흥안씨 사이의 1남 2녀 중 장남으로 출생한다. 부친 이문교는 이태준이 출생할 당시에 덕원감리에서 주사로 봉직하고 있었다.[32] 1909년, 이태준의 나이 6세에 부친은 의병들에게 친일파로 오인받아 고향을 떠나 블라디보스토크로 이주하게 된다.[33] 이는 『사상의 월야』에서 송빈 일가의 집안 내력과 송빈 부친의 정치적인 행보와 일치하는 것이다.

　『사상의 월야』에서 송빈의 집안은 강원도 철원 육부자네 용담이씨네 중 큰 부잣집으로 되어 있다. 작품상에서는 선대가 어떤 벼슬을 했는지는 알 수 없고, 송빈의 부친은 완영에서 벼슬살이를 하다가 덕원(원산)감리에서 개항장의 사무관장을 지낸 것으로 되어 있으나, 실제로는 덕원감리 주사로 하급 관료직이었다고 한다.[34]

---

32) 민충환, 『이태준 연구』, 깊은샘, 1988, 25~26면: 정현기, 『이태준』, 건국대학교출판부, 1994, 13면: 김현숙, 「이태준론 ─앞서간 모더니스트의 방황과 절망」, 『한국현대작가연구』, 김상태 외, 푸른사상, 2002, 66면.
　　이문교는 철원공립 보통학교에서 교관직을 맡기도 했다(이병렬, 「이태준의 아버지 찾기」, 앞의 책, 257면).
33) 민충환, 앞의 책, 26~27면: 정현기, 앞의 책, 257~258면: 김현숙, 앞의 책, 67면.
34) 정현기, 앞의 책, 14~16면.

여하튼 이 시기는 작품상에서 송빈의 부친에게 중요한 인생의 갈림길이었다고 할 수 있다. 이는 이후 송빈 부친의 행적을 통해서 작품상에 반영되고 있다.

나중에 사위가 덕원감리로 원산(元山)에 부임한 뒤로는 서울서 동대문 박 나서서는 모다 자기 사위의 천지인 듯, 안하에 걸리는 사람이 업엇다. 그러던 사위가 무슨 일로인지 집에도 들르지 안고 서울직행을 멧 번 하더니 갑재기 살림을 족치기 시작하는 것이엿다. 종갓집 재산이라 알톨 가튼 땅뿐인 것을 허둥지둥 헐갑에 넘겨, 십전짜리 은전과 두돈오푼짜리 백동전으로만 소에 다섯바리를 실코 서울로 떠낫다. 석 달 뒤에 '낭아사끼'라는 데서 편지가 오고, 또 서달 뒤에 '고오베'라는 데서 편시가 오고는 이태 동안이나 소식이 끈허 다가, 하루는 어슬어슬한 저녁때인데, 웬 지나가던 초상상재 하나가 마당에서 그때 다섯 살 나는 송빈이를 한참 드려다보더니, 그의 손목을 잡고 중문 안으로 들러서는 것이엿다. ……(중략)……그러더니 안해와 장모님을 불러노코 집과 땅좀 남은 것을 마저 판다하엿고, 이제 '간도'가 어듸인지 간도라는 데로 가서 이 철원보다, 서울보다도 더 큰 대처를 만들고 여기 일가 친척까지라도 다 다려간다고 하엿다. 이번에는 우선 내집만은 솔가를 하여 갈 것이니 장모님은 마음대로 하시라는 것이엿다. 그리고 모든 준비를 삼촌께 맛기고 날이 밝기 전에 오십 리나 되는 보개산 절로 피신을 하엿다.
그런데 하루만 지체하였더래도 집에서 잡힐 번하게 곳 의병들이 몰려 들엇다.
……(중략)……
'개화당'은 둘재요 '역적'이란 이름만 붓는 날에는 전 문중이 결단나는 판이라, 의병 대장의 속이 흐뭇하도록 막대한 돈을 거더 바치고 피투성이 된 전날의 '이감리'를 들것에 담어 차저왔다.
(이태준, 「사상의 월야」, 『매일신보』, 1941. 3. 6.~7.)

송빈의 부친이 급진개화파의 일원으로 활동하게 된 내력과 봉건수구파와의 정치적인 갈등으로 인해 역적으로 오인받게 되면서 의병에게 쫓기는 과정까지를 편집자적 논평으로 서술하고 있는 부분이다. 이러한 부친의 행적은 한말에 형성된 급진개화파의 정치적인 동향과 긴밀한 관련이 있다.

18세기 후반부터 북학파에 의해 비롯된 개화사상은 1870년 이후 문호가 개방되면서 외국 서적을 통한 서양 문명의 섭취와 외국 유학생의 파견 등을 통해 정치 세력화가 이루어진다. 그러나 1882년 임오군란 이후 일본을 통해 차관 도입을 시도했으나 실패하게 된다.[35] 이후부터 개화파는 외세에 대한 인식과 개혁방식을 둘러싸고 온건개화파와 급진개화파로 나뉜다. 온건개화파는 동도서기론을 고수하면서 청의 양무운동을 모방하여 점진적으로 근대화를 추진하고자 했으며, 급진개화파는 청의 내정간섭을 배제하고 민씨 일가를 타도한 후 일본의 명치유신을 본받아 급속한 근대화를 추진하고자 했다.[36] 그러나 급진개화파는 청의 내정간섭과 민씨 일파에 의해 정부 요직에서 소외되어 갔으며 일본으로부터 재정차관의 시도가 실패한 이후엔 정치적인 지위가 급속히 약화되어 갔다. 이에 급진개화파는 입헌군주제를 수립할 목적으로 일본군과 갑신정변(1884)을 일으키지만, 청군이 개입하자 개화파 정부는 3일 만에 종결되고 만다. 부르주아적 사회 계층의 미성숙으로 인해 주체적 역량이 없이 일본에 의존하여 근대적인 입헌군주제를 수립하고자 했던 것이 정변의 실패 원인이라 할 수 있다. 결국 정변의 실패는 국민들에게, 개화는 친일이며 매국이라는 인식을 형성했음은 물론 근대화의 당위성을 계몽하는 데 저해의 원인이 되었다. 또한 갑신

---

35) 강만길, 『고쳐쓴 한국근대사』, 창작과비평사, 1994, 185~191면.
36) 급진개화파는 개항 이후 정부가 추진했던 근대화 정책의 실무관료를 역임하면서 고종의 신임을 받고 급속히 성장해 간 세력들을 말한다. 김옥균, 박영효, 서광범 등이 주도 세력이었다(고석규 · 고영진, 『역사 속의 역사 읽기』 3, 풀빛, 1996, 47~49면).

정변에 가담했던 사람들이 해외에 망명하면서 근대화의 추진에 부정적인 역할을 했다.[37]

한편 한말의 정치 세력으로 대원군을 중심으로 한 위정척사론자들이 있었다. 이들은 화이론에 입각하여 나라 간의 우열을 나누었으며, 외세를 오랑캐로 인식하고 성리학적 방법으로 국가의 위기를 극복하고자 하였다. 이들은 최익현의 운요호사건 이후 상소를 시초로 하여 유생들의 상소운동을 중심으로 활동을 전개해 나갔다.[38] 위정척사운동을 계승한 봉건 유생들은 1880년대 초반에 의병운동을 주도한 세력이기도 하다. 이들은 명성왕후 시해사건과 단발령을 계기로 일어난 을미의병(1895)과 1905년 을사보호조약 체결을 계기로 일어난 병오의병(1906)을 주도한다. 이들은 평민과 천민들을 결집시키고 군사력을 보강하여 의병운동을 전개하였는데, 당시의 정부를 친일 정권으로 인식하고 있었다. 유생층의 지도에 의해 주도적으로 이루어지던 의병운동은 1907년 헤이그 밀사사건, 고종의 강제 퇴위, 정미7조약, 군대 해산 등을 계기로 평민층이 주도하는 의병운동으로 전환된다.[39]

---

37) 국내적 기반이 미약했으므로 일본을 통해 보완하고자 했으나 부르주아적 사회 계층의 미성숙으로 인해 주체적 역량이 결여된 채 외부 세력에 의존함으로써 정변은 실패로 돌아가게 된다. 그러나 이는 최초의 부르주아적 개혁운동으로서 의의가 있다.
(한국역사연구회, 『한국역사』, 역사비평사, 1992, 244~246면: 고석규·고영진, 앞의 책, 49~54면.)

38) 이들은 제국주의에 대한 역사적인 인식은 부족했으나, 침략의 결과는 인식하고 있었다. 또한 자체적으로 한계를 지니고 있었지만 주체성의 수호라는 측면에서는 긍정적인 면모가 있다. 시세가 변모하자 동도서기론적 변용을 거치면서 개화사상을 부분적으로 포섭해 나갔다(고석규·고영진, 앞의 책, 40~41면).

39) 강만길, 앞의 책, 227면: 고석규·고영진, 앞의 책, 64~72면: 한국역사연구회, 앞의 책, 277~281면: 조동걸, 『한국근현대사의 이상과 형상』, 푸른역사, 2001, 113~114면.
을미의병은 일본에 대한 대항보다는 정부에 대한 대항적 성격이 강했다. 그러나 병오의병은 국권침탈에 대한 저항적 성격이 강했다. 유생의병장들은 독립국가로서의 존재의미를 인식하고 있었다고 볼 수 있다. 정미의병(1907)은 식민지화가 심화되면서 평민층이 주도한 의병운

이태준의 부친인 이문교가 의병에게 참변을 당했던 시기는 1904년 이후로, 일본의 메이지유신을 전범으로 유신을 이룰 것을 도모했던 급진개화파의 정치노선으로 인해 역적으로 오인받기에 충분했다. 한편 이태준 일가가 러시아의 블라디보스토크로 이주했던 시기는 1909년이다.[40] 『사상의 월야』에서 송빈 일가가 아라사땅 해삼위로 솔가한 시기는 의병난의 참사를 두 번이나 겪고 난 후로, 명확한 시기는 알 수 없으나 1907년 군대가 해산되면서 의병운동이 더욱 창궐했던 시기 이후로 추측된다. 1905년 을사보호조약 체결 이후 많은 지사와 의병들은 노령 연해주 지방으로 이주하였다. 이들은 조선 말기에 극심했던 흉년과 가렴주구에 못 견딘 농민들과 농민을 가장한 정치적인 망명정객들이 대부분이었는데,[41] 이태준 일가가 이 무렵 연해주 지방으로 이주한 것도 정치적인 망명이 아니었나 한다.

비록 급진개화파가 정치적으로 위세에 몰렸으나 일본에서의 망명 생활 중 메이지유신의 성취를 체험한 이태준의 부친은 아라사땅 해삼위에서 일본의 메이지유신에 버금가는 유신의 꿈을 도모하

동으로 민족운동이 아래로부터의 변혁운동으로 전환되었다는 데 의의가 있다.
40) 정헌기, 앞의 책, 16면, 이병렬, 앞의 책, 257~258면, 김현숙, 앞의 책, 67면.
이태준 일가가 블라디보스토크로 망명한 이주한 시기는 1909년이며, 그해 8월 28일 부친은 객사한 것으로 되어 있다(민충환, 앞의 책, 26~27면). 이태준은 한 수필에서 「부친이 돌아가신 것이 가을인 듯하다.」고 회상하고 있다(이태준, 「고아의 추억 – 어렴풋한 시절」, 『조광』, 1936. 6, 290면).
41) 노령 연해주지방으로 이주하게 된 까닭은 조선과 인접해 있다는 지리적인 이유뿐만 아니라, 일본과 러시아가 대립적인 관계에 놓인 당시의 정세와도 관련된다(조동걸, 앞의 책, 113~114면).
한편 1905년 을사보호조약 이후 일본에게 외교권이 이양되면서 하와이 이민이 중지된다. 이 시기를 전후로 러시아와 중국으로 이주하는 사람들이 많았다. 이들은 1910년 한일합방 무렵 한인집거지 신한촌과 민족 교육 시설인 한인 학교를 중심으로 항일 투쟁을 일으킨다(류한배, 『한민족러시아이민사연구서설』, 세종연구소, 1999. 13~14・52~53면).

고자 때를 기다렸으나, 35세의 젊은 나이로 병사하게 된다. 부친이 병사한 이후 일가는 조선으로 이주하게 된다. 이 시기 이후부터는 고아인 작가의 입신 과정으로, 동경에서 생활하던 시기까지의 자전적인 사실을 토대로 하고 있다.

부친이 임종한 이후의 자전적 사실과 작품상의 반영된 것을 검토해 보면 다음과 같다. 1909년에 부친의 장례를 치른 일가는 목선을 구해 조선으로 귀국한다. 모친은 청진으로 가던 중 목선 위에서 셋째인 선녀를 순산한다. 함경도 배기미에 도착했으나 얼마 후 다시 소청으로 이주하여 음식점을 경영하며 정착한다. 모친은 누이 정송을 회령읍의 학교에 입학시키고, 태준은 돌림서당에 보낸다. 당시 이태준은 서당에 가기 싫어했다고 한다. 그러나 1911년 그의 나이 8살 때 당시(唐詩)를 통해 문학에 눈뜨게 되면서 흥미를 갖게 되었다고 한다.[42] 이듬해 모친이 산고의 후유증으로 시달리다가 작고하면서 삼남매는 고향 철원군 용담의 친척집으로 이주하게 되는데, 이태준은 당시 안협에 사는 오촌 댁에 입양된다.[43] 그러나 심한 괄시로 오래 견디지 못하고 1915년에 용담으로 돌아와 오촌 댁에 기거하면서 사립봉명학교에 입학한다.[44] 1918년 3월, 이태준의 나이 15세에 봉명학교를 수석으로 졸업하고, 오촌의 보

---

42) 이태준, 「남행열차」, 『신동아』 32. 12. 117면: 민충환, 앞의 책, 27면.
43) 민충환, 앞의 책, 27면: 정현기, 앞의 책, 16면: 이병렬, 앞의 책, 258면: 김현숙, 앞의 책, 67면.
   당시 이태준은 어른들의 동정에 대해서 큰 창피를 느끼고 있었던 것으로 보아 반항적이기도 했던 것 같다(三枝壽勝, 「이태준 작품론」, 『史淵주』 117, 구주대학교, 34면).
44) 민충환, 앞의 책, 27면: 정현기, 앞의 책, 16면: 김현숙, 앞의 책, 67면.
   사립봉명학교 교장은 이태준의 오촌으로 이봉하 씨인데 그는 이 학교가 일제에 의해 강제 폐쇄당하자 1919년에 대한독립애국단에 가입한다. 그는 철원군 단장, 강원도 단장 등을 역임하면서 정선, 울진, 강릉 등지에 조직을 확대하다가 체포되어 6년 6개월 형을 언도받는다(이태준, 「산의 추억」, 『신생』, 1931. 6: 김진기, 앞의 책, 22~23면 재인용).

중으로 읍에 있는 간이농업학교에 입학한다. 그러나 한 달 만에 중퇴하고 오촌집을 떠난다. 이태준은 원산 객주집에서 사환생활을 하게 되는데, 외조모와 상봉하게 되어 틈틈이 책을 읽을 수 있게 된다.[45] 어느 날 인척 아저씨로부터 외국 유학을 함께 가자는 편지를 받고 중국 안동현으로 가지만 뜻을 이루지 못하고, 평남북 지방을 2년여간 방황하다가 서울행을 결심한다.[46] 1920년에 서울에 상경하여 그해 4월에 17세의 나이로 배재학당에 응시하여 합격했으나, 입학금이 없어 등록도 못하고 거리를 배회하다 원산 객주지에서 교분이 있던 상인의 주선으로 상회에서 사환으로 일하면서 청년회관의 야학교 고등과에 입학하여 공부한다. 대회관 대강당에서 개최되는 유명 인사의 강연에 열광적으로 참여하고 직접 토론을 하기도 한다.[47] 1921년에 18세의 나이로 휘문고보에 입학하지만 학비 조달을 위해 책장사를 하며 고학한다. 1924년 휘문고보의 교지인 『휘문』 2호 발간 시 학예부장으로 활약하기도 한다.[48] 그해 6월에 휘문고보의 동맹휴교 주모자로 지적되어 4학년 1학기에 제적당한다. 이를 계기로 알게 된 교우 김연만의 도움으로 그해 가을에 동경 유학의 길을 떠나게 된다.[49] 1925년에 이태준은 동경에서 신문 배달을 하며 생계를 유지하다가 미국인 은사인 뻬닝호프 박사의 후의를 입게 된다. 1926년에 동경상지대학교 예과에 입

---

45) 이태준, 「내게는 왜 어머니가 없나」, 『신가정』, 1932. 5, 151면: 민충환, 앞의 책, 27~28면.
46) 이태준, 「徒步 三千里」, 『학생』, 1929, 52면: 민충환, 앞의 책, 27면: 정현기, 앞의 책, 14·17면: 김현숙, 앞의 책, 67면.
47) 민충환, 앞의 책, 28면: 정현기, 앞의 책, 17면: 김현숙, 앞의 책, 67면.
48) 가람 이병기 선생이 스승이었다고 한다. 당시 학예부장으로는 정지영, 김영랑, 박종화 등이 활동했으며, 하급반에는 박노갑이 재학 중이었다(휘문중고등학교, 『휘문70년사』, 1976. 5, 193면: 민충환, 앞의 책, 29면: 정현기, 앞의 책, 18면: 김현숙, 앞의 책, 67면).
49) 민충환, 앞의 책, 29~30면: 정현기, 앞의 책, 18면: 김현숙, 앞의 책, 67면.

학하게 되는데, 이때 그의 나이는 23세였다. 동경 유학 시절 당시 그는 사회주의 사상 청년들과도 교류를 갖기도 하며 보냈으나 1927년 11월에 상지대학을 중퇴하고 돌연 귀국한다.[50]

(2) 급진개화파 사상의 계승과 계몽주의

지금까지 살펴본 바와 같이 『사상의 월야』에서는 일가의 아라사에서의 망명 생활부터 동경 유학 시절인 1926년까지의 작가의 생애가 작품상에 사실적으로 복원되고 있다. 그렇다면 『사상의 월야』에서 형상화되고 있는 부친 세대의 몰락과 주인공 송빈의 입신 과정을 통해 작가가 추구하고자 한 작품의 주제의식은 무엇이었을까? 이에 대해서는 가족사소설의 구성적인 특징을 중심으로 논의하여 보고자 한다.

대부분의 가족사소설이 삼 세대를 중심으로 한 가족사의 추이와 그 세대 간의 갈등을 중심에 두고 서술되고 있다. 그러나 『사상의 월야』는 부친의 세대와 송빈의 세대를 중심으로 서술되어 있다. 특히 조실부모한 송빈 일가의 가족사적 특징으로 인해 갈등의 양상이 가족 구성원 내부의 세대 간 갈등보다는, 고아인 송빈이 사회적 관계 속에서 빚어내는 내면적 갈등을 중심으로 나타난다.[51]

우선 일가의 내력을 보면 강원도 철원 육부자네 용담이씨네 중 큰

---

50) 민충환, 앞의 책, 30~33면: 정현기, 앞의 책, 14~19면: 김현숙, 앞의 책, 68면.
51) 주인공 송빈의 고아의식은 심리학에 의하면 고아콤플렉스로 명명될 수 있다. 융에 의하면 콤플렉스란 감정적으로 강조된 심리적 내용을 의미하는 것으로, 그 핵요소는 강한 감정을 가지고 있는 것이 특징으로 심리학적 방법으로 파악할 수밖에 없다. 주인공 송빈의 고아콤플렉스는 내면적 정서의 갈등을 중심으로 한 서사구성에 중요한 역할을 한다(이부영, 『분석심리학 — c. g Jung의 인간심성론』, 1998, 50~51면).

부잣집으로 되어 있으며, 부친은 덕원감리에서 주사로 봉직하고 있었다. 따라서 송빈의 집안은 세도 있는 양반가라고 보기는 어렵고, 중인 계층으로 부를 획득하여 신분이 상승된 집안임을 알 수 있다. 그런데 서구의 근대 자본주의가 유입되면서 송빈의 부친은 급진개화파 사상을 이어받고 유신의 뜻을 품게 된다. 이로써 송빈의 부친 세대는 근대 시민 계급의식의 형성과 붕괴의 과정을 반영하게 된다.

송빈의 세대는 부친이 병사한 후 아라사에서 조선으로 귀국하여 함경도 항구도시에서부터 이루어진다. 그러나 본격적인 송빈 세대는 송빈의 나이 9세 때에 모친마저 잃고 문중 일가가 있는 고향 철원으로 가게 되면서부터라고 할 수 있다. 송빈의 가족은 외할머니, 누이 송옥, 막내 해옥이 남았으나 모두 결별하고, 송빈은 안협 오촌 댁에서 머물면서 고아나 다름없는 남의집살이를 하게 된다. 이후 송빈의 행적은 끊임없는 향학열과 그 성취의 과정으로 이루어지고 있다. 가난과 향학열의 끊임없는 갈등선상에서 송빈의 의식이 머물게 되는 지점은 바로 아라사에서의 부친의 의식이다.

> 이감리는 겨우 호정출입이나 하게 되자, 부랴부랴 고향을 떠낫다. 덕원감리란 개항원산의 외교행정관이라, 아라사 영사관에는 전날의 면분이 잇다. 아라사 배만 얻어 타며 우선 '우라지오스도크'로 갈 수 잇고 거기 가서는 구라파 직계의 문명을 시찰하면서, 한편 사방에 흐터져 잇는 동지들과 연락해 가지고는 서울의 완미한 세력권에서 멀리 떠러져 있는 서북간도 일대를 중심으로 거기 널려 잇는 조선사람들을 모아 가지고 일본의 유신과 상응하는 이곳 유신을 일으킬 큰 뜻을 이감리는 그 응혈진 가슴속에 기피 품엇던 것이다.
>
> ……(중략)……
>
> 뼈만 남은 아버지의 손은 어린 아들의 깍근 머리를 팔이 떨릴 때까지 어루만젓다.

「이제 해수애로 가면 기게루 깍는단다. 인제 사뽀 사 쓰구……공부허구……이 애비 뭣허러 여기 왔는지도 알어야 허구……」

그러나 이 아버지는 하룻날 웅기서 들어온 행인에게서 무슨 소식을 들엇던지, 땅을 치면서 통곡을 하엿고, 이날부터 병이 갑자기 덮쳐 그만 이 아들의 깍근 머리 위에 사뽀를 한번 씨워보지 못한 채, 하와이, 고오베, 낭아사끼, 서울 등지에 널려 잇는 동지들에게 소식 한 장 전치 못한 채 불붙듯 급한 이상을 품기만 한 채 밤중 달 걸친 파도소리 고요한 이국 창 밋헤서 삼십오세를 일생으로 한만흔 눈을 감고 말은 것이다.

(이태준, 「사상의 월야」, 『매일신보』, 1941. 3. 7.)

이 부분은 송빈의 부친이 아라사 망명지에서 작고하기 이전의 모습이다. 송빈이 단발하기를 간절히 바라던 부친이 송빈에게 하는 말을 통해서 그가 '해수애에 가면 송빈을 학교에 보낼 것과 자신이 아라사에 오게 된 경위 등을 전해 주고자' 했음을 알 수 있다. 이는 자신의 정치적인 소신이었던 급진개화파의 시각을 자신의 아들 세대인 송빈에게 전수하려던 것이었음을 짐작할 수 있게 한다. 이토록 부친이 갈망하던 유신의 사상은 다난한 입신의 도정을 거치면서 현해탄의 도상에서 계승된다.

「멀–리 백제때는 왕인(王仁)이 문자(文字)를 가지고 이 바다를 건너갓다! 오늘 우리들은 비인 머리를 가지고 과학과 사상을 거기로 담으러 가게 되엿다!」

더욱 송빈이가 놀라듯 벌덕 일어난 것은

「오, 아버지께서도 이 현해탄을 건느섯드랫다!」

생각을 해내인 것이다. '낭아사끼'에사 양복을 입고 찍으신 사진은 그 천도연적과 함께 아직도 누이 송옥이가 마터 가지고 잇는 것이엿다.

「현해탄이란 우리의 모–든 력사의 바다다! 모든 력사의 파도다!」

송빈이는 일어섯다. 바다가, 현해탄이 보고 시퍼젓다. 허리가 휘웃등한다. 비틀거리며 층계를 올라와 보앗스나 강판으로 나가는 문은 잠겨 잇섯다.

(이태준, 「사상의 월야」, 『매일신보』, 1942. 6. 22.)

「오 이게 현해탄! 역사에서 뒤떨어지는 조선을 일본만큼도 끌어올려 보려 김옥균 선생이 오고 가고 하던 그 뒤에는 망명으로 건너가고 말으신 이 현해탄! 내 아버지께서도 이 바다를 건느실 때는 뜻이 크셨을 게다! 결국 이루지 못하고 이 바다를 건너오셨고, 나중엔 역시 시세에 어두운 우물안 애국자들에게 매국노니 역적이니 하는 억울한 누명만 걸머지고, 그예 조국을 버리고 이 현해탄과 한 바다인 동해를 나서 노령지방으로 망명하셨던 거다! 거기서 돌아가신 설흔다섯 살인 아직도 청년이시던 내 아버지! 그 애달픈 심상은 어떠하셨을까!

오! 아버지? 이 미거한 것이나마 아버지의 뜻을 이으오리다! 선각자들의 수난에 보답하오리다! 김옥균 선생 같은 이를, 아버지 같은 이를 매국노라, 역적이라 몰아붙이던 그 완매한 보수주의자들, 지금도 민철이 할아버지 따위, 원섭이 할아버지 따위가 조선엔 득실득실 차 있습니다. 그들은 지금 하나같이 남작이니 후작이니 작위를 받아먹고 민족은 도탄에 들어 있어도 저자들만은 세도를 부리며 호의호식을 하고 있습니다. 누가 정말 민족의 역적이며 누가 정말 나라를 팔아먹은 자들입니까? 아버지? 이 배에도 지금 조선청년이 많이 탔습니다. 그 속에는 매국노들의 자식으로 일본관립학교나 졸업하고 제 할애비의 세도나 물려 가지려는 얼빠진 자식들도 있을겁니다만, 아직도 김옥균 선생이나 아버지께서 일본에 조국을 팔기 위해서가 아니라 일본의 유신을 본받으러 가셨듯이, 일본에 협력하기 위해서가 아니라 이 앞으로 일본과 투쟁하여 조선을 찾을 그런 준비로 학문과 사상을 배우러가는 진정한 애국 청년이 더러는 있을 섭니다! 영혼이 계시다면 이들의 앞길을 인도해 주옵소서.」

써늘하게 식은 송빈이의 뺨 위에는 뜨거운 눈물이 흘러내렸다. 오늘 자기의 외로움, 오늘 자기의 가난함이 일찍 그런 아버지가 이 현해탄을 건너신데 원인한 것이라 생각하면 송빈이는 이미 당해온 고생이 도리어 명예스러웠고, 이 앞으로 당할 고생에 더욱 용기가 솟는 것이었다.

배는 솟는 파도면 가르고, 잦는 파도면 미끄럼치듯 넘으면서 한결같은 속력으로 내닫는다. 송빈은 머얼리 바다 끝에 새벽 하늘이 트이기 시작할 때까지 밝은 날부터의 새 운명을 향해 그냥 서 있었다.

(이태준, 『사상의 월야』, 깊은샘, 1988, 188~190면.)

이 부분은 가난의 고난을 딛고 유신의 상징인 일본 유학길에 오른 송빈의 감격을 담고 있다. 현해탄 도상을 건너는 의식의 저편에 급진개화파였던 부친의 의식세계가 떠오르고 있다. 연재 당시에는 부친의 사상인 근대주의에 대한 계승적인 의미만을 부각했으나, 단행본으로 개작하면서 유신사상이 부르주아적 민족주의의식의 형성으로 진전되고 있다. 그러나 송빈 세대의 민족주의적인 성격은 부친 세대가 지향했던 것과는 다른 양상, 즉 강연회 활동, 유학생회 등을 중심으로 하는 문화운동적인 차원으로 나타난다.

한편 송빈의 세대는 범민족적 운동이었던 1919년 3·1운동을 겪은 세대이며, 마르크시즘의 사상이 일본을 통해 유입되어 그 자장 안에서 학창 시절을 보낸 세대이다. 송빈도 이러한 사회석인 분위기 속에서 휘문고보 시절에 사상 서적을 접하게 되었다. 그러나 송빈에게 사회주의 사상은 근대사상의 일환으로 수용되고 있다. 이는 휘문고보 시절에 동맹휴교를 주도할 당시의 학교 개혁 내용을 통해서 짐작할 수 있다.

> 송빈이는 또 한편 학교에서도 불평이 커가기 시작햇다. 말이 중학생이지 나이 삼십이 넘은 사람까지 잇어 평균 이십대의 청년들이엿고, 이들의 정신적 요구가 중학교 학과에나 만족할 리 업는데, 그나마 학과에 충실한 선생보다는 밤낮 시간에 드러오면 학교자랑과 교주의 예찬과 운동선수의 자랑으로 흐지부지엿다.
>
> 송빈이는 첫재 교주에게 존경보다는 그와 반대엿다. 그가 전날 평안감사로 가서 엇던 치적을 남기고 왓다는 것은 전에 순천서도 들엇거니와, 그런 어룬으로 각금 신문에 보면 효자나 렬녀나 나면 의례 상급을 나리는 것이엿다. 아즉도 자기는 한 성주인 양 남의 아들 남의 안해에게 금시계니 금반지니를 나리는 것이엿다.
>
> ……(중략)……
>
> 「오늘날에야 자기가 하상 무언데? 자기가 상을 준다면 고작 자기가 경영하는 학문의 교직원이나 학생들에게지 민중이나 백성들에게 무슨 권한이 잇슬 것인가?」

송빈이는 자기한테 그처럼 고마우신 교장선생께까지 불평은 번져나가기 시작햇다.

······(중략)······

「취직! 행세! 전문 졸업장엔 얼마구 대학 졸업장엔 얼마구······취직이 목표루 우리가 하는 공불가? 그런 실제적인 인물만이 필요헌델가? 우리 팔백명, 서울 와 잇는 멧만 명 학생이 죄다 그래 취직이 목표란 말이냐? 그러타면 난 오히려 반동허구십다! 소리치구 반동허구십다!」

「허긴 그래!」

「비실제인물, 거대한 비실제 인물, 다수한 비실제 인물, 어느 시대나 힘은 그들에게 잇는 거다!」

(이태준, 『사상의 월야』, 『매일신보』, 1942. 6. 9.∼11.)

동맹휴교 당시 송빈이 학교에 품고 잇던 불만 사항은 학과 공부에 충실하기보다 학교 자랑과 교주 예찬, 운동선수의 자랑으로 보내는 수업 시간에 대한 것이었다. 교주는 평안감사로 치적을 남긴 자로 되어 있는데, 이는 동학농민전쟁 당시에 탐관오리로 청군을 개입시킨 것을 말한다. 한편 효자나 열녀에게 상급을 내리는 행동에 대해서도 비판적이다. 이를 통해서 송빈이 민족주의적인 의식보다는 반봉건의식과 민중지향적 사고를 소유한 자로, 거대한 비실제의 인물들에 대한 믿음과 그것을 위한 근대적인 정신을 추구하고 있음을 알 수 있다. 이러한 근대주의에의 지향은 동경에서 만난 미국인 선교사인 뻬닝호프와의 대화에서도 나타난다.

「조선 청년들이 우리 스코트홀 강당이 세가 싼 바람에 가끔 그들의 집회를 여기서 열엇섰는데 보면 대체로 평화적이 아니다. 조선학생들은 연단에 올라가면 공연히 싸우듯 큰소리를 내고 연단을 부시듯 차고 발로 구르기까지 하다가 결국은 싸훔도 버러진다. 그뿐인가, 으레 걸상이 한둘씩은 부서진다. 구두들은 도모지 털지도 안는지 강당안은 흙투성이가 된다. 마당에 나와서도 담배 피던 것을 불도 끄지 안코 사방에 함부로 던진다. 가래침을 여기저기 뱉는다. 작년 봄부터는 될 수 잇는 대로 강당을 빌리지 안키로 하고 잇다.」

송빈이는 몹시 흥분하엿다. 대뜸

「선생께서 관찰이 그다지 단순하신 덴 놀랄 박게 업습니다.」

하얏다. 뻬닝호프씨도 얼굴이 좀 붉어진다.

······(중략)······

「그런 거야 이군이 책임을 질 수 잇겟지. 그러치만 말성이나 생길 삐라 가튼 걸 뿌려두 이군이 책임을 질 수 잇슬가?」

하고 안될 말이라는 듯이 고개를 젓는 것이다.

(이태준, 「사상의 월야」, 『매일신보』, 1942. 7. 1·15.)

이와 같이 뻬닝호프는 조선인의 미개한 행동에 대해 부정적인 의식을 지니고 있다. 그러나 실제로는 청년집회 시에 사상적인 내용이 담긴 삐라로 곤란을 겪게 되지 않을까 하는 염려에서 비롯된 비판이었다. 송빈은 그의 본심을 알게 되면서 불쾌한 감정을 느낀다. 또한 뻬닝호프는 송빈에게 유학생회에도 나가지 말고 교회만 열심히 다니면 미국에 보내 주겠다는 제안을 한다. 그러나 송빈은 그의 제안을 거절하고 스코트홀을 나온다.

이태준이 동경에서 유학할 당시는 사회주의 사상과 사회운동이 융성했던 시기였으며, 조선의 유학생들 사이에서는 사회주의 사상이 새로운 근대주의적 사상으로 수용되었다. 특히 식민지 현실에 처한 조선의 학생들은 러시아혁명 이후 혁명운동이 고양되었던 세계적인 동향에 힘입어 사회주의 사상을 새로운 민족의 지도 이념으로 받아들였다. 또한 부르주아 민족주의 운동의 개량화와 대중운동으로의 확산 등은 사회주의 이념을 급격하게 수용할 수 있는 바탕을 마련해 주었다.[52] 이태준도 동경 유학 시절 사상 청년들과

---

52) 한국역사연구회, 앞의 책, 308~309면.

교류했던 것으로 보아, 이러한 사회주의 사상의 영향을 받았던 것은 분명하다. 그러나 그는 사회주의 민족주의 운동 노선을 지향하지는 않았다. 단지 사회주의 사상을 근대주의의 사상의 하나로 수용했던 것으로 생각된다. 이는 현해탄을 건너며 생각에 잠긴 송빈의 내면세계를 통해 알 수 있다.

> 「……김옥균 선생이나 아버지께서 일본에 조국을 팔기 위해서가 아니라 일본의 유신을 본받으러 가셨듯이, 일본에 협력하기 위해서가 아니라 이 앞으로 일본과 투쟁하여 조선을 찾을 그런 준비로 학문과 사상을 배우러가는 진정한 애국청년이 더러는 있을 섭니다! 영혼이 계시다면 이들의 앞길을 인도해 주옵소서.」
> 써늘하게 식은 송빈이의 뺨 위에는 뜨거운 눈물이 흘러내렸다. 오늘 자기의 외로움, 오늘 자기의 가난함이 일찍 그런 아버지가 이 현해탄을 건너신데 원인한 것이라 생각하면 송빈이는 이미 당해온 고생이 도리어 명예스러웠고, 이 앞으로 당할 고생에 더욱 용기가 솟는 것이었다.
> 배는 솟는 파도면 가르고, 잦는 파도면 미끄럼치듯 넘으면서 한결같은 속력으로 내닫는다. 송빈은 머얼리 바다 끝에 새벽 하늘이 트이기 시작할 때까지 밝은 날부터의 새 운명을 향해 그냥 서 있었다.
> (이태준, 『사상의 월야』, 깊은샘, 1988, 189~190면.)

송빈은 일본에 협력하기 위해서가 아니라 앞으로 일본과 투쟁하여 조선을 찾을 준비로 학문과 사상을 배우기 위해 현해탄을 건너고 있다. 여기에서 그가 지향하는 애국청년의 길이 근대주의가 선취와 그 이후의 주체적 독립에 있음을 알 수 있다. 이러한 그의 지향은 근대 시민 계급의 형성 과정에서 부르주아 계층의 미성숙으로 실패하고 만 급진개화파의 정치적인 노선을 계승하는 사상이다. 급진개화파가 근대주의의 전범으로 삼았던 일본의 메이지유신은 송빈의 세대에 와서 부르주아 민족주의 운동으로 확산되고 있다.53) 송빈은 사회주의 사상에 영향은 받았으나 실제적으로는 사회주의 사상의 노선을 걷지 않고, 부친의 사상을 계승하여 민족갱생의 길을 부르주아 민족주의 운동 노선에서 찾고 있다. 결국 송빈의 입신 과정은 부르주아 민족주의 사상이 형성하는 도정이었다고 할 수 있다.

지금까지 살펴본 바와 같이 『사상의 월야』는 다른 여타의 가족사소설과는 다르게 두 세대만의 가족사를 보여주고 있으며, 갈등의 양상도 세대 간의 갈등보다는 사회적인 관계에서 빚어진 갈등으로 이루어지고 있다. 부친의 세대에서는 봉건수구파와의 사회·정치적인 갈등이, 아들 세대에서는 조실부모한 가정적인 환경으로 인한 가난과 입신에의 의지로 인한 내면적인 갈등이 중심에 놓여 있다. 그러나 송빈이 내면적인 갈등은 청년 시절의 정신적인 성숙으로 인해 외면적으로 표출되면서 가치세계를 형성해 나간다. 결국 이태준은 『사상의 월야』을 통해서 부친의 세대에서 부르주아 계층의 미성숙으로 몰락의 길을 걸을 수밖에 없었던 유신사상이 후대인 아들의 세대에서 부르주아적 민족주의 사상으로 계승되는 과정을 그리고자 했던 것이다.

---

53) 1920년대 초 민족해방운동은 부르주아 민족운동과 사회주의 운동으로 나뉘어 전개된다. 부르주아 민족주의운동 노선에서는 정치적 실력양성론의 구호 아래 자치운동을 주장했는데 이는 '일본의 주권이 허락하는 범위 내에서의 운동'이었다. 당시 비타협적인 민족주의자들과 사회주의 민족운동에서는 부르주아 민족주의자들의 자치운동을 강력히 반대했다(한국역사연구회, 앞의 책, 312면).

3) 아라사에서 현해탄으로의 연대기적 도정

『사상의 월야』는 강원도 철원 육부자네 용담이씨 집안인 송빈 일가의 행적을 전경으로 한 가족사소설이다. 송빈 일가의 가족사를 송빈 부친과 송빈의 두 세대를 통해 다루되, 급진개화파인 송빈의 부친이 봉건 수구 세력과의 정치적인 갈등으로 동경에 망명한 후 송빈 일가가 아라사에서 생활하던 시기부터 1923년 관동대지진 이후 송빈의 동경 유학 시절까지를 후경으로 하고 있다. 연대기는 연대순을 따라 주요한 사실을 적은 것으로,[54] 『사상의 월야』에서는 한말 이후 급진개화파가 정치적으로 수세에 몰리던 시기부터 송빈의 동경 유학 시절까지의 자전적인 사실을 반영하고 있다.

그렇다면 작가는 『사상의 월야』에서 연대기를 서술할 때 무엇에 초점을 두고 있었을까? 이는 '달밤'[55]과 '사실적 기초'[56]이다.

본 장에서는 『사상의 월야』에서 작가가 연대기를 구성하는 데 중시했던 '달밤'과 작품상에서 '사실적인 기초'가 구현된 양상을 살펴보고자 한다.

(1) '사상의 달밤'과 그 구성상의 의미

한 개인이 심리학적으로 건강한 것은 의식적 마음과 무의식적 마음이 역동적 균형관계를 이루고 있을 때이다. 생명력이 의식적 마음의 요구를 충족시키기 위해 무의식으로부터 의식으로 흐르고,

---

54) 이희승, 『엣센스국어사전』, 민중서관, 1974, 1530면.
55) 이태준, 「작가의 말」, 『매일신보』, 1941. 2. 25.
56) 이태준, 「근고」, 『매일신보』, 1942. 7. 5.

무의식적 마음을 만족시키기 위해서는 그 반대 방향으로 흐르게 된다. 이러한 흐름이 중단되면 인간정신을 형성하는 그 대립되는 힘을 화해시키지 못하는 실패가 되고 그것은 내적 갈등으로 이어지게 된다.[57] 『사상의 월야』에서 송빈의 고아의식은 이러한 내적 갈등의 양상으로 반영되는데, 주로 달밤의 정서를 배경으로 하고 있다.

달은 일반적으로 여성적인 것으로 인식되고 있는데, 그 상(相)이 끊임없이 변화하고 하늘에서의 그 위치가 달라지기 때문에 변덕스러운 특징을 갖고 있다. 그러나 동시에 달은 부활, 불멸, 만물의 주기적인 본성을 상징한다. 그것은 암흑의 힘이나 자연의 불가사의한 측면을 나타내고, 그래서 달은 거의 보편적으로 운명을 조종하는 것으로 인식되고 있다. 만월은 완성과 성취를 뜻하는 원의 상징적 의미를, 차오르는 달은 창조성과 재생 등을 상징한다.[58] 『사상의 월야』에서는 아라사에서 함경도, 강원도, 중국, 서울, 동경 등 공간의 이동에 따라 달밤의 배경이 형상화되고 있다. 한편 주인공 송빈의 내적 갈등과 의식세계는 달밤의 변화를 통해 투영되고 있는데, 이는 애초에 작품을 구상할 당시 작가의 의도에서 비롯되고 있다.

> 동양에서도 월석(月夕)이라 하면 감물회인지사(感物懷人之詞)로 전하는 것이다. 밤이, 더욱 달밤이 있으므로 말미암아 인류는 얼마나 생각할 줄 알았고 생각함으로써 인류는 얼마나 참되어지고 아름다워졌는가! 생각하면 우리의 감성(感性)의 자모(慈母)인 이 '달밤'은 카렌더 위에

---

57) 데이비드 폰 태너, 『상징의 비밀-상징과 그 의미를 푸는 시각적 열쇠』, 최승자 역, 문학동네, 1998, 11면.
58) 앞의 책, 120~121면.

만 오는 것도 아니다. 인생 일생에도 달밤은 있고 한 세대가 가고 오는 사이에도 달은 돋아서 우리 젊은이들로 하여금 화려한 몽상과 침통한 사색에 전전케 하는 창백한 저녁은 확실히 있는 것이라 느껴진다.

이런 '달밤'들의 이야기는 자연 감상에 치우칠 염려도 없지는 않으나 그러나 나는 아무리 건강한 지성이라도 먼저 그 뿌리를 윤택한 감성에 묻지 못하고는 그야말로 수류화개(水流花開)의 명일을 기약키 어려울 줄 믿는 바이다. 이것이 나의 즐겨 이런 제재를 쓰려는 의도려니와 여기서는 다못 끝까지 읽혀지기만 바랄 뿐이다.

(이태준, 「작가의 말」, 『매일신보』, 1941. 2. 25.)

이를 통해서 작가가 달밤을 '감성의 자모'로 생각하고 있음을 알 수 있다. 더 나아가 작가는 달밤의 사색은 명일을 기약하는 밑거름임을 강조하고 있다. 이는 '사상의 달밤'이 작가의 의식 진전 과정을 조응하는 매개체임을 뜻하는 것이라고 할 수 있다. 이처럼『사상의 월야』에서의 '달밤'은 작품 제목에서부터 그 감성을 강조할 정도로 작품에서 매우 중요한 부분을 차지하고 있다. 특히 작품상에서 이루어지고 있는 달밤의 정서는 공간의 이동과 달의 변화와 함께 세대교체와 중요한 역사적인 국면이라는 시대적인 맥락과도 관련된다.

본고에서는 공간의 이동과 그 과정에서 형성된 '사상의 달밤'이 작품 구성상에 미친 역할에 대해서 살펴보고자 한다.

『사상의 월야』에서 처음으로 등장하는 달밤은 송빈의 부친이 아라사땅 해삼위에서 35세의 나이로 임종을 맞이하게 된 이후 '첫 달밤'에서부터이다.

「사람은 왜 죽나? 아버지는 정말 죽엇을가? 오늘 땅 속에 무든 그 관이란 것 속에는 정말 아버지가 들어 잇엇을가? 그럼 어떠케 하늘로 올라가나? 산소에 가 제사를 자꾸 지내면 연기처럼…….」

　달은 갑재기 즐겁기보다 슬퍼 보이고, 좀 무서워까지 보힌다. 바다에
는 잔물결 하나 일지를 안는다. 그 우에 달그림자는 부드러운 비단을
깔아 나간 것처럼 으리으리하다. 갈매기 소리가 어디서 난다. 그러나
갈매기는 보히지 않는다. 송빈이는 할머님과 어머님께서 이 바닷가에
나와 서실 때마다 구름만 뭉게뭉게 떠 잇는 바다 끝을 바라보면서 「우리
게는 지금 무슨 꽃이 겟다! 우리게는 지금 무슨 나물 무슨 과일이 한참
이겟구나」 하시던 생각이 난다.

　「저 달 돗는 데가 '우리게'라는 델가?」

(이태준, 『사상의 월야』, 『매일신보』, 1942. 3. 4.)

　'첫 달밤'은 부친의 장례식 날에 떠오르는 달을 보고 송빈이 생각
에 잠기는 시간이다. 송빈은 아버지의 죽음에 대한 슬픔의 정서와
조선에 대한 그리움을 달에 투사하고 있다. 이는 아라사 시기의
달밤으로, 급진개화파의 일원이었던 부친의 정치적 행보와 밀접한
관련이 있다.

　강원도 철원 육부자네 용담이씨네의 자손인 송빈의 부친이 덕원
감리에 봉직하면서 급진개화파의 일원으로 활동하게 되었으나, 봉
건 수구 세력과의 정치적인 갈등으로 일본으로 망명한다. 그는 일
본의 근대적 문물의 성취를 체험하면서 간도에서 일본의 메이지유
신에 버금가는 유신을 이룰 것을 꿈꾼다. 그러나 급진개화파에 대
립적인 입장에 섰던 의병들에게 고초를 당하는 바람에 아라사 해
삼위로 이주하게 된다. 이러한 부친의 정치적 행적은 1882년 임오
군란 이후 정치적으로 위기에 몰렸던 급진개화파의 정치적인 상황
과 관련된다.[59] 그러나 송빈의 부친이 조선 말기 급진개화파의 정
치적인 노선에 몸담게 된 내력과 그 정치적인 행보는 편집자적 논

---

59) 강만길, 앞의 책, 185~191면.

평으로 간략하게 서술되고 있으며, 근대 부르주아사회 계층의 정치적 미성숙과 그로 인한 개혁운동의 실패는 부친의 죽음에 대한 달밤의 슬픈 정서로 암시되고 있다. 더 나아가 '첫 달밤'의 정서는 '우리계'에 대한 그리움으로 이어지고 있다. 이를 통해서 작품상에서 달이 상징하는 바의 의미가 단지 송빈 부친에 대한 개인 무의식의 정서에 머무는 것이 아니라 '조선'에 대한 그리움, 즉 집단무의식의 정서로 진전될 가능성을 암시하고 있다.[60]

이는 부친의 임종 후, 아라사의 생활에 종지부를 찍고, 조선으로 귀국한 이후 송빈의 세대에서 보다 구체적으로 그려지고 있다. 송빈의 세대는 함경도, 강원도, 서울, 동경의 공간 이동으로 구성되어 있다. 송빈의 세대에서 '사상의 달밤'은 서울 유학 시절 이전, 서울 유학 시절, 동경 유학 시절에 등장한다. 특히 '달밤'은 적극적 주인공인 송빈의 입신 과정에서 중요한 성장의 국면에 등장하고 있으며 주인공 송빈의 사상적 추이는 달밤의 정서를 통해 투사되고 있다.

우선, 서울행 이전의 '사상의 달밤'을 살펴보면 다음과 같다.

> 누나는 이내 우름이 비죽비죽 터저버렷다. 그리고 한 손에서는 대추 멧알, 한 손에서는 밤 멧 알을 주엇다. 송빈이는 그것을 해옥이와 논하먹으면서 이슬 나리는 남의 집 채마밧 머리에서 이윽토록 달구경을 하엿다. 밤늣도록 처다본 것은 달이건만, 이날 밤 송빈이 꿈에는 달이 아니요 은주가 보히엿다.
>
> ……(중략)……

---

60) 개인무의식은 개인적인 기억들로 이루어진 거대한 저수지로서, 그 기억들이 꿈이나 회상을 통해 의식 속으로 접근할 수 있다. 또한 집단무의식은 인간의 사고의 태도의 본능적 패턴으로, 수천 년간의 인간 체험에 의해 형성되어 온 그 패턴들을 정서와 가치관으로 인식한다(패턴 데이비드 폰태너, 앞의 책, 11면).

「서울!」

송빈은 묏뿌리들이 첩첩이 이어나간 아득한 서쪽 하늘을 바라보앗다. 전에 정서방이 「이담 서울루 공부오슈」 하던 말도 생각난다. 「공부만 잘하면 서울 갈 수 잇다!」 하는 생각이 솟는다. 송빈이는 주먹을 꼭 쥐엿다.
(이태준, 『사상의 월야』, 『매일신보』, 1942. 4. 3.)

백마(白馬)를 지나 날이 어두엇다. 강녁이었다. 수수밧에서 얼마쯤 자다 깨여보니 멀 – 리 철교 우로는 불이 환 – 한 기차가 우루렁거리며 지나갓다.

「저걸 못타서…….」

송빈이는 이슬에 옷이 져저 다시 잠을 들 수가 업다. 것는 것이 춥기는 덜 할 것이 가터서 길로 나왓다. 한참 것노라니 반갑게도 동쪽 하늘이 훤 – 히 트인다. 잠자리가 업는 사람에게는 아츰처럼 기쁜 것은 업다. 그러나 얼마쯤 가면서 바라보니 하늘에서 솟는 것은 해가 아니라 잠 못잔 사람의 눈처럼 시뻘건 그믐달이엿다.
(이태준, 『사상의 월야』, 『매일신보』, 1942. 4. 22.)

이 부분은 서울행 이전의 달밤의 정서로, 함경도 배기미에서 모친마저 잃게 되어 고아가 되어버린 송빈의 정서가 투영되고 있다. 심리학에 의하면, 개인무의식으로 통하는 지름길을 확보할 수 있는 것은 콤플렉스인데[61], 『사상의 월야』에서는 송빈의 고아의식이 개인무의식의 통로로 중심적인 역할을 하고 있다. 특히 강원도 철원의 고향 문중으로 내려왔으나 여전히 고아로 가난을 견뎌야만 했던 송빈의 처지가 달밤의 분위기를 통해서 반영되고 있다. 이는 추석날 저녁 누나와 달구경을 하면서 송빈이 '공부만 잘하면 서울 갈 수 있다.'는 꿈을 갖게 되는 것에서 어느 정도 시사되고 있다. 그리고 송빈의 이러한 향학열은 서울서 온 은주를 통해 형성된다.

---

61) C. G. Jung, 『콤플렉스 · 원형 · 상징』, 유기홍 · 양선규 역, 경북대출판부, 1986, 10면.

그러나 서울행을 결심한 송빈이 방랑길에서 맞이하는 것은 그믐 달이다. 이는 잠자리가 없어 도상에서 잠을 자야만 했던 송빈의 고 단함이 시뻘건 그믐달을 통해 투영된 것이다. 즉 '사상의 달밤'은 미래를 기약하는 사색의 시간이며, 송빈의 입신 과정에 있어서 성장 의 주요한 요인이 되는 셈이다. 그러나 서울행의 연대기적 도정에서 중요한 역사적인 국면인 1919년 3·1운동에 대한 묘사는 암시적으 로 그려지고 있어 집단무의식으로까지는 진전되지 못하고 있다.

> 인제 강만 풀리면 수상선 편으로 평양으로 나려가서 서울로 갈 작정인 데 마침 그해 봄이라 서울서는 야단이 나서 가지 못한다는 소문이 낫고, 과연 이 '쉰천고을'서도 서울 가 있던 유학생들이 도로 나려들 온 것이 다. 며칠 아니 잇서 '쉰천고을'도 물끌듯 하였다. 송빈이는 할 수 업이 봄을 여기서 더 나게 되였다. 여름도 거의 지나니까 이 서울서는 좀 뜸– 해 다는 소문이 낫다. 그제야 송빈이는 만 일 년만에 이 '쉰천고을뱃새' 를 떠나기로 되였다.
>
> (이태준, 「사상의 월야」, 『매일신보』, 1942. 4. 23.)

범민족적인 독립운동이었던 3·1운동에 대해 '그해 봄이라 서울 서는 나서'라고 묘사하고 있다. 이태준이 『사상의 월야』를 발표할 당시는 일제 암흑기로 사상검열이 극심했던 때이므로, 민족주의적 인 요소가 강한 3·1운동에 대한 묘사를 적극적으로 하지 못했던 것으로 생각된다. 그러나 이전의 사상이 주정적이고 낭만적인 사고 에 머물러 있던 개인무의식이었던 것에 비해, 1920년 이후의 서울 유학 시절에서 바라본 달밤은 그의 의식 성장을 암시하고 있어, 집단무의식으로 진전될 여지를 보여준다. 이는 오선생의 추모식을 다녀오는 길에 떠오른 그믐달을 통해 투영되고 있다.

학교 마당으로 들어와서 「오선생님 만세」를 부르고 그의 추도회를
열 것을 의논하고 밤이 으슥해 헤여질 무렵이엿다. 은주가 윤수아저씨를
차저 다시 왔다. 사실은 송빈을 만나러 온 것으로 가까이 와 송빈이만
듯게 소군거렷다.

……(중략)……

밤중이 가까워서다. 송빈이는 동무들과 헤여져 어두운 징검다리를 건
너다말고 동편 하늘에 어렴풋이 솟는 그믐달을 바라보앗다. 그믐달은
비장한 흥분처럼 붉으면서도 어두엇다.

「이 틈에 나만 행복스러 올흔 것인가? 다 모른 척하고 나만 행복스러
울 권리가 잇는 것인가?」

그러나 한편으로는 역시 은주가 그리워 은주가 뽀로통해 간 것이 마음
에 찔려 윤수아저씨네 쪽으로도 한참이나 돌아서 바라보앗다.

「은주는 너머 세상을 모른다! 너모 단순한 가성에서 자라는 때문이지
은주가 총명치 못한 때문은 아니다! 내가 생각하는 모든 게 진실하기만
하다면, 내가 흥분하는 게 언제든지 정의이기만 하다면, 나를 사랑하는
은주에게 그것들이 감념되지 안을 리 없는거다! 그러타! 인사로프를 따
라간 에레나도 얼마나 단순한 가정에서 자란 처녀엿드냐! 나의 은주도
나의 에레나가 되여다구!」

(이태준, 「사상의 월야」, 『매일신보』, 1942. 5. 17.)

서울 유학 시절, 송빈이 고향 철원에 내려와 함흥 감옥에서 옥
사한 오 선생의 추도회에 참석하고 돌아오는 길의 달밤이다. 그는
친구들과 헤어져 징검다리를 건너면서 떠오른 그믐달을 바라보며
은주도 사상성을 지닌 여성이 되었으면 하는 바람을 가져 본다.
송빈이 이러한 사상을 형성하게 된 계기는 교장의 배려로 학교에
서 사환을 하면서 여유가 생겨 도서관에 다니면서 사상적인 서적
을 접하게 되면서부터이다. 이로써 그는 사회정의에 대한 의식이
형성되었다. 이는 1920년대 유입되기 시작한 사회주의 사상과도
결부되어 있다. 이는 송빈의 동맹휴교운동을 추진하는 원동력이 되
기도 한다. 한편 동경 유학 시절의 달밤에서는 사회주의 사상과는

다른 새로운 근대적인 사상과 조우하게 된다.

하로밤은 역시 은주의 꿈이엿는데 갑재기 격렬한 진동을 느끼며 잠을 깨엿다. 집전체가 경연을 하듯 떤다.
「오! 이게 지진이구나!」
창틀이 덜컹거리고 어느 방에선지는 철스럭 솨ㅡ솨 벽 떨어지는 소리도 난다. 송빈이는 날새게 일어는섯스나 다리가 흔들려 꼼작할 수가 업섯다. 그러는 동안 마치 바람이 지나가듯 진동은 스르르 가라안고 마는 것이다. 창박근 훤ㅡ해 잇섯다, 달이엿다. 송빈이는 혹시 대지진이 일어난 시로나 아닌가도 시퍼 옷을 주섬주섬 집어들고 그 삐걱소리 요란한 층계들을 달려 나려와 마당으로 나섯다.
……(중략)……
송빈이는 땅뿐이 아니라 세상 모든 것에 대한 미신이 깨여지는 것 가텃다.
「세상이란 우주란 한 물리학의 실험관이 아닌가? 저처럼 어스름달을 보고 은밀한 정서를 느낀다든가 한 아름다운 이성에게 생식조건이 정물(情物)인 사람 자신들의 극도의 주관(主觀)일 뿐 우주만물의 실체(實體)란 물리적(物理)인 현상 그것뿐 아닐까? 저러케 서정적인 달도 사실은 풀 한포기 업는 죽엄의 빙원(氷原)이라고 하지 안는가? ……(이하생략).」
송빈이는 싸늘하게 식던 입술이 다시 뜨거워젓다.
「그러타! 과학이다! 사람의 동공(瞳孔)을 현미경에 비기여 너머나 불순했다! 그러면서도 동공 그 자체는 예술보다는 과학으로만 더 정확한 해석과 진찰이 되는 것이다! 과학이다! 내 완미한 머릿속에서 그러타. 가슴속이란 것도 진부한 관념이다. 이 확실히 두뇌(頭腦) 속에서 은주를 쪼차내일 것도 과학이다!」
송빈이는 달을 흘겨보았다 차라리 개가 되여 지저보고 시펏다. 달을 짓는 개의 눈은 공연한 눈물이 잘 고이는 사람의 눈보다 차라리 과학적이라 생각된 때문이다.
(이태준, 『사상의 월야』, 『매일신보』, 1942. 6. 29.)

이 부분은 동경 유학 시절, 진동을 체험한 송빈이 잠에서 깨어나 달을 보며 사색하는 내용이다. 지진을 체험한 송빈의 의식은 주관적이고 감상적인 정서였던 '달밤의 사상'에서 벗어나 물리적인

현상과 과학주의 사상의 달밤으로 전환되고 있다. 이러한 과학주의
는 바로 근대적인 사상의 하나이며, 그가 지향하는 부르주아 민족
주의 운동의 노선에서 지향하던 실력양성론의 맥락과 결부된 사상
이라고 할 수 있다.

지금까지 연대기 서술의 특징으로 부각되고 있는 공간의 이동과
그 배후에 놓여 있는 '달밤의 사상'을 살펴보았다. '달밤의 사상'은
공간의 이동과 시간적인 변화에 따라 주인공 송빈의 고아의식을 기
초로 개인무의식의 정서에서 집단무의식의 정서로 전환되는 성장
과정을 반영하는 중요한 매개체로서 의의가 있다. 그러니 중요한
역사적인 국면에서 제시되고 있는 '달밤의 사상'은 시대 현실의 사
실적인 재현을 주정적인 정서로 환원시키는 결과를 초래하고 있다.

(2) 신교육과 근대 풍속의 묘사

이태준은 『사상의 월야』을 창작하면서 '달밤'의 제재를 중요하
게 생각했던 만큼 '사실적인 기초'도 중요시했다. 이는 다음과 같
은 '작가의 말'을 통해서 알 수 있다.

> 이 소설에 나오는 시대가 대단 복잡햇섯고 이야기가 사실을 존중햇던
> 만치 주인공의 이 앞으로서의 모든 것은 좀 더 신중히 생각할 여유가
> 필요하게 되엿습니다. 독자와 신문사에 미안합니다만 우선 상편으로 쉬
> 이겟습니다.
> (이태준, 「근고」, 『매일신보』, 1942. 7. 5.)

이와 같이 이태준은 『사상의 월야』에서 '사실'을 중요하게 생각
했다. 『사상의 월야』는 작가의 자전적인 이야기를 중심 서사로 한

가족사소설이다. 그렇다면 여기에서 작가가 의미하는 '사실'이란 무엇일까? 그것은 우선 자전적인 사실이 작품의 실제적인 창작을 통해 이루어지고 있는가의 여부를 의미한다. 한편으로는 가족사소설의 서술적인 특징인 연대기를 서술하는 데 있어서의 '사실'이라고 할 수 있을 것이다. 『사상의 월야』에서는 이러한 전형적 사실의 획득은 근대 상업 도시의 풍속, 근대 학교의 풍속, 근대의 연애 풍속, 학생운동의 풍속 등 근대 풍속의 묘사를 통해서 이루어지고 있다.

본고에서는 작품상에서 구현된 근대 풍속의 묘사의 양상과 그 의미를 살펴보겠다.

『사상의 월야』에서 근대 상업 도시의 풍속이 반영된 곳은, 송빈 일가가 함경도의 항구도시에서 생활하던 시기와 송빈이 서울에서 생활하기 이전의 방랑 시절에서이다. 함경도는 송빈의 대가 시작되는 공간으로, 부친이 임종한 이후 고향 문중이 사는 강원도로 이주하기 이전까지 송빈 일가가 생활의 근거지로 삼았던 곳이기도 하다. 송빈 일가가 정착한 도시는 항구도시에서 조금 떨어진 소청이라는 곳이었다.

> 송옥이 송빈이 해옥이의 삼남매의 새세대(世代)가 이 웅기만 한 구석에 부터잇는 조고마한 한 포구 '배기미'에서 시작되는 것이엿다. 배기미는 인천 이감리내가 아니라 '이송빈이네'의 세상의 첫 항구엿던 것이다.
> ……(중략)……
> 그러나 '배기미'에는 고기를 잡을 줄 모르고는 살수가 업다. 아이들을 가르칠 글방도 업다. 그래 '배기미'에서 빤히 올려다보이는 '소청거리'로 올마온 것이다. 여기서는 청진과 부령서 웅기로 드러오는 큰길에 동네 가운데로 지난다. 객주집도 잇고, 잡화상도 잇고, 포목전도 잇고, 또 오리 혹은 십리둘레로 적은 촌락들이 널려 있어 돌림서당도 잇다. 송빈이네는 여기다 집을 샀다. 그리고 곳 정서방, 송빈이 할머니가 나서서

음식점을 시작한 것이다.

(이태준, 「사상의 월야」, 『매일신보』, 1942. 3. 10.)

송빈의 일가가 처음 도착한 곳은 함경도의 항구도시 배기미였으나, 이 지역은 고기를 잡을 줄 모르면 살 수가 없는 어촌이었다. 그러므로 송빈 일가는 청진, 부령, 웅기로 들어오는 큰길과 이어지는 소청거리로 이주하여 음식점을 경영하게 되었다. 이러한 소청거리의 번창은 근대적 교통수단이 발전하기 이전에 육로를 중심으로 상품이 유통되었던 것을 반영하고 있다. 그러나 근대화의 물결은 '강원도집'에 새로운 위기를 초래하게 된다.

고향에서는 좀처럼 소식이 업다. 그런데 '강원도집' 영업에는 이상이 생겼다. 하루는 '배기미'에 윤선(輪船)이 들어왔다고 거리 사람들이 온통 바닷가로 내달엇고 어떤 사람은 '배기미'로까지 그냥 뛰여갔다. 고동 트는 소리도 소청거리까지 울려왓다. 윤선은 그날로 웅기 쪽으로 드러가더니 이튿날 다시 '배기미'에 들럿다가 청진 쪽으로 나갓다. 한 칠팔일 뒤에 윤선이 또 나타났다. 사람들은 요전 것보다 크니 적으니 하고 다투엇다. 일본우선회사(日本郵船會社)의 항로(航路)가 열린 것이엿다. 소청거리에는 행인이 거이 업서지고 말았다. 웅기 이북으로 갈 사람들은 배로 웅기까지 직행하엿고, '배기미' 이북으로 갈 사람들은 '배기미'까지 배를 타고 왓고 '배기미'가 도리어 번창하게 되고 소청거리는 씁쓸해다. 윤선 소리만 나면 송옥이 송빈이는 밥수까락을 내던지고 뛰여나왓으나, 송빈이 할머니는 윤선이 여간 원망스럽지 안타. 애초에 사위가 타국으로 나다닌 것도 저놈의 윤선 때문이요, 남은 재산을 마저 팔아 가지고 고향을 떠나 아라사로 드러갓던 것도 저놈의 윤선 때문이엿다.

(이태준, 「사상의 월야」, 『매일신보』, 1942. 3. 17.)

항구도시의 근대화는 '윤선의 소리'로 암시되고 있다. 나이 어린 송빈은 윤선의 소리를 들으며 신기해하지만 외할머니는 윤선이 원망스럽기만 하다. 그것은 부친 세대로부터 내려오는 송빈 일가의 불행이 윤선에서 비롯되었다는 생각 때문이다. 번창하던 '강원도집'에 인적이 끊기면서 또 다시 송빈 일가가 위기를 맞게 되는 것도 이 윤선 때문이다. 일본우선회사가 배기미에 항로를 개척하면서 교통수단이 발달하게 되고 소청거리에도 행인이 없어지게 되었던 것이다.

이는 당시 일본에 의해 이루어진 근대화의 일면을 보여주고 있다. 일본은 청일전쟁 이후 철도의 부설과 항로의 개척을 대대적으로 추진하였다. 이러한 근대적 교통수단의 개척은 이동수단의 변화를 형성하게 되었다. 그러나 일본에 의해 주도된 이러한 근대화 정책은 식민지적 지배망을 확충하고 상품판매시장을 확대하여 대륙 진출의 발판을 삼으려는 목적이 내재되어 있었다.[62] 당시 이러한 근대적 교통수단의 발달로 인해 오히려 경제적 위기에 몰리는 경우도 허다했다. 송빈 일가의 함경도 소청에서의 위기는 근대 상업도시가 정착하는 과정을 반영한 것이라고 할 수 있다. 한편 송빈이 서울에서 생활하기 이전 평안남도를 방랑하던 시절에서는 근대 상업도시가 형성된 이후의 상품 유통현상을 반영하고 있다.

---

62) 강만길, 앞의 책, 262~264면; 한국역사연구회, 앞의 책, 274면; 국사편찬위원회, 『한국사
  -일제의 무단통치와 3·1운동』47, 탐구당, 2001, 94·97면.
  청일전쟁 이후 시작된 철도 부설은 조선 농민의 토지를 수용하여 이루어졌으므로 농촌에 경
  제적 손실을 끼쳤다. 한편 종래의 상품유통권과 상품유통로를 중심으로 발달하던 상공업 중
  심 도시가 철도 연변에 새로 발달하는 상공업 도시에 밀려 침체해 갔다. 한편 이러한 근대적
  교통수단의 발달은 정치, 경제, 군사적인 목적으로 이루어졌다. 일본은 1912년에 조선우선주
  식회사를 설립하여 연안 항로를 통일시켜 일본의 군대와 병기를 수송하기에 용이하도록 조처
  했다.

송빈이는 이 백립 쓴 어룬을 따라 농공은행(農工銀行) 엽헤 있는 '물산 객주 김상훈'(物産 客主 金相勳)이라는 간판이 부튼 집으로 왓다. 이 여관 주인은 얼굴부터 점잠허 보엿다. 백립 쓴 어룬은 지나가다가 똑똑해 보히기에 데려 왓노라 하엿고, 다른 이야기는 하지 안는 것도 고마ㅅ고, 주인도,

「윤선생이 똑똑하게 보섯슴 어련하겟소. 참 그놈 잘생겼는데.」

하고, 여러말이 업이 있으라 하엿다.

물산객주란 보통 여관은 아니엿다. 경성 평양 부산 각처에 여기 업는 물산을 가지고 오면, 그것을 팔아주고 또 여기서만 살 수 잇는 어물(魚物)과 북포(北布) 같은 것을 사주기도 하는 것이 본업인 일종의 무역중개상(貿易仲介商)이엿다.

(이태준, 「사상의 월야」, 『매일신보』, 1942. 4. 23.)

강원도 오촌 댁에서 가출하여 무작정 서울행을 시도했던 송빈은 2년여의 방랑생활을 하게 되는데 그 과정에서 물산 객줏집의 사환 노릇을 하게 된다. 물산 객줏집을 통해 근대 상업 도시의 상품유통 과정을 간접적으로 재현하고 있다. 당시의 물산 객줏집은 경성, 평양, 부산 등 각처의 물산을 유통하는 곳으로, 일종의 무역 거래상이었다. 원래 문호가 개방되기 이전에도 포구와 같은 교통의 중심지에 객주나 여각이 있었으나, 보다 융성해진 것은 본격적인 근대화와 함께 개항장을 중심으로 객주가 형성되면서부터였다. 객주들은 상회사들을 형성하고 화륜선을 구입하여 상권을 연해로 확대하는 한편 각 지방의 포구에도 지점을 설치하여 재래시장을 장악[63]하였는데, 송빈이 사환 노릇을 하던 원산물산 객줏집도 이러한 상회사들 가운데 하나였던 것으로 보인다.

『사상의 월야』에서는 송빈 일가의 함경도 시절과 송빈의 사환

---

63) 강만길, 앞의 책, 271~272면.

생활을 통해 근대 상업 도시의 풍속을 반영하고 있다. 송빈 일가가 몰락하게 된 계기는 근대 자본주의가 유입되던 개화기의 사회·정치적인 맥락과 연계되어 있다. 그러나 작품상에서는 조선이 외세에 의해 개항된 이후 1910년 한일합방이 이루어지기까지의 역사적인 전개 과정이 충분히 반영되지 못한 상태에서 근대화의 양상과 송빈 일가의 몰락만을 재현하고 있다. 이는 『사상의 월야』가 개화기에 대한 연대기 의식이 충분히 반영하지 못하고 있음을 시사하는 부분이다. 이는 근대적 학교가 정착되어 가는 과정에서도 드러난다.

『사상의 월야』에서 근대적 학교가 정착되어 가는 과정은 송빈의 입신 과정을 통해서 반영되고 있다. 개화기의 근대화는 학교의 변화를 통해서도 이루어졌는데, 이러한 근대적 학교는 작품상에서 유신의 꿈을 도모하고자 했던 송빈 부친의 사상적 근원지이기도 하며, 고아인 송빈이 고난의 과정을 딛고 의식을 형성하게 하는 모체이기도 하다. 송빈은 함경도에서 이주하여 고향 문중이 사는 강원도로 이주하면서부터 근대적인 학교에 대한 갈망을 품다가 작품 말미에서 동경 유학행을 결심하기에 이른다. 개화기에 서당이 근대적인 학교로 변모되어 가는 과정은 강원도 오촌 댁에서 보여준 학교의 변화를 통해서 그려지고 있다.

> 용담에는 학교가 생긴 것이다. 큰댁형님(송빈이 아버지)을 머리를 깍근 그것만으로도 이단시하던 그네들도 급격한 시대의 선풍 아페는 뒤흔들리지 안을 수 업섯다. 큰하라버지 산소가 잇는 매봉재가 잘려 나간다고 문중이 며칠을 모혀 수선거럇스나, 허물고 나가는 철로를 막을 재주는 업섯고, 굴을 뚜르되 양편에서 가치 파드러가도 한치의 어긋남이 업

시 땅 속에서 만나는 그들의 재주를 보고는, 사서삼경(四書三經)을 외이는 것만으로는 살 수 업스리라는 것을 늦게나마 깨달엇다. 사랑채 한 간에 두엇던 서당을 이십여간이나 되게 따로 짓고, 하루가리나 되는 밧을 운동장으로 닥고 '사립봉명학교' (私立鳳鳴學校)라 간판을 붓친 것이다.

이러케 '용담서당'이 '사립봉명학교'로 되는 데도 평탄치는 안었다. 노인들께서는 무엇보다도 학교가 되면 머리를 깍거야 한다는 것부터 큰 일로 알엇다. 신체발부(身體髮膚)는 수지부모인데 터럭을 깍는다는 것부터 벌서 공맹(孔孟)의 도(道)를 헐기 시작하는 것이라 여겨, 어떤 하라버지는 대설대가 부러지도록 방바닥을 치며 반대하엿으나, 다행히 재정에 실권을 가질 만한 분들이 아버지가 일직 돌아가셧다. 그중에도 '웃말 참봉'으로 불려지는 송빈이의 오촌 중의 한 분은 함흥준군이던 아버님의 무골(武骨)을 타고낫다. 먼저 머리를 깍고 스스로 교장의 책무를 지고 서울까지 가서 수학, 지리, 역사, 체조의 네 교사를 초빙해 왓다.

(이태준, 「사상의 월야」, 『매일신보』, 1942. 3. 20.~21.)

작품상에서 보는 바와 같이 사립봉명학교는 서당을 개조하여 세운 근대 학교이다. 교장 직책을 맡은 송빈의 오촌이 수학, 지리, 역사 등의 교사를 초빙하여 근대적인 학교로 체모를 갖추려고 노력하는 모습을 통해 지방의 근대학교가 정착되기 이전의 상황을 짐작해 볼 수 있다. 이는 송빈이 안협 오촌 댁에서 근대적 교육을 받지 못한 당시의 모습이다. 그러나 송빈이 용담 오촌 댁으로 다시 이주하면서 사립봉명학교에도 새로운 변화가 일기 시작한다.

이 송빈이의 웃골 작은아버지는 팔 하나를 잘 쓰지 못하엿다. 송빈이는 그분의 옷고름과 대님을 매는 것 가튼 잔시중을 들어 드리며 그 집에 잇게 되엿다. 이 웃골 자근아버지 내외분은 송빈이가 고향에 돌아와 처음 느끼는 인정 많은 어룬들이엿다. 봄부터는 학교가 다니라 하엿고, 송빈이가 한문은 여기 이학년 아이들보다도 나으니 산술과 언문과 창가만 시험을 보면 이학년에 들 수 잇다고 하면서, 친히 산술의 가감법(加減

法)과 언문을 가리켜주시엇다. 문제는 창가엿다. 무엇이든 한 절만 부를 줄 알면 된다는 것이다. 그때 봉명학교 학생들은 「무쇠돌격 돌주먹 소년 남아」니, 「번쩍번쩍 동명왕의 칼」이니, 「학도야 학도야 청년 학도야」니, 이런 창가들인데 「학도야 학도야」는 웃골 자근아버지도 부를 줄은 아셧다. 그러나 집안에서, 더욱 아이들과 하인들이 보는 데서, 수염이 꺼먼 어룬이, 아직 상투를 그냥 둔, 체면은 구식인 채인 어룬이, 소리를 내어 '학도야'를 부를 수는 업다.

(이태준, 「사상의 월야」, 『매일신보』, 1942. 3. 29.)

이는 송빈이 사립봉명학교에 입학하기 위해 오촌에게서 창가를 배우는 모습이다. 여기에서 보면 시험과목으로 근대적 내용의 창가가 포함되어 있음을 알 수 있다. 이것으로 알 수 있는 것은 당시의 근대적 학교가 근대사상을 계몽하고 있었다는 사실이다. 그러나 오촌은 사립봉명학교의 교장이면서도 여전히 상투를 틀고 있으며, 구식의 체면을 지니고 있어 산에 올라가 창가를 지도한다. 이는 봉건적인 면모가 여전히 존속되고 있었던 근대적 학교의 과도기적 모습이라 할 수 있다. 근대적인 학교로서의 변모는 '일어강습회'를 열면서 본격적으로 진행되고 있다.

서울 가서 공부한다는 매부의 금단초 번쩍거리는 교복을 보고는 「나도 서울로 공부가야 한다!」는 결심만 굳어졌다.
송빈이가 읍에 가기 싫은 데는 다른 이유도 한 가지 있었다. 공립보통학교 아이들이 국어로 욕을 하며 놀리는 것이었다.
사실 송빈이뿐 아니라 봉명학교 학생들은 모두 '고꼬와 오꾸니노 남뱌꾸리'창가도 부르고 시펏고, 일본말로 욕도 할 줄 알고 시펏고, 여기 선생님들도 금테 모자에 금줄친 양복에 칼을 찻으면 시펏다. 한번은 송빈이 반에서도 학감이시오 이야기 잘해 주시는 수염 긴 한문 선생님께 그런 청을 해보았더니
「흥, 이 어리석은 사람들아 군사부일체를 모르나? 어느 애비가 자식

헌테 칼을 차구 대허누? 안될 말이지.」

하고, 코우슴에 부처버리셧다. 이런 한문 선생님의 말슴이 유치한 학생들에게 이해될 리 업섯다.

……(중략)……

이런 완고한 선생님이 학감으로 게시면서도 봉명학교도 작고 변해갓다. 졸업식 때나, 창립기념식 때는 읍에서 군수도 나오기 시작하더니, 용담에 새벽 나팔소리가 끈허졋고, 교련시간이 그냥 체조시간이 되고 말앗다.

그리고, 송빈이가 사학년이 된 여름에는 졸업생들이 중학교에 가려면 국어를 알어야 한다고 졸업반인 사학년생들과 이미 졸업한 사람들까지도 학교에 모아노코 '국어강습회'가 열리엇다.

이 강습회의 국어교사는 원산 쪽에서 떠드러와 교장댁 사랑에서 묵던 젊은 길손이엿다. 약간 한겸도 사투리엿으나, 국어는 살하는 모양이엿다. 해어졋으나 갈라부친 양복을 입엇고, 머리고 갈라부쳣고, 입과 턱이 크고, 목소리도 크고, 늘 눈이 정열에 불타는 삼십대의 청년으로, 성명은 오문천(吳文天)이라 하엿다. 이는 국어만을 가리키지 안엇다. 강습생들을 학교에서 자게 하며 저녁이면 격렬한 어조로 때로는 눈물까지 흘리며 여러가지 연설을 하엿다. 당파를 짓지 말 것, 미신을 타파할 것, 국어 영어 노어 모든 선진국의 말을 배워 신학문 신사상 신생활의 모든 기술을 수입할 것 가튼…….

……(중략)……

특히 송빈이에게 기피 가슴에 새겨진 것은 이등박문(伊藤博文)의 작이라는 한시(漢詩) 두절이었다.

사나이 뜻이 서서 향관을 떠난 바에
배워 이룸이 업시야 죽은들 돌아올 것가.
뼈 뭇기를 어찌 분묘지에 기약하리요
인간 이르는 곳마다 푸른 산은 있도다.

「사람이 죽으면 고만 아닌가? 그까짓 뼈야 어디 무친들 무슨 상관이랴! 우리 아버지도 돌아가셨으니 우리집이 거지가 되여도 고만 아닌가? 뼈야 어머니께서 그처럼 애를 써 고향에 보냇기로 그게 오늘에 무슨 소용 잇는 것인가? 소용은커녕 아버지께서 무슨 뜻이 잇서 고향을 떠나섯던 것이라면, 그 뜻을 이루지 못하신 바엔 뼈나 그곳의 흙이 되여야

할 것이지 하필 선영을 차저 옴기란 무슨 의미가 잇는 것인가? 아버지로
서는 차라리 수치가 아닌가!」
　　　　　(이태준, 「사상의 월야」, 『매일신보』, 1942. 4. 6.~8.)

　　송빈은 시대의 공립보통학교와 사립봉명학교를 비교하면서 공립
보통학교에 다니고 싶어 하는데, 그 이유는 사립봉명학교에서는 학
감이 한문과 군사부일체를 가르치지만, 시내에 있는 공립보통학교
는 일본말로 창가를 지도하기 때문이다. 결국 사립봉명학교도 일본
어강습회를 열게 되면서 더욱 근대적 교육에 근접하게 된다. 특히
일본어 교사로 초빙된 오문천 교사는 근대사상을 지닌 인물로, 일
본어 외에도 반봉건적인 폐습과 신학문, 신사상, 신생활을 위한 기
술교육 등의 사상을 지도함으로써 당시 사립봉명학교 학도들에게
근대사상을 자각시키고 있다. 이를 통해서 당시 근대학교가 반봉건
의식과 근대의식의 형성을 위한 역할을 수행했음을 알 수 있다.
　　또한 일본어강습회를 개설한 것과 '나파륜'이 되겠다는 학도들의
장래 희망을 통해서 당시 조선 근대사상의 전범이 일본이었음을
짐작할 수 있다. 그러나 이러한 근대교육의 정착 과정 중 근대화
의 전범이 되고 있는 일본의 위치에 대한 역사적인 해명이 이루어
지지 않고 있는데, 이는 작가의 개화기에 대한 연대기적 의식에서
연유된 것이라고 할 수 있다. 이러한 사항은 주체적인 근대화가
아닌 외압에 의한 식민지적 근대화의 도정과 1910년 한일합방으로
이어질 수밖에 없었던 역사적인 귀결에 대한 형상화가 결락된 것
과도 결부되는 것이다. 그러나 강원도 시절의 근대적 교육의 영향
은 서사 진행에 있어 중요한 동인으로, 송빈으로 하여금 끊임없는
향학열을 불러일으켜 서울행을 갈망하는 원동력이 되고 있다. 이러

한 근대적 학교의 형성 과정을 기반으로 하여 범국민적 독립운동 이었던 1919년의 3·1운동 이후에는 근대적인 교육에 대한 열망이 전체 사회로 확산되었다. 이러한 면모는 송빈의 서울 유학 시절에서 형상화되고 있다.

> 송빈이는 벌떡 일어나 세수를 하고, 조반을 재촉해 먹고 거리로 나섯다. 번화한 쪽을 향해 걸으니 맞은편에 시뻘건 삼층집이 보인다. 그림엽서에서 보던 '경성우편국'이 틀리지 안엇고, 돌집 '조선은행'도 이내 맛긴마첫다. 우편국에 드러가서 할머니께 서울로 공부왓노라고 써부치고 나니 어서 학교들을 구경하고 시펏다. 길을 물어 휘문의숙, 중앙학교, 보성중학교, 그리고 배새학낭까지 당일로 구경햇는데, 송빈이의 가슴이 들뛴 것은 봄에 소요사건으로 학생 이동이 만헛는지라, 학교마다 보결생 모집광고가 부튼 것이다.
> (이태준, 「사상의 월야」, 『매일신보』, 1942. 4. 24.)

> 봄이 되엿다, 이런 불타는 향학열은 송빈이나 은주뿐이 아니엿다. 전조선적으로 서당(書堂)에서 학교(學校)로의 과도기적 침체는 소요 일년에 큰 자극이 되엿다. 총각은 따은 머리를 깍고, 어룬은 상투를 자르고면서기 군서리를 다니던 사람, 헌병 보조원, 순사, 그리고 장사하던 사람들까지 '신학문'에로 대진군이 되어 서울로 끌허올랏다. 매 년 정원이 차거나 말거나 하던 중학교에들 오륙 배는 보통이요 십이삼배까지 응모자가 폭증하엿다. 조선서 '입학난'이란 말은 이 해에 처음 생긴 것이다. 그러나 은주는 숙명여고보에, 송빈이는 휘문고보 이학년 보결에 난관을 돌파하고 가지런히 한날에 합격이 발표되엿다.
> (이태준, 『사상의 월야』, 『매일신보』, 1942. 5. 6.)

작품상에 반영된 것을 통해서 이러한 향학열의 원인이 1919년 3·1운동의 열기와 밀접한 관련되어 있음을 알 수 있다. 1919년 3·1운동 이후 부르주아 민족주의운동 진영에서는 신문화건설론과 함께 문화운동의 일환으로 신교육운동을 전개한다. 이는 보통학교,

고등보통학교, 민립대학 등의 학교 설립운동을 중심으로 대중들에게 교육의 중요성을 인식시키는 데 주력하였다. 결국 이러한 문화운동의 결과로 교육열이 일어났던 것이다.[64] 그러나 『사상의 월야』에서는 이러한 3·1운동 이후 민족주의 운동으로서의 근대학교의 역할에 대한 형상화가 구체적으로 제시되지는 않고 있다. 근대적인 교육이 정착되는 과정에 대한 묘사는 고아인 송빈의 입신 과정에서 의식 성장을 위한 매개로서의 역할에 초점이 놓여 있다.

한편 『사상의 월야』에서는 봉건적인 결혼 풍속의 폐단과 근대에 횡행하던 과도기적 연애 풍속을 송빈과 은주를 통해서 반영하고 있다.

> 「나 가튼 일개 고학생이 부잣집 무남독녀를 사랑할 수 잇슬까? 왜 못해? 돈만 업지 내가 저희 지체만 못할 게 무언가? 돈이란 그까짓 벌면 될 것 아닌가? 돈!」
> 송빈이는 벌떡 일어낫스나 제 석유궤짝 책상과, 윤수아저씨의 서랍마다 잠을쇠가 번쩍거리는 테블과 책장을 비교해 볼 때, 그만 기운업시 주저안고 말엇다.
> 「장래다! 나의 모―든 것은 지금에 잇지안코 장래에 잇다! 은주야, 나의 장래를 기다려다구!」
>
> (이태준, 「사상의 월야」, 『매일신보』, 1942. 6. 11.)

가난한 고학생 송빈의 내면적 갈등이 엿보이는 부분이다. 송빈은 생활의 차이로 윤수 아저씨와 거리감을 느끼는 한편, 은주에 대한 사랑에 대해서도 갈등하게 된다. 그리고 그 사랑을 이루기 위해 장래에 희망을 걸고 있다. 그러나 결국 은주 모친은 은주를

---

64) 박찬승, 『한국근대정치사상사』, 역사비평사, 1992. 243~247면: 한국역사연구회, 앞의 책, 307~308면.

돈 있는 집안과 혼인시키기 위해 학교를 강제 퇴학시키고, 송빈과 은주는 결별하게 된다. 이러한 모습은 곧 근대적 자본주의의 유입으로 인해 돈과 사랑 사이에서 갈등하는 연인들이 생겼던 당시 연애 풍속도의 한 양상을 짐작게 하는 것이기도 하다.

한편 『사상의 월야』에서는 근대 연애 풍속의 과도기적 현상에 대해 다음과 같이 상세히 언급하고 있다.

> 남녀칠세부동석(男女七歲不同席)이던 칠세 이상의 남녀들이 함께 고향을 떠나 천리길을 같이 오고, 함께 찬양대에서 노래를 부르고, 함께 강연을 다니고, 함께 취미를 이야기하고, 함께 이상을 토론하고, 그리는 중에 끈흘 수 업는 애착이 서로 생기는 사람들도 업슬 수가 업게 되엿다.
> 그러나 남자로는, 중학교에 올 나이와 가세라면 거이 전부가 아내 있는 사람들이엿다. 안해 잇는 남자들과 처녀들과 거기는 으레 진작부터 비극의 운명이 자리잡고 잇섯다. 이들은 슬플 뿐 아니라 가정에 죄인이 되고, 사회에 죄인이 되어야 햇다. 한낫 사랑이라 한낫 연애라 하기보다는 먼저 부모님과 가정에 전속되엿던 자기를 차저내는 새 인생 운동이라, 한번 자아(自我)의 눈이 떠진 이상 여간 벌측으로서 그 눈을 스사로 찔러 버리기는 어려웟다. 아들과 아버지와, 제자와 선생과 강경한 대립이 생기게 되엿다.
> 「연애는 죄악이다!」
> 하면
> 「연애는 신성하다!」
> 하고 맛서게 되엿다. 신문과 잡지에서도 한편으로는 신사상을 고취시키엿다.
> 그러나 그 결과로 당연히 드러난 풍기 문제에 잇서선 모른 척하고, 부로(父老)들의 편이 되어 가혹한 필주(筆誅)를 나리엿다.
> (이태준, 「사상의 월야」, 『매일신보』, 1942. 5. 20.)

봉건적인 결혼 풍속에 의해 조혼한 기혼의 남성들이 근대적인 학교에 진학하면서 신여성과 연애를 하던 풍속에 대한 당시의 대립상을 서술한 부분이다. 당시 연애란 한낱 사랑이라기보다는 가정에 예속되어 있던 자신의 주체를 찾는 부분이 더 강했음을 알 수 있다. 그러나 이미 가정이 존재했던 기혼 남성들의 연애 풍속은 사회적인 문제로 확산되면서 기성세대와 대립적인 입장에 놓이게 된다. 이러한 봉건적인 구세대와 근대적인 신세대의 대립은 조혼의 폐습에서 기인된 것이라고 할 수 있다. 그러나 결국 도덕적 풍기의 문제로 구세대의 풍속은 여전히 존속되고 있었다. 이는 윤수 아저씨와 병부고관 '김 대장 댁' 큰아들인 원섭의 경우를 통해서 반영되고 있다.

한편 『사상의 월야』에서는 1920년대 근대적 학교를 중심으로 형성되었던 민족운동의 양상이 송빈의 서울 유학 시절과 동경 유학 시절을 통해 반영되고 있다. 우선, 부르주아 민족주의 사상의 면모는 강연회와 유학생회 모임을 통해서 재현되고 있다.

> 송빈이는 강연회에서 나설 때마다 감격하엿다. 강연회 뿐 아니라 가끔 토론회도 잇섯다. 토론회에는 예정한 연사에만 한하는 것이 아니라 속론이라고 누구든지 제 마음에 드는 편으로 나가 의견 발표를 할 수가 잇섯다. 보니까 중학생들도 당당히 무대로 뛰여나갓고 어떤 중학생은 어룬보다도 더 당당한 열변을 토하고 박수갈채를 바덧다. 송빈이는 속론에 한 번 나가볼 의기가 솟앗다. 기회를 기대리는데 새 토론회 광고가 나부텃다. 「사업을 하는 데는 금전(金錢)이냐? 의지(意志)냐?」하는 문제이다. 송빈이는 대뜸 '의지'편에 가담하기로 정햇다. '정신일도하사불성' (精神一到何事不成)이란 말도 생각낫고, 알프스를 넘은 나폴레옹이 사전에서 '어렵다'는 단어를 빼엿다는 말도 생각낫다.
> (이태준, 「사상의 월야」, 『매일신보』, 1942. 5. 1.)

서울에는 마침 동경 유학생들의 강연회와 음악회가 잇섯다. 송빈이는 은주와 함께 강연회에 가 보앗다. 낮닉은 청년회관 대강당이나 이날은 어느때보다 장내 공기가 긴장되어 잇섯다. 연단 한편에는 정복 경관이 안저 잇섯고 그 미테는 형사들이 서너 명이 나와서 연사들의 강연을 필기하고 잇섯다. 유학생들은 모다 전문대학생들로서 그 서슬이 시퍼런 경계에 조금도 주눅이 들림업시 세련된 몸짓과 진정에 끌론 목청으로 하나같이 열변을 쏘닷다.

「아! 동경유학생들!」

송빈이는 부러웟다. 세상에 어려운 일, 청년들만 할 수 있는 일은 그들이 먼저 마터버린 것처럼 부러웟다.

(이태준, 「사상의 월야」, 『매일신보』, 1942. 5. 17.)

작품상에서 강연회와 유학생회의 내용을 살펴보면, 근대지향적인 사상이 중심에 있음을 알 수 있다. 이는 당시 교육과 산업의 진흥, 구사상과 구관습의 개혁을 통한 신문화를 건설하자는 부르주아민족주의의 정치사상과 연계되는 것이다.[65] 부르주아민족주의 운동은 1905년 이후 일본에서 신교육을 받은 지식층에 의해 주도되었는데, 1919년 3·1운동 실패 이후 한말과 1910년대를 풍미하던 '선실력양성론'으로 돌아가 문화운동적인 양상을 띠었다. 1920년대 초부터 형성된 부르주아 민족주의 운동은 주로 청년회운동, 신교육운동, 물산장려운동 등 문화적 경제적 실력양성운동을 중심으로 전개되었다. 청년회운동을 통해서는 인격 수양, 풍속 개량, 실업 장려, 공공사업 지원 등을 목적으로 강연회, 토론회, 야학강습회, 운동회 등을 추진하였으며, 신교육운동을 통해서는 3·1운동 이후 고양된 교육열을 소화시키려는 목적으로 학교 설립운동을 추진하였다.[66]

---

65) 부르주아 민족주의 정치사상은 1905년에서 1910년까지 일본에서 신교육을 받은 신지식층을 중심으로 형성되었다. 부르주아 민족주의 운동은 1905년에서 1910년까지는 자강운동론으로, 1910년대에는 실력양성론과 구사상·구관습개혁론으로, 1920년대는 문화운동론으로, 1920년대 중반에서 1930년대까지는 자치운동론으로 전개되었다(박찬승, 앞의 책, 16면).

『사상의 월야』에서는 이러한 부르주아 민족주의 운동의 양상이 송빈의 서울 유학 시절을 중심으로 반영되고 있으나, 조선의 식민 지적 현실과 민족주의 운동과의 연계에 대한 역사적인 맥락을 제시하는 데까지는 나아가지 못하고 있다. 한편 송빈의 휘문고보 시절에서는 1920년대 초반에 소수 지식인층을 중심으로 유입되었던 사회주의 사상의 면모가 반영되고 있다.

> 도서실에는 늦게 가면 자리가 업슬만치 그득 차 잇섯다. 상급생들은 물론이요, 송빈이 반에서도 굵은 패들은 모다 여기 와 안자서 술이 두꺼운 책들을 읽고 잇섯다.
> 「아! 나는 이런 중대한 세계를 몰랏구나!」
> 송빈이는 남에게 뒤진 생각을 하니 분하엿다. 송빈이 반에는 헌병보조원 노릇을 삼년이나 다녓다는 대머리진 학생이 잇다.
> 그는 언젠가 점심시간에 역시 면도를 하로만 안해도 턱이 시커먼 저희 패들끼리 몰려 안저서
> 「이까짓 교과서나 배우러 우리가 학교에 왔나!」
> 하고, 불평을 말하엿다. 그 패들은 거이 다 도서실에 와서 사상에 관한 책들을 읽고 잇섯다.
> 송빈이도 얼른 책상으로 달려들어 술이 두꺼운 것부터 탐내듯 고른 것이 유-고의 '휘무정'이엿다.
> (이태준, 「사상의 월야」, 『매일신보』, 1942. 5. 13.)

송빈이 사회주의 사상을 접하게 되는 계기가 형상화된 부분이다. 당시는 러시아 혁명 이후 사회주의 사상이 전 세계적으로 확산되었던 때이며, 조선에서도 동경 유학생을 통해 사회주의 사상이 유

---

66) 1920년대 초반 문화운동론은 청년회운동, 교육진흥운동, 물산장려운동 등으로 전개되었다. 이는 3·1운동 이후 개조론, 문화주의, 사회진화론, 강력주의 등의 사조에 영향을 받아 형성되었다(박찬승, 앞의 책, 167~168면).
그러나 신문화건설과 실력양성을 민족운동의 선결적인 과제로 인식함으로써 민족운동을 탈정치화하고 있는 한계가 있다(한국역사연구회, 앞의 책, 307~308면).

입되었다. 작품상에서 이러한 사회주의 사상의 영향은 송빈의 의식
성장에 중요한 역할을 한다.

> 「취직! 행세! 전문 졸업장엔 얼마구 대학 졸업장엔 얼마구……취직이
> 목표루 우리가 하는 공불까? 그런 실제적인 인물만이 필요헌 델까? 우
> 리 팔백명, 아니 서울 와 잇는 멧만 명 학생이 죄다 그래 취직이 목표란
> 말이냐? 그러타면 난 오히려 반동허구십다! 소리치구 반동허구싶다!」
> 「허긴 그래!」
> 「비실제 인물, 거대한 비실제 인물, 다수한 비실제 인물, 어느 시대나
> 힘은 그들에게 있는 거다!」
> 이들은 해가 저무는 줄도 모르고 이야기에 흥분해 얼굴들이 노을과
> 함께 타고 잇섯다.
> (이태준, 「사상의 월야」, 『매일신보』, 1942. 6. 11.)

송빈의 이러한 민중의 존재에 대한 인식과 계급의식의 형성은 사
상 서적을 통해 형성된 사회주의 사상에서 기인된 것이라고 할 수
있다. 그러나 송빈은 사회주의 사상을 민족주의 운동의 지도 이념
으로 수용하여 조선의 식민지적 상태를 극복하고자 했던 사회주의
민족주의 운동의 노선으로까지는 나아가지 않고 있다. 이는 송빈의
학원의 쇄신운동의 내용을 통해서 알 수 있다.

> 송빈이와 민철이는 다시 한 번 손을 굿게 잡고 흔들엇다.
> 「우리집과 우리학교엔 일대 개혁이 일어나야 헐 거다! 선생들이란 우
> 리 하라버지헌테 아첨허는 것박게 무슨 재주가 잇는 줄 아니? 그러치
> 안흔 인격자 선생이 오더라두 세력 다툼에 밀려나가버리구 우리 학교처
> 럼 월급은 만흔데 무자격 선생이 만흔 학교가 잇는 줄 아니? 난 어느
> 선생은 무슨 추태, 어느 선생은 무슨 죄악, 죄다 알구 잇다. 선생들이
> 나헌테 꿈적 못하는 건 교주 손자라구만 아니다. 자기네 약점을 난 다
> 알구 잇기 때문이야……내가 가만 잇슬 줄 아니? 돈은 어떤 데서 나왓던

학교란 신성해야 헐거 아니냐?」

하고, 민철이는 어떤 강경한 동의를 송빈이에게 구하는 것이엿다.

송빈이는 이날로 진정서를 쓸 것을 민철이에게 언약하엿다. 그 다음 순서로 격문을 쓰고부터는 직접 선봉으로 나섯다. 일학년과 오학년에서 약간 명이 빠지엿슬뿐, 거이 전부가 그들의 주장과 행동을 송빈이에게 따럿다. 모든 물질적인 부담과 학교측의 동향을 내탐하는 데는 민철이가 자청해 마터주엇다. 학교 당국의 방침이란 먼주 교주의 재가를 바더야 하는 것이요, 교주가 재가하는 것이면 민철이가 하나도 빠치지 안코 미리 알 수가 잇서, 학교의 방침은 번번이 실패되엿다. 학생측의 단결이 일사불란하게 목적을 향해 진행됨에 누구보다도 교주와 교장의 그 봉건적인 심경에 큰 변화가 일어나고야 말앗다. 교육사업에 대한 개념을 가장 현대적인 것으로 고처 가지기에 이르른 것이다. 형식상으로 주모자들을 처벌하고 임시 휴가를 선언해 버리엿스나 교장 이하 멧멧 선생은 이미 교주에게 사표를 낸 것과, 그 사표란 교주와 협의한 결과라는 것까지 학생들은 민철이를 통해 알게 되자, 동소문밖 삼선평에서 최후의 회합으로 모교의 만세를 부르고 해산하고 만 것이다.

(이태준, 「사상의 월야」, 『매일신보』, 1942. 6. 13~14.)

이와 같이 동맹휴교의 목적은 현대적인 교육 사업에 있었음을 알 수 있다. 이는 당시 구사상인 봉건의식의 개혁과 근대 교육을 통해 근대 자본주의 문명을 건설하여 국권 회복의 발판을 삼고자 했던 부르주아 민족주의 사상의 연계선상에 놓여 있는 것이다. 이러한 점은 다음과 같은 송빈의 의식을 통해서도 알 수 있다.

「사람도 모다 제 운명의 흐름이 잇슬 게다! 할머니도 은주도 해옥이도……난 지금은 그들의 운명의 흐름을 막거나 골을 달리 외여 놋커나 할 아무 힘도 가지기 못햇다! 그들의 운명을, 아니 할머니와 은주나 해옥이뿐 아니라 좀 더 만흔, 좀 더 거대한 그들의 운명의 고삐를 잡을 만한, 내 자신의 새운명을 개척하려 지금 이러케 달리고 잇는 거다! 저 오막살이들을 보라! 저 길 하나 도랑 하나 제대로 내지 못하고 사는 동네들을 보라! 방엔 벼룩 빈대가 끌코 부엌엔 파리가 끌코 변소 하나 제대로 갖지 못하고 미신만 들어찬 가정들이다! 어떤 구라파의 관광객 하나는 오막살이들을 도야지우리 같다는 말을 비꼬아 조선엔 목축업이 발달되엿다고 말햇다고 한다! 그런 말을 드르면서도 우리는 고려자기나 불국사 석불(佛國寺 石佛)을 자랑하는 것으로 만족할 것인가? 일부 계급엔 세계에 자랑할 문화가 잇섯다처도 일만 백성에겐 세계의 모멸을 바더 쌀, 태초 이래의 원시적 초막생활을 면치 못하고 잇는 것 아닌가? 어디 조선에 문화가 잇는가? 문명국 사람의 눈에 도야지우리로밖에는 보히지 안는 저런 똥과 파리와 헌듸와 무지와 미신으로 찬 가정이 조선 전 가정의 반이 무어냐? 수효로 치면 십분지 팔구가 될 것이다! 나는 우리 할머니와 우리 할머니의 친족 한 집을 그 가난한 진멩이에서 끄러내일 수 잇기를 바랏다! 왜 '진멩이' 전체를 구할 생각은 못하엿던가? 진멩이 전체 바테서 돌을 추려내고, 원시적인 양잠(養蠶)을 개량시키구, 산림을 기르고 기와를 구워 조흔 집들을 짓게 하고, 학교를 세우고 과학을 드려오고……왜 그런 생각은 못하엿든가!」

(이태준, 「사상의 월야」, 『매일신보』, 1942. 6. 19.)

조선의 문화와 생활 풍속에 대한 송빈의 생각을 잘 보여주고 있는 부분이다. 송빈에겐 조선의 문화가 자랑할 것이 없는 것으로 간주되며, 조선의 생활 풍속에 대해서도 비판적 견지를 취하고 있다. 그러나 이러한 의식의 저변에는 교육과 과학 등을 수용하여 생활을 개량하고 조선의 운명을 새롭게 개척하고자 하는 의도가 있음을 알 수 있다. 이는 '선실력양성론'과 '구사상구관습론'을 지향하던 부르주아 민족주의 사상을 계승한 것이라고 할 수 있다. 그리고 이와 같은 면모는 현해탄의 도상에서 부친의 유신사상과 조우하는 것을 통해서도 알 수 있다.

「멀리 백제때는 왕인이 문자를 가지고 이 바다를 건너갓다! 오늘 우리들은 비인 머리를 가지고 과학과 사상을 거기로 담으러 가게 되엿다!」
더욱 송빈이가 놀라듯 벌덕 일어난 것은

「오, 아버지께서도 이 현해탄을 건너섯드랫다!」

생각을 해내인 것이다. '낭아사끼'에서 양복을 입고 찍으신 사진은 그 천도연적과 함께 아직도 누이 송옥이가 마터 가지고 잇는 것이엿다.

「현해탄이란 우리의 모든 력사으 바다다! 모든 력사의 파도다!」

(이태준, 「사상의 월야」, 『매일신보』, 1942. 6. 26.)

송빈은 역사의 역전을 되새기며 한편으로는 급진개화파였던 부친의 유신에의 꿈을 갈망하고 있다. 이는 송빈이 지향하는 바가 일본을 전범으로 하는 유신에 있음을 의미한다. 그러므로 작품상에서 그려진 일본에 대한 형상화는 근대적의식의 지향과 결부되며, 그에 따라 민족주의적인 지향에 대한 연대기적 서술을 미약하게 하는 원인이 되기도 한다. 1910년 한일합방과 1919년 3·1운동에 대한 연대기적 서술 과정이 흐릿한 것도 일본에 대한 이러한 작가의 연대기 의식과 동일선상에 있다. 이는 동경의 고학시절 중 보여준 일본에 대한 형상에서도 나타난다.

「핫비」를 입고 신문을 메고 비는 자조와 마를 새가 별로 업는 「지까다비」에 발을 너코 끌목에 나서면 그제야 아침바람에 이마가 식으면 정신이 돌기 시작하는 것이다.

처음 골목에 드러서면 신문과 우유배달부뿐이다가 한 시간쯤 지나 다섯시가 가까워 오면 벌써 「낭아야」에서 들은 멀리 잇는 공장에 일갈 남편을 위해 안해들은 나와 조반을 짓기 시작하는 것이다. 그네들은 쌀을 씻다 말고, 불을 피다 말고, 신문을 바드며 으레 「오하요」 아니면 「고꾸로 사마」 하고 인사를 해 주엇다. 여기 여자들은 퍽 친절한 것, 구차한 노동자들도 신문 한가지씩은 으레 보는 것, 호화롭기만 한 것 가튼 동경도 그 근처에는 수만흔 근로대중이 날이 밝기 전부터 동원되며 잇는 것, 송빈이는 심문을 돌라보기 때문에 실지로 보고 깨다른 것이엿다.

저녁 심문을 도는 때는 또 한가지 다른 세계가 눈에 띄웟다. 남자들이 공장에 가 버리를 한다고 여자들은 집에서 남편이나 아들의 월급봉지만 바라고 그냥 안젓지 안엇다. 무슨 인쇄물을 마터다 접기 무슨 종이갑을 마터다 부치기, 부자이기 전에는 내직업는 집이 별로 업섯다. 송빈이가 놀란 것은 서울서 아니 철원서와 원산서와 평안도 순천에서까지 보고 저 자신까지 쓰고 하던 그 비누갑과 치약갑과 약봉지들이 바로 여기서 부처지는 것이엿다.

(이태준, 「사상의 월야」, 『매일신보』, 1942. 6. 25.)

송빈이 일본에서 생활을 하면서 느낀 일본 근로자들의 생활을 긍정적으로 묘사하고 있는 부분이다. 송빈은 조선에 유통되는 상품들을 생산하고 그것이 유통되고 있다는 사실에 대해서도 긍정적으로만 묘사하고 있다. 이를 통해서 작가기 식민주지적 근내화로 인해 야기되는 조선의 경제적인 침탈보다는 근대적인 자본주의의 전범으로 일본을 인식하고 있음을 알 수 있다.

지금까지 『사상의 월야』에서 '사실'의 재현은 근대 상업 도시의 풍속, 근대 학교의 풍속, 근대의 결혼 풍속, 학생운동의 풍속 등을 통해서 이루어지고 있다. 『사상의 월야』에서 나타난 근대적인 풍속묘사는 공간의 이동과 그에 따른 역사적인 과정을 서술하는 과정에서 한계를 노정하고 있다. 이러한 한계가 도출되는 이유는 근대적인 풍속의 묘사가 전형적인 정황보다는, 적극적인 주인공이 성장하는 계기로써 형상화하는 데 더욱 주력하고 있기 때문이다. 물론 『사상의 월야』가 자전적인 성장소설이라는 데에서도 그 원인을 찾아볼 수 있을 것이고, 『사상의 월야』를 통해 지향하는 작가의 연대기 의식에서 기인된 결과로도 볼 수 있으리라 생각한다.

즉 작가가 지향하는 사상적인 지향이 급진개화파였던 부친의 유신사상을 계승한 부르주아 민족주의의 입장에서 서술되고 있기 때문에 당시 식민지 현실에서 일본은 근대화의 전범으로서 긍정적으로 형상화되고 있다. 그리고 이것은 식민지 조선의 현실을 사실적으로 재현하는 데 일정한 한계로 작용한다. 그러나 당시 급진개화파를 중심으로 형성되었던 유신의 사상이 부르주아 민족주의 운동으로 확산되는 과정을 반영했다는 데서 작품의 의의 또한 발견되고 있음은 중요하다.

4) 담론의 구성과 초점화자

이태준의 『사상의 월야』는 자전적 경향의 가족사소설로, 1941년 3월 4일부터 1942년 7월 5일까지 『매일신보』에 연재되었다가 일제 말의 시대적인 정황으로 인해 중단된 미완의 작품이다. 해방 후 이태준은 1946년 『사상의 월야』를 개작하여 을유문화사에서 단행본으로 출간한다. 그러나 단행본에서는 연재본과는 달리 동경 유학생 현해탄 도상에서 작품을 끝맺고 있다. 본고에서는 『매일신보』 연재본을 선본으로 하되 해방 후 출간된 단행본인 을유문화사본을 부분적으로 수용하기로 한다.

이태준의 『사상의 월야』는 자전적 사실을 기초로 한일합방 즈음인 1909년부터 1920년대 중반까지를 시간적인 배경으로 중인 계급인 송빈 일가의 흥망사를 초점화 대상으로 삼고 있다.

『사상의 월야』의 전체 이야기 시간은 1909년부터 1920년대 중반까지로 약 11년간을 연대기적 시간으로 하고 있으며, 사건의 배열 방식은 가족사적 사건을 연대기적인 시간의 순서에 의해 제시하되 '연장'과 '요약'의 방식을 교차시키고 있다. 서사 담론의 구성

방식은 초점화 대상인 중인 집안 송빈 일가의 가족사를 중심으로 인물 및 세대별, 개화기 사회 풍속을 중심으로 이루어지고 있다. 특히 송빈의 가족사가 초점화 대상이면서도 개화기 세대이자 조실 부모한 이력을 지닌 송빈의 입지전적 성장 과정을 중심으로 초점 화되고 있음이 주목된다. 사회의 연대기에 대한 반영은 사회적인 변화의 국면을 가족사의 변화와 개화기 사회 풍속을 통해 형성된 담론에 의해 간접적으로 이루어지고 있다.

이러한 연대기적 시간 구성이 서사적 텍스트의 담론에 의해 플 롯화된 양상을 구체적으로 살펴보면 다음과 같다.

(1) 담론의 구성

ㄱ. 서사구조

① 『사상의 월야』의 연대기적 시간: 한일합방(1909) 이전~1920년 대 중반

1. 송빈 일가의 아라사 생활 – 1909~1910년: 외적 초점화 및 내적 초 점화
아라사 이국땅에서 임종한 송빈의 부친: 심리적 국면, 장면 및 연장
아라사에서의 추억: 심리적 국면, 소급제시 및 연장
집안 내력과 부친의 이력: 소급제시 및 요약

송빈 부친의 행적과 아라사에서의 일가의 생활을 초점화하고 있 다. 송빈 부친은 대대로 중인 집안으로 덕원감리에서 개항장의 사 무장 일을 하게 되면서 급진개화파로서의 활동하게 된다. 이후 송 빈 부친은 일본 망명 생활과 아라사 생활 등 간난한 생활의 도정

을 겪게 되고, 결국 아라사에서 한일합방 즈음에 임종하게 된다. 이러한 부친의 행적은 주로 '요약'에 의해 서술되고 있으며, 송빈의 부친에 대한 회상과 그리움이 달밤의 정서로 환기되고 있다.

2. 송빈 일가의 귀국과정 – 외적 초점화 장면

송빈 일가가 조선으로 귀국하는 과정은 주로 '장면'에 의해 서술되고 있다.

3. 함경도 시절 – 외적 초점화 및 내적 초점화
   배기미에 송빈 부친 가장: 요약
   소청거리에서 음식점 경영: 요약 및 장면
   송빈의 학교생활: 장면 및 연장
   모친의 병환과 임종: 장면 및 연장
   강원도 집의 타격과 귀향의 계기: 요약 및 장면

귀국한 송빈의 일가가 최초로 당도한 함경도 항구도시에서의 생활이 초점화되고 있다. 송빈 일가가 소청거리에서 음식점을 경영하는 과정과 모친의 병환과 임종 등이 비교적 간략하게 '요약'에 의해 서술되고 있으며, 반면 송빈의 학교생활은 비교적 상세하게 반영되고 있다. 또한 일본 우성 회사의 항로 개척과 상업 도시의 번창으로 인해 강원도 집이 타격을 받는 계기를 통해서 식민지적 근대화 양상을 암시적으로 재현하고 있다.

4. 강원도시절 – 외적 초점화 및 내적 초점화
   문중이 있는 용담으로 이주: 요약

나팔소리와 오촌의 모습: 심리적 국면, 장면
안협 오촌 댁 모시울에서의 고난: 심리적 국면, 장면 및 연장
용담 웃골 작은아버지 댁에서의 생: 심리적 국면, 장면 및 연장
윤수 아저씨와 은주와의 만남: 장면 및 연장
봉명학교의 변화: 요약 및 연장
간이농업학교생활과 가출: 장면 및 연장

강원도 집이 타격을 받게 되자 송빈은 문중이 있는 용담으로 이주를 한다. 그리고 이때 송빈의 강원도 시절이 초점화 국면으로 되어 있다. 강원도 시절은 안협 오촌 댁 모시울에서의 고난과 용담 웃골 작은아버지 댁에서의 생활로 이루어져 있는데, 주로 근대적인 학교제도의 변천 과정과 송빈의 '내면적인 국면'을 중심으로 하고 있다. 특히 근대적 학교에 대한 송빈의 막연한 갈등과 기대감, 가난에 대한 수치감, 일본어 강사인 오문천 교사의 근대적인 의식의 영향 등을 통한 송빈의 성장의 계기가 초점화되고 있다.

5. 방랑 생활 (삼방 – 원산) – 외적 초점화 및 내적 초점화
   물산객주 김상훈 집에서의 사환 생활: 장면 및 연장
   외할머니와의 재회와 학교에 진학하기 위한 준비: 장면
   윤수 아저씨의 제안으로 안동현으로 갔으나 허탕 침: 요약 및 장면

강원도 시절, 근대적인 학교에 대한 갈망을 갖게 된 송빈이 가출하여 서울로 입성하기 이전까지의 방랑 생활을 초점화하고 있다. 방랑 시절 동안은 물산 객줏집의 사환 생활 등을 통해서 근대적 자본주의의 유입으로 인해 정착화되어 가던 근대 상업 도시의 풍속을 반영하고 있다.

6. 서울로 가는 길의 여정 – 외적 초점화 및 내적 초점화
   뱃삯은 계기가 되어 배주인의 집에서 생활: 장면 및 요약
   1919년 3·1운동으로 서울행 보류: 요약

윤수 아저씨의 미국 유학 제안이 무산되면서 다시 서울로 입성하기까지의 방랑 시절이 초점화되고 있다. 서울행이 지연되고 있는 사회의 연대기가 '요약'에 의해 암시되고 있는데, 이는 범국민적 민족운동이었던 1919년의 3·1운동에 대한 것으로, 일제 말의 시대적인 정황으로 인해 직접적인 서술이 불가능했음을 짐작게 한다.

7. 서울 생활 – 외적 초점화 및 내적 초점화
   배재학당 시험 준비와 경제적 이유로 입학 못한 사정: 장면 및 연장
   서호 주인과의 재회로 사환 생활하며 공부: 요약 및 장면
   야학과 강연회: 요약 및 장면

송빈의 서울 생활 중 휘문고보에 입학하기 이전까지를 초점화하고 있다. 송빈은 배재학당 시험에 응시하여 합격했으나 학비 조달의 문제로 어려움을 겪는다. 그러나 사환 생활을 하면서 야학과 강연회에 참석하는 등 송빈은 향학열을 불태운다. 이러한 송빈의 의지가 '심리적 국면'에 의해 반영되고 있다.

8. 은주와의 재회와 휘문고보 시절 – 외적 초점화 및 내적 초점화
   은주네 집에서 기거하면서 휘문고보에 입학: 요약
   고학과 사환 생활: 요약 및 장면
   사상 서적을 통한 독서 체험: 장면 및 연장
   은주와의 연애 감정과 그 귀결: 요약 및 장면
   은주가 자신의 미래에 모든 것을 걸기를 기대하는 송빈 : 연장
   오문천 교사의 추도식과 은주에 대한 희망: 연장

동경 유학생 강연회와 동경 유학에의 갈망: 장면
윤수 아저씨의 미국행과 은주의 결혼: 요약 및 연장

송빈의 휘문고보 시절을 초점화하고 있다. 이 시기에 송빈은 사상 서적의 체험, 동경 유학생의 강연회 등을 통해 근대적 의식을 형성시키는 한편, 은주와의 사이에선 연애 감정을 느낀다. 송빈의 이러한 사정이 '심리적 국면'에 의해 중점적으로 반영되고 있다.

9. 김 대장 댁에서의 가정교사 생활과 동맹휴교 – 외적 초점화 및 내적 초점화
   은주의 남편 유팔진: 장면 및 연장
   (은주에 대한 생각, 결혼 생활에 대한 추측, 심경 묘사)
   학교에 대한 불만과 체육 시간의 에피소드: 장면 및 연장

은주의 결혼 이후, 송빈의 가정교사 생활이 초점화되고 있다. 송빈의 은주에 대한 감정은 개화기의 결혼 풍속에 대한 묘사로 진전되고 있다. 또한 사상 서적을 통해 형성된 근대적 의식으로 인해 송빈은 동맹휴교의 주모자로 적극적인 행동을 보이는데, 송빈의 이러한 발전 과정이 비교적 상세하게 반영되고 있다.

10. 동경 유학의 길 – 외적 초점화 및 내적 초점화
    문민철의 도움으로 현해탄행 배를 타게 된 송빈: 요약
    도항증과 동맹휴교 주모: 장면
    현해탄 도상에서 부친의 꿈과 사상을 회상하는 송빈: 연장

동맹휴교사건을 계기로 동경 유학의 길을 떠나게 되는 과정을 초점화하고 있다. 현해탄 도상에서 송빈이 부친의 급진개화파 사상

을 회상하는 장면에 대해서는 '연장'의 방식으로 상세하게 그리고 있다. 이는 송빈의 근대적 의식의 토양이 부친의 사상과 연계되고 있음을 강조하기 위한 서술이라고 할 수 있다.

11. 동경 생활 - 외적 초점화 및 내적 초점화
　　일본인 근로자의 삶을 통해 감화 받는 송빈: 장면 및 연장
　　서양인 빼닝호프의 도움으로 청년회기숙사 생활을 하게 되는 송빈:
　　　　　　　　　　　　　　　　　　　　　　　　　요약 및 장면
　　동경대지진의 체험과 새로운 진로의 모색: 연장
　　빼닝호프와의 시각 차이로 스코트홀을 떠나는 송빈:　장면

송빈의 동경 유학 시절을 초점화하고 있다. 송빈의 사상이 근대 계몽의식으로 진전되는 과정이 일본 근로자의 삶과 동경대지진의 체험 등을 통해 획득되고 있다. 또한 서양인 빼닝호프의 제안을 거절하는 송빈의 태도를 통해 1920년대 마르크스주의 사상의 사회적 영향을 간접적으로 반영하고 있다.

ㄴ. 시간 배열 방식
　　요약: 송빈 일가의 아라사 망명 내력, 한일합방 및 1919년 3·1운동
　　　　　한일합방은 부친의 죽음 직전의 시대적 분위기로 간략하게 암시
　　　　　3·1운동은 송빈의 서울행 보류의 원인이며, 근대적 학교의 변
　　　　　모 계기로 간략하게 암시
　　연장: 송빈의 입신 과정
　　　　　근대적 학교제도의 변천 과정, 근대적 상업도시의 번창, 개화기
　　　　　연애 풍속

서사의 텍스트에서 사건의 배열 방식을 살펴보면, 송빈 일가의 내력과 한일합방 및 범국민적 민족운동인 1919년 3·1운동 등 역

사적인 국면에 대한 서술은 '요약'의 방식에 의해 암시적으로 제시되고 있다. 그러나 이러한 시간의 축약들 사이에 당대의 사회 풍속인 근대 학교제도의 변천 과정과 근대적 상업도시의 정착 및 개화기 연애 풍속이 상세하게 재현되고 있다.

ㄷ. 인물 및 세대별 담론의 구성

　　1대　송빈의 부친, 모친, 외할머니
　　2대　송빈, 누이 송옥, 여동생 해옥
　　방계 가족으로는 안협 모시울 오촌, 윗골 오촌, 윤수 아저씨 등이 있으며, 그 밖에 인물로는 은주, 김 대장 댁, 문민철 등이 있다.

『사상의 월야』에서는 송빈의 부친과 송빈을 중심으로 담론이 형성되고 있다. 여타의 다른 가족사소설이 봉건적 의식의 부친 세대와 개화기 세대의 대립 관계를 담론으로 설정하고 있는 것에 비해, 『사상의 월야』에서는 부친의 사상을 계승하는 과정으로 담론이 구성되고 있음이 다르다. 송빈의 부친을 중심으로 형성된 담론은 한말 급진개화파의 행적과 아라사에서의 망명 생활 등이다. 송빈 부친은 덕원감리 시절 이후 급진개화파의 정치적인 노선을 걷게 되었으나 시세의 변화로 아라사에서 망명 생활을 하게 되는 인물로, 이러한 부친의 행적은 중인 계급의 근대 시민 계급으로서의 성장 과정을 암시하고 있다.

송빈을 중심으로 형성된 담론은 조실부모한 고아가 된 송빈의 입지전적 과정, 사환으로서의 생활과 고학 시절, 근대적 학교의 형성 과정, 은주와의 연애담, 동맹휴교의 주모 등이다. 송빈은 조실부모한 이후 가난을 견뎌내며 향학열을 불태우는 인물로 설정되어 있다. 송빈의 입신 과정은 근대 시민계급의 이데올로기와 애국계몽운동의 방향성으로 지향되고 있으며, 종국에는 부친의 사상과 조우하게 된다.

ㄹ. 개화기 사회 풍속과 관련된 담론

『사상의 월야』에서는 사회의 연대기에 대한 반영이 송빈의 입신 과정에 따른 개화기 근대 풍속을 통해 간접적으로 이루어지고 있다. 근대 교육 풍속을 통해서는 서당의 사립 근대 학교로의 변화 과정, 서울의 근대적 학교 풍속, 애국계몽사상의 형성, 마르크스주의 사상의 유입 등이 반영되고 있으며, 결혼 풍속과 근대적 연애 풍속을 통해서는 조혼의 폐단, 자유연애와 봉건적 결혼 폐습을 비판하고 있다. 또한 항구도시의 상업화와 물산 객줏집 등 상업도시의 풍속을 통해 식민지적 근대화의 면모를 형상화하고 있다.

(2) 초점화자와 주제의식

『사상의 월야』에서는 급진개화파인 부친과 적극적 주인공인 개화기 세대 송빈을 중심으로 초점화 국면이 형성되고 있다. 지각적 국면은 함경도 항구도시를 중심으로 한 식민지적 근대화 과정에서, 심리적 국면은 송빈의 입신 과정에서 달밤이 중심 모티프로 형성된 사색을 통해서 이루어지고 있다. 지각적 국면과 심리적 국면은 근대적 계몽사상의 형성과 부르주아 민족주의 운동의 가능성의 관념적 국면을 지향하고 있다. 다른 여타의 가족사소설과는 다르게 송빈의 부친과 송빈은 대립적인 양상을 보이지 않으며, 송빈의 의식 성장이 종국에는 부친의 사상과 조우하게 된다.

한편 작가의 시간적 구성상의 특징은 텍스트의 규범인 관념적 국면을 토대로 사건과 인물 구성을 통해 초점화 형성에 기여한다. 즉 『사상의 월야』의 전위적인 텍스트 규범인 '계몽주의 사상의 형성과 부르주아 민족주의 운동의 가능성'을 위한 초점화 과정이라고 할 수 있다.

우선 인물 구성에서의 초점화 대상은 송빈의 부친과 송빈을 중심으로 이루어지고 있다. 특히 부친의 급진개화파적 정치 노선은 근대적 계몽의식의 단초이며 송빈의 의식의 토양으로 설정되고 있다. 송빈을 통해서는 근대적인 학교제도를 통한 계몽의식의 형성과 부르주아 민족운동의 가능성을 중점적으로 초점화히고 있다. 득히 다른 가족사소설과는 다르게 개화기 세대인 송빈의 묘사는 입신 과정에서 '심리적인 국면'이 달밤의 정서를 통해 중요하게 부각되고 있는데, 이는 내적 성장의 계기에 주목한 태도이다. 또한 송빈의 의식이 성장해 가는 것과 함께 개인무의식이 집단무의식으로 전환되면서 민족의 미래를 위한 계몽사상의 지향으로 나아가고 있다.

또한 송빈의 입신 과정에서 상업도시풍속, 근대교육풍속, 연애풍속 등이 '연장'의 방식으로 제시되고 있는데, 이는 중요한 역사적인 국면을 정면적으로 다루지 못하던 당시의 정황으로 인해 풍속을 사회의 연대기적 차원으로 형상화한 것이라고 할 수 있다.

지금까지 살펴본 바와 같이 이태준의 『사상의 월야』의 초점화 대상은 중인 계급인 송빈 일가의 가족사이다. 이 과정에서 작가는 사회의 연대기를 재현하는 방식으로 개화기 시대의 사회 풍속을 초점화하고 있으며, 사회 풍속을 통해 형성된 초점화자의 심리적인 국면을 달밤의 정서로 부각시키고 있다. 그러나 사회 풍속의 사회·역사적인 배경에 대한 서술이 충분히 이루어지지 못함으로써 개화기 시화의 본질적인 면모를 제시하지는 못하고 있다.

그러나 다른 가족가소설과는 다르게 부친의 세대와 아들 세대의 의식이 대립적인 관계가 아니라 계승적인 관계이며, 조실부모한 가족의 특징으로 인해 주인공의 입지전적 면모가 초점화되면서 '심리적인 국면'이 중심이 되고 있다. 특히 이러한 측면은 주인공의 고아의식을 통해 달밤의 정서로 환기되면서 집단무의식의 사상으로 진전되고 있으면서 텍스트 규범의 형성에 일조하게 된다. 비록 적극적 주인공으로서의 인물 창조에는 나아가지 못했으나 사회의 연대기를 심리화할 수 있는 가능성을 보여준 것이라고 할 수 있다.

⑤ 김사량의 『낙조』

김사량(1914~1950)은 평양의 부유한 양반가에서 출생했으나[1] 조선예술좌 검거사건, 평양고보 반일항위 시위 등 집안 환경과는 달리 도전적인 일생을 살아온 작가로 정평이 나 있다. 김사량이 최초로 문단에 선을 보이게 된 것은 일본 유학 시절 1933년 『제방』에 빈민소설 『토성랑』[2]이 발표되면서부터이다. 이후 김사량은 문학

---

1) 이상경, 「작가연보」, 『노마만리』, 동광출판사, 1989, 410면: 정영진, 「김사량의 저항과 좌절」, 『통한의 실종문인─6·25를 전후한 실종문인사』, 문이당, 1989, 152면: 정현기, 「김사량론」, 『현대문학』, 1990. 9, 398~399면: 정현기, 「김사량론」, 『비평의 어둠걷기』, 민음사, 1991, 252~253면: 임헌영, 「암흑기의 '굴절된 삶' 읽기」, 『낙조』, 동아출판사, 1995, 542면.
2) 일본어로 쓴 그의 최초의 작품인 『토성랑』은 고등학교 2학년 때 집필하다가 자신이 없어 책상 속에 넣어두었다가 1933년에 완결된 작품이다. 그러나 『토성랑』은 1936년 김사량이 동경제국대학에 입학한 이후 학환진웅(鶴丸辰雄)과 결성한 『제방』의 동인지에 게재된다(이상경 편, 「작가연보」, 앞의 책, 411면).

에 남다른 관심을 표명하게 된다.[3]

한편 김사량이 작가로서 명성을 얻게 된 것은 1940년 동경제국대학 독문과를 졸업한 후 집필한 『빛속에서』가 상반기 '아꾸다가와상' 후보작으로 결정되면서부터로, 이와 같은 작가적 행정은 다른 작가들과는 달리 그가 일본 문단을 주 무대로 문학 활동하게 되는 계기가 되고 있다.[4]

김사량은 이후부터 본격적으로 작가 생활을 시작하게 되는데, 이 시기는 일본의 제국주의화가 가세되었던 일제 말 암흑기로, 그의 작품세계[5]는 이러한 시대적 분위기와 일정한 연계선상에 놓여 있다. 특히 그는 각 시대의 흐름에 따라 친일문학과 민족문학을 병행하여 작품을 창작하여 한국 문단 내에서는 그가 현실적 균형 감각을 지닌 작가[6]로 잘 알려져 있다. 김사량이 일본어로 많은 작품을 창작했음에도 불구하고 이러한 평판이 가능한 것은, 그가 민족

---

3) 『토성랑』은 1934년 6월 조선인 동경 유학생들이 주축이 되어 창단된 극예술운동 단체인 '조선예술좌'에서 공연되었다. 김사량은 1935년 가을 '신협극단'이 지방 공연을 하던 중에 알게 된 극단 단원인 농택수, 신혼삼, 호구자와 좌담회에 참가하는 등 적극적인 자세를 보여주었다. 결국 김사량은 1936년 4월 동경제국대학 문학부 독일 문학과에 입학하게 된다. 그러나 그해 10월에 '조선예술좌'에 대한 일제 검거로 김사량도 2개월간의 구류 생활을 하게 된다. 김사량이 구류된 것은 『토성랑』의 공연과 관련되었던 것인데, 내용이 문제되었던 것은 아니었다(정영진, 앞의 책, 159면).

4) 이상경 편, 「작가연보」, 앞의 책, 412~413면: 정현기, 「김사량론」, 『현대문학』, 403면.

5) 김사량의 작품세계는 내선일체와 관련된 작품군과 한국의 역사를 배경으로 한 작품군으로 나누어 볼 수 있다. 전자는 『빛속에서』(『문예수도』, 1939. 10), 『무궁일가』(『개조』, 1940. 9), 『유치장에서 만난 사나이』(『문장』, 1941. 2: 한글소설), 『도둑』(『문예』, 1941. 5), 『벌레』(『신조』, 1941. 7.) 등의 작품이 있으며, 후자는 『토성랑』(『제방』, 1936), 『낙조』(『조광』, 1940. 2~1941. 1, 한글소설), 『기자림』(『문예수도』, 1940. 6: 한글소설), 『물오리섬』(『국민문학』, 1942. 1), 『태백산맥』(『국민문학』, 1943. 2~10) 등의 작품이 있다(김윤식, 「'내선일체'사상과 그 작품의 귀속문제」, 『한국근대문학사상사』, 1984, 394~395면: 이상경 편, 「작가연보」, 앞의 책, 411~413면: 권영민 편, 「김사량」, 『한국근대문인대사전』, 아세아문화사, 1990, 184~186면).

6) 김윤식은 김사량의 이러한 현실적 균형 감각은 평양의 부호이며, 친일파 집안이었던 성장 배경에서 비롯되었다고 보고 있다(김윤식, 앞의 책, 395면).

주의적인 색채를 견지하면서 작가로서의 자기 위치를 확보하기 위해 꾸준히 노력한 결과라고 할 수 있다.

김사량이 일본어로 창작한 작품을 일본 문단에 발표하게 된 것은, 동경제국대학 시절에 사귄 좌파 지식인들 가운데 조선인의 처지를 동정하고 이해하는 일본인들이 있을 거라는 확신[7]과 '조선의 문화나 생활이나 감정을 일본 및 동양이나 세계에 알리기 위한 중재자의 몫을 위한 동기'[8]에서 비롯된 행동이었다. 김사량이 일제 말 암흑기에 일본 문단에 본격적으로 등장하여 일본문학으로 공식적으로 승인되었다는 사실은 조선문학과 일본문학 간의 교호라는 측면에서 중요한 의의를 지닌다고 할 수 있다. 그러나 해방 후 김남천을 비롯한 문학자들의 '자기비판' 석상에서 김사량은 자신이 일본어로 작품을 창작한 것에 대해 '하나의 오류'였음을 명백히 인정했다.[9] 이는 일제 말기 그의 친일 행적[10]에 대한 반성이라고 볼 수 있다. 그러나 그가 1945년 2월 국민총력조선연맹 병사 후원부의 재지조선출신 학도병 위문 단원으로 중국에 파견되었을 때, 위

---

7) 정현기, 「김사량론」, 『현대문학』, 401~402면.
일본에서는 마르크스주의의 유입으로 군부파쇼에 저항하여 계급 모순에 대한 혁신을 말하는 좌파 지식인들을 중심으로 좌파 공산당이 형성되었다. 그러나 일본은 일본 공산당의 최고 지도자인 사노마나부(佐野學와) 나베야마 사다치카(鍋山貞親)가 1933년 전향함으로써 많은 일본인 공산주의자들이 전향을 하게 된다. 이러한 일본 공산주의자들의 전향은 당시 일본 제국주의 말기의 총력체제를 예감케 하는 것이었다. 당시 일부 조선인들 사이에서는 내선일체가 민족적 평등을 실현하는 것으로 인식되었다(서준식, 「전향, 무엇이 문제인가 – 영광과 오욕의 날카로운 대치점」, 『역사비평』 22, 1993, 가을, 18~21면).

8) 『김사량전집』 IV, 하출서방신서, 1973, 29면: 김윤식, 앞의 책, 388·390면.
일본 문단을 통해 알려진 작가로는 장혁주가 있다. 장혁주가 일제의 강제에 의해 작품을 창작한 경우라면, 김사량은 주체적으로 일본어를 선택하여 작품을 창작하였다는 데 의의가 있다.

9) 봉황각의 좌담에는 김남천, 이태준, 한설야, 이기영, 김사량, 이원조, 한효, 임화 등이 참석하였다. 일본어로 창작한 작품이 대부분이었던 김사량에게는 언어의 문제가 중요한 논점으로 제기되었다(김윤식, 앞의 책, 400~402면).

10) 1943년 8월 국민총력조선연맹에 의한 해군 견학단의 일원으로 참여한다.

문단 임무를 마치고 화북조선독립동맹조선의용군에 합류한 사실로 미루어 볼 때 그의 친일은 위장이었다는 여지를 남겨 준다.

김사량의 『낙조』는 1940년 2월부터 1941년 1월까지 『조광』에 연재된 최초의 장편소설이자 한글소설이다. 작품 초두에 '제1부 윤씨네 사람들'이라는 부제가 달려 있는 것으로 보아 후속작을 염두에 둔 작품임을 알 수 있다. 김사량의 『낙조』는 일제가 파시즘을 강화하여 대동아공영권을 구축하던 1940년대에 당시 문단 내에서 풍미하던 가족사소설의 유형을 차용하여, 친일파 집안을 간접적으로 반영한 작품으로서 의의가 있다.

논의에 앞서 김사량의 『낙조』에 관한 연구 동향을 살펴보면 다음과 같다.

김사량에 관한 연구는 월북문인으로서 남과 북이 대치되고 있던 한국 문단의 특수한 상황으로 인해 1980년대 말에서야 비로소 가능했다. 그런데 월북문인 가운데서도 특히 김사량에 관한 연구는 전반적인 작품세계에 대한 조명으로까지 진전되지 못하고 있는 실정이다. 김사량 문학연구의 부진은 식민지시기 그의 창작품 대부분이 일본어로 창작되었다는 점과 해방 이후 월북[11]하여 평양에서 남은 작가 생활을 마쳤다는 사실과 무관하지 않다. 즉 김사량이

---

11) 김사량은 1945년 2월 국민총력조선연맹 병사 후원부의 재지조선 출신 학도병 위문 단원으로 중국에 파견된다. 5월 위문단 임무를 마치고 화북조선독립동맹에 관계된 이영선과 만나 교섭하여 해방 당시에는 조선 의용군의 선견대에 가담하게 된다. 1945년 귀국 후 조직상의 임무로 서울로 귀국한다. 그러나 1946년 2월 김사량은 서울에서 고향 평양으로 돌아간다. 이후 그는 북에서 작가로서 활동하게 된다. 그러나 6·25동란 시 인민군 종군작가로서 참전한 김사량은 미군 인천상륙작전으로 인민군을 따라 후퇴하다가 원주 지역에서 심장병 악화로 낙오되어 사망되었다고 추측된다(이상경 편, 「작가연보」, 앞의 책, 413~415면: 정현기, 「김사량론」, 『현대문학』, 408면: 정현기, 「김사량론」, 『비평의 어둠걷기』, 252~253면: 임헌영, 앞의 책, 544~545면).

식민지 시기에 일본어로 작품을 창작한 것은 일제 말 암흑기라는
시대적 정황과 함께 그의 문학을 '친일문학'으로 인식하는 계기를
제공하였으며, 월북 이후의 작품은 자료를 접근하는 데 다소 어려
움이 있다는 데서 연구의 제약을 받았던 것이다.

우선 김사량에 관한 연구를 살펴보면, 작가의 생애를 토대로 작
품세계와 이데올로기와의 관련 양상을 중심으로 부분적으로 논
의[12]되다가 식민지 시기 창작된 작품을 중심으로 김사량의 문학세
계와 문학사적 의의를 규명[13]하는 작업으로 진전되어 왔다. 이후,
일본어로 작품을 창작한 김사량의 문학세계에 주목한 연구[14]와 일
본 제국주의적 욕망을 폭로한 작품세계에 주목한 연구로 다양
화되고 있다.[15]

최초의 장편소설이자 한글로 창작된 『낙조』에 관한 연구는 이러
한 김사량 연구의 연계선상에서 일면적인 논의로 비롯되다가, 현실
반영의 관점에서 리얼리즘의 성취 여부에 대한 논의가 이루어지는
것으로 연구에 활기를 띠었다. 그리하여 가족사소설·가정소설·
성장소설 등 소설 유형별로 연구가 더욱 진전되어 나갔다.

우선 개괄적인 작품 소개와 단평의 형식으로 논의한 최초의 논
의로는 정현기의 연구가 있다. 정현기는 『낙조』를 '작가로서의 자

---

12) 김윤식은 김사량의 일본어 창작 작품을 내선문학으로 규정하고 내선일체 이데올로기와 연계
   하여 논의하고 있다(김윤식, 『한일문학의 관련 양상』, 일지사, 1974, 34~51면: 김윤식, 『한
   국근대문학사상사』, 한길사, 1984, 394면).
13) 김사량에 관한 연구논저는 다음과 같다.
   정백수, 「김사량 소설 연구」, 서울대대학원 석사학위논문, 1991: 손미선, 「김사량작품연구」,
   성신여대대학원 석사학위논문, 1992: 이종호, 「김사량 문학 연구」, 세종대대학원 석사학위
   논문, 1995: 손은정, 「김사량 문학 연구」, 경남대대학원 석사학위논문, 1997.
14) 노상래, 「김사량의 창작관 연구」, 『어문학』, 한국어문학회, 2003. 12.
15) 이주미, 「김사량 소설에 나타난 탈식민주의적 양상」, 『현대소설연구』 7, 2003. 9.

기동일성 찾기에 고심하는 처지와 동일하게 망가진 삶의 마당 그리기'라는 작가의식의 소산으로 평가하고 있다. 더 나아가 그는 김사량의 『낙조』에서 보여주는 '감상성'을 박영희의 소설적인 방법과 고소설의 연계선상에서 논의[16]하고 있다. 이러한 부정적인 평가는 『낙조』를 소설 전체의 구성에 입각하기보다는 근대소설의 차원에서 미달된 부분에 천착하여 일면적으로 논의한 결과라고 할 수 있다.

이후 『낙조』에 관한 연구는 이러한 한계를 감안하면서 현실 반영의 관점에서 보다 진전된 논의를 펼치게 된다 대표적인 논의로는 이상경, 임헌영 등의 연구가 있다.[17] 이상경은 『낙조』가 일제 말 암흑기에 친일지주 자본가의 봉건 관료 집안을 전형적으로 그려냈으나 뚜렷한 전망의 제시에까지는 이르지 못해 리얼리즘의 성취에는 미달된 세태소설에 머물게 되었다고 평가하고 있다. 한편 임헌영은 조선 말엽의 부패한 관료의 후예인 윤성효 일가의 이야기를 통해 식민지 초기 상류층의 사회상을 대중적인 시각으로 접근했다는 데 의의를 두고 있다. 이들 논의는 당대 현실의 반영에 주안점을 둔 접근으로 『낙조』의 본질적인 특징을 규명하는 데 있어 진일보한 연구 성과라고 할 수 있다. 이러한 연구를 기반으로 하여 비로소 구체적인 소설 유형의 설정을 토대로 논의가 이루어진다.

소설 유형의 설정은 논자의 초점에 따라 가족사소설 · 가정소설 ·

---

16) 정현기, 「김사량론」, 『현대문학』, 1990, 403~404면: 정현기, 「김사량 · 현덕 · 석인해의 작품」, 『한국 문학의 해석과 평가』, 문학과지성사, 1994, 161~164면.

17) 이상경 편, 「암흑기를 뚫는 민족해방의 문학 - 김사량의 삶과 문학」, 『노마만리』, 동광출판사, 1989, 403~406면: 임헌영, 「암흑기의 '굴절된 삶'읽기」, 『낙조』, 동아출판사, 1995, 546~550면.

성장소설 등으로 나뉘어 논의된다. 가족사소설의 측면에 주안한 논의로는 정백수, 손미선, 이종호 등의 연구가 있다.[18] 이들 논 자들은 『낙조』가 친일파의 가족생활을 전형적으로 형상화했다는 점에서 긍정적인 평가를 내린다. 그러나 작품 전체를 포괄적으로 다루지 못하고 김사량의 문학세계를 논의하는 가운데 『낙조』를 부 분적으로 간략하게만 언급하고 있어 가족사소설의 구성적인 차원 을 세밀하게 천착한 논의라고 보기에는 미흡하다.

한편 가정소설의 측면에 주안한 논의로는 최시한의 연구가 있 다.[19] 최시한은 당대 문단에서 풍미하던 가족사소설의 유형이 평 단에서 전개된 비평적 논의와 그에 부응하는 노력은 있었으나 실 제로 근대적 의미의 가족사소설에 걸맞은 작품은 창작된 바가 없 으므로 소설 유형의 근원을 고전소설의 전통, 즉 서구의 가족사소 설의 영향을 받아 나타난 소설을 가정소설의 전개 과정에서 형성 된 '가정소설'[20]의 일종으로 이해하고 있다. 또한 그는 가정소설의 전통이 일제 말 암흑기에 어떻게 지속적으로 변모되었는지를 검토 하는 과정 중 김사량의 『낙조』를 채만식의 『태평천하』와 비교 진 술한다. 여기서 그가 특히 주안한 점은 등장인물의 성격과 사회 현실의 관계를 밝히는 일이었는데, 이와 같은 논의는 고전소설과의

---

18) 정백수, 「김사량 소설 연구」, 서울대대학원 석사학위논문, 1991, 49~50면: 손미선, 「김사 량작품연구」, 성신여대대학원 석사학위논문, 1992, 61~63면: 이종호, 「김사량 문학 연구」, 세종대대학원 석사학위논문, 1995, 40~44면.

19) 최시한, 「암흑기의 가정소설 『낙조』 연구」, 『배달말』 22, 1997. 12, 163~183면: 최시한, 「『낙 조』, 암흑기의 가정소설」, 『현대소설의 이야기학』, 프레스리, 2000, 425~449면.

20) 가정소설의 개념은 가족집단 속의 위치와 역할에 따른 성격을 지닌 구성원들의 갈등이, 그들 의 혈연적·규범적 관계와 세대교체에 따라 구조화되는, 궁극적으로 가정의 유지와 번영의 문제가 주제적인 관심사인 소설을 의미한다. 즉 최시한은 가정소설을 가족주의 문화를 바탕 으로 발달한 고소설과 근대소설에 걸쳐 큰 맥을 이루고 있는 갈래로 이해하고 있다(최시 한, 『가정소설연구 – 소설 형식과 가족의 운명』, 민음사, 1993, 32면).

연계선상에서 펼친 논의였다는 점에서 의의가 있다. 그러나 작품상에 반영된 인물과 사회 현실에 대한 해명이 구체적인 역사적 맥락의 제시로 이루어지지 못하고 도식적으로 치환되고 있다. 이는 근대적 의미의 소설적 형식에 대한 천착 없이 논의된 소이라고 사료된다.

다음으로 성장소설적인 측면에 주안한 논의로는 손은정의 연구가 있다.[21] 손은정은 『낙조』의 중심인물을 윤대감 가족의 제3대인 윤수일로 파악하고 그 성장 과정에 주목하여 논의하였다. 특히 그는 『낙조』가 일제치하의 다른 작품들과는 달리 친일파 일가에 대한 사회적인 비판을 전면적으로 반영하고 있다는 데 긍정적인 의의를 두고 있다. 그러나 윤수일을 중심으로 전개되는 성장 과정과 역사적인 맥락에 대한 구체적인 논의가 결락되어 있음이 아쉽다.

마지막으로 가족서사의 상상력과 정치 경제의 이데올로기 체계가 접맥되어 있는 양상에 주목한 접근으로, 개인이 희생될 수밖에 없는 암흑기의 징후를 나타내는 텍스트이기에 적극적인 소년 주인공을 창조하지 못하고 가족 멜로드라마적 양식으로 떨어지고 말았다는 평가를 내리고 있다.[22]

본고에서는 이러한 연구 성과를 토대로 하여 김사량의 『낙조』를 살펴보고자 하며, 더불어 다음과 같은 점에 주목하고자 한다.

우선 『낙조』는 서사의 중심에서 고전소설의 가정소설적인 요소가 중요한 부분을 차지하지만, 한국 문단에 근대소설이 정착된 이후에 창작된 작품임을 감안하여 근대적인 의미의 소설 유형인 가

---

21) 손은정, 「김사량 문학 연구」, 경남대대학원 석사학위논문, 1997, 42~45면.
22) 김진구, 「1940년 전후 가족서사의 정치적 상상력 연구 – 김남천의 『대하』, 한설야의 『탑』, 김사량의 『낙조』를 중심으로」, 서강대대학원 석사학위논문, 2004.

족사소설로 설정하여 논의하고자 한다. 무엇보다도 가족사소설로서의 제반 특징이 작품상에 구현된 양상과 연대기 서술 방식을 통해 작가의 역사의식을 가늠하고자 한다.

1) 창작의 저변과 텍스트

김사량의 『낙조』는 1940년 2월부터 1941년 1월까지 『조광』에 연재된 최초의 장편소설이자 한글소설이다. 작품 초두에 '제1부 윤씨네 사람들'이라는 부제가 달려 있는 것으로 보아 연작의 형태로 창작할 계획이 있었음을 알 수 있다. 김사량의 『낙조』는 일제의 식민지 정책이 강화되던 일제 말 암흑기에 친일파 집안의 비극적 운명을 작품의 제재로 삼고 있다는 데서 독보적인 의의가 있다. 이러한 성취는 작가 김사량의 출신 배경과 밀접한 관련이 있는 것이다.

김사량(본명: 김시창)은 1914년 3월 3일 평안남도 평양부 육로리 102번지에서 2남 2녀 중 차남으로 출생한다. 그의 가정은 양반 가문답게 상당한 토지를 소유한 부잣집이었다고 한다. 부친은 김사량이 중학교에 입학하기 이전에 작고하였다. 미국에서 유학한 인텔리 여성이며 독실한 가톨릭 신자이기도 한 그의 모친은 남편이 작고한 이후에도 가산을 관리하고 확장시킬 정도로 진취적인 성격이었다고 한다. 이는 그의 모친이 평양 시내의 백화점뿐만 아니라 통화를 비롯한 만주 지역에까지 지점을 두고 백화점을 경영하고 있었던 것을 통해서도 짐작할 수 있다. 김사량의 집안이 부유했던 것은 김사량의 형인 김시명이 경도제국대학을 졸업한 후 조선총독부의 고관이 되었던 것과 누이 김오덕이 동경의 제국여자전문학교를 거쳐 이화여자전문학교로 간 것을 통해서도 짐작할 수 있다.[23)]

지금까지 살펴본 바와 같이 부유한 양반가의 자녀였던 김사량은 친일지향적인 가정적 풍토에서 성장하게 된다. 그러나 김사량이 어느 정도 성장했을 때는 이러한 가정환경으로부터 동떨어진 삶을 추구한다. 그의 삶에 대한 도전의식은 1928년 평양고보 시절[24)] 이후부터 나타나게 되는데, 평양고보 2학년 재학 당시는 반일학생운동에 가담하기도 하고 졸업할 즈음엔 동맹휴업의 주동자로 몰려 퇴학까지 당한다.[25)] 이를 통해서 김사량은 친일지향적인 가정의 풍토에서 벗어나 자유롭게 자신의 정신세계를 추구하였음을 알 수 있다. 김사량의 『낙조』는 친일파 집안의 가족사를 다루고 있으면서도 그 가족사를 비극적인 운명으로 인식하고 있는데, 이는 출신 배경과는 달리 도전적인 삶을 살아온 작가의 정신세계를 반영한 것이라고 볼 수 있다.

---

23) 이상경, 「작가연보」, 『노마만리』, 동광출판사, 1989, 410면: 정영진, 「김사량의 저항과 좌절」, 『통한의 실종문인 - 6·25를 전후한 실종문인사』, 문이당, 1989, 152면: 정현기, 「김사량론」, 『현대문학』, 1990. 9, 398~399면: 정현기, 「김사량론」, 『비평의 어둠걷기』, 민음사, 1991, 252~253면: 임헌영, 「암흑기의 '굴절된 삶' 읽기」, 『낙조』, 동아출판사, 1995, 542면.
24) 이상경 편, 「작가연보」, 앞의 책, 410면: 정영진, 앞의 책, 155면: 임헌영, 앞의 책, 542면.
25) 1930년 1월 광주에서 일어난 학생반일투쟁에 호응하여 평양에서도 숭실전문학교를 중심으로 평양고보, 평양실업학교, 평양여학교 학생들을 중심으로 반일항위 시위가 일어났다. 김사량은 당시 이 반일항위 시위에 동급생들의 주동 세력으로 참가하여 경찰에 쫓기는 몸이 되었다고 한다.
또한 동맹휴교사건은 평양, 해주, 신의주 등 관서지방 3개 도시 조선인 중학생들을 중심으로 광주학생사건 2주년을 맞아 조선인 학생들을 차별하는 일본인 배속장교 및 일인교사, 이들에게 아부하는 조선인 일본 교사를 배척하기 위해 시작하였다. 김사량도 당시 이러한 시대적인 분위기에 부응하여 평양고보 동맹휴업의 주모자로 활동하였다. 김사량이 동맹휴교사건의 주모자로 퇴학당한 것은 평양고보 5학년 졸업반 때로 원래 1932년이어야 하는데, 일본에서 출판된 『김사량전집』의 연보에는 1931년으로 되어 있다고 한다(이상경 편, 「작가연보」, 앞의 책, 410~411면: 임헌영, 앞의 책, 543면: 정영진, 앞의 책, 155~156면: 정현기, 「김사량론」, 『비평의 어둠 걷기』, 254면).

2) 친일파 집안의 가장 윤성효와 개화 세대 수일

(1) 산월 집안의 몰락과 윤성효 집안의 흥성

김사량의 『낙조』[26)]는 대부분의 작품을 일본어로 창작한 김사량이 한글로 집필한 최초의 장편소설로, 연재 당시 작품 초두에 '제1부 윤씨네 사람들'이라는 부제에서 알 수 있듯이 윤성효 일가의 역사를 중심 서사로 구성한 가족사소설이다. 이 작품은 친일파가 본격적으로 형성되었던 한일합방에서 마르크스주의 사상이 유입된 1923년까지를 연대기로 설정하여 친일파 집안의 형성과 흥성의 역사를 통해 식민지 조선의 현실을 반영하고자 한 장편소설이다.

김사량은 『낙조』에서 한일합방의 공적으로 윤대감이 남작의 영위를 받게 된 이후부터 1920년대 초반까지 윤대감 일가의 역사를 통해 친일파 집안의 형성과 흥성과정을 형상화하고 있다. 본 장에서는 『낙조』에서 반영되고 있는 친일파 집안의 세대적 구성과 가족 간의 갈등 양상을 통해 작가가 추구하는 주제의식을 살펴보고자 한다.

『낙조』는 일본 제국주의의 식민지화가 본격적으로 진행되었던 한일합방을 서사의 출발점으로 하여 당시 식민지화의 주동 세력이었던 친일파 집안의 전형을 양반가인 윤대감 일가를 통해 형상화

---

26) 김사량의 작품이 수록된 작품집은 다음과 같다.
김달수 편, 『김사량 작품집』, 동경, 理論社, 1954: 국립출판사 편, 『김사량전집』, 평양, 문예출판사, 1987: 김달수 외, 『김사량전집』 1∼5, 동경, 河出書房新社, 1973: 평양문예출판사 편, 『김사량작품집』, 평양, 문예출판사, 1987: 김사량 · 현덕 · 석인해, 『한국해금문학전집』 13, 삼성출판사, 1988: 이상경 편, 『노마만리』, 동광출판사, 1989: 강경애 · 김사량, 『한국소설문학대계 – 인간문제 · 낙조 외』 17, 동아출판사, 1995.

한 작품이다. 일반적인 가족사소설의 특징에 부합되게 삼세대를 중심으로 한 가족사의 추이과정이 서사의 중심에 놓여 있다. 그러나 여타의 가족사소설에서 보여주는 세대 간의 갈등은 부재하며, 대신 가족 내부의 기득권을 획득하기 위한 처첩 간의 대립과 친일파 집안에 대한 사회적 평판에서 기인된 사회적 갈등의 양상이 자리잡고 있다.

『낙조』의 서사는 조부 윤대감의 친일 공적과 그로 인한 암살사건을 출발점으로 삼고 있다.

> 그 사이에 서울 政局에는 電光石火와 같이 千變萬化의 政變이 일어났다. 成孝의 先考 尹대감이 合倂을 위하여 큰 功勳을 세우고 男爵의 榮位까지 받게 된 것도 이때이다. 그러나 騷亂한 凶變통에 大路上에서 親淸派 누구인가의 칼을 받고 무참한 죽엄을 보자 이 凶報를 접한 成孝는 황망히 轎를 달니어 서울로 올라가랴 하였다.
> (김사량, 「낙조」, 『조광』, 1940. 2, 120면.)

윤대감 일가는 대대로 양반가 집안으로 윤대감이 한일합방을 위해 큰 공훈을 세워 남작의 영위까지 받게 되면서 일본 제국주의의 식민지화에 주도적인 역할을 한 친일파 집안으로 부상된다. 그러나 이러한 윤대감의 공적은 국권을 상실한 식민지국 백성의 입장에서는 매국적인 행위라고 할 수 있다. 결국 윤대감은 이러한 친일의 공적으로 인해 무참히 죽음을 당하고 만다. 이를 통해서 『낙조』가 일제의 식민지화가 본격적으로 형성되었던 한일합방을 시대적인 배경의 출발점으로 삼고 있음을 알 수 있다.

'친일파'란 용어는 어느 시대에나 볼 있는 외세와의 친연성을 가지는 정치적인 집단이라는 의미보다는 민족적인 정서가 함축된 반역사적인 행위를 한 매국노[27]라는 개념으로 사용되고 있다. 한말 중세체제가 와해되고 근대적 자본주의화의 물결이 형성되면서 외세추종적인 세력이 형성되었다. 친일파는 갑신정변 단계의 개화파에서부터 유래[28]되었으나, 본격적으로 친일파가 대두되었던 것은 한일합방의 과정에서였다. 1910년 한일합방 이전에 일진회와 같은 친일 단체, 고관들, 계몽운동에 참여했던 사람들을 중심으로 친일세력이 조성되었다. 일제는 한일합방의 조약 5조에서 '훈공 있는 한국인에 대한 표창 및 작위'를 준다는 조항에 따라 조선귀족령을 제정하고 한말의 고급 관료를 대상으로 하여 그 해당자에게 작위를 수여하였다.[29] 한일합방 이전까지는 관료, 헌병 보조원, 경찰을 제외하면 친일파는 사회적으로 뚜렷하지 않았다. 그러나 한일합방을 계기로 친일파들은 사회적인 세력으로 형성되었다.[30]

『낙조』에서 윤대감은 당시 이 한일합방의 조약 5조에 의거하여 남작의 영위를 수여받은 것으로 보아 한말의 고급 관료로서 친일파의 전형적인 인물로 설정되고 있음을 알 수 있다. 한편 가족사소설에서는 중심 테마를 부각시키기 위해 또 다른 대응하는 가족의 묘사를 통해 중심가족을 돋보이게 하는 방식을 채택[31]하기도 하는

---

27) 하원호, 「일제의 대한 침략기(1876~1940)에 '친일'의 논리와 실태」, 『친일파란 무엇인가』, 민족문제연구소 편, 아세아문화사, 1997, 24면.
28) 김옥균 등의 변법개화파가 일본의 힘에 의존하여 정변을 일으켰으며, 이들 중 식민지 시대에 친일 행위를 한 경우가 많았기 때문에 갑신정변의 개화파를 친일파의 유래라고 보는 견해가 있다. 민중사학론적 관점에서는 개화파는 '친일'의 대외의존적 성격으로 인해 변혁 주체가 될 수 없다고 주장한다(하원호, 앞의 책, 23면).
29) 한일합방 당시 한일합방의 조약에 의거하여 작위를 수여받은 관료들은 후작 6명, 백작 3명, 자작 21명, 남작 45명이었다(임종국, 『일제 침략과 친일파』, 청사, 1982, 87~89면; 김도형, 「지배체제 구축기(1905~1919)의 친일파와 그 논리」, 『친일파란 무엇인가』, 민족문제연구소 편, 아세아문화사, 1997, 58~61면).
30) 역사문제연구소, 『인물로 보는 친일파역사』, 역사비평사, 1993, 34~36면.
31) Yi-ling Ru, 『The Family Novel』, Peter Lang Publishing Inc, New York, 1992, 33면.

데, 『낙조』에서는 산월 집안의 몰락이 그 역할을 한다. 즉 『낙조』에서는 친일파 집안인 윤대감 일가가 대두되었던 시대적인 계기를 더욱 부각시키기 위해 산월 집안의 몰락을 간접적으로 제시하고 있다.

> 外城 잿등마을에서 그리 구차치 않은 집 외동딸로 태어난 일, 兩親의 귀염도 받을 사이 없이 두 살 때에 甲午亂을 격꺼 쫓기는 淸兵에게 집을 태우고 어머니와 아버지를 잃었다는 일, 乳母의 정성으로 여덜 살까지 불상하게도 그 길러나든 생각, 그해 가을에 城內 愛蓮堂 곧 妓生仙女집에 맛끼우던 情景,
>
> 김사량, 「낙조」, 『조광』, 1940. 4, 104면.)

이를 통해서 산월이 기생 선녀집에서 관기로 자라기 이전까지의 내력을 알 수 있다. 아울러 산월의 집안이 갑오란의 혼란한 정세 때 청병에 의해 몰락한 사실도 알 수 있다.

동학란은 청국의 힘을 배경으로 집권한 민비수구파가 전제군주제를 유지하면서 농민을 수탈하자 1894년 고부민란을 일으키면서 비롯되었다. 동학란은 봉건적인 신분제를 척결하고자 민중 세력으로부터 형성된 근대적인 혁명운동이었다. 그러나 이들을 진압하기 위해 청군에게 원조를 요청하게 되면서 동학란은 청일전쟁이라는 역사적인 국면을 맞이하게 된다.[32] 일본이 청일전쟁을 도발한 것은 당시 일본의 근대적 자본주의화의 성장 단계와 긴밀한 관련이 있다. 당시 일본은 식민지를 형성하지 않고는 근본적으로 재생산의 유지가 불가능했던 구조적인 특성을 지니고 있었다. 또한 일본에서는

---

32) 신용하, 「19세기 한국의 근대국가형성문제와 입헌공화국 수립 운동」, 한국사회연구회, 『한국사회사연구회논문집1: 한국의 근대국가형성과 민족문제』, 문학과지성사, 1986, 45~46면: 고석규·고영진, 『역사 속의 역사읽기』 3, 풀빛, 1996, 76~80면.

1884년 갑신정변이 실패한 이후에 아시아 동방의 관계에서 벗어나 서양의 문명국과 어깨를 나란히 하자는 '탈아론'과 일본의 정신을 바탕으로 서양의 기술문명만을 받아들이자는 '흥아론'이 대두되면서 본격적인 제국주의적 침략 이데올로기를 정립[33]하는 국면에 놓여 있게 된다. 그러므로 동학농민전쟁의 발발과 청군의 개입은 일본의 식민지 형성에 중요한 시기였다. 일본은 일본을 맹주로 하는 동아맹주론과 문명개화론을 확립하고 식민지화에 적극적인 태도를 보인다. 청일전쟁이 조선의 독립을 위한 것이라는 논리는 계몽운동기의 적극적 친일론의 근거[34]로 작용하였으며, 나아가 민족 개량주의와 식민지적 근대화의 논리[35]로 그 토대를 굳건히 하게 된다.

김사량은 『낙조』에서 산월 집안의 몰락을 통해 일본의 대동합방론의 전기를 마련하는 동학란과 청일전쟁을 반영함으로써 친일 세력이 형성된 역사적인 계기를 간접적으로 제시하고자 하였다. 또한 양반 지배층인 윤대감 일가의 융성을 통해 일제에 의해 식민지화되어 가는 비극적 조국의 현실을 반영하는 데 있어 산월의 배치는 작품의 구성상 중요한 역할을 한다. 이는 곧 자기 계급과 일가를 유지하기 위해 반민족적인 행위까지 서슴지 않았던 윤대감 일가에 대한 작가의 역사의식을 암시하는 것이며, 서사의 전개과정에서 가정의 내부적 갈등이 사회적으로 확산되는 계기를 마련해 주기도 한다. 작품의 이러한 요소는 윤씨네 일가의 제2대인 윤성효를 통

---

33) 김도형, 앞의 책, 54~55면: 하원호, 앞의 책, 46~47면.
34) 이러한 친일론의 근거는 일본의 아시아 연대론에서 기인된 것으로 러일전쟁기가 다가오면서 본격적인 친일론으로 변모하였다(하원호, 앞의 책, 48~50면).
35) 친일파의 이러한 친일 논리는 우리 역사를 올바로 인식하지 못하는 기본적인 요소로 작용하였으며, 해방 이후 분단을 초래하는 데도 일정한 역할을 하게 된다(역사문제연구소, 앞의 책, 20~21면).

해서 중점적으로 반영되고 있다.

윤성효는 부친인 윤대감이 한일합방의 공훈을 세우고 있는 동안 평양에서 관료의 신분으로 악정을 일삼고 있었다. 그러나 윤성효는 윤대감이 친청파에 의해 암살되었다는 소식을 듣고 서울 본집으로 돌아가 윤대감 대신 남작의 영위를 이어받고 윤 씨네 일가의 가장이 된다. 그런데 『낙조』에서 윤성효 세대는 한일합방 이후 7년의 세월이 흐른 후부터 본격적으로 서사가 진행된다. 이는 산월 모자가 서울 본집으로 이주하여 생활한 시기로, 이를 통해서 서사의 중심에 산월 모자가 놓여 있음을 알 수 있다.

산월은 윤성효가 평양에서 악명 높은 관료로 생활하던 중 인연을 맺게 된 관기로, 그 당시 윤성효의 아들을 회임하게 된다. 부친의 부고 소식을 접한 이후 산월을 돌아보지도 않고 서울 본집으로 올라간 윤성효는 7년 동안 종무소식이었다. 그러던 윤성효가 산월 모자를 찾아온 것은 본처 소생의 외아들이 죽자 대를 이을 자손이 필요해진 때문이었다. 이를 통해 윤씨네 일가가 봉건적 가정의 질서인 가부장제를 중시하고 있음을 알 수 있다. 그러므로 산월 모자가 서울 본집에서 생활하면서 일기 시작한 가정 내 갈등의 양상은 봉건적인 가부장제와 밀접하게 결부되어 있다.

윤성효는 본집에 김천집과 해주집의 두 첩을 거느리고 있으며, 그와 별개로 운니동에 월화라는 기생을 첩으로 두고 있다. 이러한 윤성효의 축첩 행위는 유교적 봉건주의의 악습으로 처첩 간 갈등의 주요 원인으로 작용한다. 이는 다음과 같은 김천집과 해주집의 갈등관계를 통해서 반영된다.

男爵은 그 當時 雲泥洞에 月花라는 妓生妾을 두고 있기 때문에 本집
서 머물고 가는 일은 아주 적으며 또 그런 일이 설혹 있다 치드래도
그때마다 金泉집과 海州집과 사이에는 한바탕씩 법석한 싸흠이 벌어지
군 하였다. 그것은 大體로 男爵이 海州집에서 자리를 하게 되어 金泉집
의 투기를 사기 때문이다.

(김사량, 「낙조」, 『조광』, 1940. 3, 111~112면.)

그러나 이러한 서울 본집의 갈등의 양상은 산월이 아들 수일
과 함께 서울 본집에서 생활하게 되면서부터 산월을 중심으로
변모하게 된다. 이는 산월에 대한 해주집의 태도를 통해 간접적
으로 암시된다.

어린 딸 玉奇의 손목을 잡고 딴전을 보이며 노상 거만스럽게 웃쭐먹
서 있는 海州집은 눈살을 흐밀흐밀하며 이따금 秀一의 母子를 흘겨보군
하였다. 金泉집은 이에 더 듣고 보아란 듯이 가슴을 달낙시는 山月의
人物이며 인금을 추어올녔다. 海州집의 딸 玉奇는 입술이 뾰롱하야 동
그란 눈을 개울개울거리며 秀一과 山月의 身色만 삷힌다. 드디어 海州
집은 수고로이 새집이 올나왔다는 말 한마디도 없이 제 절 차례가 끝나자
玉奇의 손을 끌고 적지 않은 몸을 저으며 저의 母女가 있는 西쪽 房으로
가버린다.

(김사량, 『낙조』, 1940. 3, 103~104면.)

이러한 해주집의 태도는 서울 본집에서는 김천집을 재치고 윤성
효를 독차지하고 있던 자신의 위치에 대한 두려움에서 기인된다.
해주집은 딸만을 하나 두고 있는데 이는 김천집과 별반 차이가 없
으므로 산월이 본집에 오기 전까지는 당당히 윤성효를 독차지할
수 있었다. 그러나 아들을 낳은 산월이 등장하자 지금까지 자신의
위치에 대한 두려움이 앞서게 된 것이다.

이러한 처첩 간의 갈등은 봉건적인 양반 지배층 가정의 중심적인 문제로, 윤성효 일가의 봉건지향적인 관습을 반영하고 있다. 한편 양반 지배층의 위의는 윤 씨네 일가의 서울 본집의 묘사를 통해서도 짐작할 수 있다.

> 서울 본집은 ×洞 속 안윽한 곳에 宮殿처럼 유란하게 누어 있었다. 行廊을 左右에 거느린 큰門을 들어서면 밖앝에 사랑과 안사랑 두 채가 菊花壇을 앞에 두고 한 쌍의 鶴이 마치 날어날 듯이 앉었고 돌담으로 內政과는 사이를 지었는데 큰門 가까이 中大門이 있어 그리로 들어가면 넓은 庭園이다. 亦是 先朝 적에 王宮으로부터 下賜되엿다고 傳하니만치 庭園에는 蓮못이 있으며 그 주위에는 살구, 배, 梧桐, 銀杏, 이런 것들이 욱어져 있다
>
> (김사량, 『낙조』, 1940. 3, 103면).

이렇게 웅장한 서울 본집의 외관은 대대로 내려온 양반가의 세도를 느끼게 한다. 윤씨네 가문의 세도는 안사랑의 정경을 통해서 더욱 부각되고 있다.

> 時節을 못 마즌 大監들이 時勢에까지 어두운데 타고난 慾心은 길길이 높아 턱없고 허황한 事業에 손을 대였다는 앞뒤를 연달아 번뜻하면 넘어가든 그 당시의 일이라 盤石같이 아직도 튼튼한 尹大監네 안사랑에는 못 살게 된 여러 高貴한 사람들이 늙어빠진 개떼처럼 모여 와서는 누워 굴고 있었다.
>
> (김사량, 『낙조』, 1940. 3, 114면.)

윤대감이 한일합방의 공적을 세우면서 친일파 집안으로 세도가 더욱 굳건해졌음을 알 수 있다. 그러나 사회 일각에서는 이러한 친일파 집안에 대한 반감이 무르익고 있었다. 이는 급기야 윤 씨

네 일가에 대한 습격사건으로 진전된다.

> 그가 이렇게 아모도 모르는 사이에 勇敢하게 빠져나와 아들을 찾아오기까지는 다름이 않이라 또 다시 너무도 무서운 어떤 事件에 놀래여 秀一의 身上이 급기야 念慮되였든 때문이다. 그러지 않어도 그 當時에는 이 크나큰 집 담정 앞을 尹男爵 一家를 咀呪하며 또 辱지거리를 퍼부으면서 지나가는 사람들이 끊이지를 않었다. 더욱이 술이나 醉하야 무어라고 高喊을 치며 大聲으로 尹男爵 나오너라고 부르짖는 者들도 많었다. 어떤 이는 돌을 집어던지여 그것이 나뭇가지에 부디치면서 밤중 고요히 잠이 든 그들의 집웅에 땅땅 떠러지며 요란히 울리였다.
>
> ……(중략)……
>
> 그런데 이날 새벽의 일이다. 난데없이 밤중에 안舍廊 쪽에서 銃聲이 울리드니 누구인가의 찔리는 듯한 悲鳴이 들리고 그 뒤를 이어 또다시 탕탕 銃聲이 낭자하야 지였다. 드디어 尹男爵을 暗殺할 目的으로 海外로부터 侵入한 사내는 警官隊와 交戰을 하야 그 자리에 쓰러진 터이다. 그리고 안舍廊 토팡까에는 金鑛을 캐이자고 尹大監을 졸으러 다니든 애매한 朴大監이 그만 이 집 主人으로 誤認되여 노다지처럼 피를 쏟고 마저죽었다. 그때에 허겁지겁 逃亡을 처 中大門을 뛰여넘어 나무 새에 떠러진 채 精神을 잃고서 너머진 金伯爵이 發見되기는 날이 어즈간히 밝었을 즈음이었다 — 그 時節로 말하면 바로 世界政局도 禍亂 속에서 呻吟하야 巴里에서는 講和會議가 버러지랴는데 露西亞에는 第二革命이 일고 日本과 其他 諸外國은 西伯利亞 出兵을 한다는 亂통이다. 이런 情勢로서 朝鮮 사람 大家도 차츰 政治와 經濟에 새로운 눈을 뜨고 生活과 文化를 爲하야 奮鬪하여 나가든 世代이다.
>
> (김사량, 『낙조』, 1940. 6, 51~52면.)

윤남작 일가를 저주하는 사람들의 모습과 윤남작 암살을 위한 습격사건에 대한 묘사이다. 이를 통해 당시 친일파 집안에 대한 사회의 인식을 알 수 있다. 그런데 이러한 사회적 동향은 1919년 1차세계대전 처리 문제를 위해 개최된 파리강화회를 배경으로 제기되고 있다. 이러한 친일에 대한 반감은 반일적인 지향과 독립의 의지로 확산되면서 결국 범국민적인 독립운동인 1919년의 3·1운동을 예비하고 있다. 그러나 3·1운동 이후 친일파는 지주, 부르주아, 자산가, 종교인 등 사회 각 계층으로 확산되어 갔는데[36] 윤성효는 습격사건 이후 남작직을 내놓고 재계로 진출하여 근대적 자본가로 성장한다.

그래도 아버지 尹男爵만은 더욱더욱 기가 차 그 커지기만 하는 뚱뚱한 뱃속에는 마치 得意와 幸福과 滿足이 그득하게 차 있는 것 같았다. 그는 본집에 불이 일어난 騷亂 뒤에는 벌써 王家의 官位도 내여 바치고 오래동안의 愼重한 計劃에 쫓아 드디어 財界에 네 활개를 지고 進出하였다. 그의 精力과 野望과 財寶는 새로운 발거리를 必要로 하였던 것이다. 그는 世界大戰後 그 存命이 危殆하던 南門銀行에 손을 뻐치어 그 樞要한 地位를 손쉽게 잡은 것을 비롯하여 紡績會社도 이르키고 或은 海産業에 或은 利權運動에도 나섰다. 이럼에 따라 옛날風의 大冠禮服도 새로운 카스미야 禮服으로 變하게 되었다. 그 禮服이 감싸는 큼직한 몸둥이 속에는 몇 百年來 흘러온 封建의 피와 新時代에 轉化되어 가는 새로운 피가 대차상극하고도 있는 것이다. 이리하야 그는 得意滿滿으로 자기의 힘과 運命을 信憑하는 不遜不遑하고도 强靭永遠한 人間이 되고 말았다.

(김사량, 『낙조』, 1940. 10, 319면.)

윤성효는 세계대전 후 은행, 방직회사, 해산업, 이권운동 등의 경제적 동향에 민감하게 대처하여 근대적 자본가로 성장한다. 이러한 윤성효의 변화는 일제 식민지정책에 동조하여 매판자본가로 변신[37]했기에 가능한 것이라고 할 수 있다. 이와 같이 『낙조』에서는

---

36) 일제는 3·1운동 이후 문화 통치를 통해 다양한 계층을 회유하여 친일파 세력을 굳건히 했다(역사문제연구소, 『인물로보는 친일파 역사』, 34~36면).
37) 임종국, 앞의 책, 92~93면.
일제는 문명개화론, 부원개발론 등과 직접적인 연관이 있던 지주와 자본가들을 토지조사사업과 회사령을 통해 보호·육성하였다. 토지조사사업을 통해 식민지 지주제를 창출하였으며,

윤성효를 통해 일제에 의한 식민지적 경제 침탈과 그로 인한 친일세력의 흥성을 반영한다. 그러나 윤성효가 근대적 자본가로 성장하게 된 역사적인 맥락을 구체적으로 형상화하는 데까지는 나아가지 못하고 있다.

(2) 제3세대 윤수일의 성장사

한편 『낙조』에서는 윤씨네 일가의 제3세대인 윤수일의 성장 과정이 서사의 또 다른 중심축을 형성하고 있다. 윤수일은 윤씨네 일가의 자손이지만 한편으로는 관기 출신인 모친 산월의 아들이기도 하다. 그러므로 수일은 부친 세대까지 대를 이어 형성되었던 친일파 집안의 내력과는 상이한 위치에서 의식이 형성된다. 이는 윤수일의 성격 형성에서부터 비롯되고 있다. 즉 수일은 어릴 적부터 모친 산월의 연약한 성질을 이어받아 소심한 기질을 지닌 소년으로 자라난다.

> 이리하야 저녁때가 되면 少年은 老婆의 등에 업히어 東山을 나려오게된다. 거기는 妓生골이라 하야 밤낮으로 長鼓와 伽倻琴 소리가 떠날줄을 몰랐다. 그의 어머니 山月이는 아직 수물셋으로 그 當時에는 平壤城內에서도 들어난 名妓였다. 곱게 머리를 빗고 단장을 하고서 마루에오둑히 앉아 기다리다 아들 秀一이가 들어오면 팔을 벌니고 맞어드려무릅 우에 오려 앉치고 뺨도 비비대고 꼬옥 끼여안고 바드득 떨기도하였다. 그러면서 그날의 놀던 이야기며 본 이야기를 고시랑고시랑 물어보기도 한다. 그러나 少年은 행용 손꼬락을 입에 문 채로 늘 아모런 對答도 않고 고개를 숙이고 있기 때문에 이 母子는 언제까지나 말없이

회사령을 통해 자생적인 부르주아층의 억압이라는 조건 속에서 예속적인 지주와 자본가로 성장시켰다(김도형, 앞의 책, 62면).

가만히 앉어 있기가 예상사였다.

(김사량, 『낙조』, 1940. 2, 112면.)

수일의 성격에 대한 묘사이다. 수일의 말이 없고 소심한 기질의 소년으로, 이는 다음과 같은 산월의 기질과도 연계되어 있다.

山月이는 本是로 연약한 性質로 태여나, 더욱이 秀一의 어머니는 아직 年歲도 어리여 보기에도 애연하였다. 등에 걸머진 宿命이 그를 깊은 絶望의 深淵에 떨어트린 것이다. 그러나 그는 그곳에서 빠저나오랴 바둥바둥 애를 쓴다든가, 아우성을 친다든가 그러지는 못하고 어디까지든지 運命에는 服從을 한다는, 또 그래야만 되는 줄노 알고 있는 女子였다.

그렇다고 山月이는 決코 행복된 몸이 않이었다. 그러니 혼자 마음이 클클하야 어찌할 바를 몰으고 극매일 적도 많았다. 아들 秀一이가 있는 앞에서도 큰 소리를 지르며 으흥으흥 울기도 한다. 그런 때 少年은 무슨 영문인지는 몰으나 무서웁다 할까 외로웁다 할까 한구석에 움처서서 불불떨며 어떠케 하면은 슬픈 어머니를 마음 平安케 할 수 있으랴, 좁은 가슴을 아프게 하는 것이다.

(김사량, 『낙조』, 1940. 2, 115~116면.)

오늘 이 자리에서 秀一이도 서글푼 얼골노 아모 말이 없다. 山月이는 秀一의 손금을 보며,

「네 손두 왜 날 달멋니?」

하고 한숨짓는 것이다. 山月이도 必竟 하나의 可憐한 運命主義者임에 틀님 없다. 그는 그 부드럽고도 고운 손에 長金을 쥐고 있다. 제 八字가 기박하기는 이 금이 가로막혀 있는 탓이라 그는 生覺한다. 秀一이도 제 손금을 들여다보며 제 금이 어머니를 닮아서 기쁠지언정 무엇이 슬프랴고 漠然하나마 속으로 抗辯하는 것이다.

그럴 지음이었다. 그날은 어쩐지 庭內의 공기가 수선수선한 품이 다르다 하였더니 해가 쭉 퍼지면서 海州집 쪽으로부터 나무 새를 흔들며 鉦과 북, 제금을 치는 소리가 요란하게 울녀오기 始作하였다. 굿을 할려는 모양이었다. 山月이는 소스라치게 놀라며 무슨 痙攣이라도 일으킨 것 같이 떨어 댄다. 秀一이는 어머니의 목덜미에 매여 달니며

「괜챦어, 괜챦어.」
하고 부르지졌다.

(김사량, 「낙조」, 『조광』, 1940. 2, 105면.)

　　김사량은 산월의 연약한 기질을 수일의 손금을 통해 운명적으로
연계시키고 있다. 이는 수일의 성격 형성과 현실에 대한 자각 과
정에서 심리적으로 반향되는 한편, 친일파 집안의 가장이며 부친인
윤성효에 대한 반응을 통해서도 드러난다.

　　「서울 大監 아바지가 오셨답메다. 서울 大監이 내려오셨대요.」
　　「아바지?」
　　단마디 秀一이는 놀내여 부르짖었다. '아버지'라는 말이 닷다가 그의
온 몸둥을 잡어 흔든 것이다. 恐怖라 할까, 侮蔑이라 할까. 一種 무어라
말할 수 없는 混亂을 그에게 이르키게 하고야 말았다. '아바지', 이것은
그의 母子 사이에는 어떤 무서운 爆彈과도 같이 生覺되어 왔었다. 하나
가 이것을 들면 또 하나는 영락없이 危險에 빠진다는 것처럼. 그러므
로 그의 둘이는 至今까지 '아바지'라는 말을 무서웁게 알고 꺼리어 서로
約束이나 한 듯이 입 밖에 내이지를 않도록 힘썼다.……(중략)……
　　이것은 또 어떻게 된 일일가. 或是 어머니의 宿命的인 왼갖 괴로움과
슲음이 오래동안 지내는 사이에 少年自身의 괴로움과 슲음으로 이(繼)여
진 것이었을가

(김사량, 「낙조」, 『조광』, 1940. 2, 119~120면).

　　이는 산월과 평양 기생골에서 생활하던 시절, 부친 윤성효가 서
울서 내려왔다는 소식을 접하고 난 후의 수일의 반응이다. 수일은
'아버지'라는 말을 무서운 것으로 인식하고 있다. 이러한 그의 의
식의 형성은 어머니의 숙명적인 괴로움과 슬픔이라는 정서에 의해
계승되고 있다. 윤성효에 대한 수일의 이러한 의식은 윤성효를 산
월의 옛날이야기에 나오는 '범'으로 연상하게 하기도 있다.

아버지는 房을 나와 움치럭움치럭 中大門을 向하여 秀一이를 안은 채 庭園을 걸어나가기 始作한다. 秀一이는 蓮못가에까지 와서 시퍼런 못물을 보니 새삼스레 어제밤 어머니와 같이 주고받은 옛말이 生覺이 나서 놀래어 하나을 쳐다보았다. 하날에도 바로 옛말에 나오는 어린 두 男妹가 避身하였던 바로 그와 같은 梧桐나무 한 채가 못까 위에 높이 솟아 있었다.

……(중략)……

秀一이는 이번은 흘금흘금   이는 눈으로 아버지를 처다보다가 그만 머리가 화끈하고 등줄이 쭈볏함을 늣끼었다. 아버지의 깊숙하나 번질번 질한 눈이라든지 허여케 뻐친 콧수염이라든지 굵은 목이라든지가 갈데 없이 옛말에 나오는 범으로 보인 것이다.

「아바지 범이구나 범」

(김사량, 「낙조」, 『조광』, 1940. 3, 112면.)

수일이 '범'으로 부친을 비유한 것은 의도적인 작가의 설정에서 기인된 것이라고 할 수 있다. 이는 다음과 같은 작가의 편집자적 논평을 통해서 알 수 있다.

「나를 보고 막 범이라구 합디다. 이놈이…….」

秀一이는 저를 두고 하는 말이라 벌억 怯이 나서 아버지의 가슴에 머리를 박었다. 事實도 이렇게 처음 보는 늙으니들이 사나운 바람에 빨내가 회날니듯 들법석하는데 미상불 무서웁지 않을 수가 없었다 늙은 大監들은 속으로 '범이라니 범 중에도 가장 몹쓸 놈일지 몰으지'하고 生覺하였지마는 車大監은 尹男爵에게 비위를 마추는 모양으로,

「허허 범이라는군 좀 지나쳤는데……」

하였다.

秀一이는 그 말에 무었이 무서운지 그만 울기 始作하였다.

……(중략)……

우리 주인공의 아버지 尹成孝는 참으로 異常한 人物이였다. 그의 이 약이를 누귀보고나 물을 것 같으면 그 사람은 '아 원 그 大監이야'하면서 다시는 말도 말자는 듯이 손을 내여 저으면서 달어나는 것이었다. 다만 어지간히 큰 몸집은 좀 肥지어 깨끗치 못한 印象을 주기도 하나 그러나

묵직한 입과 무엇인가를 늘 궁량하는 듯한 눈은 사람을 넉넉히 威壓하고
도 남음이 있었다. 더욱이 그의 컴컴한 過去와 不撓不屈의 피는 때로는
남의 등줄을 쭈벗하게까지 한다. 그렇기에서 西道에는 옛날의 惡官을
誹謗하는 말에 '이놈 네가 네 삼촌을 몰나보고 不恭虐待하다니 썩 죽일
놈이로다'하고 어떤 惡官이 무고한 백성을 잡어다 돈을 바치라고 苦刑
을 주자 백성은 小人은 三代獨子 외아들이올씨다 하였더라는 이약이거
리가 있는데 어떤 사람은 이 惡官이 바로 尹成孝라고 ーー히 論據까지
세우며 어느 故事家나 못지 않게 證明까지 하려 드는 것이다. 어쨋던
이만한 傳說의 主人公까지 될 만큼 大膽도 하고 컴컴도 하고 慾心도
남달리 사나웁고 慘酷스러이 몹쓸기까지 하다. 多幸히 우리의 秀一이가
그를 범이라고 불넋으니 범을 빌려 論之하자면 豹범의 殘惡을 품고 호
랑이가 깊은 숲에 몸을 감초고 있는 格이다. 그러나 用意周到하게 四面
을　이고 한번 숲을 나오기만 하면 所企를 向하여 突進 驀進하는 性味
였다. 그러므로 아들 秀一이가 自己를 불러 범이라 하였을 때 슬몃이
깃뿐 듯하였든 것이다. 亦是 내 아들이로군 하였다.

(김사량, 「낙조」, 『조광』, 1940. 3, 117~119면.)

'범'으로 비유되고 있는 윤성효는 수일의 막연한 연상에서 더 나
아가 백성의 수탈을 일삼는 악관으로 대치되며, 그럼으로써 양반
지배층에 대한 비판이 반영되고 있다. 이와 같이 부친을 막연히
무서운 '범'과 같은 존재로 인식하던 수일이 부친을 친일파로 인식
하는 한편 자신이 친일파 집안의 자손임을 자각하게 되는 것은 8
세 이후 학교생활을 하면서부터이다.

학교에 진학한 이후 수일은 처음으로 '친일파'라는 말을 듣게 되
며, 담임선생님이 친구들 앞에서 수일의 부친인 윤남작에 대하여
얘기하면서부터 수일은 친구들에게 따돌림을 받게 된다.

더욱이 어떤 날 擔任先生이 尹男爵 말을 하면서 秀一이를 추어올닌
다음부터는 秀一에 대한 少年들의 태도는 더 나빠지었다.

「얘, 너의 아버지가 무언데?」

하고 쉬이는 시간이 되자, 바로 옆에 앉어 있는 石順哲이가 그의 귀바퀴를 잡어당기었다.

……(중략)……

日常 말없고 유순한 順哲이까지 저를 보고 왜 이렇게 몹쓸게 구는지가 秀一에게는 理解키 어려웠다. 何如間 이일이 있은 뒤부터는 그 當時에 흔하든 말 ×××라는 소리를 이제야 여덜 살밖게 안 된 秀一이는 듣게 되었다.

學校에서 이렇게 님림을 받어 시달니다가 彩雲洞 집에 돌아온대야 누귀 하나 반갑게 마저주는 사람도 없다. 舊韓國時代에 그래도 判官을 지냈다 하야, 叔父는 辯護士라는 간판을 내여걸고 언제나 앞채 事務室에서 뭇 男子들과 수군거리고 있었다. 말처럼 얼굴이 긴 叔母는 늙은 婦人네들을 內房에 좋아라 놓고 밤이 깊도록 히히닥거리면서 花鬪를 친다

(김사량, 「낙조」, 『조광』, 1940. 5, 105~106면).

'친일파'의 집안이기 때문에 받어야 하는 따돌림을 받으며 수일은 고독한 학교생활을 한다. 하지만 수일은 따돌림을 체험하면서도 그 근본적인 이유는 알 수 없다. 그러던 어느 날 사상가의 아들 순철을 알게 되면서 구체적인 이유와 학교 내의 모순까지도 알게 된다.

順哲의 말에 依하면 景燮이는 종로거리 紳商의 아들이며 저 自身은 가난뱅이 아들로 아버지는 먼 나라에 亡命하고 있었으나 現在는 잪여와서 刑務所에 넘어가 있다는 것이다. 그는 얼굴을 찡기기도 하고 손으로 신융도 하면서 아주 그것이 제 자랑이나 되는 것처럼 종알거렸다.

「너의 아버지가 ×××니까 先生이 널 떠받드는 거야. 그렇다구 장한 것같이 그랬단 내가 용서 안 한다. 난 班에서 힘이 第一이야. 이래 보여두 난 커서 思想家가 될려거든.」

(김사량, 「낙조」, 『조광』, 1940. 5, 108면.)

수일은 순철을 통해 선생들이 자신에게 친절하게 대해 주는 것

은 부친 윤성효가 '친일파'이기 때문이라는 것을 알게 된다. 또한 사상가의 아들로서 계급사상의 중요성을 인식하고 사상가의 꿈을 키워 나가고 있던 순철을 통해, 빈부의 차이로 학생들을 불공평하게 대하는 선생들의 모순도 아울러 깨닫게 된다. 한편 수일이 직접적으로 친일파 집안이라는 자신의 신분을 깨닫게 되는 것은 본집의 피습사건 이후 산월을 통해서 이루어진다.

> 以前에 다시 만났을 적에 山月이는 亦是 본집의 被襲事件을 말하지 않고는 못 견디였던 것이다. 山月의 생각에는 秀一의 장래가 이 便에 선대도 무서웁고 저 便에 선대도 또한 危險하게만 보이는 것이다.
> 「응 그래두 朴大監은 思想家에게 마저 죽었지. 그럼 思想家가 되면 되지 뭐, 思想家는 발에 용수들이 붙어서 얼마나 잘 避하는지 몰라.」
> ……(중략)……
> 母子 사이에는 다시 말할 수 없는 緊張된 沈默이 支配되었다. 秀一이는 더욱더욱 무서웁고도 異常야릇한 生覺에 엄습을 받아, 떨리는 얼골을 처들고 어머니의 얼골을 다시금 다시금 살피면서 어머니의 眞心을 알고자 애를 썼다.
> 「世上 사람이 尹家네를 咀呪한단다. 그리고 너는 그 무서운 後孫이란다.」
> 秀一이는 더욱더욱 至今까지 經驗치 못한 깊고 깊은 憂愁와 懷疑 속에 억눌니였다. 어머니는 秀一의 손을 잡고는 다시 일어나서 차츰차츰 더 그악한 斷崖를 向하여 올으기 시작하였다. 그리고 슬프고 처량한 가느단 목소래를 뽑아 間間히 흐득여 울면서 자즌 愁心歌의 한 句節을 부르기 始作하였다.
> (김사량, 「낙조」, 『조광』, 1940. 6, 62~64면.)

수일이 학교에 진학한 이후 외로운 생활을 보내던 산월은 본집의 습격사건으로 인해 수일이 저주받은 윤씨네 자손이라는 것에 극심한 마음의 갈등을 겪게 된다. 결국 산월은 수일에게 비극적인 운명을 알려준다. 순철을 통해 계급적인 사상의 영향을 희미하게나마 받고 있던 수일은 이를 계기로 깊은 우수와 회의 속에 억눌리게 된다.

또한 수일의 성장에 중요한 매개적 역할을 하는 인물로는 귀애가 있다. 귀애는 김천집의 딸로 윤대감집 이야기를 수일 모자에게 전달하는 역할을 하는데, 수일이 학교를 진학한 이후에는 산월의 소식을 전달하는 것 외에도 수일이 친일파 자손이라는 것을 일깨워 주는 한편 수일의 계몽정신의 고취에도 영향력을 미친다.

「응 그럼……너는 참 아무것두 몰으누나. 그래 너두 主人이 되어서 어머니랑 네가 수모를 받는 것이지 머. 그래두 이제부턴 내가 네 代身 불상한 어머니께 孝道해 드릴게 걱정 말어. 난 아까두 고무쭐누 牛乳를 잡숫게 하구 나왔대서, 어머니 더 괴로워하시면 나는 斷指를 할치야, 알었어? 손끝을 베일치야. 손끝을 베여서 생피를 먹여서 죽은 사람두 살렸다는 말을 나는 新聞 보구 알었어!……그러기 언젠가 내 어머니가 우리 秀一이는 貴愛 있어 어찌 힘이 될지 몰라 하시겠지. 그럼 우리 두리는 다시없는 사이지 응? 이봐 애 보게!」

……(중략)……

그들 두리는 다시 허둥지둥 것기를 始作하였다. 그들은 지금 저희들이 그 옛날 祖父의 尹大監이 景福宮으로부터 돌아오다가 叛民에 慘殺을 당한 자리를 헤매이고 있는 줄은 꿈에도 몰으는 것이다. 이것도 또한 얼마나 슬픈 家族史의 일이냐

(김사량, 「낙조」, 『조광』, 1940. 7, 138면).

귀애로부터 산월이 위독하다는 소식을 들은 수일이 귀애와 함께 본집으로 달려가는 정경이 묘사된 부분이다. 그들이 달려가는 도정은 조부 윤대감이 참살을 당한 자리로 친일파 집안의 비극적인 운명을 예비하고 있다. 이는 산월이 1919년 3·1운동을 즈음하여 윤가네 일가의 구성원이라는 정신적 고충에서 벗어나고자 방화를 일으키고 불 속으로 뛰어 들어가 스스로 목숨을 끊고 마는 것으로

귀결되고 만다. 또한 이러한 비극적 운명은 수일의 정서적 상태를 통해 형상화된다.

> 어머니가 世上을 떠난 뒤부터는 秀一에게는 絶望의 그림자가 뒤딸려 그 日常生活은 喜怒哀樂을 멀리 초월한 一種 虛脫에 가까운 상태에 빠지고 말었다. 누귀가 面罵를 하거나 매질을 하거나 욕지거리를 퍼붓거나, 이리하야 어떤 의미로는 그에게는 自己를 힘차게 끌어 引導하는 强力한 存在가 必要하였다.
> 그래서 六學年 때에 石順哲이가 아버지를 따라 平壤으로 옮아간다고 할 적에 그는 얼마나 외로웁고 쓸쓸함을 느꼈지는 몰은다.
> (김사량, 「낙조」, 『조광』, 1940. 9, 229면.)

수일은 모친이 사망한 이후 깊은 허탈감에 빠져든다. 게다가 순철이마저 평양을 떠난다고 하니 외로움과 고독감은 이루 말할 수 없는 지경이 된다. 늘 가까이에서 수일을 이끌어 주던 귀애마저 김천집의 욕심에 의해 희생되어 윤성효에게 정절을 잃고 가출하게 되면서 수일은 더욱 정서적으로 황폐해져 간다. 수일의 이러한 황폐한 정서는 결국 복란과 결혼한 이후 광폭함으로 표출되기에 이른다.

> 秀一이는 結婚 한 뒤로부터 더욱 孤獨의 외롬을 맛보게끔 되어 每日을 鬱寂한 가운데에서 지내게 되었다. 福蘭이는 언제나 성난 모양으로 볼이 척 늘어져 가지고 왕방울 눈을 섬석거린다. 그럴 때마다 앞이마에 주름이 미어질 듯이 잡히고, 눈섭을 지리끼면은 그 새에 山모양 깊은 웅덩이가 패이군 하였다. 이런 福蘭을 앞에 두고 보면 秀一이는 더욱 卑怯한 殘忍感이 끓어올나 늘상 그를 嘲弄하며 또 개辱을 퍼붓고 몽통스레 때로는 걷어차기도 하였다.
> (김사량, 「낙조」, 『조광』, 1941. 1, 306면.)

수일의 결혼과 복란의 등장은 윤성효 집안의 갈등구조에 변모를 예비하고 있다. 산월이 사망하고 수일이 복란을 처로 맞이하면서 윤성효 집안의 갈등은 산월을 중심으로 한 김천집과 해주집의 대립 양상에서 벗어나, 복란을 중심으로 한 김천집과 해주집의 암투로 진전될 가능성을 암시하고 있다. 이는 친일파 집안의 가정적인 문제를 처첩 간의 갈등을 중심으로 하는 봉건적인 문제에 예속하고 있음을 의미하는 것이다.

결국 수일의 성장 배경에 중요한 역할을 한 사람들이 떠나면서 수일은 미래에 대한 희망을 잃고 정서적으로 황폐한 생활을 영위하게 되는 것으로 작품은 종결된다. 이를 통해서 작기는 친일파 집안의 영락하는 기운을 제3세대인 수일을 통해서 정서적으로 반영하고자 했던 것임을 알 수 있다. 윤성효를 가장으로 하는 친일파 집안의 흥성은 곧 주권을 상실하고 일제에 의해 식민지화 되어가는 조국의 운명을 '낙조'를 통해 암시하는 것이기도 하다. 또한 나약한 기질을 지닌 수동적인 운명주의자인 수일을 통해 식민지 조선의 비극적 현실을 정서적으로 반영하고 있다.

3) 역사의 심리화와 전망의 간접화

(1) 산월을 통한 역사의 심리화

김사량의 『낙조』는 한일합방 이후부터 마르크스주의 사상이 유입되던 1920년대 초반까지를 연대기로 설정하여 친일파 집안의 형성과 흥성의 역사를 반영하고 있다. 그러나 본격적으로 연대기를 서술하는 시기는 제1대인 윤대감이 한일합방의 공훈으로 남작직을 수여받았으나 반민에 의해 암살당한 당시에서 7년이 지난 이후부터라고 할 수 있다. 이 시기는 윤씨네 일가의 제2세대인 윤성효를 중심으로 윤씨네 일가가 흥성을 맞이하던 때이며, 본격적으로 친일파가 사회적인 세력으로 인식되던 때이기도 하다.

작가는 한일합방 이후 친일파가 본격적으로 사회적인 세력으로 인식되던 시기를 연대기로 설정하여 일제 식민지 시기에 흥성하던 친일파 집안의 현실을 반영하고 있다. 윤씨네 일가에 대한 반영은 산월의 시각을 통해 형성되고 있다.

> 이를테면 그의 아버지인즉 至今으로부터 七年前 초가을 어떤 날 새벽, 아직 밤이 트기도 前에 平壤城을 脫出하여 一路 서울을 向한 元平壤××尹成孝였다. 山月이는 그 당시 겨우 열여섯살의 어엽뿐 童妓로 하로저녁 城內의 萬妓와 더부러 新官의 宴樂에 나아갔다가 成孝의 눈에 띄운 바 되어 官房에 매워 얼마 동안을 눈물로 지내는 동안 그만 懷妊한 몸이 되였다.
>
> (김사량, 「낙조」, 『조광』, 1940. 2, 120면.)

산월은 열여섯 동기의 몸으로 윤성효의 눈에 띄어 회임까지 하게 되면서 친일파 집안과 인연을 맺게 된다. 이는 산월이 다른 첩들과는 달리 윤성효와 대립적인 자세를 취하고 있음을 시사하는 것이다. 뿐만 아니라 산월은 동학란으로 몰락한 집안의 자손인데, 이러한 산월의 이력은 연대기적 서술에 있어서 중요한 역할을 담당하게 된다.

서사 전개상 중심적인 갈등은 친일파 집안의 가장인 윤성효로부터 비롯되고 있다.

山月이 등줄이 쭈볏하고 이마가 화끈하여 버쩍 얼굴을 쳐들었다. 七年이 지나서도 조곰도 다름이 벗는 핑핑한 얼굴, 우무덕한 눈, 두두럭한 입 가장자리, 허연 콧수염, 그의 눈에서는 불이 인다. 터지려는 눈물, 슬픈 원한, 이러한 것을 참느라고 닫아 물고 있는 입술은 바들바들 떨니었다.

(김사량, 「낙조」, 『조광』, 1940. 2, 121면.)

윤성효에 대한 산월의 감정을 반영한 부분이다. 산월의 윤성효에 대한 이와 같은 반감은 서사가 진행되면서 개인적인 차원에서 사회적인 차원으로 연계되어 나간다.

그 後에 山月이는 겨우 열입곱의 몸으로 秀一이를 낳고는 다시 할 수 없이 妓界에 뭇치어버렸다. 그리고 官房에서 부리든 至今의 老婆를 다리고 인제는 秀一이가 別故 없이 자라기만을 樂으로 삼고 지내었다. 서울로 올나가 새도히 男爵을 이은 成孝는 그 後에 다시는 그들 母子 앞에 을신한 적도 없고 아주 씻은 듯이 돌보지를 않았다. 오히려 山月이는 이것을 기뻐하였다. 사랑하는 秀一이가 누구보다도 제 혼자의 아들이라는 幸福感에 젖기도 하려니와 그는 다시없이 尹成孝를 무서워하였으며 또 싫여하였든 때문이다. 그리고 男爵은, 在任時의 가진 惡政으로 이 地方 사람으로부터는 아주 저주를 받는 存在였으며 山月이도 남 못지 않게 그를 憎惡하였었다.

(김사량, 「낙조」, 『조광』, 1940. 2, 120면.)

산월이 윤성효를 무서워하고 싫어했던 것은 평양에서 재임할 당시의 사회적인 평판에서 기인된 것임을 알 수 있다. 이러한 윤성효에 대한 반감을 안고 서울 본집에서 생활하게 된 산월은 윤성효를 둘러싼 첩들 간의 갈등이라는 새로운 국면의 갈등을 맞이하게 된다.

이 집에는 봄이 되면 따뜻하니 安宅굿이요, 사람이 알으면 걱정이니 死神굿이요, 不吉한 卦(쾌)가 나오면 예방굿이요, 가을이면 배부르니 철 머리굿이다. 그날은 바로 新春을 마지하야 처음 버려지는 천신굿(薦新

祭)으로, 새 祭饌을 베푸러 祖上의 神靈을 비롯하야 흐터져 있는 四方의 諸神을 請하고 無病息災와 長壽多福, 所願成就를 비는 것이다. 海州집이 더구나 굿을 세우며 金泉집도 못지 않게 鬼神을 위하는 터이라 이런 때는 吳越同舟도 意趣가 맞어 굿이 進行된다. 그리고 一家親戚도 모이어 온 집안이 떠들석하게 소동을 피운다.

……(중략)……

이리하야 두어 時間쯤 지나서일까, 굿도 저윽이 佳境에 들어 무당의 권수에 일으게 되자 秀一네 房밖에서 여종의 목소리가 들녔다.

「上大監과 큰도령님의 鬼神 마지를 허신다구, 도령님 모시고 나오시라 엿주옵니다.」

山月이는 얼골이 하해지며 反射的으로 일어섰다. 秀一이도 무슨 영문인지 몰으고 따라 일어서며 어머니를 처다보았다.

(김사량, 「낙조」, 『조광』, 1940. 4, 105~106면.)

산월이를 죽이려는 해주집의 농간으로 푸닥거리가 한창 진행되고 있는 장면의 묘사이다. 봉건적인 관습[38] 가운데 하나인 푸닥거리를 통해 처첩 간의 갈등을 반영하고 있다. 이러한 봉건적인 폐습에 대해 산월은 공포감, 두려움 등의 병적인 심리상태를 보여주고 있는데, 이는 축첩제도와 이를 통한 봉건적인 모순을 간접적으로 비판하기 위한 장치라고 할 수 있다.

산월의 심리적 병약화 증상은 윤 씨네 일가의 습격사건으로 인해 극단적인 감정으로 치닫게 되는데, 이는 산월의 심리적 갈등이 가정 내적인 갈등의 차원에서 사회적인 갈등의 차원으로 확산되는 계기가 되는 것이다. 다음은 습격사건 이후에 안사랑 대감들과 윤성효 간에 수작 내용이다.

---

38) 이 밖에도 남희, 창하는 풍경 등의 풍속묘사는 산월과 관련된 봉건적인 풍속이다.

그의 말에 依하면 侵入한 사내가 六穴砲를 드리대일 때에 그는 너무나 놀래여 눈이 王방울처럼 되어 悲鳴조차 못 질렀는데 朴大監은 제가 尹男爵이 않이라 尹男爵은 雲泥洞 妾네 집에 가 누어 있으니 저만은 제발 쏘지 말라고 너무두 慌忙히 빌며 辨明을 하였끼에 도리어 主人인 기라 疑心을 받아 마저 죽었다는 것이다. 그리고 侵入한 사내가 보재기로 얼골을 가리고 눈만 번득번득 씨는 모양이 꼭 부엉이 같었다고 신이 나서 주절거렸다.

「그래 부엉이는 무어라고 헙더니까?」

月花네 집에서 이 急報를 듣고 돌아온 尹男爵은 뒷收拾이 거진 다 끝나자 그제는 푸욱 마음을 가라앉히고 이렇게 호기있게 물었다. 그러자 金伯爵은 힉금 헤헤헤 하며 손으로 목을 치드니 한번 힉힉 혼자소래로 웃고서,

「그래 드러보시려우」

하고 아주 自嘲를 띠여 목을 쑤욱 내여밀며,

「이 연석아, 참새가 무어라고 울드냐 하고 난데없이 이런 걸 붓드는군요, 헤헤헤.」

그래 안舍廊에 모여 앉었든 老大監들은 한꺼번에 우슴소래를 터치였다.

(김사량, 『낙조』, 『조광』, 1940. 6, 52면.)

작가는 친일파 집안의 암살을 도모하고자 했던 습격사건에 대해 참새 놀이를 가미하여 우화를 들려주고 있다. 이는 양반 지배계급을 중심으로 세력화되었던 친일파의 악행을 비유적으로 암시하고자 하는 의도로 민중적인 시각을 엿볼 수 있다. 이러한 친일파에 대한 비판의식은 1919년 3·1운동이라는 범민족적 차원의 독립운동의 시대적 분위기에 의해 더욱 가중되는데, 『낙조』에서는 이러한 면모가 산월의 내면적인 심리를 통해서 반영된다. 즉 친일파 집안의 구성원이라는 내면적인 고충은 결국 산월로 하여금 방화를 일으키게 하고 스스로 목숨을 끊게 하는 결과로 이끈다.

群衆의 흩어지는 그림자. 아우성. 暴風雨가 일기 始作하였다. 波濤는 갑재기 높아지며 힌 그림자는 오밤중에 눈보라치듯 걸핏걸핏 亂飛하였다. 暴風雨, 눈보라, 洪水, 波濤, 霹靂, 雨雹 모든 것이 한꺼번에 일어났다고 할가. 이같이 되여 드디어 秀一의 母子에게는 實로 운명적인 무서운 날이 當到한 것이다.

그러나 어린 秀一이는 영문도 몰으는 波濤와 騷亂 속을 貴愛와 같이 엉엉 쳐울며 헤매면서 거리를 허둥대였다.

사나운 恐怖가 그들을 살어잡었다. 그러나 어느 결엔가 물밀리듯이 사람떼에 쫓겨서 본집이 있는 桂洞골에 겨우 쏠려 들어갔다.

이때에 본집 속에는 버리집을 쑤셔 논 것처럼 큰 騷動이 벌어지고 있었다. 大門, 옆門, 뒷門 할 것 없이 門이라는 문은 모두 굳게 잡그고서 行廊 奴僕들은 後園, 앞庭, 舍廊까지를 억수로 퍼붓는 비바람 속에서 번개처럼 줄달음처 왔다갔다하며 女婢들은 오리같이 뒷둥거리며 떼로 몰려단였다.

……(중략)……

그러나 그날 밤의 일이였다. 캄캄한 뷔인房 안에 쓰러져 누운 채 惡夢에 시달리면서 뒤채기만 하던 秀一이는 무서운, 至今 生覺하여 보아도 꿈결이였든지 生時였든지 분간치 못하는 일으는 바 非夢似夢 간에 바시시 房門이 열리는 것 같은 소래를 들었다. 어머니가 들어오시누나 하고 꿈결에도 生覺한가 싶으다.

……(중략)……

이날 밤 이 尹大監네 본집에는 各 군데에 난데없이 사나운 불길이 일어난 것이다. 우레 소래는 더욱 높아 가며 번개는 더욱 무서웁게 번쩍거리는데 집 담정 밖앝에는 數千의 群衆이 몰려와서 발을 굴으며 아우성을 치며 이 光景을 咀呪하였다.

(김사량, 『낙조』, 『조광』, 1940. 8, 147~151면.)

산월이 방화를 일으키게 되는 시점에 대한 묘사이다. 1919년 3·1운동의 역사적 국면이 친일파인 윤성효 집안의 습격사건을 가중시키고 있으며, 산월의 방화는 이러한 혼란한 국면에서 이루어지고 있다. 그러므로 산월의 방화는 친일파 집안의 자손이라는 것에 대한 내면적 갈등이 극단으로 치닫게 되면서 일어난 행동적 귀결이지만, 전 민족적인 차원의 독립운동이라는 시대적인 배경을 통해 전(全) 민족적인 차원으로 지향되고 있다고 보아야 할 것이다.

김사량은 산월을 친일파 집안의 구성원으로 설정함으로써 일제 식민지하에서 흥성하는 친일파 집안에 대한 민중적인 시각을 확보하고자 하였던 것으로 생각된다. 또한 산월을 연대기의 중심에 둔 것은 비극적인 식민지 현실을 심리적으로 반영하여 비극적 정서로 환기시키고자 하였던 의도라고 생각한다.

(2) 역시적 전망의 간접적 제시

『낙조』의 연대기 중심에는 산월의 시각뿐만 아니라 수일의 성장 과정이 함께 놓여 있다. 이는 곧 수일 모자를 통해 조국의 식민지적 현실을 비극적으로 반영하는 것으로서 존재 의미가 있다. 또한 작가는 수일의 성장 과정에서 중요하게 대두되었던 귀애와 순철을 통해서 식민지적 현실에 대한 역사적인 전망을 간접적으로 제시하기도 한다.

귀애는 수일 모자에게 서울 본집의 이야기를 들려주는 매개자이며, 수일에게 친일파 집안의 자손이라는 인식과 교육을 통한 계몽 사상의 전수를 고취시키는 인물이다. 이러한 귀애의 계몽적인 사상의 지향은 식민지 조국을 위한 미래의 전망과 연계되고 있다.

> 이 少女에게는 벌써 時代의 발소리며 社會의 呼吸이 가까이 들리고 잇었다. 家庭과 社會의 正視로부터 오는 理性과 感情의 苦悶이 있었다. 家庭의 桎梏에서 벗어나 時代의 흐름에 奉仕하려는 애끗한 정성은 그에게 있어서는 적어도 戀愛라든가 享樂이라든가 하는 個人的 欲求의 上位에 處해 있는 것이다. 하나 이런 貴愛라도 제 옆에 잇지 않으면 그래도 秀一이는 恒常 우울하고 한시라도 견디지 못할만큼 마음이 송구

였었다. 每日 아침붙어 저녁까지 무엇 하나 손에 잽히지를 않고 마음은 貴愛 위로 달린다.

貴愛는 또 貴愛대로 제 조고마한 房 안에 박혀 여러 가지 册만 주서 읽고 있는데 이따금 册 위에 그냥 얼굴을 파묻은 채 무엇인가 暗然한 생각에 잠겨 있기도 한다. 언제인가 秀一이는 이런 場面을 發見하고 왜 그러느냐고 탔하듯이 물어보았다.

······(중략)······

「누나는 이제 女學校를 맛치면 上海로 갈련다. 거기서 佛蘭西 말 배울 까바. 佛蘭西 말은 훌륭한 藝術的 基礎가 된다. 누난 小說家가 될치야······小說家.」

「무슨 이약이를 쓸 게 있어?」

「小說은······난 잘은 몰라두 퍽 有益한 거야. 啓蒙을 하지. 啓蒙이란 말 알고 있어? 쓰기야 秀一의 네 이약이두 쓰구 아버지 일두 그려 내지머. 그럭허문 어느 사람들은 啓蒙이 되는 것이디.」

······(중략)······

秀一이는 마츰내 이 唐突한 啓蒙主義者의 所論을 알 수가 없었다. 貴愛로 하드래도 제 生覺을 漠然하게밖에는 表現하지 못하는 모양이었다.

(김사량, 「낙조」, 『조광』, 1940. 11, 296~298면.)

이는 귀애가 수일에게 소설가로서의 꿈을 지니고 있음을 언급하는 부분이다. 그런데 귀애의 이 꿈은 계몽을 위한 것으로 민중에 대한 교화와 밀접하게 결부되어 있다. 또한 친일파 집안인 윤대감 댁에 대한 이야기를 글로 쓰겠다는 귀애의 생각은 민족적인 의식을 암시적으로 반영하고 있는 것이라고 할 수 있다. 이러한 귀애의 설정은 작가가 일제에 의해 식민지화되어 있는 조국의 현실을 타개하기 위한 방안으로 계몽의식의 고취와 문화적인 차원으로서의 애국계몽운동의 지향을 제안하기 위한 것이라고 볼 수 있다.

한편 수일의 성장 과정에서 중요한 매개적인 존재로 등장하는 인물로는 순철이 있다. 순철은 가난한 집안의 아들이며, 사상가인 아버지는 망명 생활을 한 이후 형무소에 수감되어 있다. 순철과 그의 아버지를 통한 사상적 지향은 수일을 의협심이 강한 학생으로 변모시키며 비판적 의식이 형성되는 데에도 영향을 미친다.

> 그날 돌아오는 길에 秀一이는 順哲에게 怯을 먹으며 조심조심 물었다.
> 「넌 그렇게 마저두 왜 울지 않니?」
> 「날 내가 왜 월어, 겁쟁이나 울지.」
> 「응 그래……그런데 先生님은 張景燮이는 왜 않 때리나?」
> 「거야 先生이 怯쟁이니깐 富者집 아들은 무서워 때려?」
> 「응.」
> 秀一이는 그저 이렇게 對答하였으나 順哲의 꿀리지 않는 뱃짱과 ㄱ 聰明에 歎服하였다.
>
> (김사량, 「낙조」, 『조광』, 1940. 5, 107~108면.)

순철은 가난한 집안의 학생들은 때리지만 부잣집 아들은 때리지 않는 교사들에 대해 비판적인 태도를 보여주고 있다. 이러한 순철의 의식은 무산계급화를 지향하는 사회주의 사상과 일맥상통하는 부분이라고 할 수 있다. 『낙조』에서는 1920년대 초반에 사회 일각에서 수용되었던 마르크스주의 사상의 면모와 사회적인 동향을 김백이 읽는 잡지를 통해서 반영하고 있다.

> 「마츰 잘 오셨구려. 잘 오셨어. 그래 妹兄, 아 하두 가깝허길래 저는 至今 막 新思想을 배우구 있던 참이랍니다.」
> 하며 그는 붉은 표지의 헌 雜誌를 흔들어보였다.
> 「아주 그럴듯한 말을 한 연석이 있겠죠. 아 참 잘 오셨습니다. 잘 오셨어요……그래 妹兄 어때요. 한번 들어보시려우……妹兄에게두 크게 有益헐걸요, 有益허다마다.」
> 아무 대답 않고 男爵은 수염 끝을 한 손으로 잡어쥐인 채 그 자리에 彫像처럼 서 있었다. 들으려는구나. 이렇게 生覺한 金伯은 더욱 勇氣를

얻어 큰 소리로 一字一句를 주어 가며 띄워읽기를 始作하였다. 그러므로 이 小說이 조금이라도 朝鮮社會의 展開를 背後에 둔 以上 우리도 지내온 過去 한 世代에 흔히 나타나던 不可不 男爵과 같이 들을 수밖에 없는 것이다.

「으흠 으흠……이 物價, 이 物價騰貴와 인플레에 依하여 더욱더욱 急速히 逐行된 資本主義 發展過程은, 으흠, 必然的으로 社會階級 構成 위에 急激한 變化를 주어 廣汎한 生活층을 헤헤헤, 無産階級化한 것이루다.」

여기까지 읽자 金伯은 또다시 헤헤헤 하며 男爵의 얼굴을 쳐다보고 웃어 대었다. 그 츨은 이빨이 싯누렇게 무서우리만치 들어나 보였다.

……(중략)……

「……그리고 이 無産階級運動은 ××事件 失敗를 轉機로 하여 大衆 속에 뿌리를 박고 昨今 二年末부터는 더욱이 小作農民들의 覺醒을 促進하여. 組合이 거이 全鮮的으로 叢設되었으며 그 뒤부터는 小作爭議가 頻發케 된 것이다. 으흠 으흠 이 半農奴的 小作農民은 먼츰 湖南 沃野를 중심으로 하야……야……이것 보슈.」

하고 金伯은 그만 별안간 凱歌나 올니는 것처럼 부르짖으며 일어나서서 男爵 밑으로 다거 붙었다.

(김사량, 「낙조」, 『조광』, 1940. 12, 307면.)

김백이 읽는 잡지에 수록된 소설에서는 무산계급운동의 전개로 호남 농장소작인들이 쟁의를 일으킨 내용을 담고 있다. 친일파 집안의 제2세대인 윤성효는 이러한 무산계급운동의 반대편에 놓여 있는 세력으로, 일제의 보호 육성 정책에 의해 더욱 확고한 경제적 기반을 다지게 된다. 그러나 작가가 이러한 사회적 동향을 반영한 것은 자주독립운동의 새로운 가능성을 마르크스주의 사상을 통해서 암시하고자 했던 것이라고 생각한다.

4) 담론의 구성과 초점화자

『낙조』는 1940년 2월부터 1941년 1월까지 『조광』에 연재된 김사량의 최초의 장편소설이자 한글소설이다. '제1부 윤씨네 사람들'이라는 부제가 달려 있는 것으로 보아 작가가 애초에 작품을 창작할 당시에는 제2부의 창작을 계획한 듯 보이나 작품은 제1부로 종결되고 있다.

김사량의 『낙조』는 한일합방(1910)부터 1920년대 초반까지를 시간적인 배경으로, 친일파 십안인 윤성효 일가의 가족사를 초점화 대상으로 삼고 있다.

『낙조』의 전체 이야기 시간은 1910년부터 1920년대 초반까지로 약 10여 년간을 연대기적 시간으로 삼고 있다. 사건의 배열 방식은 가족사적 사건을 연대기적 시간 순서에 의해 제시하되 '연장'과 '요약'의 방식을 교차시키고 있다. 서사담론의 구성 방식은 초점화 대상인 친일파 집안인 윤성효 일가의 가족사를 중심으로 인물 및 세대별, 친일파 집안의 풍속을 중심으로 이루어지는데, 특히 친일파 집안의 가족사가 초점화 대상이면서도 개화기 세대인 수일과 수일 모친 산월의 '심리적 국면'을 중심으로 초점화되고 있다. 사회의 연대기에 대한 반영은 친일파 집안인 윤성효 일가의 변화와 양반 고관대작들의 담론을 통해 간접적으로 암시하고 있다.

이러한 작품상의 연대기적 시간 구성이 서사적 텍스트의 담론에 의해 플롯화된 양상을 구체적으로 살펴보면 다음과 같다.

(1) 담론의 구성

ㄱ. 서사구조

① 『낙조』의 연대기적 시간: 한일합방(1910)~1920년대 초반

> 1. 평양에서 서울로의 상경 – 한일합방(1910): 외적 초점화
>   윤남작의 암살 사건과 윤성효의 상경: 장면
>   산월의 절규 (수일을 회임): 장면
>   친일파 집안인 윤남작 일가의 내력: 소급제시 및 요약

윤성효 일가가 친일파 집안으로 부상된 역사적인 배경, 즉 한일 합방이 윤성효의 암살사건을 통해 반영되고 있다. 친일파 집안으로 부상된 과정과 윤성효의 상경 등은 '요약'에 의해 서술되고 있으며, 산월의 절규를 통해 사건의 전개가 암시되고 있다.

> 2. 아들을 찾아 평양에 온 윤성효 – 1917년: 외적 초점화 및 내적 초점화
>   평양 기생골에서의 산월 모자: 심리적 국면, 장면 및 연장
>   윤성효와 대립하는 산월: 심리적 국면, 요약 및 장면

윤성효가 상경한 이후 7년의 세월이 흐른 뒤, 윤성효가 산월 모자와 재회하는 상황을 초점화하고 있다. 윤성효가 산월 모자와 상경하게 된 경위가 '요약'에 의해 제시되며, 윤성효에 대한 산월의 감정은 '심리적 국면'을 통해 상세하게 서술되고 있다.

> 3. 산월 모자의 상경과 가정 내 알력 – 외적 초점화 및 내적 초점화
>   서울 본집의 외관 묘사: 연장
>   김천집과 해주집: 요약

김천집의 딸 귀애와 수일: 장면
윤성효의 축첩 생활과 처첩 간 갈등: 요약 및 연장

서울 본집의 정경묘사와 가정의 분위기를 초점화하고 있다. 양반 집안의 폐습 중 하나인 축첩을 통한 가정불화가 기생 월화 및 김천집과 해주집의 갈등을 통해 암시되고 있으며, 공포에 휩싸인 산월을 통해 간접적으로 비판되고 있다.

    4. 산월의 심리적 갈등과 친일파 집안의 비판 – 외적 초점화 및 내적
       초점화
       옛날이야기(해님, 달님 이야기)를 들려주는 산월: 연장
       범이야기와 윤성효 집안에 대한 우회적 비판: 관념적 국면, 연장
       해주집의 농간과 푸닥거리: 심리적 국면, 연장
       산월의 병원 생활: 요약 및 장면

친일파 집안에 대한 비판이 산월에 의해 해님, 달님 이야기의 범을 통해서 우화적으로 비판되고 있다. 다른 한편으로는 해주집의 농간과 푸닥거리를 통해 봉건적인 폐습인 미신 숭배의 면모를 보여주고 있다.

    5. 수일의 학교생활과 친일파 집안의 사회적 평판 – 외적 초점화 및 내적
       초점화
       필운동 숙부네 집에서 기거하며 학교생활하는 수일: 요약 및 장면
       친일파 집안의 자손에 대한 사회적 체험: 요약 및 장면
       윤남작 자제임이 알려지면서 소외당하는 수일
       장경섭에게 놀림당하는 수일을 도와주는 석순철

친일파 집안의 제3대인 수일의 학교생활을 초점화하고 있다. 수일이 친일파 집안의 자손임을 알게 되는 과정과 그 사회적 평판의

냉혹함을 깨닫는 과정이 '요약 및 장면'에 의해 제시되고 있다.

> 6. 윤남작 암살 미수사건과 비극적 가족사 – 1919년 파리강화회의 이후
>   윤남작 암살미수사건: 장면
>   1919년 파리강화회의 이후의 사회적 동향 : 요약
>   양반 고관대작들의 반응: 장면
>   수일에게 친일파 자손임을 알려주는 산월: 장면 및 연장
>   산월의 자살미수사건 소식과 수일: 요약 및 장면
>   3·1운동과 윤대감네 집안으로 침투한 마을 사람들: 요약 및 장면
>   산월의 방화와 죽음

　윤남작 암살 미수사건과 방화사건을 초점화하고 있다. 1919년 파리강화회의와 3·1운동을 배경으로 친일파 집안의 사회적 평판을 인식할 수 있는 국면이다. 친일파 집안의 비극적 가족사는 산월의 방화로 암시되고 있다.

> 7. 친일파 집안의 자손 수일과 귀애 – 외적 초점화 및 내적 초점화
>   순철의 전학과 모친의 죽음 이후의 수일: 요약
>   귀애를 통한 계몽사상의 고취: 연장

　모친의 죽음 이후 황량해져 가는 수일의 정서가 계몽의식을 지닌 귀애를 통해 새로운 자각의 계기를 부여받게 되는 국면이 초점화되고 있다. 주로 수일의 내면적 국면을 통해 반영되고 있다.

> 8. 1919년의 방화사건 이후 윤성효 집안의 변모 – 외적 초점화 및 내적 초점화
>   방화사건 이후 작위를 내놓고 근대적 자본가로서 도약: 요약
>   김천집은 딸 귀애를 통해 집안의 주도세력이 되고자 하는 김천집: 요약

금순의 자살과 귀애의 가출: 요약 및 장면
장경섭과 색주가에 다니는 수일: 심리적 국면, 연장

금순의 자살과 귀애의 가출로 더욱 황량해져 가는 수일의 정서
가 심리적 국면을 통해 초점화되고 있다.

9. 수일의 결혼 이후의 윤성효 집안 – 외적 초점화 및 내적 초점화
   부친의 강권으로 복란과 결혼하는 수일: 요약 및 장면
   황폐한 결혼생활: 요약 및 장면
   복란을 시험대로 한 김천집과 해주집의 암투: 요약 및 장면
   딸 옥기를 위해 윤성효에게 돈을 뜯어내려 하는 해주집: 요약 및 장면

1920년대 친일파 집안의 근대 자본가로의 성장 가능성이 윤성효
를 통해 반영되고 있다. 한편 또다시 복란을 중심으로 빚어지는
처첩 간의 갈등이 예비되고 있다.

② 시간 배열 방식

   요약: 윤성효 일가의 친일파 집안이 된 내력, 한일합방 및 1919년 3
      ·1운동
      한일합방은 윤남작의 피습사건의 배경으로 간략하게 제시
      3·1운동은 친일파 집안인 윤성효 집안에 대한 피습사건의 시대
      적 배경으로 제시
   연장: 친일파 집안인 윤성효 일가에 대한 비판이 산월의 심리적 국면을
      통해 반영

서사적 텍스트에서 사건의 배열 방식을 살펴보면, 윤성효 일가
의 친일파 집안이 된 내력과 한일합방 및 범국민적 민족운동인

1919년 3·1운동 등 역사적인 국면에 대한 서술은 '요약'의 방식에 의해 암시적으로 제시되고 있다. 그러나 이러한 시간의 축약들 사이에 산월의 심리적 국면을 통해 친일파 집안인 윤성효 일가에 대한 비판이 상세하게 반영되고 있다.

ㄴ. 인물 및 세대별 담론의 구성

조부 – 윤남작
부친 – 윤성효
3대 – 윤수일
그 밖에 산월, 김천집과 해주집, 귀애, 고관대작들, 석순철, 장경섭, 복란 등이 있다.

『낙조』에서는 다른 여타의 가족사소설과는 달리 윤성효 일가의 흥성과 비판을 중심으로 담론이 형성된다. 인물 간의 대립과 세대별 담론의 구성도 부자 대립의 구성이기보다는 친일파 집안인 윤성효 일가에 대한 당대의 비판의식을 중심으로 이루어져 있다.

윤성효를 중심으로 형성된 담론은 친일파 집안의 형성 과정 및 피격사건, 유교적 봉건 가족의 처첩 간의 갈등, 3·1운동 이후의 근대적 자본가로의 변모 등이며, 윤수일을 중심으로 형성된 담론은 친일파 집안에 대한 사회적 반응, 친일파 집안의 내력을 인식하는 과정 등이다. 세대별 대립의 구도는 수일의 모친인 산월을 통해 이루어진다. 산월을 중심으로 형성된 담론은 동학란과 집안의 몰락, 해님 달님 이야기로, 이러한 것들은 친일파 집안의 비판을 민중의 시각으로 반영하고자 한 것이다.

ㄷ. 친일파 집안의 풍속과 담론

『낙조』에서는 다른 가족사소설들과는 달리 색줏집 풍속과 유교적 봉건 가정의 풍속을 초점화하고 있다. 양반 가문의 풍속은 산월을 중심으로 한 색줏집 풍속을 통해서 반영하고 있으며, 유교적 봉건 가정의 풍속은 처첩 간의 갈등과 암투, 푸닥거리 등을 통해서 반영되고 있다. 또한 1910년대 이후부터 1920년대 초반까지의 사회의 연대기가 양반 고관대작들의 사회 풍속에 대한 고담준론을 통해서 반영되고 있다.

(2) 초점화자와 주제의식

『낙조』에서는 한일합방의 공훈을 세운 친일파 집안 윤성효 일가의 가족사가 산월를 중심으로 한 초점화 국면을 통해 이루어지고 있다. 지각적 국면은 윤남작의 피살, 윤성효 집안의 피격사건 등에서, 심리적 국면은 산월을 통한 친일파 집안에 대한 우화 및 심리적 갈등을 통해서 이루어지고 있다. 지각적 국면과 심리적 국면은 친일파 집안에 대한 비판이라는 관념적 국면을 지향하고 있다.

한편 작가의 시간적 구성상의 특징은 텍스트의 규범인 관념적 국면을 토대로 사건과 인물 구성을 통해 초점화 형성에 기여한다. 즉 『낙조』의 전위적인 텍스트 규범인 '친일파 집안에 대한 비판'을 위한 초점화의 과정이라고 할 수 있다.

우선 인물의 구성에서의 초점화 대상은 윤성효와 윤수일, 산월을 중심으로 이루어지고 있다. 다른 가족사소설과는 달리 부친 윤성효와 윤수일은 대립적 양상을 보이되, 그 양상이 수일 모친을 통한 심리적 국면을 통해서 더욱 부각되고 있다.

또한 색줏집 풍속과 유교적 양반 가정의 풍속이 초점화되고 있으며, 사회의 연대기는 양반 고관대작들의 사회 풍속에 대한 고준 담론을 통해서 반영되고 있다. 이러한 사회 풍속의 묘사는 중요한 역사적인 국면을 정면적으로 다루지 못한 당시의 정황으로 인해 풍속을 사회의 연대기적 차원으로 형상화한 것이라고 할 수 있다.

지금까지 살펴본 바와 같이 김사량의 『낙조』의 초점화 대상은 친일파 집안의 가족사이다. 이 과정에서 작가는 사회의 연대기를 재현하는 방식으로 개화기 시대의 유교적 봉건 양반의 풍속을 초점화하고 있으며, 사회 풍속을 통해 형성된 초점화자의 심리적 국면은 친일파 집안의 비판과 연계되어 있다. 그러나 사회 풍속의 사회·역사적인 배경에 대한 서술이 충분히 이루어지지 못함으로써 개화기 사회의 본질적 면모를 제시하는 데에는 부족함을 보이고 있다.

그러나 다른 가족사소설과는 달리 아버지와 아들 두 세대의 의식의 대립이 산월과 수일의 '심리적인 국면'을 통해 반영되고 있다. 또한 친일파 집안의 제3세대인 윤수일의 내면 심리묘사를 통해 친일파 집안의 비극적인 가족사를 간접적으로 암시하고 있다. 이러한 인물의 설정과 묘사는 적극적 주인공으로서의 인물 창조에는 나아가지 못했으나 사회의 연대기를 심리화할 수 있는 가능성을 보여준 것이라고 할 수 있다.

제4장

결 론

본고에서는 1930년대 말 1940년대 초 한국 문단에서 장편소설의 중심을 이루고 있던 가족사수설에 대해 집중적으로 고찰해 보았다.

　가족사소설이란 한 가족의 운명을 연대기적인 구성으로 그리는 장편소설이다. 가족사소설은 한 가족의 역사를 그리되, 더 나아가 가족 관습과 가치관, 가족 간의 세대의식, 가족과 공동 사회의 풍속의 변모 등을 아울러 그리는 것이 일반적이다. 또한 가족의 운명을 전통적인 공동체의 변화 과정을 보여주는 사회의 연대기와 연계하여 재현함으로써, 한 가족을 포함한 그 사회의 역사를 의식하여 형상화하게 되며 따라서 사회소설적인 면모가 강한 소설이라고 규정할 수 있다.

　근대적인 장편소설로서의 가족사소설은 일제 말 한국 문단에서 주목을 받은 이후 지금까지 가족사소설·가족사연대기소설·가족사세태소설·가족소설·가정소설 등 다양한 명칭으로 불려 왔다. 즉 논자의 입각점에 따라 연대기적 서술 형태에 주목한 가족사연대기소설, 세태소설적인 양상에 주목한 가족사세태소설, '가족을 소재로 한 소설'이라는 넓은 의미의 개념에 의거한 가족소설, 국문학사상 가족사소설의 선행 형태에 주목한 가정소설 등의 명칭을 사용한 것이다. 그중 본고에서는 가족사소설의 주요한 특징인 연대기적 서술 방식에 주목하여 가족사소설이라는 명칭을 선택하였다.

가족의 역사를 작품의 중심 소재로 하는 넓은 의미의 가족사소설은 고전문학의 가정소설과 가문소설, 애국계몽기의 가정소설 등, 국문학사에서 오랜 전통을 지니고 전해 내려왔다. 고전문학 전통에서의 가정소설은 가족 내에서 일어나는 사실을 취재한 소설로, 특히 가정생활에서의 모순과 갈등이 작품의 중심을 이루며, 건전한 도덕을 기조로 한 권선징악적인 교훈성을 갖춘 작품들이었다. 조선시대의 가정소설과 가문소설은 유교 이념이 강했던 시대의 산물로, 봉건적 유교 윤리의 가치를 전수하는 데 주력하였다.

조선시대의 가정소설이 진일보한 형태가 애국계몽기의 가정소설이었다. 이 시기의 가정소설은 조선시대의 가정소설과는 달리 유교적 봉건 윤리와 서구적 근대화를 지향하는 개화 이념이 갈등을 일으키는 양상을 보여주고 있다. 그러나 개화 이념에 의해 봉건적 유교 윤리인 가족주의 및 효사상이 부정되는 양상이 고전문학의 권선징악을 답습하는 형태로 형상화되고 있다. 이 시기 애국계몽의식이 공동체 전체의 삶으로 확장되지 못하였기 때문에 애국계몽기의 가정소설은 본격적인 근대적 소설 형식으로 발전하지 못하고 근대적인 가족사소설의 발생을 위한 여건을 조성하는 데 그치고 말았다.

근대적인 가족사소설의 면모를 보여주는 작품은 1930년대에 쓰인 염상섭의 『삼대』(1931)와 채만식의 『태평천하』(1938)에서 비롯되었다.

염상섭의『삼대』는 조부인 조의관과 아들 상훈 및 손자 덕기를 중심으로 한말 세대, 개화기 세대, 식민지 세대의 전형적 특징과 세대 간의 갈등 및 변화해 가는 가족의 운명을 제시하고자 한 작품이다. 재산에 대한 소유욕을 중심으로 한 가족 간 갈등과 대립을 그리고, 가족의 연대기와 아울러 한말의 정치적인 혼란·서구적 근대문화의 수용·민족운동과 사회주의 등 각 세대가 직면한 시대적 과제를 형상화함으로써 가족의 연대기에 사실성을 확보하고 있다.

채만식의『태평천하』는 구한말 사회적 혼란기에 신흥 부호로 부상한 윤직원가의 이야기를 풍자적 서술 방식으로 형상화한 작품이다. 가문의 번영을 유지하고자 하는 조부 윤직원을 중심으로 세대 간 갈등과 대립이 그려져 있으며, 그 과정에서 부분적으로 가족의 연대기가 드러나 있다.

『삼대』, 『태평천하』와 같은 가족사소설의 문학적 성과 위에서 본격적인 가족사소설이 출현한 것은 1930년대 말에 이르러서였다. 1930년대 말은 일제의 군국주의 정책이 강화된 시기로, 가족사소설은 한국 문단이 전반적인 침체의 국면에 들어서 있던 당시의 문학적 위기를 극복하기 위한 방안을 모색하는 과정에서 '장편소설 개조론'의 일환으로 제안되었다. 김남천은 '로만개조론'이라는 이름으로 리얼리즘의 관점에 입각하여 가족사소설의 이론을 정초하였으며, 그에 의거하여 실제로『대하』를 창작함으로써 당시 문단에 심대한 영향을 끼쳤다.

본고에서는 '로만개조론'을 기초로 창작된 김남천의『대하』를 필두로 한설야의『탑』, 이기영의『봄』, 이태준의『사상의 월야』, 김사량의 『낙조』 등 일제 말 가족사소설을 집중적으로 고찰하였다.

김남천의 『대하』는 1890년대부터 1900년대까지를 배경으로 서도지방 중인 출신인 박성권 집안의 내력을 그린 가족사소설이다. 이 작품은 갑오농민전쟁 이후 근대상업자본과 근대계몽사조의 유입이 융성하던 관서지방의 지역적 특성을 토대로 결혼·교육·종교 등 개화기의 다양한 풍속묘사를 통해, 개화기의 사회 현실을 폭넓게 형상화함으로써 가족의 연대기에 사실성을 확보하고자 하였다. 특히 박성권의 아들 세대 중 서자 출신인 형걸을 중심인물로 하여, 유교적 봉건사상을 비판하고 근대적 계몽사상의 필연성과 근대시민계급의 성장 과정을 제시하고자 하였다.

그러나 『대하』는 개화기부터 작품이 창작되던 당대까지를 시대적 배경으로 삼아 전 3부의 대하장편소설로 완성하고자 했던 작가의 애초의 구상과는 달리, 해방 후 제2부 『동맥』이 일부 연재되다가 작가의 월북으로 인해 중단되고 말았다. 따라서 김남천이 '로만 개조론'을 통해 이론으로 정초했던 가족사소설의 전모를 온전히 실현하는 데까지는 나아가지 못하였다. 그럼에도 불구하고 이 작품은 가족사소설의 이론을 최초로 작품상에 실천하였으며, 개화기의 사회풍속을 당시 사회의 연대기와 연관하여 형상화함으로써 리얼리즘의 성취를 위한 노력을 보여주었다는 점에서 의의가 있다.

한설야의 『탑』은 러일전쟁 이후 1919년 3·1운동 시기까지를 배경으로 하여 함경도지방 양반 가문인 박진사 집안의 흥망성쇠의 내력을 박진사와 아들 우길을 중심으로 그린 가족사소설이다. 이 작품은 개화기 세대인 우길을 중심인물로 하여, 반봉건의식의 형성과 근대적인 애국계몽운동에의 지향을 제시하고자 하였다. 특히 우길의 성장 과정에서 결혼·명절 풍속·신교육 등 개화기의 사회 풍속이 큰 비중을 차지하는 것으로 묘사되고 있다.

한편 『탑』에서 작가는 을사조약 이후 함경도 지역을 중심으로 전개되었던 평민 중심의 의병운동과 선무사업을 언급함으로써 한 가족의 이야기에 그 시기의 중요한 정치·사회적인 사건을 연관시키고 있다. 그러나 박진사 집안이 몰락하고 주인공 우길(상도)이 애국계몽 운동가로 변모하는 계기가 시대 현실의 본질적 모순을 통해 제시되지는 못하고 있다. 즉 가족의 연대기가 사회적 연대기와 어느 정도 연관관계를 맺고 있음에도, 사회의 본질적 모순을 반영하는 데까지 나아가지는 못하고 있는 셈이다.

이기영의 『봄』은 러일전쟁 이후 한일합방 이전까지를 배경으로 하여 충청도 지방의 몰락 양반 출신인 마름 유선달 집안의 내력을 그린 가족사소설이다. 이 작품은 유선달과 그의 아들 유석림을 주인공으로 하여 과도기적 근대인의 몰락 과정과 근대적 계몽의식의 자각 과정을 형상화하고 있다. 한편 유석림의 성장과정에 초점을 맞추어 보면 자전적 소설의 요소가 다분한 작품이기도 하다. 이 작품의 사실성은 가족의 연대기를 통해 제시된 것이 작가의 자전적 사실과 일치하는 데서 비롯된 것이며, 농촌정경과 세시풍속의 묘사가 두드러져 농촌 출신 작가의 작품다운 면모가 뚜렷이 부각되고 있다. 그러나 작품에 묘사된 금전판의 실태 등이 개화기 현실의 본질적 모순을 제시하는 데 이르지 못함으로써, 가족연대기의 구성에서 사회·역사적인 면모가 충분히 형상화되지 못하고 있다.

이태준의 『사상의 월야』는 한일합방 무렵부터 1920년대까지를 시대 배경으로 송빈 일가의 몰락과 주인공 송빈의 입신 과정을 그린 자전적인 작품이다. 한일합방 이후 급진개화파였던 부친이 사망하고 몇 년 후 모친까지 사망하여 고아가 된 주인공 송빈과 그 가족사의 특성으로 말미암아 가족의 연대기가 송빈의 입신 과정을 중심으로 구성되어 있다. 즉 여타의 가족사소설들에서는 가족의 연대기가 주로 세대 간의 갈등을 중심으로 구성되고 있는 것과는 달리, 『사상의 월야』는 고아가 된 주인공이 고난을 극복하고 자립적으로 성장하면서 급진개화파인 부친의 사상을 계승해 가는 과정이 중점적으로 그려지고 있다. 특히 3·1운동 이후의 근대적 학교제도의 변모와 근대 계몽사상과 부르주아 민족주의 운동의 형성 과정이 비중 있게 묘사되고 있다.

『사상의 월야』는 이 시기의 가족사소설 중 자전적 소설의 색채가 가장 두드러지는 작품으로, 성장소설의 특징을 더욱 강하게 지니고 있다. 따라서 가족의 연대기라는 특징이 약화된 반면, 주인공 개인의 입지전적 과정에 대한 형상화와 달밤의 모티프를 통한 사색의 면모가 부각됨으로써, 서정주의적인 양상으로 경사되고 있다. 따라서 『사상의 월야』는 가족의 연대기가 사회의 연대기와 결합하면서 사회 현실을 반영하는 것으로 진전되는 가족사소설의 특징이 이 시기의 다른 가족사소설들에 비해 매우, 약화되어 있는 작품들이라 하겠다.

김사량의 『낙조』는 한일합방 이후부터 1920년대 초반을 배경으로 친일파 집안인 윤남작 일가의 가족사를 통해 일제 식민지 시대 친일파 집안의 홍성과 도덕적 몰락 과정을 제시한 작품이다. 윤남작 일가의 가족연대기는 윤성효를 둘러싼 처첩 간의 갈등과 봉건 양반가의 관습과 풍속을 중심으로 하여 그려지고 있다. 그러나 이

것이 사회의 연대기와 연관된 현실 반영으로 확장되지 못하고 있으며, 친일파 집안에 대한 비판도 산월이라는 인물의 내면 심리화를 통해 간접적으로 제시되고 있다.

그럼에도 불구하고 김사량의 『낙조』는 일제 식민지 정책이 날로 악화되어 가던 1940년대 초에 한일합방과 3·1운동을 시대적인 배경으로 하여 친일파 집안의 비극적인 가족사를 다루고 있다는 점에서 다른 가족사소설들과 구별되는 독보적인 의의가 있다고 할 수 있다.

이상에서 살펴본 바에 의하면 1930년대 말 1940년대 초의 한국 가족사소설은 공통적으로 개화기를 시대적 배경으로 삼고 있음을 알 수 있다. 각 작품마다 다소의 차이는 있으나, '반봉건의식의 형성과 근대 계몽의식의 지향'으로 텍스트의 규범도 일치되고 있다. 이처럼 일제 말 가족사소설이 하나같이 개화기를 배경으로 삼고 있는 것은 김남천이 '로만개조론'에서도 주장했듯이, 동시대를 배경으로 할 경우 '생기발랄한 적극적 주인공'을 발견하기가 어렵기 때문이다. 다시 말해 한국 역사상 근대 시민사회의 발생기에 해당하는 개화기를 작품의 시대적 배경으로 택하는 것은, 적극적 주인공의 창조가 용이함과 동시에 그만큼 리얼리즘 확보의 가능성도 커지기 때문이다. 따라서 가족사소설들의 시대적 배경이 주로 개화기였던 것은 그러한 사실을 간파한 작가들의 의도였을 것으로 보인다.

그러나 동일한 개화기 세대를 초점화자로 설정하고 있다 할지라도 주인공의 형상화 양상에 있어서는 작품마다 차이를 보이고 있다. 김남천의 『대하』와 한설야의 『탑』에서는 적극적 주인공의 성취가 이루어지지만, 이기영의 『봄』에서는 다소 미약한 양상으로 나타나고, 이태준의 『사상의 월야』 및 김사량의 『낙조』에서는 주인공의 성격이 내면화되면서 생기발랄한 적극적 주인공과는 거리가 멀어지고 있다.

주인공의 형상화와 관련한 일제 말 가족사소설의 또 하나의 공통된 특징은 개화기 세대의 성장의 계기가 사회의 연대기로서의 풍속묘사와 긴밀한 연계선상에 놓여 있다는 점이다. 일제 말 가족사소설에서는 개화기 세대의 의식 성장이 공통적으로 초점화 대상이 되고 있는데, 특히 주인공의 내적 초점화를 통해 형상화되고 있다.

김남천의 『대하』에서는 서자 출신인 주인공의 혼사 문제와 봉건 결혼의 폐습 및 근대적 학교를 통해, 한설야의 『탑』에서는 노비 계섬을 중심으로 한 반상차별의 봉건 관습과 함경도 지역 민중의 병의 사회상 및 근대적 학교를 통해, 이기영의 『봄』에서는 근대 풍물과 근대 학교를 통해, 이태준의 『사상의 월야』에서는 근대 학교제도의 변천 과정 등 개화기 사회 풍속을 통해 의식이 성장되는 계기가 마련되고 있다. 그러나 김사량의 『낙조』의 경우, 개화기 세대인 수일이 근대적 학교와 친일파 집안인 윤성효 집안의 피습사건 등 일제하 친일파 집안과 관련된 사회 풍속을 통해 집안 내력을 인식하게 되면서도 그것이 의식 성장으로까지 진전되지는 못하고 있다.

이와 같이 일제 말 가족사소설에서 '연장'에 의해 비중 있게 반영되고 있는 개화기 사회 풍속은 사회의 연대기적 차원으로 지향되고 있어 작품상에서 리얼리티를 확보하는 데 일조하고 있다. 그러나 묘사의 대상이 된 가족의 특징과 작가의 시대의식에 따라 서술의 초점화 양상에 차이를 보이고 있음이 주목된다.

김남천의 『대하』, 한설야의 『탑』, 이기영의 『봄』 등은 가족의 특성을 기반으로 세대 간의 갈등과 대립의 구조가 형성되면서 사회의 연대기적 변모 양상이 가족 관습과 개화기 사회 풍속의 재현을 통해서 구체적으로 형상화되고 있어 미흡하나마 사회 현실에 대한 사실적인 재현이 가능하였다. 반면에 이태준의 『사상의 월야』나 김사량의 『낙조』는 서술의 초점화 대상과 사회 현실에 대한 형상화 방식의 차이로 인해 작품 전체가 내면화의 경향을 띠고 있다.

이태준의 『사상의 월야』는 고아가 된 주인공 가족의 특성으로 인해 서술의 초점이 주인공 송빈의 입신 과정에 맞추어시고 있으며, 주인공의 성장과정에서 중요한 비중을 차지하는 개화기의 근대 교육 풍속에 대한 묘사도 사회의 연대기와 연계되어 형상화되고 있으나 주인공의 성장의 계기인 달밤의 정서로 환기되면서 주관적이고 서정주의적인 양상에 머물고 있다. 김사량의 『낙조』는 서술의 초점화 대상인 친일파 집안의 연대기가 사회의 연대기와 아울러 형상화되지 못하고, 그에 대한 비판이 산월이라는 한 인물의 내면적 심리화와 풍자적 비유를 통해 이루어짐으로써 사회 현실에 대한 사실적 재현에서 멀어지게 된다.

일제 말 가족사소설의 또 하나의 공통된 특징은 이 작품들이 예외 없이 미완으로 종결되고 말았다는 점이다. 이 점 역시 이 시기 가족사소설의 한계라 할 수 있겠으나, 다른 한편 이는 일제 말 가족사소설들이 일정하게 드러내고 있는 가족사소설로서의 한계에 대한 평가를 유보하고 새로운 가능성을 열어 두게 하는 계기가 되기도 한다. 결국 일제 말 한국 가족사소설들이 제기한 문제의식과 실험한 예술적 가능성은 안수길의 『북간도』, 박경리의 『토지』, 최명희의 『혼불』 등 해방 후의 가족사소설을 통해서 결실을 맺게 된 것이라 할 수 있다. 그러나 가족사소설의 진전된 면모를 보여주고 있는 해방 후의 가족사소설에 대한 고찰은 앞으로의 과제로 남겨 두고자 한다.

참고문헌

1. 기본자료

1) 작품집(연대별)

김남천, 『大河』, 인문사, 1939.

김남천, 『大河』, 동아출판사, 1995.

김남천, 『동맥』, 『신문예』, 1946. 7~1947. 6. (연재중단)

한설야, 『탑』, 『매일신보』, 1940. 8. 1~1941. 2. 4.

한설야, 『탑』, 매일신보사출판부, 1942.

한설야, 『탑』, 동아출판사, 1995.

이기영, 『봄』, 『동아일보』, 1940. 6. 11~1940. 8. 10. (연재중단)

이기영, 『봄』, 『인문평론』, 1940. 10~1941. 2. (미완)

이기영, 『봄』-『이기영소설선집』 4, 풀빛, 1989.

이태준, 『사상의 월야』, 『매일신보』, 1941. 3. 1~1942. 7. (미완)

이태준, 『사상의 월야』-『이태준전집』 6, 깊은샘, 1988.

김사량, 『낙조』, 『조광』, 1940. 2~1941. 1. (미완)

김사량, 『김사량 작품집』, 문예출판사, 1987.

김사량, 『낙조』, 동아출판사, 1995.

『한국근대장편소설대계(영인본)』, 태학사, 1988.

권영민 편, 『한국근대문학비평사자료』5, 단대출판부, 1982.

정호웅 · 손정수 편, 『김남천 전집』 1, 박이정, 2000.

『동아일보』, 『매일신보』, 『조선일보』

『문장』, 『문학과 지성』, 『비판』, 『신가정』, 『신문예』, 『신생』, 『신조선』, 『인문평론』, 『조선문학』, 『조선지광』, 『조광』, 『조선문학』, 『중앙』, 『청색지』

2. 단행본

1) 국내자료

김달수 외, 『김사량전집』 1~5, 동경, 河出書房新社, 1973.

강동진, 『일제의 한국침략정책사』, 한길사, 1980.

강만길, 『고쳐쓴 한국근대사』, 창작과비평사, 1994.

강만길, 『한국자본주의의 역사 — 빼앗긴 들에 서다』, 역사비평사, 2000.

강영주, 『한국역사소설의 재인식』, 창작과비평사, 1991.

강재언, 『한국근대사연구』, 청아출판사, 1982.

고석규 · 고영진, 『역사 속의 역사읽기』 3, 풀빛, 1996.

국립출판사 편, 『김사량전집』, 평양, 문예출판사, 1987.

국사편찬위원회, 『한국사 — 조선후기의 사회』 34, 탐구당, 1995.

국사편찬위원회, 『한국사 — 일제의 무단통치와 3·1운동』 47, 탐구당, 2001.

권영민 편, 『한국근대문인대사전』, 아세아문화사, 1990.

권영민 편, 『소설과 운명의 언어』, 현대소설사, 1992.

김기봉, 『역사란 무엇인가』, 푸른역사, 2000.

김달수 편, 『김사량작품집』, 동경, 理論社, 1954.

김동욱 · 이재선 편, 『한국소설사』, 현대문학, 1990.

김상태 외, 『한국현대작가연구』, 푸른사상, 2002.

김우종, 『한국현대소설사』, 성문각, 1968.

김윤식, 『한일문학의 관련양상』, 일지사, 1974.

김윤식, 『한국근대문예비평사연구』, 일지사, 1976.

김윤식, 『한국근대문학사상사』, 한길사, 1984.

김윤식, 『해방공간의 민족문학연구』, 열음사, 1989.

김윤식, 『한국현대현실주의소설연구』, 문학과지성사, 1990.

김재남, 『김남천문학론』, 태학사, 1991.

김재용 외, 『한국근대민족문학사』, 한길사, 1993.

김준오, 『한국 현대장르 비평론』, 문학과지성사, 1990.

김학동, 『한국문학의 비교문학적 연구』, 일조각, 1977.

김현·김윤식, 『한국문학사』, 민음사, 1973.

김호일, 「의병전쟁과 애국계몽운동」, 『한국근현대이행기민족운동』, 신
　　　서원, 2000.

김흥식, 「가계와 작가로서의 입신과정」, 『이기영 - 새미작가론총서1』,
　　　정호웅 편, 새미, 1995.

류종렬, 『가족사연대기소설연구』, 국학자료원, 2002.

류한배, 『한민족러시아이민사연구서설』, 세종연구소, 1999.

문영희, 『한설야문학연구』, 시와시학사, 1996.

민경배, 『한국기독교사회운동사(1885~1945)』, 대한기독교출판사, 1987.

민족문학사 엮음, 『민족문학사강좌』 하, 민족문학사엮음, 창작과비평사,
　　　1995.

민족문제연구소 편, 『친일파란 무엇인가』, 아세아문화사, 1997.

민충환, 『이태준연구』, 깊은샘, 1988.

박찬승, 『한국근대정치사상사연구』, 역사비평사, 1992.

박춘복, 『한국근대사 속의 기독교』, 목양사, 1993.

백　철, 『조선신문학사조사』, 백양당, 1949.

백　철, 『신문학사조사』, 신구문화사, 1968.

백　철, 『문학자서전 - 전편』, 박영사, 1975.

三枝壽勝, 「이태준작품론 - 장편작품を 中心として」, 『이태준전집』 4,
　　　깊은샘, 1988.

상허문학회 편, 『이태준문학연구』, 깊은샘, 1993.

상허문학회 편, 『이태준문학연구』, 깊은샘, 1993.

상허문학회 편, 『근대문학과 구인회』, 상허문학회, 깊은샘, 1996.

상허문학회 편, 『근대문학과 이태준』, 깊은샘, 2000.

서경석, 『한국리얼리즘문학사연구』, 태학사, 1998.

서울대종교학과종교문화연구실 편, 『전환기의 한국종교』, 집문당, 1986.

신구현, 「민촌 리기영」, 『현대작가론』 2, 조선작가동맹출판사, 1960.

신상성, 『한국근대소설론』, 경운출판사, 1987.

신상성, 『한국소설의 재인식』, 형설출판사, 1988.

신상성, 『한국가족사소설연구』, 경운출판사, 1992.

신용하, 「머슴출신 독립군 사령관 홍범도」, 『근대한국과 한국인』, 한길
　　　사, 1985.

신용하, 『한말 애국계몽사상과 운동』, 일지사, 1987.

신용하, 『한국근대민족운동사연구』, 일조각, 1988.

안남연, 『이태준 장편소설 연구』, 대영 현대문화사, 1993.

안함광, 『조선문학사』, 연변교육출판사, 1956.

안함광, 『조선신문학사(1900~)』, 한국문화사, 1999.

역사문제연구소, 『인물로 보는 친일파역사』, 역사비평사, 1993.

역사문제연구회, 『한국역사』, 역사비평사, 1992.

염무웅, 「1930년대문학론」, 『한국근대문학사론』, 한길사, 1976.

윤세평, 「한설야와 그의 문학」, 『현대작가론』 2, 조선작가동맹출판사, 1960.

이덕화, 『김남천연구』, 청하, 1991.

이만열, 『한말기독교문화운동사』, 대학기독교출판사, 1987.

이부영, 『분석심리학 - c. g Jung의 인간심성론』, 1998.

이상갑, 『한국근대문학과 전향문학』, 깊은샘, 1995.

이상갑 편, 『김남천』, 새미, 1995.

이상경, 『이기영 시대와 문학』, 풀빛, 1994.

이상경 편, 『노마만리』, 동광출판사, 1989.

이선영 편, 『문학비평의 방법과 실제』, 삼지원, 1983.

이수봉, 『한국가문소설연구』, 을유문화사, 1971.

이은직, 「용맹한 의병대장 홍범도」, 『한국사명인전』 3, 정홍준 역,
　　　일빛, 1989.

이재선, 『한국현대소설사』, 홍성사, 1979.

이재선, 「현대가족사소설의 전개」, 『한국문학의 해석』, 새문사, 1981,

이재선, 「가족사소설과 집의 공간시학」, 『한국문학의 원근법』, 민음사, 1996.

이주형 편, 『현대한국문학100년』, 민음사, 1999.

이화진, 『1930년대 후반기소설연구』, 박이정, 2001.

이　환, 『근대성, 아시아적 가치, 세계화』, 문학과지성사, 1993.

이희승, 『엣센스국어사전』, 민중서관, 1974.

이희승, 『민중국어사전』, 민중서관, 1989.

임종국, 『일제침략과 친일파』, 청사, 1982.

임　화, 『문학의 논리』, 서음출판사, 1989.

임환모, 『문학적 이념과 비평적 지성』, 태학사, 1993.

장규식, 『일제하 한국기독교민족주의연구』, 혜안, 2001.

장석홍, 『한설야소설연구』, 박이정, 1997.

장세윤, 『홍범도의 생애와 독립전쟁』, 독립기념관한국독립운동사연
　　　구소, 1997.

정영진, 『통한의 실종문인 - 6·25를 전후한 실종문인사』, 문이당, 1989.

정한숙, 『현대한국소설론』, 고려대출판부, 1977.

정한숙, 『해방문단사』, 고려대학교출판부, 1980.

정현기, 『비평의 어둠걷기』, 민음사, 1991.

정현기, 『이태준 - 정치로죽기와 작가로서기』, 건국대출판부, 1994.

정현기, 『한국문학의 해석과 평가』, 문학과지성사, 1994.

조남현, 『한국소설과 갈등』, 문학과비평사, 1990.

조남현, 『한국현대소설유형론연구』, 집문당, 1999.

조남현, 『한국현대문학사상연구』, 서울대출판부, 1994.

조동걸, 『한국근현대사의 이상과 형상』, 푸른역사, 2001.

조동일, 『한국문학통사』 5, 지식산업사, 1988.

조수웅, 『한설야소설의 변모양상』, 국학자료원, 1999.

조영복, 『월북예술가 오래 잊혀진 그들』, 돌베개, 2002.

조용호, 「세대소설론」, 『한국가문소설논총』 2, 경인문화사, 1999.

조한욱, 『문화로 보면 역사가 달라진다』, 책세상, 2000.

조형진, 『항일무장독립투쟁사』 1, 일원, 1999.

최시한, 『가정소설연구 - 소설형식과 가족의 운명』, 민음사, 1993.

최시한, 『현대소설의 이야기학』, 프레스리, 2000.

최운규·전석남, 『근대조선경제의 진로(조선근대사회경제사)』, 아세아문
　　　화사, 2000.

최원식, 『전환기의 동아시아 문학』, 창작과비평사, 1985.

최재서, 『최재서평론집』, 청운출판사, 1961.

최재석, 『한국인의 사회적 성격』, 현음사, 1994.

하응백, 『김남천문학연구』, 시와시학사, 1991.

한국기독교사회문제연구원, 『민주주의와 기독교』, 민중사, 1981.

한국민중사연구회, 『한국민중사-근현대편』 2, 풀빛, 1986.

한국사회사연구회, 『한국사회사연구회논문집1: 한국의 근대국가형성과 민족문제』, 문학과지성사, 1986.

한국역사연구회, 『조선정치사』 下, 청년사, 1990.

한국역사연구회, 『한국역사』, 역사비평사, 1992.

한국사회연구회, 『한국사회사연구회논문집1: 한국의 근대국가형성과 민족문제』, 문학과지성사, 1986.

한국정신문화연구원 편, 『한국의 사회와 문화』 제13집, 한국정신문화연구원, 1990.

한국현대문학연구회, 『한국 근대 장편소설 연구』, 모음사, 1992.

한글학회, 『우리말큰사전』, 어문각, 1991.

한설야, 「나의 인간수업, 작가수업」, 『나의 인간수업, 문학수업』, 인동, 1989.

허동현, 『일본이 진실로 강하더냐』, 당대, 1999.

황선희, 『한국근대사상과 민족운동 1-동학·천도교 편』, 혜안, 1996.

휘문중고등학교, 『휘문70년사』, 1976. 5.

2) 국외자료

앙드레 뷔르기예르 외, 『가족의 역사-오래된 세계, 이질적인 선택』 1, 이학사, 2001.

C. G. Jung, 『콤플렉스·원형·상징』, 유기홍·양선규 역, 경북대출판부, 1986.

데이비드 폰 태너, 『상징의 비밀-상징과 그 의미를 푸는 시각적 열쇠』, 최승자 역, 문학동네, 1998.

야마베 겐따로, 『한일합병사』, 안병무 역, 범우사, 1982.

미케 발, 『서사란 무엇인가』, 한용환·강덕화 역, 문예출판사, 1999.

S. 채트먼, 『이야기와 담론-영화와 소설의 서사구조』, 한용환 역, 푸른사상, 2003.

S. 리몬-케넌, 『소설의 시학』, 최상규 역, 문학과지성사, 1985.

Brewster & Burrell, Modern World fiction, Litterfield, Adams & Company, 1953.

Yi - ling Ru, The Family Novel, Peter Lang Publishing Inc, New York, 1992.

3. 연구논문

강영주, 「1930년대 평단의 소설론」, 서울대대학원 석사학위논문, 1976.

강옥희, 「김남천의 장편소설론과 『대하』」, 상명대대학원 석사학위논문, 1990.

곽차섭, 「미시사 – 줌렌즈로 당겨본 역사」, 『역사비평』 46, 1999. 2.

김도희, 「식민상황과 이태준 자전소설의 변모양상 – <고향>, <사상의 월야>를 중심으로」, 『한국문학논총』 27, 2000. 12.

김동노, 「식민지시대의 근대적 수탈과 수탈을 통한 근대화」, 『창작과비평』 99, 1998. 3.

김동식, 「한국의 근대적 문학 개념 형성과정 연구」, 서울대대학원 박사학위논문, 1999.

김동식, 「풍속·문화·문학사」, 『민족문학연구』 19, 2001.

김동환, 「1930년대 후기 장편소설에 나타나는 '풍속'의 의미」, 『관악어문연구』 15집, 서울대국어국문학과, 1990.

김동환, 「1930년대 후반기 소설의 대체현실 추구와 의사낭만성 – 『대하』 『봄』 『탑』을 중심으로」, 『한성어문학』, 1994. 3.

김미란, 「김효식문학연구」, 고려대대학원 석사학위논문, 1987.

김상욱, 「거세된 현실과 방법의 포기 – 한설야의 『탑』을 중심으로」, 『한국어국어교육연구회』 43, 1991.

김선정, 「유씨삼대록」과 「삼대」의 대비연구」, 경남대대학원 박사학위논문, 2001.

김성수, 「이기영소설연구」, 성균관대대학원 박사학위논문, 1991.

김영모, 「한말 외래문화의 수용 계층」, 『문학과지성』, 1972, 봄.

김영모, 「갑오개혁의 법제적 양상과 일제의 간섭」, 『한국의 사회와 문화』 13, 한국정신문화연구원, 1990.

김윤식, 「이태준론」, 『현대문학』, 1989. 5.

김윤식·권영민 대담, 「한국근대문학과 이데올로기 – 월북문인 해금조치와 관련하여」, 『문학사상』, 1988. 9.

김은정, 「이태준 장편소설 연구 – 역망의 서사적 구성화를 중심으로」, 서강대학교대학원 박사학위논문, 2002.

김이숙, 「한국가족소설연구」, 서강대대학원 석사학위논문, 1981.

김재남, 「김남천연구 – 작가의 생애와 『대하』를 중심으로」, 『세종대논문집』, 1990. 4.

김진구, 「1940년 전후 가족서사의 정치적 상상력 연구 – 김남천의 『대하』, 한설야의 『탑』, 김사량의 『낙조』를 중심으로」, 서강대대학원 석사학위논문, 2004.

김현숙, 「이태준론 – 앞서간 모더니스트의 방황과 절망」, 『한국현대작가연구』, 김상태 외, 푸른사상, 2002.

김흥식, 「이기영소설연구」, 서울대대학원 박사학위논문, 1991.

노상래, 「김사량의 창작어관 연구」, 『어문학』, 2003. 12.

류종렬, 「1930년대 말 가족사·연대기소설의 개념과 특성」, 『한국문학논총』 11, 1990. 10.

류종렬, 「1930년대 말 한국가족사·연대기소설 연구」, 부산대대학원 박사학위논문, 1991.

류종렬, 「일제말 가족사연대기소설의 현실대응양상과 문학사적 의의」, 『한국문학논총』 4, 1993. 11.

류종렬, 「일제말 가족사·연대기소설의 형성배경연구」, 『우암어문논집』 4, 부산대외대국어국문학과, 1994. 2.

박계현, 「이태준소설의 고아의식연구 – 『사상의 월야』를 중심으로」, 동국대 문화예술대학원 석사학위논문, 2000.

박배식, 「김남천의 『대하』에 나타난 풍속성연구」, 『동신대인문논총』 2, 1995. 6.

박헌호, 「30년대 후반 '가족사연대기'소설의 의미와 구조」, 『민족문학사연구』 4, 1993.

배기정, 「1930년대 '가족사연대기소설'연구」, 경북대대학원 석사학위논문, 1988.

변경혜, 「이태준소설의 인물연구」, 서울대대학원 석사학위논문, 2001.

서영식, 「한일 근대 가족사소설 비교연구」, 고려대대학원 박사학위 논문, 1998.

서준식, 「전향, 무엇이 문제인가 – 영광과 오욕의 날카로운 대치점」, 『역 사비평』 22, 1993, 가을.

손미선, 「김사량작품연구」, 성신여대대학원 석사학위논문, 1992.

손은정, 「김사량 문학 연구」, 경남대석사학위논문, 1997.

송하춘, 「1930년대 후기 소설 논의와 실제에 관한 연구 – 김남천의 『대 하』를 중심으로」, 『세계의 문학』, 1990, 가을.

송하춘, 「자전적 소설연구 – 이태준의 경우」, 『고려대인문논집』 43, 1998. 12.

송호숙, 「한설야연구 – 해방이전시기의 소설을 중심으로」, 연세대 대학 원 석사학위논문, 1989.

신상성, 「1930년대 한국가족사소설연구」, 동국대대학원 박사학위논문, 1986.

신용하, 「'식민지근대화론' 재정립 시도에 대한 비판」, 『창작과비평』 98, 1997. 12.

신희교, 「『탑』의 인물유형분석」, 『어문논집』 24 · 25합집, 고려대국어국 문학연구회, 1985.

안혜정, 「김남천 소설 『대하』 연구」, 경기대교육대학원 석사학위논문, 2005.

양윤모, 「가족사연대기소설의 현실대응양상 – 『대하』 · 『봄』 · 『탑』을 대 상으로」, 『한국어문교육』, 고려대사범대학국어교육학회, 1994. 12.

양진오, 「이태준의『사상의 월야』 연구」, 서강대대학원 석사학위논문, 1992.

엄명자, 「이태준의『사상의 월야』 연구」, 경산대대학원 석사학위논문, 1999.

오경혜, 「이태준연구 – 자전적 소설 <사상의 월야>를 중심으로」, 숭실 대대학원 석사학위논문, 1991.

오양호, 「김남천의 『대하』론」, 『동서문학』, 1990. 5.

원은영, 「가족사연대기소설연구」, 이화여자대학교대학원 석사학위논문, 1992.

윤석달, 「한국 현대 가족사소설의 서사형식과 인물유형 연구」, 고려대 대학원 석사학위논문, 1991.

윤석달, 「한국 현대 가족사소설의 인물유형 연구」, 고려대대학원 박사
　　학위논문, 1991.

윤석달, 「가족사소설에서의 풍속에 대하여」, 『홍익어문』, 1992.

윤세평, 「한설야와 그의 문학」, 『현대작가론』 2, 조선작가동맹출판사, 1960.

윤영실, 「1930년대 후반 장편소설 연구 - 서사구조와 정체성의 관계를
　　중심으로」, 서울대대학원 석사학위논문, 2000.

이명희, 「이태준문학연구」, 숙명여대 박사학위논문, 1993.

이미림, 「이기영의 『봄』 연구」, 『숙명여대어문논집』 3, 1993.

이미림, 「이기영문학의 주도모티브」, 『숙명여대어문논집』 4, 1994.

이보용, 「개화기·일제시기 결혼관의 변화와 여성의 지위」, 『한국근현
　　대사연구』 10, 1999. 6.

이상백·천관우, 「한국근대화의 기본성격 - 한국근대화문제 其一」, 『진
　　단학보』 23, 1962.

이선미, 「'구인회'의 소설가들과 모더니즘의 문제」, 『근대문학과 구인
　　회』, 상허문학회, 깊은샘, 1996.

이선옥, 「김남천의 『대하』, 『동맥』 연구」, 『숙명여대원우논총』 11, 1993.

이선옥, 「한설야 장편 <탑> 연구」, 『숙명여대어문논집』 4, 1994.

이은봉, 「한설야의 장편 <탑> 연구 - 구성의 실제와 등장인물의 성격
　　특성을 중심으로」, 『숭실어문』 6, 1989. 4.

이재선, 「김남천소설의 양상」, 『현대문학』, 1989. 6.

이재홍, 「1930년대 가족사소설연구」, 숭실대대학원 석사학위논문, 1987.

이종호, 「김사량 문학 연구」, 세종대대학원 석사학위논문, 1995.

이주미, 「김사량 소설에 나타난 탈식민주의적 양상」, 『현대소설연구』 19,
　　2003. 9.

이주형, 「1930년대 후반에 전개된 장편소설론의 위상」, 『국어교육연구』,
　　1981, 12.

이주형, 「1930년대 한국 장편소설 연구」, 서울대대학원 박사학위논문, 1984.

이혜경, 「현대한국문학의 가족사소설」, 『건양대인문논촌』 3, 1999. 2.

이혜경, 「현대한국가족사소설 연구」, 충남대대학원 박사학위논문, 1999.

이호규, 「김남천 『대하』연구 - 『대하』의 창작구도와 작품과의 연관에
　　대해」, 『연세어문학』, 1993. 2.

이호숙, 「이태준소설의 이중욕망연구」, 이화여대 대학원 박사학위논문, 2001.

임지현, 「권력의 역사학에서 시민의 역사학으로」, 『역사비평』 46, 1999. 2.

장미영, 「한국근대가족소설연구」, 전북대대학원 박사학위논문, 1997.

장상길, 「한설야소설연구」, 서울대대학원 석사학위논문, 1990.

장세윤, 「홍범도 - 초기 항일무장투쟁의 명장」, 『역사비평』 20, 1993, 봄.

장영우, 「이태준소설연구」, 동국대대학원 박사학위논문, 1992.

長璋吉, 「이태준」, 『조선학보』 92, 일본천리대학조선학과연구실, 1979.

정백수, 「김사량 소설 연구」, 서울대대학원 석사학위논문, 1991.

정비석, 「좌익술책에 이용된 문인들: 기획특집 - 8·15해방공간의 문학인들」, 『동서 문학』, 1988. 8.

정종현, 「민족현실의 알리바이를 통한 입신출세담의 서사적 정당성 - 이태준의 『사상의 월야』의 성장체험이 지니는 의미에 대하여」, 『한국문학연구』 23, 2000. 12.

정현기, 「김사량론」, 『현대문학』 429, 1990. 9.

정호웅, 「『대하』론: 새로운 세계에 대한 열망과 그 한계」, 『문학정신』, 1990. 3.

조구호, 「이태준소설과 두개의 지향점 - 『제2의 운명』과 『사상의 월야』를 중심으로」, 『배달말』 통권 27, 2000. 12.

조남현, 「이기영의 「두만강」연구」, 『동서문학』, 1960. 6.

조남현, 「이기영 「두만강」論 - 「두만강」을 통해본 북한문학」, 『문학사상』 200, 1989.

조남현, 「『대하』 1·2부 재해석」, 『소설과 사상』, 1993, 봄.

조석곤, 「수탈론과 근대화론을 넘어서 - 식민지시대의 재인식」, 『창작과 비평』 96, 1997.

조진기, 「김남천의 『대하』연구」, 『영남어문학』, 1996. 12.

주경철, 「아날학파」, 『현대비평과 이론』 20, 2000.

최시한, 「암흑기의 가정소설 『낙조』 연구」, 『배달말』 22, 1997. 12.

최옥미, 「한설야 장편소설 연구」, 성균관대대학원 석사학위논문, 1992.

최유찬, 「한국 근대 리얼리즘 연구」, 연세대대학원 박사학위논문, 1986.

최재원, 「이태준 장편소설 연구 - <사상의 월야>를 중심으로」, 원광대대학원 석사학위논문, 1999.

최정주, 「<사상의 월야> 연구」, 『전주우석대우석어문』 8, 1993. 12.

최혜실, 「1930년대 교양소설 양식의 가족사소설연구」, 『한국국어교육연구회』, 1990.

한금윤, 「김남천의 『대하』연구」, 연세대대학원 석사학위논문, 1992.

한승옥, 「1930년대 가족사·연대기소설연구」, 『숭실어문』 5, 1988. 4.

현길언, 「닫힌 시대와 역사에 대한 소설적 전망」, 『세계의 문학』, 1988, 겨울.

홍성암, 「역사소설의 양식 고찰 – 해방이후의 작품을 중심으로」, 『한국학논집』 11, 1987. 2.

황국명, 「1930년대 후반기 장편소설론 연구 – 김남천의 장편소설개조론을 중심으로」, 『인제논총』 9, 1993. 12.

황국명, 「계급문학에서의 장편소설논쟁」, 『경남대인문논총』, 1994. 12.

황국명, 「한국현대성장소설의 정치적 환상연구」, 『한국문학논총』 25, 1999. 12.

4. 평론 및 기타 자료

「편지로 본 1940년대 문단비사」(4회), 『대한매일』, 2001. 8. 20.

김기림, 「스타일리스트 이태준씨를 논함」, 『조선일보』, 1933. 6. 25~27.

김남천, 「풍속시평」, 『조선일보』, 1937. 7. 9.

김남천, 「일신상(一身上) 진리와 모랄 – '자기'의 성찰과 개념의 주체화」, 『조선일보』, 1938. 4.

김남천, 「세태·풍속묘사 기타」, 『비판』, 1938. 5.

김남천, 「장편소설에 대한 나의 이상」, 『청색지』, 1938. 8.

김남천, 「모던문예사전 – 풍속」, 『인문평론』, 1938. 10.

김남천, 「현대 조선소설의 이념」, 『조선일보』, 1938. 9. 17~18.

김남천, 「'나의 창작노트' 특집 – 작품의 제작과정」, 『조광』, 1939. 6.

김남천, 「모던문예사전 – 풍속」, 『인문평론』, 1938. 10. 11.

김남천, 「시대와 문학의 정신」, 『동아일보』, 1939. 5. 6.

김남천, 「풍속시평」, 『조선일보』, 1939. 7. 6.

김남천, 「모던문예사전 – 전형」, 『인문평론』, 1939. 10.

김남천, 「세태와 풍속」, 『동아일보』, 1938. 10. 25.

김남천, 「관찰문학소설 – 발자크연구노트 3」, 『인문평론』, 1940. 4.

김남천, 「체험적인 것과 관찰적인 것 – 속 관찰문학론」, 『인문평론』, 1940. 5.

김남천, 「소설문학의 현상 – 절망론에 대한 약간의 검토」, 『조광』, 1940. 9.

김남천, 「동태와 업적」, 『조광』, 1940. 12.

김남천, 「산문문학의 1년간」, 『인문평론』 제3권 1호, 1941.

김환태, 「순수시비」, 『문장』, 1939. 11.

동수생, 「김남천의 『대하』를 읽고」, 『비판』, 1939. 3.

백 철, 「문장과 사상적 검토 – 내가 쓰는 작가 이태준론」, 『동아일보』, 1938. 2. 15~16.

백 철, 「『대하』를 독함」, 『동아일보』, 1939. 2. 8.

안함광, 「문학의 주장과 실험의 세계」, 『비판』, 1939. 7.

유진오, 「문학의 영원성과 역사성 – 『대하』가 보여준 우리문학의 신세기」, 『동아일보』, 1939. 2. 2.

이기영, 「가난한 사람들」, 『조선지광』, 1925. 9.

이기영, 「오매든 아버지」, 『조선지광』, 1926. 4.

이기영, 「과거의 생활에서」, 『조선지광』, 1926. 11.

이기영, 「헤매이던 발자취」, 『조선지광』, 1926. 12.

이기영, 「추회」, 『중앙』, 1936. 8.

이기영, 「우울을 지어주던 유년기의 민촌생활」, 『동아일보』, 1937. 8. 5.

이기영, 「나의 수업시대 – 작가의 올챙이 때 이야기」, 『동아일보』, 1937. 8. 5~8.

이기영, 「내문학을 길러준 곳 – 교박한 천안 뒤뜰」, 『동아일보』, 1939. 3.

이기영, 「문학을 하게 된 동기」, 『문장』, 1940. 2.

이기영, 「내가 겪은 3 · 1운동」, 『조선문학』, 1958. 3.

이기영, 『고향』상, 한성도서주식회사, 1936.

이기영, 『봄』, 조선작가동맹출판사, 1957.

이태준, 「徒步 三千里」, 『학생』, 1929.

이태준, 「산의 추억」, 『신생』, 1931. 6.

이태준, 「내게는 왜 어머니가 없나」, 『신가정』, 1932. 5.

이태준, 「고아의 추억 – 어렴풋한 시절」, 『조광』, 1936. 6.

이태준, 「작가의 말」, 『매일신보』, 1941. 2. 25.

이태준, 「사상의 월야 – 근고」, 『매일신보』, 1942. 7. 5.

최재서, 「중편소설에 대하여」, 『조선일보』, 1937. 1. 29~2. 3.

최재서, 「단편작가로서의 이태준」, 『문학과 지성』, 인문사, 1938.

최재서, 「열풍 – 장편소설 열풍의 일부」, 『조선문학』, 1958. 9.

최재서, 「작가의 말」, 『매일신보』, 1940. 7. 30.

최재서, 「나의 이력서 – 고난기」, 『조광』, 1938. 10.

최재서, 「나의 학생시대행장기 – 영화광시대」, 『조광』, 1938. 11.

최재서, 「나의 생명의 연소」, 『문장』, 1940. 2.

이상화 —————————————————————————————————————

▌약 력

1964년 출생
상명대학교 사범대학 국어교육과 및 대학원 석박사과정을 마쳤다.
저서로는 한국여성문학학회 『여원』 연구모임 공저로 『「여원」 연구 – 여성·교양·매체』
(국학자료원, 2008)가 있다.
현재는 상명대학교에 출강 중이다.

일제말 한국
가족사소설

초판인쇄 │ 2009년 9월 15일
초판발행 │ 2009년 9월 15일

지은이 │ 이상화
펴낸이 │ 채종준
펴낸곳 │ 한국학술정보㈜
주 소 │ 경기도 파주시 교하읍 문발리 파주출판문화정보산업단지 513-5
전 화 │ 031) 908-3181(대표)
팩 스 │ 031) 908-3189
홈페이지 │ http://www.kstudy.com
E-mail │ 출판사업부 publish@kstudy.com

등 록 │
가 격 │ 33,000원

ISBN   978-89-268-0299-1 93810 (Paper Book)
        978-89-268-0300-4 98810 (e-Book)